La Reina de Saba

La Reina de Saba

Ewa Kassala

Libro Físico ISBN: 978-1-947228-17-7
ePub ISBN: 978-1-947228-89-4

***

Escrito por Ewa Kassala
Publicado por Royal Hawaiian Press
Portada de Tyrone Roshantha
Traducido por Jose Manzol
Asistente Editorial: Balasubramanian Nambi

***

Para más obras del autor:
www.royalhawaiianpress.com

***

Versión Número 1.00

CAPÍTULOS

PRÓLOGO

La vi por primera vez cuando tenía cinco años.

Sería su compañera y su guardiana designada por los dioses que me hablaban con la voz de su padre, el rey Nikal. Cuando se le informó que tenía la capacidad de ver el futuro y que un día, cuando abrí las cortinas del tiempo, vi a su hija sentada en el trono de Saba, me ordenó que viniera al palacio.

Dejé los muros del templo en el que me crié el día que cumplí veintiuno. Esta es la edad en que la Madre Plata finalmente decidirá el destino de cada uno de sus hijos. Y yo era uno de ellos. Era sacerdotisa de la Dama de la Luna.

Desde entonces, he acompañando a la princesa constantemente. No me alejé ni un paso mientras crecía ni cuando se convirtió en mujer ni cuando se sentó en el trono. Juntas, leímos papiros y rollos egipcios de Asiria, estudiamos mapas, observamos las estrellas, exploramos los secretos del mundo de los dioses, las personas y los animales. Estuve con ella en batallas y ejecuciones sangrientas. Lloré con ella cuando ofreció sacrificios a los dioses en sus templos y, como ella, pedí el apoyo del más poderoso de ellos, Almaqah. Viajé con ella a través de las arenas del desierto cuando iba al reino de Israel para encontrarse con Salomón. Observé la confianza con que ella le dio su corazón y su cuerpo. Temblé de miedo cuando ella abandonó nuestra fe eterna y se entregó a sí misma y a todo el reino al nuevo dios.

Vi signos de dolor cuando ella dio a luz a su hijo y la felicidad en sus ojos cuando lo tomó por primera vez en sus brazos.

Compartí su orgullo cuando Menelik se sentó en el trono. La abracé cuando estaba desesperada por la muerte de Salomón.

Ahora que han pasado tantos años desde que mis ojos la vieron por primera vez, he vuelto a abrir la cortina del tiempo. Quiero saber lo que nos espera. Lo he hecho tantas veces a lo largo de mi larga vida. Miro hacia el futuro porque tengo tal capacidad, pero lo que veo no es completamente comprensible para mí. Veo imágenes, pero solo puedo suponer lo que significan.

La capacidad de ver el futuro es hermosa, solo unos pocos pueden hacerlo. Sólo el poderoso con su poder, el don de la revelación, es más maravilloso que ella. Y fue recibido por la mujer más sabia del mundo, La Gran Kandake, Reina de Saba, Makeda.

CAPÍTULO I

SUEÑOS DEL TRONO

La princesa Makeda tiene cinco años

*El Reino de Saba
Marib [1]*

—Serás su compañera y su guardiana —dijo el rey Nikal—. A partir de ahora, tu vida, tu vida entera, todo lo que sabes y sabrás, lo que la Señora de la Luna te ha dado en su gracia, estará a la orden de la princesa. Tienes la obligación de protegerla y cuidarla. Es el mayor tesoro de nuestro reino. Desde hoy, hasta el final de tus días, siempre estarás con ella. Solo yo, yo mismo o la muerte podemos liberarte de esta obligación. Nadie ni nada más.

Estábamos en la cámara real. Nikal estaba sentado en una silla ancha de madera, forrada con piel de cordero acolchada. Yo estaba arrodillada, a tres, tal vez cuatro codos de él. Mi frente casi tocaba el suelo liso de piedra.

—Rey, es un honor para mí —susurré en voz tan baja que él no me escuchó.

Por el nerviosismo tenía un nudo en la garganta. Nunca había visto a un rey ni entrado a un palacio. Pero en mi cabeza, como la luz de un rayo durante una tormenta de primavera, creí que no temblaría ante nadie, incluso el rey. Sería de la princesa Makeda, eso es lo que decidió la luna, todo fluiría naturalmente. Aunque era la más valiente de los valientes, y al mismo tiempo la vidente, ante el poderoso Nikal (famoso por su crueldad y su mano dura) perdí por un momento la confianza que no me faltaba en la vida cotidiana. Sin embargo, me acostumbré rápidamente, y con mucha más fuerza y con más confianza, levanté la cabeza y repetí:

—Es un honor para mí, mukarrib [2].

—Tendrá todo lo que necesita —las palabras que salieron de mi boca eran obvias para él, por lo que las aceptó sin comentarios—. Vivirás con la princesa en su habitación. A partir de hoy, no solo serás su guardiana principal, sino su sombra.

—Rey, sucederá de acuerdo con sus deseos —mi voz había recuperado completamente la fuerza— Esta es también la voluntad de la Dama de la Luna.

—La Gran Sacerdotisa te ha enviado a mí, asegurándome que has sido creada para el papel que se te ha designado. Y ya que los dioses saben que es lo mejor para nosotros, nos mantenemos humildes, pero con alegría, aceptamos su decisión. Sé que cumplirás perfectamente tus deberes. Tienes una piel de ébano, eres fuerte y aguerrida. Tienes dientes en forma de puntas afiladas y, al mismo tiempo, eres inteligente. Naciste para ser sacerdotisa y guerrera. Tu superiora me aseguró que puedo confiarte a Makeda con plena confianza, porque eres la mejor. Yo le creo —se dio una palmadita en el muslo, reconociendo que ya teníamos esta parte de la conversación detrás de nosotros.

En los días que siguieron, rápidamente me di cuenta de que así era como él cerraba el asunto y mostraba su voluntad de ir al siguiente tema.

—Así que todo está claro —dijo—, ahora levántate, siéntate más cerca de mí porque de ahora en adelante eres una de nosotros —apuntó su mano al taburete cerca del trono— y dime exactamente qué viste.

Pensé que en ese mismo lugar Makeda se sentaba cuando hablaba con su padre. Me pregunté cómo se sentía ante sus ojos, sus enormes pies calzados con sandalias de cuero de soldado en suelas gruesas, enormes pantorrillas y rodillas cubiertas con el paño de una túnica, ¿tendría miedo? No levanté la cabeza. El rey era famoso por su impetuosidad. La sacerdotisa me ordenó serle absolutamente obediente. No sabía cómo reaccionaría si me atreviera a mirarlo a la cara.

—¡Mírame! Ordenó, como si percibiera mis miedos.

Levanté los ojos. Lo miré con confianza y sin miedo. Él supo que no era por miedo que no le miraba, sino porque la costumbre ordenaba nunca mirar directamente a alguien superior, incluyendo, por supuesto, al rey.

—Estarás cerca de mi hija, y también de mí —dijo con calma—, te doy permiso y te ordeno que, cuando estamos solos, seamos más familiares que en situaciones oficiales. Puedes pararte y sentarte en mi presencia, y mirarme a los ojos.

—Gracias mukarrib —agradecí la confianza.

— ¿Cómo te llamas?

— Me dieron el nombre de Seshep—dua, [3] que significa la Luz del Mañana, pero otras sacerdotisas me llaman Seshep, o simplemente hemet.

—Hemet es un sacerdote o un artesano egipcio, ¿no es así?

—Sí, estas son palabras de la tierra de los faraones. Suenan similares, ya que tanto el sacerdote como el artesano, santificados por el poder espiritual, son herramientas en manos de los dioses. Como cada uno de nosotros.

—Seguro sabes de lo que hablas —dijo— ¿Cómo quieres que te llame?

—Hemet Seshep, mukarrib.

—Así será. —Se golpeó el muslo de nuevo— Hemet, cuéntame tus visiones con exactitud. Una por una, con detalles. Quiero saber todo.

Cerré los ojos y volví a ese día.

—Me senté sobre la fuente eterna, señor. La observé por un largo rato. Cuando estaba lista, abrí la cortina del tiempo...

— ¿Cómo?

—Así —me arrodillé frente a él de la misma manera que el día anterior a la primavera, me incliné hacia adelante como lo hice en ese momento, y mostré cuán lenta y suavemente extendí mis manos sobre la inmóvil superficie de vidrio.

El rey asintió.

— ¿Qué viste?

—Vi a Makeda en el trono. Estaba en el gran salón lleno de gente. Era dorado, poderoso, impresionante. Las escaleras conducían a ella, y dos enormes leones dorados estaban parados a ambos lados. Ella estaba sentada tranquilamente, con una hermosa túnica. El Gran Sacerdote de Almaqah y la Gran Sacerdotisa de la Dama de la Luna estaban cerca. Incluso yo estaba allí.

— ¿Y mis hijos? ¿Qué hay de Siham y Tom?

—No estaban allí.

— ¿Supongo que yo tampoco estaba allí?

—Makeda se convirtió en reina, porque tú, mukarrib, habías muerto, le heredaste el poder.

—Dime algo más.

— ¿Qué?

— ¿Cuándo fue eso?

—Le quedan muchos años de gobierno. Su hija se sentará en el trono como una mujer adulta. Le dije que me vi a mi misma allí, tenía un montón de canas.

— ¿Por qué ninguno de mis hijos se convertirá en rey? ¿Qué va a pasar? ¿Morirán en la batalla?

—No lo sé, señor. No los vi detrás de la cortina del tiempo.

Él guardó silencio y cerró los ojos. Intentó pensar en lo que había oído. No sé cómo lo tomó. Pensó un momento, luego se enderezó y dio una palmada.

—Es hora de que se conozcan.

Cuando una doncella apareció en la puerta casi de inmediato, ordenó:

— ¡Trae a la princesa!

Al momento la vi. Era como si un rayo de sol alegre y brillante apareciera en la cámara. Y no solo uno. Makeda tenía tanta luz que entrecerré los ojos. No entró caminando a la habitación sino que corrió dentro de ella, junto con su alegría, el animado canto y la frescura de los niños. Sabía que tenía cinco años. Y así se veía. Era delgada, flexible e inquieta. Tenía una piel mucho más clara que la de su padre; cabello largo, negro, rizado, recogido a la altura de la nuca (probablemente para que no la molestara en su constante movimiento). Ojos hermosos, negros, muy expresivos e inteligentes. Ella era hermosa.

Ella se quedó en el umbral y, con una enternecedora distinción infantil; de manera noble, al saludar, asintió con la cabeza a su padre y a mí. Al mismo tiempo, sonrió encantada, mirando la habitación. Cuando descubrió que no había nadie además del rey y yo, saltó alegremente, corrió en un abrir y cerrar de ojos a su padre, y saltó sobre sus rodillas.

Cuando la miré, sus largos y delgados brazos y piernas, con sus movimientos, agilidad y velocidad, vi al leopardo de la Suma Sacerdotisa frente a mí. Cuando los felinos son pequeños, sus movimientos predicen lo que ocurrirá en el futuro. Makeda tenía su gracia, algo de torpeza en sus movimientos, pero también fuerza y rapacidad latentes.

—¡Qué bueno que estás aquí! —Gritó, abrazando a su padre—.

Me quedó claro que tales escenas ocurren a menudo entre ellos. Ella ciertamente no le tenía miedo, como sospeché anteriormente. A pesar de que un momento antes, durante la conversación con el gobernante, tuve dudas sobre el tipo de emociones que despertó en mí, en ese momento lo aprecié. Alguien que trate tan bien a su hija debía ser un buen hombre.

Él no parecía sorprendido por su comportamiento. La abrazó con fuerza, y ella, murmurando alegremente, se acomodó cómodamente.

—Es bueno que ya estés con nosotros, Hemet. —Ella me miró.

Tan pronto como ella entró en la habitación, me levanté de la silla y me paré cerca del trono.

—No te dije cómo se llama tu nueva tutora —dijo Nikal—, hablamos que la mensajera de la Dama de la Luna vendría para convertirse en tu compañera y guardiana. Te dije que ella era una sacerdotisa que tenía el don de la clarividencia, pero ciertamente no te dije su nombre. Ni yo mismo lo sabía.

—Padre, vi a hemet en mis sueños. Sé que nos amaremos.

Makeda extendió su mano hacia mí.

—A partir de hoy, siempre estaremos juntas. Para bien y para mal —dijo alegremente.

Y cuando me arrodillé frente a ella y besé su pequeña mano, ella añadió:

—Hay muchos momentos difíciles esperándonos, bueno, de hecho —ella buscó algo en su mente, pero al ver mi rostro, rápidamente dijo en consolación— pero los buenos serán mucho más. Ya verás…

*Israel
Jerusalén

Era tarde en la noche. Un cielo azul oscuro, tejido con estrellas brillantes, se extendía sobre la terraza del palacio. La luna brillaba. Salomón estaba de pie junto al sofá en el que la reina descansaba su codo, apoyándose en la cabecera. En esta época del año le gustaba descansar en este lugar por las noches.

—Madre, ¿me llamabas?

—Tu padre se está debilitando —dijo ella sin levantar la vista.

Betsabé tenía apenas cincuenta años y aún era una mujer hermosa. Es cierto que su cabello oscuro se había aclarado, tenía arrugas en la frente y alrededor de la boca, pero sus ojos aún tenían un brillo juvenil. Además, su silueta casi no había cambiado desde el día en que por primera vez se presentó ante el rey David.

La reina no ocultó su tristeza. Su esposo, el rey de Israel, había estado tan débil durante varios meses que casi no se levantaba de la cama. Ella sentía esta debilidad, la hacía reflexionar y resguardarse en sus los recuerdos.

— ¿Sabías que él me vio por primera vez desde esta terraza? —Apuntó su silla a su hijo y esperó hasta que él se sentara—. Estaba tomando un baño nocturno. No creía que nadie pudiera verme —se justificaba a sí misma—. Ahí —señaló la casa con un techo plano, perfectamente visible desde la terraza del palacio—, vivía allí entonces.

Salomón conocía la historia. Como todos los hombres en Jerusalén. Pero nunca la había oído de la boca de su madre.

—Yo era entonces la esposa de Urías. Él era un soldado devoto y un buen hombre. David lo consideraba uno de los más valientes y merecedores. Yo era muy joven cuando me entregaron a él. La gente estaba encantada con mi belleza y decían que Urías tuvo suerte. Fui despacio con él —suspiró, mientras recordaba—. Una esposa debía escuchar a su esposo, había aprendido esas lecciones de casa.

Salomón amaba mucho a su madre. Sabía perfectamente bien que no solo era hermosa, sino también (y sobre todo) sabia y bondadosa. Ella era la mujer más extraordinaria que había conocido. La princesa (que llegó a conocer) y las mujeres de su entorno, no se comparaban con ella. Ninguna era capaz, en la medida de lo posible, de llegar a su nivel.

—Urías estaba en guerra contra los amonitas. Joab estaba al mando entonces. Ellos asediaron Rabat. Estaba en casa con sola con los sirvientes. —Betsabé cerró los ojos. Cuando, al cabo de un rato, los abrió; brillaron con fuerza—. Recuerdo esa tarde muy bien. Él cambió toda mi vida. El aire estaba lleno de los aromas de las flores y fruta madura. Un aura de misterio flotaba sobre la ciudad. Sentí vibraciones inquietantes. Sabía que algo inusual iba a suceder. Las mujeres sienten tales cosas... Los criados me ayudaron en el baño de la tarde. Lavaron mi cuerpo, luego lo ungieron, peinaron mi cabello. Por supuesto, como en todo baño, además de una máscara en mi cabeza, nada cubría mi cuerpo.

Salomón escuchaba, sin atreverse a moverse o interrumpir la historia, incluso con el más mínimo gesto.

—Estaba en el patio interior de la casa, estábamos terminando los tratamientos, cuando alguien llamó a la puerta. Un intruso, se inclinó ante los recién llegados, dejó entrar a los mensajeros reales. Cuando los criados me dijeron quién estaba en nuestra casa, no podía creerlo. Me parecía que estaba soñando. Sin embargo, era una realidad. Rápidamente me puse el atuendo adecuado y los dejé seguir. En ese momento, no sabía qué me esperaba —adoptó un tono nuevo, como si explicara lo que había sucedido a continuación—. Me habían dicho que fuera inmediatamente al palacio. Al principio pensé que algo malo le estaba pasando a Urías. Sin embargo, pensé que incluso si así fuera, se me informaría de lo contrario. Sabía una cosa: el rey me llamó. Así que no debía demorarme ni un instante. Me puse sobre la cabeza el chal más hermoso que tenía y rodeada de los sirvientes de David, fui al palacio.

—Madre, como se dieron las cosas, era el plan de Dios — Salomón entendía su ansiedad, después de todo, sabía lo que venía; porque en todo el país (e incluso en el extranjero) durante años circularon historias sobre la reunión de sus padres— Nada sucede en la tierra sin la aprobación divina...

Ella asintió afirmativamente.

—Cuando entré, él estaba parado aquí —señaló el lugar junto a la pared que separa la terraza del mundo.

Era lo suficientemente alta como para cubrir fácilmente a un hombre de pie. Su construcción de calado permitía observar lo que sucedía afuera sin ser visto.

—No podías saber eran vigilados. —Salomón quería tranquilizarla y asegurarle que él estaba, y estaría a su lado—.

—Sí... No podía...

—Y además, si mi padre no te hubiera invitado al palacio, no estaría en este mundo —se rió, haciendo una mueca pensativa—. Estoy agradecido con Dios por eso.

El príncipe Salomón tenía veinticinco años. Era alto, algunos pensaban que era demasiado delgado, pero que su estructura era proporcional y armoniosa, se consideraba bastante guapo. Su cabeza estaba adornada por un exuberante cabello negro azabache, y su rostro era grueso, corto, cuidadosamente recortado con una barba. Su nariz era recta, sus labios no eran demasiado prominentes. Sus ojos grandes y oscuros eran lo más visible de su cara. Dondequiera que apareciera, atrapaba con sus ojos. No solo porque era alto, guapo y casi siempre (como buen el hijo del rey) cuidadosamente vestido. Tenía algo que hacía que la gente se sintiera segura con él, querían estar lo más cerca posible de él; porque difundía a su alrededor el tipo de brillo que nos permite sentir que hay alguien que es justo y sabio. Era alguien que lleva en la sangre la paz y sabiduría de los antepasados.

—No sé cómo sucedió, pero desde el primer momento en que lo vi supe que era el hombre de mi vida. Lo amé antes de que él dijera sus primeras palabras. Fue un momento, un pequeño momento, como el destello de una estrella en el cielo. Al principio comprendí que lo amaría por siempre y que fui creada para estar con él, cuidarlo y darle felicidad; que ese era mi destino, ¡fue amor a primera vista! Nunca sentí algo así con Urías.

—Eras y eres la mejor esposa y madre que pueda haber.

—Salomón —ella se inclinó lo suficientemente cerca de él como para poder poner su mano sobre la suya—, eres un gran hijo, mi orgullo. Te quiero mucho. Gracias por apoyarme.

Se inclinó y besó los extremos de sus dedos. Ella sonrió tristemente, suspiro y le acarició el pelo.

—Querido, lo digo con dolor en el corazón, porque sé lo difícil que es para ti, pero pronto tu padre irá con Yahveh. Cuando esto suceda, te sentarás en el trono.

—Que ese momento nunca llegue —apoyó sus palabras con un pisotón definido de su pie—. Sabes que Israel no tuvo ni tendrá un mejor rey que David.

—Como dicen los libros, todo tiene su lugar y momento. Tu padre, guiado por la voluntad del Altísimo, te ha designado como su sucesor. Y así ocurrirá —ella se enderezó para enfatizar la inevitabilidad de lo que vendría—.

— ¿Quizás Adonias sería mejor gobernante que yo? —Dijo inclinando la cabeza con sarcasmo, esperando su reacción—.

Ella era más fuerte de lo que él podría haber imaginado. Se enojó, como si no hubiera notado que él estaba bromeando.

— ¿Adonias? —Estaba tan molesta por sus palabras que se puso de pie—. Por supuesto que le gustaría. Estoy segura de que si pudiera, ahora se sentaría en el trono. Pero la corona de Israel no está hecha para él, ¡lo sabes bien! Dios lo predestinó para ti —fortaleció sus palabras al señalarlo con el dedo—. ¿Entiendes? Y David personalmente me lo prometió —agregó con más calma—.

Como la educación y los hábitos en Israel exigían, cuando una mujer se levantaba, el hombre también se levantaba. Así que cuando ella se levantó, Salomón hizo lo mismo.

—Madre, a menudo dices que todo sucede según la voluntad de Dios. Estoy de acuerdo contigo. Así será —contestó filosóficamente, para tranquilizarla y, al mismo tiempo, creyendo firmemente en lo que decía—.

Él —miró al cielo— nos muestra el camino, pero nosotros elegimos cuál tomaremos. Tenemos libre albedrío —anunció en voz alta, como si quisiera comunicárselo a todo el mundo—. Es difícil para mí admitir que Adonias puede tener un deseo más fuerte que tú de convertirse en rey, pero la razón y la experiencia me dicen que desafortunadamente es posible. Por eso debemos estar vigilantes.

—Madre, Dios cuida de todo —afirmó—. Hace muchos años él te guio para que te convirtieras en una reina y me crearas. Si debo ser un gobernante, así será, sin importar las tentaciones que tenga Adonias.

El Reino de Saba
Aksum

Las tierras al este y oeste de los istmos más angostos del Mar Rojo le pertenecían a Saba. El palacio del rey Nikal, así como los templos más importantes se encontraban en la parte oriental. La parte occidental incluía numerosos ducados, incluidos Kush, Punt y Aksum (el más grande de todos y el más rico, administrado por el Príncipe Set).

Set, para mantener las áreas subordinadas, necesitaba los soldados y la autoridad de Nikal. Pero sobre todo, necesitaba su mediación en el comercio. Sam mantuvo muy buenos contactos con Egipto, pero no tuvo acceso directo a los países en el lado este del Mar Rojo, que eran los mayores receptores de bienes de la tierra negra. Para Nikal, sin embargo, Aksum y otros principados más adentrados en el continente, eran las tierras capturadas por sus antepasados, pertenecían al reino de Saba. Y eran ricas en oro, incienso y mirra como ninguna otra en el mundo. No podía imaginar perderlas.

Nikal tenía una hija (Makeda) y dos hijos que eran famosos por su belleza e inteligencia. Sirah, de 14 años, estaba siendo preparado para ser el sucesor. Otro dos años más joven que él, se llamaba Tomás.

El príncipe Set solo tenía un hijo. Lo llamó Den.

Set creía que Nikal era un rey débil. No le gustaba su forma de ejercer el poder ni su política amistosa hacia los príncipes de las tierras occidentales. Estaba convencido de que si él fuera el rey de Saba, multiplicaría rápidamente las ganancias del tesoro y haría de Saba un reino tan poderoso que incluso podría enfrentar a Egipto.

Durante mucho tiempo trató de arrastrar a los gobernantes de Kush, Punt y los principados más pequeños a su lado. Sabía que si tenía éxito, podría oponerse abiertamente a Nikal. Sin embargo, ninguno de los príncipes estaba dispuesto a hacer una alianza con él contra el rey. Mientras tanto, estaba esperando una oportunidad, y creía que tarde o temprano vendría, y emprendería acciones secretas que debilitarían a Nikal.

—Nadie puede saberlo, ¿entiendes? —Set le entregó un paquete de oro a un hombre alto con una profunda cicatriz en la mejilla—. Y hazlo sin dejar rastro, ¡ninguno!

—Será de acuerdo a su voluntad, señor —el hombre se inclinó—. No debería haber ningún problema, ¡después de todo sigue siendo un niño!

— ¡Oh!

El príncipe Set despidió al asesino que había estado a sus servicios durante mucho tiempo. No quería que nadie lo viera. Por eso no lo llamó a palacio, sino que le dijo que apareciera en su lugar frente al mar, en el que casi nadie estaba presente. Tenía una casa construida sobre pilotes, entre vegetación exuberante, donde le gustaba conocer a otros príncipes, organizar reuniones o estar en completa soledad. A menudo llevaba allí a su amado hijo. Así fue esa vez.

Cuando el hombre con la cicatriz salió, Set llamó a Dan.

—Sólo tienes ocho años, tienes toda tu vida por delante —dijo, ordenándole que se sentara frente a él—. Pero eres un chico sabio, así que te diré algo que nadie más que tú y yo podemos saber. ¿Estás listo?

—Sí, padre —asintió el niño—.

Era inteligente y duro, como su padre. Todavía era un niño, pero desde temprana edad trató de salirse con la suya en varias ocasiones. Y estaba convencido de que era mejor y más sabio que todos los que lo rodeaban, lo que también significaba que se merecía lo mejor de la vida. Eso fue lo que su padre le enseñó.

Su madre estuvo ausente casi toda su vida. En el momento en que dio a luz a un niño, dictaminó que no podría tener más hijos. Set no la envió de regreso a la casa de su familia, pero apenas la veía. Él le dio la parte del palacio que estaba más lejos de sus habitaciones y limitó la posibilidad de contacto con su hijo.

Set tomó a su hijo por la muñeca.

—Te creo, ¡pero hagamos un juramento de sangre! —Dijo, sacando un cuchillo grande de su cinturón—.

Los ojos de Den se ensancharon porque no sabía qué podía pasar. Su padre era impredecible y cruel. Más de una vez lo había visto matar súbditos desafiantes o soldados que se atrevían a estar en desacuerdo con su opinión. Tenía miedo, pero no se movió.

—Mi sangre —pensó Set con orgullo, y se cortó la piel de la muñeca—.

Hizo lo mismo con su hijo.

—Tú y yo somos uno. En tus venas y en mis venas fluye la misma sangre de nuestros antepasados, grandes guerreros. De ahora en adelante tenemos un secreto y una meta en común.

Puso su mano sangrante en la herida de su hijo.

—Nuestro objetivo es gobernar. Entiende que todo lo que hago es para que te conviertas en mi sucesor algún día. Nuestro impulso es el poder. Quiero que reinemos un día, no solo en Aksum, sino en todo el reino. ¡Seremos reyes de todo Saba! Todo lo que hago se supone que conduce a ello. ¡Almaqah nos ayudará!

Israel
Jerusalén

—Vamos a sentarnos —dijo la reina, volviendo al sofá—. Te contaré el resto de la historia de mi relación con tu padre. Quiero que finalmente la oigas de mí. Bueno, debes haberla escuchado más de una vez —agregó ella al ver que sus ojos le decían que él ya la sabía, pero que estaría feliz de escucharla de nuevo—.

Cuando ambos se sentaron, Betsabé reanudó la historia.

—Pasé esa noche extraordinaria en la habitación real. La siguiente lo fue también. Miramos las estrellas, hablamos, estábamos tan cerca el uno del otro como podrían estar una mujer y un hombre. Volví a casa y dormí. ¿Creerías que fue un momento difícil para mí? Debería estar avergonzada, pero no. Al menos no puedo decir que eso pensaba en ese momento. Estaba tan fascinada por lo que estaba pasando que me olvidé del mundo. Sólo pensaba en David. Yo lo amaba por encima de todo lo demás. Y estaba segura de que Dios me dirigió a él. No pasa nada sin su consentimiento, ¿verdad?

Salomón asintió.

—Luego resultó que estaba embarazada. Este mensaje agradó mucho a David. Me tomó en sus brazos y bailó. Cantaba todo el tiempo. Estaba feliz. Los dos lo estábamos.

Y cuando todo mi mundo giraba con él, repentinamente se puso serio. Me di cuenta de que pertenezco a otro. Urías es mi marido. Juré a Dios delante de él. Y rompí mi promesa. Lo que es más, no solo era una esposa infiel, sino que traicioné al hombre que estaba en la batalla. Como sabes, la costumbre prescribe que los soldados que luchan durante la guerra no disfrutarán del placer de ninguna de las mujeres; dando toda su energía y fuerza a la victoria. En ese momento, ese es el deber y el deber de sus esposas es mantenerse fieles a ellos. ¡No deben errar ni con hechos, ni con la vista o incluso con el pensamiento! Y yo violé la ley que el Supremo nos había dado en su bondad y sabiduría. ¡Oh, qué indigna! Le conté mis ansiedades a David.

Se quedó en silencio y no contó más de la historia por un largo rato. Finalmente volvió a hablar. Su voz ahora era mucho más tranquila.

—David me ordenó que fuera a casa y esperara. Lo hice según sus deseos. Tenía miedo de lo que pasaría después, pero creía que Dios estaba con nosotros porque vio nuestro gran amor. Después de todo, lo más importante en la vida es el amor, ¿verdad? —Preguntó y sin esperar respuesta, luego continuó—. El rey llamó a Urías a Jerusalén. Mi esposo se enteró de todo antes de llegar al palacio. La gente le dijo lo que estaba pasando en su ausencia. Nuestra ciudad es como un pequeño pueblo: todos saben todo sobre todos.

Volvió a hacer una pausa. Era evidente que estaba experimentando fuertes sentimientos.

—Comprendí el dolor y la indignación de Urías, al mismo tiempo que rezaba constantemente para que Dios perdonara tanto a mí como a David por nuestros pecados —ella unió las manos—. Fue horrible, todos querían que Urías pensara que lo había llamado para preguntarle qué estaba pasando en la guerra. Sin embargo, inmediatamente se descubrió que David volvía a casa e iba a la cama conmigo. Y que sería el padre del niño por nacer. No me gustó el comportamiento del rey, hubiera preferido que eligiera una forma diferente de resolver ese asunto, pero yo era muy joven entonces, no podía luchar por mí misma; siendo honesta, no sabía si podría. Actué como si no me hubiera pasado eso a mí, sino a otra persona, alguien en una situación hipotética.

Salomón se sentó con los ojos bajos. No habló. Solo escuchaba.

—David le ordenó a Urías que se quedara en casa. Sin embargo, era honorable, no podía tolerar insultos. Sintiendo respeto por el rey, no le dijo que sabía lo que había sucedido, solo dijo: «El arca, todo Israel y Judá viven bajo tiendas de campaña, mi señor. Joab y sus sirvientes, ellos acampan en el campo abierto. ¿Y yo me iré a casa, a comer y beber allí y dormir con mi esposa? No puedo hacer algo así por Dios» [4]. Se inclinó y se fue. Sin embargo, como lo había planeado, pasó por el umbral de la casa, envainó su arma en la entrada, se acostó en la manta y pasó la noche allí. Yo no fui a él. No tuve el valor.

Salomón sintió su pena, la desesperación y la humillación de ese hombre. Al mismo tiempo, sabía que si las cosas fueran diferentes, ahora no estaría sentado con su madre en la terraza del palacio real. Porque probablemente Dios no habría tenido oportunidad de darle vida. «Entonces, ¿realmente todo lo que sucede bajo el sol ya estaba escrito en alguna parte? ¿Nuestro destino no tiene ninguna influencia? ¿Es de Dios o de nosotros mismos el camino que seguimos?» Fue lo que pensó, mirando las manos de su madre que gesticulaban sutilmente.

—No dormí. Lloré y oré. ¿No era eso lo que estaba esperando? ¿Que volviera a casa, pasará la noche conmigo y que todo estuviera bien? ¿Que diera a luz a un hijo del rey y mi marido lo considerara suyo? Realmente no lo sé. A la mañana siguiente estaba dormida, agotada por la desesperación. Cuando me desperté, el sol estaba alto. Urías se había ido. Los días siguientes también lloré y oré más fervientemente que nunca en mi vida. Al mismo tiempo, completamente fuera de mí, sucedió algo horrible. Algo por lo que Dios realmente nos castigó a tu padre y a mí. Fue un pecado que hacía que nuestra relación anterior pareciera nada, ¡créeme!

Betsabé se frotó las manos. Quería decirle a su hijo sobre eso hace mucho tiempo. Sabía que él había escuchado diferentes versiones de los eventos anteriores, pero nunca había podido decirle (personalmente y de acuerdo con su propia conciencia) cómo fueron las cosas. Ahora, cuando Salomón pronto sería el sucesor de David, quería que él supiera la historia de sus labios; que al sentarse en el trono, pudiera evitar los errores de su padre al saber cuán terrible podía ser la ira de Yahveh y cuánto castigaría a la gente por romper los mandamientos.

— ¡Lo que pasó después fue terrible! Aunque me gustaría olvidarlo, este hecho estará conmigo hasta el final de mis días. Aprendí lo despiadado que era tu padre, cuando ya era demasiado tarde para hacer algo. Creo que él quería que nunca supiera la verdad —ella volvió a hacer una pausa porque las siguientes palabras no querían salir de sus labios—.

Se sentaron en silencio. Sobre ellos había una nube y la luna brillaba. Finalmente, después de un largo momento, la voz de la reina resonó.

—Al amanecer, los sirvientes de David le entregaron a Urías una carta que tenía que entregar a su comandante Joab. En ella decía que Joab debía enviar a Urías a la parte más dura y peligrosa de la pelea. Así que Urías dio a su oficial al mando (sin saberlo) una sentencia de muerte sellada y firmada para sí mismo. ¿Ahora pienso que quizás se sintió tan deshonrado que quería morir? ¿Tal vez por mi culpa, por sentirse indigno de mí, se puso sobre las espadas de los enemigos? Hasta el día de hoy, por este motivo, tengo el corazón destrozado —La reina dio un pequeño gemido—. Urías murió en la batalla. Otros soldados volvieron a casa, yo me quedé viuda. Pensé en mi ingenuidad que Dios así lo quería. Debo admitir que en ese momento sentí una especie de alivio, porque las cosas parecían haber ido a su manera. Al día de hoy, me siento avergonzada por ello. Cuando recibí un mensaje sobre la muerte de mi esposo, lloré durante mucho tiempo. Me puse ropa de luto y puse cenizas en mi cabeza, como lo dicta la costumbre. Sufrí, principalmente por el pecado que cometí con David, porque estaba segura de que contribuyó a la muerte de un hombre realmente bueno como mi esposo. Y más tarde, descubrí que la muerte de Urías no fue un accidente.

La reina volvió a guardar silencio, pero solo por un rato. Era evidente que hablar le brindaba un alivio; que por primera vez soltaba algo que estaba en ella y la atormentó por años.

—Cuando terminó el período de duelo, viví en el palacio. Sentí que dejé atrás el pasado para siempre. David me rodeó de amor y abundancia. Cuando llegó el día en que nuestro hijo iba a venir al mundo, por accidente fui testigo de una conversación que cambió mi actitud sobre todo lo que sucedió después en mi vida… Estaba sentada aquí en esta terraza. Era de mañana. Esperaba a David, quien desde el amanecer se ocupó personalmente de uno de los edificios de la ciudad. Pensé que le daría una grata sorpresa con mi presencia. Porque a medida que se acercaba la fecha de parto, y cada vez me sentía peor, el rey dio a mi disposición exclusiva las habitaciones que aún me pertenecen. Había sirvientes allí conmigo, listos para llamar a las parteras en cualquier momento. Esa mañana me sentí tan bien que decidí verlo. Esperé, y él no llegaba. Cuando finalmente apareció, Natán el profeta estaba con él. Entraron en la cámara del rey, sin notar que yo estaba en la terraza. Escuché toda la conversación a fondo.

Betsabé se levantó, dio unos pasos y puso las manos en la balaustrada del patio. Ella estaba mirando la noche sobre la ciudad. Luego levantó la cabeza, miró hacia el cielo estrellado y suspiró profundamente.

—«Había dos personas en una ciudad determinada: una rica y la otra pobre», dijo Natán en ese momento. «La rica tenía muchas ovejas y bueyes, y la pobre no tenía más que una oveja que había comprado. Él la cuidó, y ella creció con sus hijos: ella comía de su pan, bebía de su taza y dormía sobre su pecho. Era como una hija para él. Sucedió que alguien visitó al hombre rico. Pero el hombre rico no sacrificó ninguna de sus ovejas o bueyes para preparar una comida para el hombre que vino a él. En cambio, tomó la única oveja del pobre y preparó una comida para el que vino a él» [5]. Natán estaba nervioso, y David estaba de buen humor. «¡Qué maldad! », exclamó, « ¡Por Yahveh, el hombre que hizo esto merecía el mayor castigo! » ¡Y entonces Natán gritó que David era el hombre malo! Que no respetó la ley, tomó la esposa de Urías, y aun peor, lo envió a la muerte. « ¡Lo mataste con la espada de los enemigos! ¡Tú! ¡Murió por tu orden! ¡Lo enviaste deliberadamente donde la muerte era segura! Serás castigado por esto». «He pecado. Pero amo a Betsabé como nadie en el mundo. Los que pecan de amor son justificados. Me entrego humildemente a Dios, porque me lo merezco. Mi vida pertenece a Dios, él me tiene». Luego hubo silencio. No sabía qué estaba pasando. Después de un rato, escuché a Natán nuevamente: «Dios te perdonó tu pecado, no morirás. Sin embargo, el hijo que nacerá pronto morirá». No escuché mucho, básicamente solo escuché eso. Después de estas palabras, me desmayé.

Salomón se acercó a su madre y la abrazó. Ella le agradeció y apoyó la cabeza en su hombro.

—Cuando desperté, tu padre estaba conmigo. Los sirvientes estaban alrededor. El parto había comenzado. Di a luz a un niño. Murió siete días después... Fue un castigo que Dios nos infligió.

Salomón acarició el cabello de su madre.

—Tu padre pasó casi todo este tiempo en el templo. Le pedía a Dios (mediante oraciones y sacrificios) que nuestro hijo, fruto de nuestro amor, sobreviviera. Sin embargo, los hechos que cometimos fueron vergonzosos y requerían un castigo; lo recibimos ambos. Tanto David como yo sufrimos. Pero fue en ese momento que estuvimos aún más cerca el uno del otro. Cuando los días de luto y merecido arrepentimiento finalmente pasaron, Dios escuchó nuestras oraciones y nos dio el regalo más maravilloso que podríamos esperar: tú. Eres el fruto de un gran amor, Salomón. Eres un don de Dios, quien te amó y te dio tareas importantes en la tierra. Al enviarte, también le dio a David una señal de que su pecado había sido perdonado.

*El reino de Saba, Marib.
Tres meses después

Sucedió, como anunció la princesa. Nos enamoramos en nuestro primer encuentro. Incluso entonces, me sentía como si nos conociéramos de toda la vida. Vivía en una habitación al lado de sus aposentos y desde ese día fuimos inseparables.

Una noche, me despertó su grito. Inmediatamente me levanté de un salto y al instante estuve junto a su cama. Estaba arrodillada sentada sobre sus talones. Ella estaba meciéndose. Los ojos abiertos de par en par brillaban con luz sobrenatural. Estaba segura de que ella no podía verme. Me acerque con cuidado. Ella habló en voz baja, pero clara.

—Voy hacia ti, estaré contigo. Espérame —oí—. Nos reuniremos cuando llegue el momento. Voy…

Repitió las mismas palabras muchas veces, entre las cuales «voy» y «espérame» se repetían más veces.

Finalmente, levantó las manos, como en un gesto de oración, inclinó la cabeza (como lo hizo muchas veces en todo tipo de festivales y ceremonias en las que acompañó a su padre), luego se estiró, sonrió con satisfacción y se fue a dormir.

A diferencia de ella, esa noche ya no pude dormir más. Me preguntaba dónde vagaba la princesa en sus sueños. Con quién se estaba reuniendo, de qué estaba hablando, con quién iba a ir y cuándo llegaría el momento en el que estaba hablando en sus sueños.

Todo se aclaró al día siguiente.

Ella despertó feliz y descansada cuando el sol estaba alto. Yo estaba sentada en una silla colocada junto a su cama.

— ¿Has estado aquí toda la noche? —Preguntó, con su sonrisa iluminando la habitación—.

—Corrí, porque quería estar con mi señora durante su viaje —dije sinceramente, como siempre—.

—Estaba otra vez con el rey de la tierra lejana —confesó en voz baja, sentándose en el borde de la cama—.

Me senté aún más cerca de ella.

—Estoy y siempre estaré contigo —le aseguré—.

—Lo sé y gracias por eso —ella juntó su mejilla con la mía. Sentí el calor de la piel de una niña que no estaba muy despierta todavía— .Te diré algo —me susurró directamente al oído—, pero debes mantenerlo en secreto. Este es el deseo de mi padre. Sé que no le dirás nada a nadie, pero le prometí a mi papá que no le diría a nadie lo que escucharás. Confío en ti más que tú misma. He visto en mis sueños que siempre me serás fiel. Y así será.

Abrasé su pequeño cuerpo. ¡Parecía tan indefensa!

—Siempre estaré contigo —le dije en un susurro—.

Ella me abrazó, y después de un momento escuché:

—Vi un gobernante de un país lejano al que iré cuando sea una reina. Sin embargo, antes de que esto suceda, debe haber mucha agua en los ríos, y debería aprender mucho durante este tiempo. Antes de conocerlo, muchas cosas sucederán. Todavía no sé dónde está y por dónde debo ir, pero estoy segura de que ya me está esperando, aunque aún no sepa de mi existencia. Nuestro encuentro cambiará el destino del mundo. No tengo idea de cómo, cuándo, ni qué pasará, pero estoy segura de que sucederá.

Ella suspiró como si fuera una mujer adulta.

—Primero, me convertiré en la reina de Saba —aseguró—. Mi padre lo sabe; yo le dije. Me pidió que no le dijera a nadie que tengo visiones, porque eso dañará las alianzas y la paz en Saba. Los príncipes piensan que uno de sus ellos, en el momento adecuado, me tomará como esposa y gobernaremos juntos en su principado. O que incluso, si me convierto en la reina de Saba, uno de ellos tendrá la oportunidad de obtener la corona, por eso obedecen a su padre. ¿Acaso no recuerdan que tengo dos hermanos que son más importantes que yo? —se preguntó ella—. He visto en mis sueños que ninguno de los príncipes será mi marido. Estoy destinada a ser la reina de una tierra lejana. Sin embargo, no puedo hablar de ello con nadie. Porque son, como dice mi padre, solo los sueños de una niña. A él le gustaría pensar que así es, y puedo estar segura de que lo que me pasa en las noches son profecías. Sé que se cumplirán. Cuando vienen a mí, es como si el cielo fluyera a través de mí. Veo todo con claridad y cada vez es más claro...

Escuché con cuidado. Todo empezaba a tomar forma. He allí, tuve el honor de cuidar a la princesa de quien sabía que algún día ella se sentaría en el trono de Saba. Lo supe viendo a través de la cortina del tiempo. Nikal me llamó, conociendo mi visión y los sueños de su hija. Dos fuentes diferentes e independientes, es decir, tanto Makeda como yo, teníamos puntos de vista convergentes. No podrían haber sido solo los sueños de una niña o las visiones de una sacerdotisa que miraba a través del velo del tiempo. Nikal era un gobernante experimentado, sabía que si algo iba a suceder por voluntad de los dioses, incluso si eso no nos gustaba, debíamos abandonar la esperanza de que pudiera suceder lo contrario.

— ¿Has tenido esos sueños durante mucho tiempo?

—Cuando era pequeña, no distinguía entre realidad y sueños. En ese momento mi madre a menudo me visitaba por las noches. Como sabes, ella murió justo después de dar a luz. Sin embargo, todavía siento que ella nunca me ha dejado. Recientemente, desde que has aparecido, ella me visita con menos frecuencia. Dice que estoy en buenas manos ahora…

Yo era fuerte, pero cuando escuché eso, las lágrimas fluyeron en mis mejillas.

—Mi madre está feliz de que estés conmigo. Me cuidarás mejor que ella porque puedes pelear, y esta habilidad puede ser útil en el futuro, más de lo que pensamos. No lo sé, pero mi madre lo dijo, y es muy inteligente…

—Makeda, eres una chica extraordinaria —susurré, sabiendo que lo que decíamos se quedaría entre nosotras—. Serás una gran reina. Pero antes de que eso suceda, debemos tener cuidado. Tu padre tiene razón: no le cuentes a nadie tus visiones. Podría ser peligroso para ti y para mí.

—No le diré a nadie, lo prometo —prometió—.

Así fue como conocí el secreto de la princesa Makeda.

El Reino de Israel, Jerusalén
Al mismo tiempo

El rey David era viejo. Incluso cuando estaba abrigado, sentía frío. Sus sirvientes dijeron: tendrás que buscar a una joven, que siempre esté con el rey, que cuide de él, que duerma a su lado, y si es necesario, que lo caliente de esta manera. Entonces una chica lo suficientemente hermosa fue buscada en todo Israel. Finalmente, una sunamita llamada Abishtag fue encontrada y llevada al palacio. Sin duda era muy hermosa. Ella cuidó del rey y le sirvió. El rey, sin embargo, no se acercó a ella. [6]

A la reina Betsabé le gustaba Abishtag. Todos los días veía sus esfuerzos, amabilidad y paciencia. La niña era tranquila, modesta, con una sonrisa amable y, al mismo tiempo, se comportaba como si hubiera venido al mundo solo para servir a David. Mirando su cara, uno podría pensar que cuidar del rey era su alegría, su destino y su convicción, lo más maravilloso que le podía pasar en la vida. Al mismo tiempo, ella era completamente inconsciente de su inusual belleza y gracia. Ella no parecía notar sus miradas. Se centraba en cuidar al rey y la mayoría de las veces su cabeza estaba inclinada hacia abajo.

Cuando la reina vio su modestia, le ordenó que se convirtiera en la compañera inseparable del rey, no solo durante el día. Entonces, la niña pasaba las noches con su amo, calentándolo con su cuerpo y observándolo constantemente.

En ese momento, Salomón también estaba a menudo en la cama de su padre enfermo. Mantenían largas conversaciones, y en los días en que el rey se sentía peor, el hijo le leía viejos pergaminos. También sucedía que ambos se quedaban en silencio o dormidos: el rey en su cama, y Salomón en la silla junto a él. En esos momentos, Abishtag, agotada por la vigilia constante, también se quedaba dormida, acomodándose en algún lugar cercano.

Una mañana, cuando los tres se habían quedado dormidos después de un desayuno ligero, Betsabé entró silenciosamente en la habitación. Abishtag inmediatamente levantó la cabeza y, cuando vio a la reina, se levantó asustada, se corrigió la ropa y se inclinó. Salomón, al oír el movimiento, también abrió los ojos. La entrada de la reina, afortunadamente, no despertó a David.

—Salomón, ven conmigo —susurró Betsabé— ¡de inmediato! —Con un gesto inequívoco de su mano, enfatizó la necesidad de una sumisión inmediata a su demanda—.

—Quédate con el rey y no te alejes de él. —Miró a Abishtag—. No dejes que nadie le dé nada al rey nada sin mi permiso. Ni bebidas, ni comida, ni regalos. La guardia se reforzará frente a la puerta, no te sorprendas cuando vengan los soldados aquí.

Abishtag asintió sin decir una palabra. Ella entendió que algo extraordinario había sucedido; tal vez una amenaza a la vida del rey.

— ¿Qué pasó mamá? —Preguntó Salomón tan pronto como estuvieron fuera de la puerta de la habitación—.

Betsabé ni siquiera se detuvo.

— ¡Tenemos que darnos prisa! Natán y Zadok estarán aquí pronto, ya los he llamado. Vamos, te lo contaré todo en mi habitación.

— ¿Qué pasó? Quiero saberlo ahora mismo. Natán y Zadok pueden esperar.

—Hijo —se detuvo, le tomó las manos y lo miró a los ojos—. Hijo —repitió ella, con voz traicionada, indignada y temerosa— ¡Adonias se proclamó rey!

— ¿Qué? —Al principio no creyó lo que había oído—. ¿Cómo es posible?

— ¡Exacto! —ella estaba molesta—. ¡Vamos, tienes que actuar! Nos preguntaremos eso más tarde —se dio la vuelta y caminó rápidamente hacia su habitación—.

Salomón se quedó quieto por un momento, luego, sacudiendo la cabeza con incredulidad, la siguió rápidamente.

Era por sobre todo un pensador. No le gustaban las disputas y las luchas, y rechazaba las conspiraciones palaciegas. Adonias era el hijo mayor de David, por lo que Salomón entendía que el sueño de su hermanastro mayor de tomar el trono estaba justificado. Sin embargo, en Israel, la sucesión al trono no era tan simple como en los países vecinos. Él rey designaba a el heredero; que en este caso era David. El profeta Natán le dio la voluntad de Yahveh unos meses antes, que Salomón, y no Adonias, era el elegido para gobernar Israel.

David había dicho repetidamente que la voluntad de Yahveh es muy sagrada para él, y por lo tanto su trono, de acuerdo con la voluntad de Dios, lo heredaría Salomón. Sin embargo, nunca lo anunció públicamente. Y ahora estaba terminalmente enfermo. Probablemente, esta fue la razón de la audacia de Adonias. Tenía la intención de aprovecharse de la debilidad del rey y se proclamó a sí mismo como sucesor, creyendo que Salomón no tendría el coraje de oponerse a él.

En la cámara de Betsabé, el profeta Natán y el sacerdote Zadok ya estaban esperando.

—Reina —saludaron a la dama primero—. Salomón —inclinaron sus cabezas hacia su hijo—.

— ¿Qué noticias hay? —Betsabé se sentó indicándoles sus lugares—.

En la situación en que se encontraban, ella no tenía la intención de perder el tiempo en saludos ceremoniales.

—Hablen — ella los urgió—.

—Adonias realmente se hace llamar rey. Eso es un hecho —comenzó Zadok—. Hizo un sacrificio de ovejas, terneros y bueyes por la piedra de Zohélet, con sus hermanos, amigos, simpatizantes y parte del ejército.

—Haciendo sacrificios en un lugar santo, le dijo a la gente reunida que él sería el hijo mayor del rey —agregó el profeta Natán—. El sacerdote Abiatar le dio una bendición, y Joab, como comandante de las unidades reales, ante el ejército declaró que todo se hizo de acuerdo con la voluntad de David.

—Las personas reunidas en el valle ni siquiera se atrevieron a pensar que Adonias podría declararse rey sin haberlo acordado antes con su padre. Después de todo, sería una ofensa para

Yahveh —comentó Salomón con una calma inusual ante esa situación—. No es culpa de la gente que lo vitoreaba. No podían saber que les mentía.

—Tienes razón —admitió la reina con satisfacción, notando la reacción equilibrada de su hijo—. ¿Alguien podría imaginar que se puede ser tan insolente como para declararse rey contra la voluntad del reinante? ¿Quizás Adonias se volvió loco?

—Todos somos personas justas, nos rendimos a los gobernantes, creyendo que son sabios y por eso debemos confiar en ellos —explicó Salomón con más detalle el comportamiento de las multitudes—. Y Adonias no está loco, eso es seguro —agregó—. Simplemente aprovecha la situación. Él es un soldado, estimó que era hora de actuar. Creo que pensó que cuando se pusiera la corona, mi padre pensaría que Dios obviamente lo querría así. Al hacerlo, pensó que un rey enfermo no tendría la fuerza o la voluntad de cambiar lo que ya había sucedido.

—Salomón tiene razón —admitió Zadok—. No sé cómo reaccionará el rey cuando se entere. Aún no lo sabe, ¿o sí? —Se aseguró de mirar a Betsabé y a Salomón, y cuando ambos confirmaron sus suposiciones, continuó—. Es cierto que ahora hay una fiesta en el valle. Por orden de Adonias se comenzó una ruidosa celebración.

— ¿Qué hacer en esta situación? ¿Han ido las cosas demasiado lejos? —Las manos de la reina estaban temblando—. ¡Solo miren!

— ¿Tal vez sucedió por la voluntad de Yahveh? —En voz baja, pero expresiva, Salomón dio su opinión—. Adonias puede ser un buen rey después de todo. Es valiente, conquistará rápidamente nuevos territorios, fortalecerá nuestras fronteras, gobernará con mano firme y decidida. Yahveh pudo cambiar de opinión. Me vio en el trono alguna vez, pero ¿y si ahora prefiere a Adonias?

— Príncipe, perdóneme, pero tengo una opinión diferente sobre este tema —protestó Natán—. Por la voluntad de Yahveh, tu padre unió a Israel. Somos más fuertes que nunca. Ahora es el momento de fortalecer y estabilizar lo que tenemos. El tiempo de las guerras ha pasado, necesitamos paz y un gobierno sabio. Tienes que construir, crear, desarrollar. Un guerrero no hará eso. Israel ahora necesita un gobernante sabio y pacífico. Sabes desde hace mucho tiempo que Jehová te eligió. Tu padre lo dijo muchas veces. Tu tarea será construir, eso incluye la erección del templo para el Arca de la Alianza. ¡Adonias no hará eso!

—Todos sabemos que quien debe gobernar a Israel es Salomón —dijo la reina—. Pensemos en cómo revertir el curso de los acontecimientos. ¡Y rápido!

—Estoy de acuerdo en que se debe actuar de inmediato —dijo Zadok—. Apurémonos y oremos, ¡ojalá no sea demasiado tarde!

—Señora, hable con el rey lo antes posible. Yahveh le dará los pensamientos y las palabras correctas —le aseguró Natán—.

—Mi padre está dormido, está débil —Salomón estaba preocupado—.

—Le aseguro que estará agradecido de que lo hayan despertado —dijo Natán—.

—Conozco a David desde hace años. También asumo que la necesidad de una acción rápida le dará fuerza —el profeta Zadok lo apoyó—.

Al cabo de un rato, la reina estaba en la habitación de su cónyuge y se inclinó sobre él.

—Mi Señor —susurró ella, y cuando él abrió los ojos, arrodillándose, ella le besó la mano—. En el nombre de Dios, prometiste que nuestro hijo Salomón será rey después de ti.

—Sí —dijo con voz tranquila, ya despierto—.

— ¿Así que no sabes, mi amado, que Adonias se proclamó rey? ¿Lo hizo sin tu conocimiento?

David se levantó. Como lo predijo Zadok, la noticia lo sacudió, pero, paradójicamente, también le dio fuerzas.

— ¡¿Qué?! —su voz, antes muy débil, sonaba tan fuerte que el profeta Natán, que escuchaba desde la puerta de la cámara, estaba seguro de que Betsabé acababa de contarle a su esposo las noticias inquietantes y decidió entrar—.

—Señor —se inclinó mientras se acercaba a la cama—. He oído que ya le informaron de los hechos recientes.

— ¿Cuál es el significado de lo que acabo de escuchar? ¡Habla! —David se enderezó, un rubor apareció en sus mejillas—.

—Oh rey, mi señor, Adonias hizo un sacrificio de muchos bueyes, toros y ovejas gordas junto a la piedra de Zohélet, y se proclamó a sí mismo como rey. Invitó a otros hijos reales, comandantes militares y al sacerdote Abiatar a la ceremonia. Comen y beben con él, gritando: ¡Viva el rey Adonias! No me invitó, ni al sacerdote Zadok, ni a Benaía, ni a Salomón. ¿Todo esto sucedió según tu voluntad? ¿Realmente quisiste revelarnos a nosotros, tus siervos, quién se sentará en el trono de Israel después de ti? [7] ¿Dejaste que Adonias se pusiera tu corona?

—Natán, quien conoce la voluntad de Yahveh mejor que tú. Soy su fiel servidor. —Nuevas fuerzas llegaban a David con cada palabra que decía—. ¡Adonias hizo lo que hizo sin mi consentimiento! Después de mí, el rey de Israel será Salomón. ¡Ni Adonias ni nadie más, solo Sa-lo-món! —dijo deletreando—. Está decidido.

Betsabé miró a su esposo con creciente alegría. Tuvo la esperanza de que lo que iba a pasar le devolviera la fuerza y se recuperaría por completo. «Tal vez él necesitaba ese desafío», pensó.

—Esto es lo que harán —dijo el rey—. Tan pronto como termine de hablar, irás a Guijón con Salomón. Allí, el sacerdote Zadok y tú, Natán, únjanlo con aceite santo. Que toquen los cuernos y griten tan alto como puedan « ¡Viva el rey Salomón!». Benaía estará contigo junto a mis guardaespaldas. Toquen, bailen y celebren; que el mundo sepa que tenemos un nuevo rey. Entonces ven al palacio, deja que Salomón se siente en el trono. Lo esperaré y le pondré la corona yo mismo.

— ¡Que mi señor David viva para siempre! —Dijo la feliz reina—.

Sucedió como él ordenó. Fueron a Guijón. Allí, el profeta Natán y el sacerdote Zadok tomaron el cuerno lleno de aceite y ungieron a Salomón. Cuando sonaron las trompetas, la gente gritó: « ¡Viva el rey Salomón!». Entonces todos lo siguieron al palacio. Tocaban flautas y se alegraron tanto que la tierra tembló.

Mientras tanto, Adonias y los que festejaban con él en la piedra de Zohélet, escucharon los sonidos de las trompetas que venían de la ciudad. Era una señal de que algo especial sucedía. Adonias sintió ansiedad. Momentos después, Jonathan, el hijo del sacerdote Abiatar, vino corriendo y el asunto se aclaró.

—Señor —el muchacho inclinó la cabeza ante Adonias—. Sacerdote —también hizo una reverencia a Abiatar, quien era su padre, pero desde la infancia le enseñó a su hijo a no decirle padre en situaciones oficiales, sino sacerdote—.

Adonias sintió que en un momento escucharía algo que no le gustaría. Después de todo, el hijo del sacerdote, quien lo había ungido como gobernante hace un momento, debería llamarlo rey, pero no lo hizo. « ¿Por qué? ¿Qué sucedió en la ciudad? » Pensó, estaba muy preocupado, pero trató de no mostrar el miedo que de repente apareció en su corazón con gran fuerza.

— ¡Habla! —le ordenó al muchacho—.

—Nuestro señor y rey, David, nombró a Salomón como el nuevo rey. El sacerdote Zadok y el profeta Natán lo ungieron en Guijón. Salieron de allí, toda la ciudad temblaba con cantos, música y gritos de alegría. De ahí los sonidos que le llegan. Salomón ya está en el palacio y él se sienta en el trono real. Yo estaba al momento que el rey David habló. Él dijo: «Que Yahveh, el Dios de Israel, me dé un sucesor en mi trono hoy, para que pueda verlo con mis propios ojos».

Las palabras de Jonathan fueron escuchadas por casi todos los presentes alrededor de la mesa de Adonias. Aquellos que comían también escucharon, porque casi inmediatamente empezaron a murmurar.

Al cabo de un rato casi no había nadie en la plaza. La gente, tan pronto como se dieron cuenta de que habían sido víctimas del engaño de Adonias, en silencio, pero también con gran prisa, fueron a la ciudad para adorar al legítimo rey. En el valle, Adonias se quedó solo con Joab, Abiatar y varios soldados.

— ¿Qué haré? —Adonias sabía qué castigo infligiría a alguien que se comportara como él. Estaba nervioso y no trató de ocultarlo—.

— ¡Tiene que huir! —Joab tampoco dudó sobre el destino que le esperaba, a él y a sus cómplices, por arbitrariamente llamarse rey— ¡Tiene que huir! ¡Y lo antes posible! Los soldados de Salomón estarán aquí pronto. ¡Luego vendrán por nosotros! ¡Nos buscan!

—No entre en pánico —el sacerdote trató de tranquilizarlo—. No hicimos nada que requiriera el castigo más severo.

—No es pánico sino sentido común. Ya saben que, al igual que yo, somos culpables de traición. —Joab no tenía dudas—. Adonias por lo que hizo, será ejecutado inmediatamente y nosotros igual con él. Un rey sería un tonto si actuara de otra forma. Y como sabemos, él no es un tonto. ¡Huyamos, mientras aún hay tiempo!

Sin embargo, cuando ninguno dio ni un solo paso, Joab inclinó la cabeza delante de ellos, se dio la vuelta y caminó rápidamente hacia el caballo que la brida le había dado.

—Hagan lo que quieran. Tal vez nos encontremos en tiempos mejores —gritó abrazando los lados del animal—.

Miraron en silencio al jinete que se alejaba rápidamente.

—Señor, el templo garantizará tu seguridad —aconsejó Abiatar a Adonias cuando Joab desapareció después de la primera roca—. Agarre los cuernos del altar, la ley eterna dice que aquellos que no actuaron adecuadamente pero no fueron guiados por malas intenciones, están   protegidos. Nadie se atreve a profanar la ley sagrada del asilo.

— ¿Estás seguro? —Adonias buscó esperanza en sus palabras—.   ¿Y si Salomón no respeta esta ley?

—Él las respeta, es sabio —le aseguró Abiatar—.

— ¡Oh! —Tomo sus palabras como un consuelo—. Prométeme, en nombre de nuestra amistad, que irás con Salomón ahora y le pedirás que prometa que no me matará. Solo le tengo miedo a la muerte —agregó con más calma—. ¿Lo harás? —fue hacia el sacerdote y lo tomó por su largo abrigo— ¡promételo!

Abiatar se estremeció. Nunca había visto tanto horror en los ojos de quien se había proclamado rey un momento antes. El temor de Adonias se le contagió.

*Reino de Saba, Marib.
Mientras tanto

—La persona a la que estoy destinada pronto estará sentada en el trono —dijo Makeda, estirándose después de despertarse—.

Ella estaba feliz. Estaba recostada en una cama grande que el rey había ordenado recientemente construir con la mejor madera de cedro del Líbano. Nikal mimaba a su hija sin moderación. Pensé que él estaba tratando de compensarla por la ausencia de su madre, pero, por supuesto, no vi nada inapropiado al respecto.

— ¿Se sentará en el trono? ¿Tuvo un sueño? —Pregunté, sentándome junto a ella—.

Me abrazó con sus pequeñas manos y, según el contrato, así era como me contaría sus visiones, me susurró al oído para que nadie más escuchara.

—Caminó hacia el gran trono. Vi su espalda. Ya estaba en los escalones, pero algo le impedía ir más alto. Se detuvo. Como si dudara. Esperaba que se diera la vuelta y viera su rostro, pero desapareció.

— ¿Algo más? —le pregunte—.

—Dondequiera que estuviera, brillaba el sol.

— ¿Había gente con él?

—No vi a nadie...

*El Reino de Israel
Mientras tanto

—Dios bendiga a Israel, por haberme dado a un sucesor al trono hoy [8] —El rey David, para sorpresa de todos, tenía una voz muy fuerte—.

La coronación de su hijo le dio fuerza. Sus ojos brillaban, sentía orgullo y creía que Salomón sería el gobernante perfecto.

—Sé valiente, como corresponde a un hombre —agregó, dirigiéndose directamente a él—. Recuerda, sirve a Dios, camina por sus caminos, obedece sus leyes, mandamientos y ordenanzas. Ordena, como está escrito en la ley de Moisés, que puede guiarte en todo lo que haces y a donde quiera que vayas. De esta manera, las palabras que me dijo Yahveh se cumplirán: «si tus hijos me son fieles con todo su corazón y con toda su alma, nunca te quedarás sin un descendiente que se siente en el trono de Israel.

Salomón se arrodilló.

—Así será. Cumpliré la voluntad de Dios, padre.

No logró levantarse cuando un mensajero llegó corriendo al trono. Sin aliento, se inclinó, luego miró a David y, mirando a Salomón, jadeando, dijo:

—Señor, ya no hay nadie con Adonias. Todos lo dejaron. La gente ahora está corriendo hacia la ciudad para inclinarse ante el legítimo rey. El sacerdote Abiatar estará aquí pronto. Adonias le rogó que suplicara piedad por él.

Los ojos de los presentes se centraron en Salomón cuando el mensajero dijo las últimas palabras. David también veía a su hijo, en silencio.

— ¿Qué debo hacer? —Se preguntó—. Si lo mato, será mi primera decisión como rey. No quiero empezar a gobernar con una condena. Si lo dejo ir, la gente lo verá como debilidad o miedo. Sé que el hijo de Adonias nunca reconocerá al rey en mí. Siempre pensará que es cien veces mejor que yo. A la primera oportunidad querrá derrocarme...

Su meditación fue interrumpida por la entrada del sacerdote Abiatar.

—Rey, quiero rendirle homenaje —comenzó, inclinándose—.

David sonrió. Estaba seguro de que Abiatar se comportaría así: se agacharía y fingiría que no tenía nada que ver con la coronación falsa.

—Tú eres el rey legítimo, a quien Yahveh eligió —bajó su cabeza—.

— ¿Qué te trae por aquí, sacerdote? —La expresión de Salomón era fría—. Habla honestamente. Quiero escuchar la verdad de tus labios.

—Vengo de hablar con Adonias quien cometió un terrible error. Sin embargo, se ha dado cuenta y pide perdón. Temblando de miedo, se aferra a los cuernos del altar y dice: « ¡Que el rey Salomón me prometa hoy que no destruirá a su sirviente! ». Adonias cree en el derecho de asilo para aquellos que han cometido un delito sin razón.

Salomón se quedó en silencio considerando su respuesta. Finalmente dijo:

—En la ley de Moisés está escrito: «Si resulta que tuvo buenas intenciones, ni un cabello caerá de su cabeza, pero si se encuentra culpable, tendrá que morir».

—Rey, habla en acertijos. —Abiatar contó con el deseo de Salomón de refinar sus intenciones, y no quería que lo consideraran atrevido, o Dios no lo permita, contrariar al rey —.

— ¡Que Adonias se pare frente a mí en este momento! —Salomón le dio una señal de que el tiempo dado para la audiencia había pasado, luego hizo una señal a Benaía, el comandante de los soldados—. Trae a Adonias aquí. ¡Inmediatamente!

Benaía fue a obedecer la orden, y la discusión se desató. Los reunidos no prestaron atención a la presencia del viejo y el nuevo rey. Primero, en voz baja, y después de un rato cada vez más fuerte, se preguntaban qué castigo debería recibir el usurpador.

Más rápido de lo que nadie podría haber esperado, Benaía regresó. Él no estaba solo. Los ojos del público se centraron en Adonias. Estaba rodeado de soldados. No se parecía en nada a un hombre que, por la mañana, se proclamó rey. Estaba encorvado, parecía arrepentido, no apartaba los ojos del suelo.

— ¿Adonias? —Salomón lo saludó cuando se paró justo delante del trono—.

Sólo entonces el culpable se atrevió a mirar hacia arriba. Aparentemente, leyó algo en los ojos de Salomón que le dio esperanza, porque se enderezó.

—Si es verdad lo que hemos oído, y si comprendes cuán grande ha sido tu error y pecado, debes humillarte de inmediato.

Luego hubo silencio. Ni el aire soplaba. El tiempo pasaba. Adonias permaneció inmóvil. La tensión estaba creciendo. Finalmente, es probable que haya entendido el significado de lo que escuchó, porque cayó de rodillas y agachó la cabeza. Entre los presentes se podía escuchar un suspiro de alivio.

Sin embargo, el gesto de Adonias hacia Salomón no fue suficiente. Salomón lo miraba expectante. El hombre arrodillado levantó ligeramente los ojos para ver los ojos del rey fijos en él. Entendió que la frente debía humillarse más. Los presentes al ver lo que pasaba, se volvieron a paralizar por la tensión.

Adonias cerró los ojos y se inclinó de tal manera que su frente tocó el piso.

La gente reunida miró a Salomón. Vieron que el usurpador tuvo la oportunidad y la aprovechó.

— ¿Qué hará el rey ahora? —Se preguntaban.

Salomón esperó el tiempo suficiente para que Adonias se diera cuenta de la situación. También quería que los presentes reconocieran que el ceremonial había terminado y que tenían un rey que era estricto y comprensivo en su sabiduría.

—Adonias —dijo Salomón—, hay seis cosas que odia el Señor, siete son un insulto: ojos altaneros, lengua falsa, manos con sangre de inocente, un corazón cubriendo planes malvados, piernas que siguen al mal, falsos testimonios y fomentar peleas entre hermanos [9]. Recuerda esto, te lo advierto. Sigue el camino correcto, y ni un cabello caerá de tu cabeza. Porque el Señor cumple los deseos de los justos, y siempre rechaza los deseos de los impíos. Confía en el Señor y en sus decisiones. Yahveh me ha puesto en el trono. Y él es quien me dirige. Los juicios divinos vienen de la boca del rey, sus labios no se equivocan cuando da oraciones. Respeta mis decisiones y vivirás.

Cuando David escuchó la decisión del nuevo rey, sonrió. Estaba seguro de que Yahveh, como siempre, sabía lo que estaba haciendo y puso a Salomón en el trono de Israel.

— ¡Ahora regresa a tu hogar y no te atrevas a hacer nada que enoje mi corazón! —Concluyó el nuevo regente —.

Como el rey, Salomón, dio su primera orden. Era simbólico: le perdonó la vida a quien tal vez era su enemigo más grande, pero lo hizo públicamente y bajo la ruidosa condición de que nunca actuara contra él. Y así, todos entendieron el veredicto de la asamblea. Admiraron la sabiduría del hijo de David y asintieron con aprobación ante la astucia del castigo. Estaban contentos de que Salomón fuera el sucesor de David.

Pasaron unos días. Las fuerzas que Dios le dio a David para terminar su trabajo terrenal comenzaron a desvanecerse. El viejo rey sintió que se acercaba el momento de partir hacia el seol, el eterno hogar final de todas las personas.

Para estar en armonía con el mundo, dejó al hijo en su habitación sin dejarlo deshecho y con pesar, y sin testigos le dio su última voluntad.

—Como saben, cada gobernante tiene innumerables amigos. Sin embargo, también tiene muchos enemigos. A los más ardientes e inflexibles, un rey razonable debería apartarlos de su camino. Siempre tramarán y harán todo lo posible para privarlo del trono, o al menos le impedirán significativamente ejercer el poder.

—Lo sé, padre. El gobernante tiene muchos deberes diferentes. Todos deben actuar con profunda fe y por el bien común.

David sonrió.

—Serás un buen rey...

—Me gustaría ser bueno y sabio, padre.

—El orgullo de todos son sus hijos. Me alegro de haber vivido hasta el momento en que te sentaras en el trono —suspiró al recordar los eventos de los últimos días—. Es bueno que te hayas enfrentado a Adonias, pero no cuentes con que esto es el final. Todavía puedes tener muchos problemas él. Será difícil para él estar subordinado, está decepcionado y amargado. Cuando me vaya, tal vez vuelva a intentar apoderarse de la corona.

—Lo vigilaré.

—Cuidado con el sacerdote Abiatar. Él está detrás de las ideas de Adonias.

—Padre, he estado observando como gobiernas durante años, conozco los mecanismos del poder.

—Dios te dará fuerza y todo lo que necesites. —El rey se enderezó sobre la cama—. Dejo algunos asuntos pendientes aquí en la tierra. Encárgate de ellos, por favor. Y termina el trabajo, necesariamente hasta un año después de mi muerte. Mientras tanto, limpia el campo, los gobernantes sabios lo hacen. Ha llegado el momento de construir.

—Terminaré lo que no lograste, lo prometo…

— ¿Sabes lo que le hizo Joab, el hijo de Sarvia? Mandó a matar a dos comandantes de las tropas israelíes, derramó sangre en tiempos de paz como si fuera plena guerra. Serás guiado en acción por tu propia prudencia y no dejarás pase a la otra vida sin encontrar la venganza. Debes encargarte de eso.

—Así lo haré, padre.

—Por otra parte, les mostrarás mucho respeto a los hijos de Barzilay de Galaad y los sentarás en tu mesa. Me mostraron amabilidad cuando hui antes de la guerra. Ellos me apoyaron. Le pagaremos con lo mismo.

—Así pasará.

— Simí, que está en Bajurín, estará cerca de ti. Él insultó cuando me dirigía a Mahanaim. Pero luego me buscó al Jordán, por eso le juré a Yahveh que no moriría por mi espada. Pero tú no tienes que cumplir eso. Eres razonable y sabrás cómo actuar. Que su cabeza blanca se ponga roja por su sangre el día de su muerte. [10]

—Padre, será de acuerdo a tu voluntad.

Poco después David se reunió con sus antepasados y fue sepultado en Jerusalén. Gobernó a Israel durante cuarenta años.

La ciudad estaba envuelta por el sonido de los cuernos y la oración en la tumba del Rey. « ¡Escucha, Israel! ¡El Eterno es nuestro Dios, el Eterno es el único! Amarás a Dios con todo tu corazón, con toda tu alma y con todas tus fuerzas…» [11]

Según la ley Mosaica, los entierros se llevaban a cabo lo antes posible. Muy a menudo inmediatamente después de la muerte. Y desde ese día comenzaba el período de duelo. Primero el Shiva [12], que duraba siete días. Durante este tiempo, la vida se detenía. No podías trabajar, leer las Escrituras o cooperar, incluso ni siquiera lavar o usar sandalias. Después de este período, comenzaba el shloshim, que duraba un mes. Hasta el momento, el luto continuaba, no podías participar en juegos, tampoco se te permitía cortarte el pelo. Luego venía el avelut, duraba doce meses, no se permitía el entretenimiento, y el hijo y la familia inmediata del rey rezaban al menos dos veces al día.

*El Reino de Saba
Mientras tanto

He estado durmiendo con Makeda en su cama por un tiempo. Mientras dormía, ella tomaba mi mano. Cantaba viejas canciones, la abrazaba y acariciaba. Nos reíamos comparando nuestras manos y pies. Los poníamos uno al lado del otro.

— ¿Cuándo será el mío como el tuyo? —preguntó ella—.

—Llegará el momento.

— ¿Mi piel se volverá tan negra como la tuya cuando crezca?

—No. Ya lo sabes. Hablamos de ello muchas veces. La mía es negra como el ébano, y la tuya es solo un poco más oscura que la madera de cedro.

—Una vez dijiste que la madera se oscurece con el tiempo.

—Eso no se aplica aquí. Tu madre era igual.

—Mi padre es más oscuro que yo —bromeó ella—.

—Pero solo un poco —le hice cosquillas, con la esperanza de que cambiara el tema, porque discutimos los problemas de color de la piel muchas veces—.

Makeda destacaba clara y frecuentemente que le gustaría parecerse a mí y estaba decepcionada de que no pudiera hacer nada al respecto.

—La gente es diferente —le dije—. Aquellos que viven al norte tienen una piel aún más clara que tú. Y al otro lado del Mar Rojo, la mayoría de las personas se parecen a mí. Pero la gente como tú está allí también. Dicen que hace mucho tiempo, en Punt, donde los padres del Príncipe Den, a quien tanto adoran, gobiernan hoy, llegó una expedición enviada por una gran reina egipcia.

—Hatshepsut —adivinó de inmediato—, sé de ella.

— ¿De dónde?

—Hablo con ella en mis sueños.

No comenté sobre lo que dijo, así que ella agregó:

— ¿No te sorprende? Diferentes personas vienen a mí en sueños y hablo con ellos.

— ¿Qué te dijo Hatshepsut?

—Que yo también seré una reina y ese es mi destino.

—Sí, sí. ¿Te contó sobre el viaje a Punt?

—Ja, ja, ja —se rió alegremente—. ¡Estaba bromeando! ¡Y tú lo creíste! Realmente lo creíste, ¡admítelo!

—Lo confieso —confesé sorprendida, desarmada, pero también un poco triste por su broma—.

Ella me atacó con besos.

—Estaba bromeando, mi padre me habló de Hatshepsut. Lo siento, no quería lastimarte —agregó, viendo mi cara—.

Y cuando sonreí dando la señal de que no había rencor, ella agregó:

—Quería ver si puedo hablar sobre lo que no es verdad para que me creas. Porque si tú me crees, y me conoces mejor que todas las personas del mundo, todos los demás también me creerán.

— ¿Para qué necesitas tal habilidad? Las reinas no mienten —le expliqué suavemente en respuesta a su broma—.

—No mienten. Y yo no quiero mentir. Siempre diré la verdad, pero nunca sabes qué habilidades pueden ser útiles en tu vida, ¿verdad? Siempre me lo dices.

—Tienes razón. Te animo a que aprendas algo nuevo, porque estoy convencida de que lo que aprendemos queda en nuestras cabezas para siempre. Nadie nos lo quitará.

—Bueno —concluyó conciliatoria—, cuéntame sobre la reina Hatshepsut y su viaje a Punt. Lo que me dijo mi padre es lo único que sé de ella.

Puso su cabeza en mi hombro y cerró los ojos.

—Hatshepsut fue la mujer más poderosa que gobernó Egipto. Ella vivió hace mucho tiempo. Se dice que su padre era Amón, el dios más grande de este país. Su madre era la reina Ahmose, la más sabia y hermosa de las mujeres. Hatshepsut supo desde pequeña que sería un faraón. No la reina, ni la esposa del rey, sino el rey, el faraón. Como un hombre. Podía hacerlo todo: sabía idiomas, matemáticas, geografía, arquitectura: construyó el actual templo que no solo los ojos y corazones egipcios disfrutan. Construyó muchos caminos, edificios sagrados y palacios. Fue por sus órdenes que se realizó el gran viaje a Punt. Los barcos de la reina fueron principalmente por incienso. Soldados y sacerdotes de diversas especialidades pasaron varios meses allí. Dejaron no solo regalos reales, un nuevo templo, sino también algo más. Pocos meses después de su partida comenzaron a nacer niños de color de piel clara. Es por eso que hasta el día de hoy, algunos habitantes de esas tierras tienen una tez clara.

— ¿No porque estas tierras pertenecen a Saba?

—Por supuesto, también por esta razón. Durante mucho tiempo estas áreas pertenecieron a nuestro reino, por lo que la diversidad de personas es grande allí.

—Preferiría ser tan hermosa como tú... —Makeda miró con admiración a los ojos de Seshep—.

—Te dije que el color de la piel no es importante. Lo que cuenta es el corazón y lo que tenemos en nuestras mentes.

— ¿Hatshepsut era muy inteligente?

—Extremadamente. Ella gobernó con sacerdotes y soldados. También podía pelear. Como faraón, se puso un atuendo masculino y se ató una barba.

— ¿Barba? ¿En serio? ¿Por qué?

—Quería que vieran un hombre en ella. En nuestro mundo, la masculinidad a menudo se relaciona con la fuerza.

—Eres fuerte y no eres hombre.

—Porque soy hemet. Podemos hacer todo. Al igual que todas las mujeres.

— ¿Cada una de nosotras somos fuertes?

—Cada una. A veces ni siquiera lo sabemos, pero lo somos. E incluso si no lo eres, puedes serlo.

Makeda se calló. Después de un momento se levantó y se sentó frente a mí.

—Si me convierto en reina, no usaré ropa de hombre ni me pondré barba —aseguró—.

Recuerdo esta conversación no solo por las palabras que se dijeron en ese momento, sino también porque esa misma noche Makeda tuvo otra visión.

Dormía tranquilamente, pero en un punto su respiración se volvió corta e interrumpida. Su cuerpo, cabello y camisa se humedecieron en un instante. Sabía que no podía despertarla. Ella estaba en un trance somnoliento. En un momento, ella abrió los ojos.

—Lo vi de nuevo… —dijo ella—.

— ¿A quién, cariño?

—Al que está destinado para mí.

Limpié su frente mojada con la mano.

—Lo vi con la corona. Se convirtió en el rey. Estoy delante de él e inclino mi cabeza… Y él se inclina ante mí.

Busqué una tela. No quería interrumpirla, así que solo le limpié su cabello y cuello. Ella no pareció darse cuenta de lo que estaba haciendo.

—También vi mucha sangre. Las espadas afiladas perforaron los corazones de sus enemigos… ¿Y sabes qué más? Experimenté algo muy extraño: sentí allí la presencia de un tipo de luz desconocida, poderosa y sobrecogedora a la que tengo que ir. Era un poder que no conozco, ni puedo nombrar.

—No todo tiene que tener nombre —le aseguré—.

—También vi camellos, una gran caravana —continuó, como si no hubiera escuchado mis palabras—. Ya era adulta. Me vi con coloridos chales, viajaba en un asiento cubierto sobre un camello blanco. Tú estabas allí también. Estabas montando a mi lado. El viaje duró mucho meses. Nos encontramos con tormentas de arena, en lo oasis no había agua para que bebieran los animales, no todos sobrevivieron al viaje... pero llegamos al destino a salvo. Luego, en buenas condiciones, volvimos a Saba, que estuvo a salvo en nuestra ausencia. En esta visión podía sentir la arena del desierto en mi boca y el viento soplando en mis mejillas. Yo estaba allí, vi todo claramente. Nos vi desde arriba, me sentí como un pájaro. ¿Sabes qué más vi? Llevábamos regalos muy valiosos para el rey.

*El reino de Israel
Mientras tanto

Cuando el periodo de shloshim terminó y el avelut todavía se llevaba a cabo, Adonias fue con Betsabé.

—Qué querrá el desafortunado —se preguntó la reina—.

Ella sentía pena por él. Sabía que su hijo lo privaba de todos los honores y privilegios. Y aunque recordaba perfectamente los eventos de hace unos meses y cuánto Adonias era entonces arrogante, al ver su dolorosa actitud y expresión, ella lo invitó a sentarse.

—Señora, madre del rey, reina, le pido gracia y apoyo —comenzó, sintiendo acertadamente que su total arrepentimiento causó el efecto deseado. Contaba con ello. Creía que si tenía a Betsabé de su lado, lograría implementar el inteligente plan que el sacerdote Abiatar le había dado, además Joab lo apoyaba—.

—Sabe que el reino me pertenecía recientemente, y los ojos de todo Israel estaban dirigidos hacia mí, esperando que yo fuera el rey. Pero bueno, el poder me fue arrebatado, porque Yahveh se lo dio a mi hermano. Lo acepté, no se discute con la voluntad de Dios. Sin embargo, reina, ante ti, una mujer que tiene un corazón tan grande, no voy a ocultar cuánto sufro.

—Ha pasado mucho tiempo, ¿no deberías ya haber superado lo que pasó? —La reina tomó sus palabras de buena manera—.

—No seré rey, acepté esto y le agradezco a Yahveh que inspiró a Salomón a perdonarme por lo que hice.

—Un error que enseña humildad es mejor que el éxito que te hace arrogante. Gracias a Dios, Adonias, que no te convertiste en rey, porque siento que serías arrogante como gobernante. Recuerdo tus gastos, carros y caballos corriendo por Jerusalén sin prestar atención a las personas ni a los animales. ¿Recuerdas cómo, a tus órdenes, dondequiera que fueras, cincuenta personas siempre corrían frente a ti, para que la gente viera al futuro rey? Eras ambicioso y engreído. A Dios no le gustó.

— ¿Quién sabe cómo sería el destino del mundo si me hubiera convertido en rey? Sin embargo, eso no importa. Hoy solo hay humildad en mí —respondió él, recordando por qué había ido a ella—; humildad y una gran súplica de ayuda.

La miró de tal manera que no sospechara que estaba tramando algo, pero su emoción parecía sincera, así que a pesar de sus malas experiencias anteriores, creyendo en sus buenas intenciones, ella decidió escucharlo.

—Reina, amo a una mujer —confesó en voz baja—. ¿Quién más me entenderá mejor que usted?

Había tocado su punto débil. Él sabía que, para ella, el amor era lo más importante del mundo. Y que por ello vale la pena vivir. Tenía razón, Betsabé estaba dispuesta a escucharlo. Ella se inclinó hacia él.

— ¡Habla!

— ¡Es mi única esperanza y salvación, reina! ¡Prométame que no rehusará ayudarme, por favor!

—Te escucho. ¡Habla!

—Mi mayor deseo es calmar mi corazón —suspiró—. Le estoy pidiendo mucho, dígale al rey, estoy seguro de que me permitirá que Abishtag sea mi amada. Desde que la vi no tengo paz. Antes, respetando a mi padre, a quien cuidaba tanto de día como de noche, ni siquiera intenté acercarme a ella. Después de la muerte del rey, todos estábamos de luto, así que no hubo circunstancias adecuadas, pero ahora creo que ha llegado el momento de que revele mis sentimientos y planes para con ella.

— ¿Ella lo sabe?

—No lo creo. Pero la propuesta del hermano del rey será sin duda el mayor de los honores para ella.

La reina lo pensó. A ella le agradaba Abishtag. Durante los últimos meses de la vida del rey, ella lo cuidó con el mayor cuidado. Betsabé pensó que tal vez a Salomón le interesaría la chica, pero no expresó el menor deseo. Por lo tanto, según ella, nada le impedía recibir a Adonias. «No será rey, que al menos tenga a la que ama», pensó.

—Bueno, se lo diré al rey —terminó la reunión—.

Más tarde, ese mismo día, ella fue con Salomón y le presentó la solicitud de Adonias.

—Madre, él todavía cuenta con sentarse en el trono. ¿No lo ves?

—Admito que no.

—Si Abishtag, que estaba calentando la cama de mi padre, se convirtiera en su esposa, la gente reconocerá que heredó una mujer de David, por lo que tiene derecho a la corona.

— ¿Qué estás diciendo?

—Esa es la antigua tradición. El hijo mayor hereda a la última mujer de su padre, y todo lo demás. ¡Eso incluye su corona! Las tradiciones son difíciles de cambiar. La gente cree en su poder. Además, Adonias todavía tiene a Abiatar y al sacerdote Joab de su lado, y ellos todavía son fuertes. Al solicitar a Abishtag para él, bien podría pedirme que le dé la corona.

—Hijo, no sospeché que tuviera tan malas intenciones. Me habló y me conmovió con una historia de amor. Le creí, a pesar del hecho de que no me agrada, ni lo respeto.

Salomón se levantó de su silla.

— ¡Que Dios me envíe todo lo peor, si él no tenía otras intenciones con esta petición! ¡Ha cruzado todos los límites! Voy lidiar con él hoy mismo. ¡Por Dios, quien me dio fuerzas y me sentó en el trono de mi padre, juro que hoy Adonías sabrá lo que pienso! ¡Y en cualquier momento el castigo llegará para sus partidarios!

Más tarde, ese mismo día, Benaía, a quien los habitantes de la ciudad llamaban «El brazo armado de Salomón», llevó a cabo una orden. De su mano, atravesándolo con una espada, Adonías, el mayor adversario de Salomón, fue asesinado.

En el momento en que esto estaba sucediendo, el rey llamó al sacerdote Abiatar.

—Te condeno al exilio. Y agradece que te dejara ir a tus fincas en el campo, porque mereces morir. Pero hoy no te mataré porque llevaste el Arca de la Alianza ante mi padre y lo apoyaste durante sus sufrimientos. En su memoria, vivirás. Ahora, sal de mi vista de inmediato.

Esto, sin embargo, no fue el final de la purificación del campo, que el padre de Salomón recomendó antes de su muerte.

Tan pronto como las noticias llegaron a Joab sobre lo que estaba sucediendo, corrió al templo. Pensó que si la ley de asilo, al agarrar los cuernos del templo, salvó a Adonías aquel día, también lo salvaría a él.

—Comandante, el rey le ordena que abandone el templo —gritó Benaía, enviado por Salomón—.

—No me iré. ¡Prefiero morir aquí!

Benaía temía profanar el templo, además de que Joab era su comandante. Inmediatamente llevó las palabras de Joab al rey.

—Como Joab quiera —respondió el rey—. Durante tiempos de paz, mató a los mejores comandantes de mi padre, hombres que eran justos y mejores que él. Su sangre caerá sobre la cabeza de Joab y sobre las cabezas de todos sus descendientes para siempre. Por otro lado, que la paz de Yahveh descienda sobre los descendientes de David. Benaía, cumple mi voluntad sin dudar, porque la ley de asilo solo es válida para aquellos que han cometido crímenes involuntariamente. Y Joab no solo asesinó inocentes, sino que buscó refugio en el templo, sabiendo que no tenía derecho a hacerlo.

Benaía regresó al templo y cumplió la orden de Salomón.

Más tarde, ese mismo día, el rey lo nombró comandante del rey en lugar de Joab. Y como remplazo del sacerdote Abiatar nombró al fiel Zadok.

De los tres enemigos más grandes de Salomón, dos estaban muertos. Y de entre los indicados por su padre, solo Simí permanecía vivo.

El rey lo llamó y le ordenó que construyera una casa en Jerusalén y que nunca abandonara las murallas de la ciudad.

—Si dejas la capital, debes saber que no escaparás a la pena de muerte —agregó—. El que corra tu propia sangre es tu responsabilidad.

—Le agradezco rey, seguiré sus órdenes —Simí apreció la bondad del rey—. Nunca dejaré la ciudad, para evitar la pena de muerte.

Así fue como pasaron los primeros meses del gobierno de Salomón.

*El reino de Saba, Marib.
Un mes después

Un hombre con una cicatriz en la cara, cubriéndose la cabeza con un chal, salió del palacio real por una salida lateral. Nadie lo vio.

Momentos después, las voces de los sirvientes se llenaron de miedo y terror.

— ¡El príncipe Sirah, heredero al trono, está muerto!

*El reino de Israel
Tres años después

El último a quien el rey Salomón mandó a asesinar después de la muerte de David, fue Simí. Desde el momento en que el rey le prohibió salir de Jerusalén bajo la pena de muerte, habían pasado tres años. A lo largo de ese tiempo, Simí no se alejó de la ciudad ni siquiera un paso. Un día, sin embargo, sus dos sirvientes huyeron a la ciudad de Gat. Sin pensarlo, decidió traerlos de vuelta en persona. Cuando estuvo de nuevo en Jerusalén, Salomón lo llamó.

— ¿No te lo juré por Yahveh? ¿No te advertí que morirías si te ibas de la ciudad? ¿No me respondiste en el momento en que lo que escuchaste que cumplirías? ¿Por qué, entonces, no has cumplido tu juramento a Yahveh? ¿Por qué has desobedecido mi orden? [13]

El rey hizo silencio. Pero no solo porque terminó de hablar. Los presentes vieron claramente con qué esfuerzo trató de contener su ira. Al cabo de un momento volvió a hablar.

—Lo sabes bien y llevas en tu corazón el daño que le hiciste a mi padre David. Yahveh te hizo llevar toda tu perversidad sobre tu propia cabeza. Morirás porque rompiste los acuerdos que hicimos.

Luego dio la orden a Benaía, quien mató a Simí de un solo golpe. Así es como murió el último de los tres de quienes David le habló antes de su muerte.

El poder del rey en las manos de Salomón se hizo más y más fuerte.

CAPÍTULO II

TIEMPO DE LUCHA Y PAZ

La princesa Makeda tiene nueve años.

*El reino de Israel
*Jerusalén

Tamrin, el mercader más rico del reino de Saba, era un hombre fuerte, de casi cuarenta años. Él acababa de llegar a Jerusalén. No quería que ninguno de los mercaderes o cualquier otra persona con los que pudiera encontrarse en su vida reconocieran al enviado del rey Saba en el humilde viajero. Por eso iba en compañía de solo dos sirvientes. Era la primera vez que estaba en esta ciudad. Llegó por orden de Nikal para ver, si como se decía, Jerusalén era extraordinaria y para aprender sobre la sabiduría del rey Salomón, cuya fama se estaba extendiendo en el mundo tan rápido como el viento del norte.

La piel oscura de su rostro, azotada por los vientos y quemada por el sol en numerosas expediciones, estaba llena de arrugas. Sin embargo, estaban dispuestas de tal manera que no parecía más viejo de lo que era, pero daba la impresión de que había vivido mucho.

Desde muy temprana edad, acompañó a su padre en expediciones comerciales. Cuando tenía dieciséis años, por primera vez completó una pequeña pero importante caravana. Luego dirigió camellos que llevaban incienso de incalculable valor. La ruta no fue larga. Navegó por primera vez en uno de los barcos del padre de este a oeste de Saba, desde donde se trasladó al sur de Egipto. Era peligroso, ya que las tierras de los faraones en ese momento estaban en paz, pero la responsabilidad de la entrega del producto más precioso que el oro, era enorme. Personas y animales sobrevivieron a la expedición sin prejuicios. Entonces, si alguien tenía la más mínima duda de si el joven Tamrin sería digno de representar a su padre, desaparecerían después de esa expedición.

Incluso los hilanderos más antiguos y escépticos, confiaban en que Tamrin podría conducir la caravana de manera eficiente. Desde entonces, viajaba tan a menudo que no logró establecer una familia. Ni siquiera se casó cuando su padre murió; como el hijo mayor heredó la parte principal de la finca. Muchas personas lo urgieron a hacerlo. Las mujeres hermosas y sabias que estaban dispuestas a acompañarlo eran innumerables, pero él confió la administración de la finca a su hermano menor y se dedicó a las expediciones y el comercio.

Ya era dueño de 200 camellos y 30 barcos. Era considerado el habitante más rico de Saba, inmediatamente después de los miembros de la familia real, por supuesto. Dondequiera que iba, como su padre, a menudo no solo se representaba a sí mismo; era también un enviado del rey. Como era de confianza, le proporcionaban cartas, regalos e información. Recolectó noticias en los tribunales más importantes del mundo, que luego pasó a Nikal. Él mismo los usaba también. Gracias a esto, pudo duplicar en poco tiempo y luego triplicar la propiedad dejada por su padre.

—La información es poder —solía decir—. Nada es tan valioso. Ni el oro ni el incienso.

Tamrin ha oído muchas veces historias sobre el lejano Israel. Se había prometido durante mucho tiempo que iría allí. Y tuvo la oportunidad. El rey Nikal se lo pidió personalmente. Quería que le proporcionara información sobre el rey Salomón, sobre el país que gobernaba y sobre su dios; que parecía tener más poder que cualquier otro.

Entonces, cuando completó con éxito otro viaje a Egipto, envió personas a Saba y fue a Israel él mismo.

Y allí estaba en Jerusalén, la capital del país, de la que tanto había oído hablar desde su primera infancia. Y cuyo rey, por razones desconocidas para Tamrin, intrigaba a Nikal.

Dos días después, se encontraba entre la multitud escuchando las decisiones de Salomón. Era un día de juicio.

Aquellos cuyas disputas no pudieron ser juzgadas por el supervisor de las doce tierras que formaba parte de Israel, llegaban a Jerusalén para someterse al juicio del gobernante. Sus decisiones eran definitivas, porque se sabía que la sabiduría del rey venía directamente de Yahveh. Tamrin se enteró de esto antes de emprender un viaje que le encargó Nikal. En los oasis donde se alojaba, en las hogueras de la noche, en las casas de huéspedes donde pasaba la noche en el camino, todos sabían quién era Salomón. Se decía que era superior a todos los hijos de Oriente y los sabios egipcios porque su Dios le daba sabiduría, perspicacia mental y amplio conocimiento. Conocía la naturaleza de las personas, entendía el lenguaje de los animales, sabía todo sobre las plantas. El mundo no tenía secretos para él. Incluso se dijo que era capaz de controlar a los demonios, quienes a su mando ejecutaban sus órdenes.

Antes de que Tamrin llegara a Jerusalén, escuchó tanto del esplendor de Salomón que cuando finalmente lo vio, se sintió decepcionado.

Cuando entró en el salón de las congregaciones, lo vio en el trono, vio que era alto, guapo y, a primera vista, seguro de sí mismo, pero un hombre corriente. Él sonrió para si mismo.

—Tengo años y experiencia, pero después de lo que oí sobre este hombre, no esperaba ver a un mortal, sino a un dios —se reprendió a sí mismo—. Soy ingenuo.

Luego se trajeron dos rameras ante el rostro del rey. Ambas eran jóvenes y bonitas. Y estaban muy angustiadas. Detrás de ellas había un guardia que contenía una fuerte disputa entre ellas.

—Hablen. Quiero escuchar lo que cada una tiene que decir al respecto —Tamrin escuchó la voz de Salomón—.

Tuvo una revelación. Era la voz del bien y la sabiduría. Le parecía que no escuchaba las palabras de un hombre, sino de alguien que está por encima de todo lo mundano. Que tiene contacto directo con otro mundo. Sonaba claro y melódico. Pero su voz era tan fuerte que uno podía tener la impresión de que llegaba a los rincones más lejanos de la ciudad; tal vez incluso a todo Israel. El cuerpo de Tamrin se estremeció. Por fin sintió que las historias que había escuchado no eran exageradas, en realidad estaba tratando con alguien inusual. También sabía que quien veía y escuchaba a Salomón no lo olvidaba hasta el final de sus días.

—Misericordia, mi señor —dijo la primera mujer—. Ella y yo vivimos bajo un mismo techo. Di a luz a un niño. Ella dio a luz tres días después de mí. Éramos solo las dos, nadie excepto nosotras estaba en casa. —Miró con desprecio a su oponente—. Durante la noche, el bebé de esta mujer murió. Luego se levantó en medio de la noche, tomó el mío, de mi propio vientre, y puso el suyo, muerto, contra mí. Cuando me desperté para alimentar al bebé, vi que estaba muerto. Pero luego, observándolo más de cerca, noté que no era el niño que había nacido de mí.

— ¡No, mi hijo está vivo, y el tuyo está muerto!

— ¡Nunca! ¡Es tuyo, el mío está vivo!

— ¡Estás mintiendo!

Las mujeres se lanzaron golpes una contra otra. Los guardias las separaron rápidamente. La lucha duró solo un momento, pero incluso cuando cesó, ambas seguían lanzando insultos. Un público conmovido expresó su apoyo a una o a otra.

Cuando las emociones parecieron elevarse hasta el techo, Salomón levantó la mano. Las discusiones y los gritos cesaron inmediatamente. Era evidente la gran autoridad de la que disfrutaba.

—Esto es lo que escuché —dijo él con voz serena y confiada—, una de ustedes dice: un niño que vive es mío, mientras que el que está muerto es de ella. La otra dice: ¡No hay medida! El que está muerto es tuyo, mi hijo está vivo. —Tomó una larga pausa—. Esto es lo que el rey manda: tráeme una espada aquí. Corta al niño con la espada y dale una mitad a una mujer y la otra mitad a la otra.

El guardia sacó al niño del bulto y caminó con el niño al trono. El segundo guardia levantó su espada para ejecutar la orden del rey. Las personas reunidas contuvieron la respiración.

Entonces una de las mujeres gritó, lanzándose a los pies de Salomón:

— ¡Ah, mi señor! ¡Que se lleve ella al niño, no lo maten! ¡Se lo ruego!

— ¡Si no lo puedo tener, tampoco ella! —gritó la segunda—. ¡Córtelo!

Hubo gritos de terror entre los reunidos. Todo se convirtió en un tumulto.

El rey esperó un momento, luego levantó la mano de nuevo.

— ¡Guardián, guarde la espada! Dale al niño vivo a la primera mujer. Ella prefería regalarlo y que viviera a verlo muerto. Ella es su madre.

Ese día, Tamrin entendió la grandeza de Salomón.

*El Reino de Saba, Aksum
Mientras tanto

—La última vez no hubo problemas —le dijo Set al asesino—. Ahora hazlo así de discreto. Han pasado cuatro años desde su última visita a Marib, Nikal ha perdido su tutela, ya no está cuidando mucho a su hijo… Como antes, esta vez también debe parecer que fue la voluntad de los dioses.

El Asesino hizo una mueca que significaba que estaba de acuerdo.

—Es parte de tu paga —Set tiró una bolsa a sus pies—.

—Siempre a su servicios, señor.

*El reino de Israel
Unos días después

Salomón tenía poder sobre todo Israel. Él gobernaba sabia y justamente. Su madre, la reina Betsabé, se sentaba en el lado derecho del trono y le aconsejaba. Salomón confiaba en aquellos que no lo decepcionaron en los tiempos difíciles cuando tomó el poder, sus hijos, así como en los jóvenes talentosos que antes estaban lejos del palacio y del poder real.

Benaía, cada vez más conocido como el brazo armado del rey, comandaba el ejército, Zadok era el sacerdote más importante, su hijo Azarías también se convertía en sacerdote, y los hijos del profeta Natán recibían funciones importantes: uno supervisor y el otro, un asesor. Josafat era el agente del rey, Ahisar administraba el palacio y Elihoref era un escriba. Adoniram supervisaba a los empleados en trabajos pesados.

Salomón era representado por doce supervisores de tierras. Ellos suministraban alimentos al rey, su familia, invitados y sirvientes. Cada uno de ellos lo hacía durante un mes al año.

Tales noticias y muchas más, llevó a Tamrin a Jerusalén. En los bares, escuchó las historias de un rey justo, su sabiduría, su gestión y también sobre su bella esposa, hija del rey de Egipto, y princesas, que vivían en el palacio para ser sus esposas. Porque el rey, como se afirmaba, por orden de Yahveh mismo, quería tener tantos hijos como fuera posible.

Tamrin, quien había conocido muchas tierras en su vida, no podía dejar de sorprenderse ante las extraordinarias historias que descubría todos los días. El mundo de los seguidores de Jehová le intrigó. Los judíos tenían todo que ver con cualquier ley, receta, regla u orden que debía seguirse para no despertar la ira de Dios.

Un día, mientras caminaba por el mercado, un joven de aspecto digno se le acercó. Dos criados lo acompañaron.

—Señor, soy Josafat, el representante del rey —el recién llegado inclinó levemente la cabeza—. Si quieres complacerlo, Salomón le invita a una breve charla.

Los testigos del evento observaron atentamente al hombre a quien el rey envió a una de sus personas de mayor confianza. Estaban seguros de que él no podía ser cualquier persona, ya que Josafat acudió a él personalmente.

—Una invitación del plenipotenciario rey es un honor y una distinción inesperada —Tamrin se inclinó tanto como Josafat—. ¿A qué debo un honor tan grande?

— ¿Irá conmigo? —respondió con una pregunta—, el rey está esperando.

—Vamos, entonces —dijo Tamrin, siguiendo a Josafat—.

Pasaron entre los puestos y caminaron por una de las estrechas calles que conducían hacia el antiguo palacio, pero no fueron hacia allá. Se detuvieron cerca de un grupo de trabajadores. Salomón acababa de hablar con el supervisor. Tan pronto como vio a Josafat y a Tamrin siguiéndolo, se despidió y se volvió hacia el invitado con una sonrisa.

—Rey, aquí está el comerciante Tamrin —lo presentó Josafat—.

—Rey, me siento honrado. —Tamrin se inclinó y añadió en hebreo—. ¡Shalom aleijem!

Esta bienvenida le dio placer a Salomón.

—Shalom, aleijem —respondió cortésmente, mirando a los ojos del visitante—. Escuché que estará en Jerusalén por unos días…

El comerciante comprendió de inmediato que este hombre solo puede guiarse por la verdad. Sus ojos eran tan penetrantes que no había manera de tratar de contrabandear una verdad a medias. Tamrin pudo conocer a personas con ojos similares solo dos veces en su vida. Nada los eludía, entienden cada palabra y pueden reconocer con quiénes están tratando al instante. Uno era un sacerdote en Egipto y el otro un ermitaño en el desierto.

—Vengo del reino de Saba, rey.

—Eres uno de los mercaderes más ricos que transita la tierra. ¿Qué te trae por aquí?

—Su sabiduría, señor…

— ¿Tu rey te envió?

—Fui guiado por mi propia curiosidad y deseo de conocer este lugar, pero estoy aquí con la aprobación del rey.

—Nikal ya está avanzado en años. Cuando lo dejaste, ¿estaba bien de salud?

—Es un gobernante fuerte.

— ¿Y confía en ti?

—Sí y lo aprecio mucho.

— ¿A qué preguntas estás buscando respuestas en Jerusalén?

— ¿Qué dios te ha dado tanta sabiduría, rey? Me gustaría saber quién es usted y qué es lo que lo motiva, qué dones posee. La noticia de su poder es compartida no solo por la gente. Nuestros sacerdotes dicen que los dioses también están hablando de usted.

— ¿Dioses, dices? Interesante…

Cuando estaban hablando, los trabajadores se movían junto a ellos, estaban ocupados en el trabajo. En un momento, el rey detuvo a uno de ellos. Llevaba una piedra grande sobre su cabeza, una botella de agua colgada en su cuello, llevaba sandalias y un paquete de comida en su cintura.

—Mira a este hombre —dijo—. ¿Cómo es que soy mejor que él? ¿Y cómo debo mostrarle mi gloria? Al igual que él estoy hecho de cenizas, que mañana serán comidas y descompuestas por los gusanos, y sin embargo, parece que nunca debería morir. ¿No somos dos seres y personas iguales? Él vive y yo también. Morirá y yo moriré [14]. Vuelve al trabajo — se dirigió al trabajador terminando la discusión—.

—Sabias palabras, rey.

—Yahveh, mi Dios y todo Israel, recordamos esto todos los días. No seas vacío, enseña. Cada uno de nosotros está convencido de que vive como debería, pero solo se puede juzgar el interior del hombre. Confía a Dios todo lo que hagas, y tus intenciones se harán realidad. [15]. —Hizo una pausa y miró al cielo—. Tamrin, ¿y a quién rezas? ¿A quién estás pidiendo bendición y fortaleza todos los días?

—Tenemos muchos dioses en Saba. El más grande de ellos es Almaqah. La Madre de Plata, llamada Dama de la Luna, también tiene un gran poder. Las mujeres le oran con mucha voluntad. Makeda, la única hija del rey Nikal, está rodeada por sacerdotisas de la Dama de la Luna. Ella es una seguidora de esta diosa y, por supuesto, como su padre, de Almaqah también.

—Makeda sigue siendo una niña, ¿no es así?

—Tiene nueve años. Y admitiré que, en toda la vida que pasé en mis viajes, nunca conocí una chica que se pudiera comparar a ella en belleza o sabiduría. Ella crecerá para ser una mujer maravillosa...

El rey ignoró esta información con silencio, pero la escuchó.

—No respondiste mi pregunta —reprendió al huésped con suavidad— ¿Cuál de los dioses es el más cercano a ti?

Tamrin lo pensó.

—Conocí a muchos de ellos durante mis viajes.

— ¿Y entonces?

—Creo que fueron inventados por la gente —dijo audazmente, y comprendió que podría estar exponiéndose al rey. Estaba en silencio, listo para lo peor.

Pero esta opinión aparentemente no impresionó a Salomón, porque, riendo, dijo:

— ¿En serio?

—La gente, si no puede lidiar con el mundo que los rodea, crea dioses y los hace responsables de sus fracasos y éxitos, las tormentas en el mar y el desierto, las enfermedades de familiares y animales — dijo con más audacia, al ver que el rey tenía una mente abierta— Piden ayuda en varios asuntos, esperando que los escuchen. Es bueno que tengan a alguien a quien rezar, eso hace la vida más fácil.

— ¿Entonces, Tamrin, dices que los dioses son un invento de la gente?

—En Egipto, rezan a los gatos, los cocodrilos, tienen una diosa leona. Sin embargo, Amón, que dicen es el todopoderoso, no tiene poder en Siria o aquí en Israel, ¿por qué? Las personas van amoldando a los dioses según lo vayan necesitando.

—Entonces, Tamrin, ¿quién lo creó todo? —El rey hizo un amplio gesto mostrando los edificios, árboles, cielo y colinas que rodeaban a Jerusalén—. ¿De dónde vino el mundo en el que vivimos? ¿Qué fuerza nos hizo existir?

—Creo que todos los que se consideran un ser pensante y pasaron una noche mirando el cielo estrellado, o las infinitas arenas del desierto o la inmensidad del mar, se hicieron esta pregunta. Y no lo ignoro —se dio tiempo para resolver lo que quería decir—. Creo que hay una gran fuerza infinita que mueve todo. Es la energía eterna que ha sido, es y será. El poder que hace que los niños vengan al mundo, y que fluyan los ríos, que al amanecer el sol siempre salga, que la tierra nazca. Es una fuerza indestructible y que abarca todo. Y los dioses que conocemos son solo una pequeña emanación y una interpretación humana de esta fuerza.

—Tus palabras son sabias. —Salomón puso una mano en el hombro de Tamrin con un gesto amistoso—. ¿Sabes que el poder del que estás hablando es el Dios de Israel?

— ¡Ese mismo! —dijo Tamrin—.

—Otros dioses son un invento humano, estoy de acuerdo contigo. Hay un solo dios.

— ¿Cómo luce?

— No se parece a nada. Simplemente ES. Es el principio y el final, alfa y omega, abarca todo, es luz y sombra. Como lo dijiste. Esta es la energía de la que hablaste.

Tamrin, al igual que Salomón, miró al cielo. Vio nubes que perezosamente se movían por el cielo. Inhaló, escuchó el sonido del viento. Pateó ligeramente, con la punta de una sandalia, un pequeño guijarro tirado en el camino. Las simples palabras de Salomón llegaron a su corazón y lo conmovieron, rugian en su cabeza.

—Rey, voy a llevar tus palabras a Nikal —dijo en voz baja—. Gracias por todo.

—Antes de que te vayas, echa un buen vistazo a todo por aquí. Me gustaría que transmitieras a tu rey lo más fielmente posible lo que has visto aquí y lo que has aprendido. Dile acerca del poder de Yahveh. Que sepa también que toda mi sabiduría y todo lo que nos rodea proviene de él. ¡Aleluya Tamrin!

*El reino de Saba, Marib.
Mientras tanto

Estaba de pie junto a la ventana de la bahía en la habitación de Makeda, cuando vi a una persona deslizándose bajo la pared. Quería pasar desapercibido. Sus túnicas eran color tierra, la capucha cubría su cabeza, se movía suavemente como si quisiera mezclarse con el fondo. Él no miraba a nadie. Yo conocía el comportamiento de los asesinos. No tenía dudas, él era uno de ellos. De repente, como alertado por mi mirada, levantó la cabeza ligeramente. Fue un error. Vi su cara. La cara de un hombre con una larga cicatriz. Me paralicé de terror. Era la cara terrible del sueño de Makeda.

Cuatro años antes, cuando el hijo mayor del rey murió repentinamente, Makeda tuvo una visión. Al principio, no pudo dormir por un largo tiempo, estaba en shock como todos en el palacio por la muerte del príncipe, y cuando finalmente cerró los ojos, rápidamente se despertó con un fuerte grito.

—Lo vi —dijo ella, aterrorizada—. A Sirah lo mató a un hombre con una cara horrible.

La abracé, traté de calmarla y mecerla. Sin embargo, ella no lo permitió.

—Cuidado con él, volverá aquí —dijo con más calma, pero todavía temblorosa y húmeda de sudor—. Cuidado con un hombre con cicatrices. La muerte lo sigue.

— ¿Ves algo más? —le pregunté—.

—Él vendrá a tus manos una vez —aseguró, y agotada, cayó en mis brazos y volvió a dormirse—.

Recordé ese día perfectamente. El sirviente encontró al príncipe muerto cuando lo fue a despertar al amanecer. Estaba completamente frío. Parecía como si se hubiera quedado dormido por la eternidad. Los sacerdotes de Almaqah examinaron su cuerpo y descubrieron que fue envenenado. La investigación no mostró que alguien en el palacio estuviera involucrado en el caso. El perpetrador permaneció desconocido.

Y ahora vi al hombre que Makeda vio en su pesadilla. Estaba segura de que era el culpable de la muerte de Sirah.

La sangre fluyó a mi cabeza y corrí. Sin embargo, me detuve casi de inmediato. La Diosa de la Luna me hizo darme cuenta de que primero debía correr a la cámara del Príncipe Tomás, el único heredero masculino del trono. Que podría, si aún está vivo, salvarlo.

—Corre a la ciudad con la guardia. Busca a un hombre con cicatrices. No corrió lejos —le grité a Ashampi, el comandante de seguridad—. ¡Agárralo, es un asesino! ¡Da la alarma!

Ashenafi sabía que hacer. Estaba preparado. Corriendo, le oí dar órdenes.

— ¡Príncipe! —Grité, entrando en la cámara de Tomás sin permiso—.

Él no estaba dentro. Yo estaba horrorizada.

— ¿Dónde está el príncipe Tomás? —Grité tan fuerte como pude porque quería alertar a la mayor cantidad de personas posible—.

Los criados me miraron asustados.

—Está con el rey en el templo —balbuceó uno de ellos—.

—No toquen nada en la habitación —ordené y me lancé a la siguiente carrera—. Y que nadie entre —agregué ruidosamente en las escaleras—.

Llegué al templo tan rápido como pude. Afortunadamente para mí, una vez, hace mucho tiempo, se erigió a poca distancia del palacio. Salté tres escalones a la vez y entré corriendo.

El rey y el príncipe fumaban incienso ante la estatua de Almaqah.

Respiré. Ambos estaban a salvo.

Independientemente de la santidad del lugar, rápidamente me acerqué a ellos.

—Vi a un hombre con una cicatriz —dije, recuperando el aliento—.

— ¿Makeda está bien? —Preguntó el rey, estaba tranquilo, como si no hubiera escuchado mis palabras, se inclinó ante Almaqah—.

—Sí, rey. Me temo que un hombre con cicatrices está acechando al príncipe Tomás. Afortunadamente, veo que él está con usted.

Tomás se enderezó. Se parecía mucho a su padre, y aunque solo tenía dieciséis años, era más alto.

— ¿Qué está pasando? ¿Quién es ese hombre con una cicatriz? —Él quería saber—.

—Te lo explicaré todo —prometió Nikal—. Mientras tanto, vamos al palacio. Deberíamos estar todos juntos ahora. Makeda probablemente está muy preocupada.

Sin embargo, ella estaba tranquila. Se sentó en su cámara y dibujó su rostro algo en un pedazo de papiro.

—Es él, tienes que buscarlo —dijo ella, demostrando su trabajo. Una cara terrible con ojos pequeños y una cicatriz prominente en su mejilla derecha desde la sien hasta la barbilla nos miró desde el papiro—. Y revisa la habitación de Tom —agregó—. Algo sisea en el cofre...

La cámara del príncipe, como ordené, estaba cerrada antes de salir del palacio. Por orden de Ashenafi, los guardias se pararon frente a su puerta.

—Te hemos estado esperando, hemet —dijo Ashenafi—. La búsqueda de un asesino persiste, pero nadie lo ha visto, se ha ido. Si no fuera por tus ojos, ni siquiera sabríamos que estaba aquí —dijo, como si dudara un poco de que alguien pudiera haber entrado en el palacio y se hubiera escapado a la atención de sus guardias.

—Entremos —sugerí—.

Los guardias comenzaron a buscar. Ordené revisar todo a fondo. Revisar codo a codo, cada rincón, tejido, ropa, arma, caja y vasija. En un momento, uno de los guardias levantó la tapa de la caja de piedra. Tenía los amuletos favoritos que el príncipe Tomás había guardado allí todos los días desde su infancia, y los ponía en este lugar todas las noches. También había pulseras de Almaqah, que durante el día generalmente decoraban la muñeca derecha del príncipe. Tomás siempre se pone las joyas el mismo. El guardia levantó la tapa, y luego, más rápido de lo que pudo darse cuenta, su mano fue mordida por una víbora que saltó de la caja.

El guardia gritó aterrorizado y agarró su mano, poniéndola en su boca y como primer instinto, trató de chupar el veneno.

Ashenafi, con un movimiento de un cuchillo largo, cortó la víbora en dos partes cerca de su cabeza y cubrió la caja con la tapa, en caso de que hubiera otras criaturas peligrosas en ella.

Yo en cambio, me lancé a la ayuda de la mordedura. La sangre fluía de la herida, la mano estaba casi hinchada y oscurecida. El guardia no pudo pararse, se tambaleó y cayó. Sabía que no había salvación para él. La víbora que lo mordió fue una de las más peligrosas en la tierra. Un momento después estaba muerto.

Pero eso no fue todo. Cuando regresé a la habitación de Makeda, para mi horror, no la encontré allí.

— ¿Dónde está la princesa? —Llamé a la criada acurrucada contra las paredes por temor a mi ira—.

—Ella salió corriendo. Nadie se atrevió a detenerla —finalmente una de los sirvientes habló—.

— ¿Cuándo? —Grité furiosa porque permitieran algo así—.

—Bueno... —la misma que antes se atrevió a responder a mi pregunta se quedó sin palabras por el miedo—.

— ¿Dónde está ella? —con ira la agarré por el cabello con tanta fuerza que la puse sobre mis pies—. ¿Dónde está? —Grité, olvidando por un momento que debía controlar mis emociones—.

La sirvienta señaló a la ventana que da a la bahía. Miré en la dirección que señalaba. Una avenida de sicomoros conducía a través de los árboles, la yegua negra corría rápidamente como el viento. Me sentí aliviada al ver a Makeda acurrucada en su melena.

Desde entonces, y esta fue la primera vez que la vi corriendo de esta manera, cuando había problemas con los que tenía que enfrentarse, saltaba sobre la yegua para respirar. Le ayudaba.

*El Reino de Israel, Jerusalén
Mientras tanto

—Shalom, Tamrin.

—Shalom, profeta Natán.

Los hombres intercambiaron cortesías de bienvenida y se sentaron. Estaban en el palacio, en una habitación pequeña pero convenientemente amueblada en la que los dignatarios del más alto nivel aceptaban a huéspedes importantes.

—Sé que el rey Salomón te ha prestado atención y tiempo.

—Este honor me encontró. Todavía estoy impresionado por su sabiduría. Lo admiro, sobre todo porque también he visto sus cortes.

—Quería hablar contigo antes de que regreses a Saba.

—Gracias por la invitación. Aquí estoy.

—Sé que sientes curiosidad por saber dónde y cómo Salomón obtuvo su sabiduría.

—No lo niego.

—Bueno, escucha, te lo diré antes de que te enteres en uno de los bares de la calle. No sé si lo sabes, pero en nuestro país, y especialmente en Jerusalén, cada uno tiene su propia historia y le gusta hablar de todo. Nosotros, los israelíes, lo sabemos todo —bromeó—. Estoy diciendo esto en caso de que todavía no lo sepas.

—Me di cuenta, profeta. Es más, me gusta no solo tu sabiduría, sino también tu sentido del humor. Es bastante malicioso.

—Mi historia es la real. Y es muy seria —Natán bajó la voz e hizo una larga pausa, dándole así una señal a Tamrin de que escuchara atentamente las palabras que iba a decir—.

Lo que quiero decirte, recuérdalo y díselo a tu rey, y a la princesa Makeda, lo mejor que puedas. Predigo que le puede interesar.

—Sí, lo haré, profeta.

—Esta es mi historia. —Natán se sentó en un amplio sillón de cuero—. Un día, en los primeros días de su reinado, el rey fue a Gabaón para hacer mil ofrendas. Después de una larga ceremonia, en un sueño, Dios se acercó a él, «Di lo que quieres que te conceda», le ordenó. Salomón respondió: «Te has dignado a mostrar gran amabilidad a tu siervo, mi padre, David, por ser fiel y justo en la sencillez de su corazón. Eres tú, mi Dios, quien me dio, tu siervo, el poder de mi padre. Y todavía soy bastante joven y no sé cómo actuar. Vivimos entre la gente, lo que es un placer en sí mismo. Esta es una gran nación: no puede ser medida ni evaluada. Por lo tanto, dale a tu siervo un corazón lleno de sabiduría, para que pueda juzgar los asuntos de su pueblo, distinguiendo cuidadosamente el bien del mal». Al Todo Poderoso le gustó lo que escuchó. «Debido a tu solicitud y que no deseabas una larga vida para ti, ni riqueza. No exigiste la muerte de tus enemigos y solo pediste la sabiduría necesaria para un gobierno justo. Aquí cumplo tu deseo: te ofrezco un corazón sabio y justo, como nadie lo ha tenido antes que tú, y nadie lo tendrá en el futuro. Además, te daré lo que no me pediste: riqueza y fama, para que no se olvide tu reinado».

El profeta Natán terminó de hablar y Tamrin seguía escuchando con atención. Pensó en lo que había oído. Pero también pensó en los juicios sabios de Salomón, lo que pudo observar y en las palabras del rey: las que le dijo cuando hablaron cara a cara por un momento. Contó en su mente cuántos años tenía Salomón cuando se sentó en el trono. Resultaron ser 25. Estando en el poder, solo habían transcurrido cuatro años, y tanto logró hacer que afectó fuertemente la imaginación de las personas incluso en los rincones más distantes del mundo. Se preguntaba si había alguien en esta tierra que no haya escuchado las hazañas del gran Salomón.

—Tamrin, cuando viniste a Jerusalén, aunque tenías la intención de permanecer sin ser reconocido, sabíamos quién eras —Natán interrumpió el silencio—. La información sobre ti nos llegó mucho antes de que tus pies cruzaran las fronteras de Israel.

—Siempre he pensado que la información es más valiosa que el oro —al mercader le gustó lo que escuchó—.

—Es difícil estar en desacuerdo contigo en este asunto —el profeta asintió con aprobación—. Pronto regresarás a Saba, ¿verdad? —Quería asegurarse, y cuando Tamrin asintió, agregó— Quiero presentarte una propuesta real.

—Escucho con el mayor cuidado —él estaba feliz de pensar en lo que esperaba escuchar—.

—Eres un mercader rico y experimentado. Tienes barcos y camellos. Sabes lo que haces. Dios te ha dado muchos talentos. Como sabes, Salomón comienza a construir un templo para la gloria de Dios. Todo lo que se construirá y lo que se debe encontrar en él debe ser de lo mejor. Sabes de la calidad de los bienes como casi nadie.

—Estas palabras acarician mis oídos, profeta —quería que sonara como una broma, pero el profeta lo tomó en serio—.

—Eres un experto —repitió su alabanza—. Y Saba es famosa por obtener lo mejor y lo que proviene de la tierra negra. Queremos que nos proporciones todo lo necesario para la construcción, y esto entra en los dominios de tu rey. Dile a tu gobernante que Salomón quiere cooperar. Quiere apoyarlo en lo que más le importa, por lo que pensamos en la mediación comercial entre los mundos y los pueblos que viven al norte y al este de nosotros, a cambio de los bienes a los que tiene acceso. Solo deben ser lo mejor de lo mejor. Y tú serás quien nos facilite esto.

—Profeta, llevaré tus palabras al rey Nikal. Pero hoy, según lo autorizado por él, puedo expresar interés en la alianza. Estamos seguros de que será mutuamente beneficioso.

—Antes de que te vayas, prepararemos una lista de lo que necesitaremos. Salomón será generoso en cuanto al pago.

*El Reino de Saba
Makeda tiene 15 años

Sé quién, cuándo y cómo cortó las alas de Makeda. Quien causó eso durante muchos años, tal vez incluso toda su vida, con una excepción, tuvo un problema para confiar en un hombre.

Fue así:

El reino de Saba se ha movido considerablemente por siglos. Dependiendo de qué tan fuerte ejercía el rey el poder, no teníamos control sobre los territorios a ambos lados del Mar Rojo. Si las alianzas eran duraderas y había paz, el comercio entre la tierra negra y la costa este nos pertenecía. Si teníamos enemigos en el lado oeste, había problemas con el flujo de bienes, por lo que Saba tenía menos oro y todos los demás bienes.

A lo largo de los siglos, hemos gobernado vastas áreas a ambos lados del mar. Una vez, nuestro ejército y todo el país fueron incluso más fuertes que Egipto. Algunos llamaban Punt a nuestras tierras en la costa oeste, otros las llamaron Kush. La ciudad más grande y el principado en el lado oeste del mar era Aksum.

La capital, desde la cual el rey Nikal gobierna las dos partes del país, es Marib. Se encuentra en el lado este del mar, en el que gracias a un camino seco, sin utilizar barcos, se puede llegar a Babilonia, Israel y otros países conocidos por su riqueza y gran cultura.

En la tierra occidental tenemos importantes aliados, formalmente sujetos a Nikal. Están tan fragmentados que sin el apoyo de Saba no podrían resistir a Egipto, por lo que mantienen una alianza con nosotros. Nikal debe cuidar las buenas relaciones con los gobernantes de esas áreas, porque dependen de nuestra riqueza y capacidad de comerciar con el mundo. De estas tierras provienen bienes de toda la tierra negra, deseables para los reyes ricos: pieles de animales exóticos, oro, electrón y mirra de la mejor calidad: más valiosa que el oro. Los barcos los transportan a nuestro lado del mar y, luego, los comerciantes los transportan más lejos. Esta es la fuente de nuestra riqueza y poder. Por eso nos preocupamos mucho por esos territorios, y los príncipes de los territorios occidentales siempre tienen una influencia prominente en el palacio.

¿Por qué estoy hablando de ello? Esto es importante para mi historia, porque fue el hijo del príncipe más rico de Aksum, Den, quien rompió el corazón de Makeda. Y eso tuvo graves consecuencias políticas. El comportamiento de Den, los sentimientos heridos de la princesa y su amor propio, que muchos pueden pensar en eso como algo improbable o imposible, ¡pero les aseguro que todo eso fue lo que condujo a la guerra!

Sí, lo digo con total responsabilidad: lo que sucedió entre dos jóvenes realmente condujo a una guerra.

Y eso es lo que quiero contarles. Den era solo tres años mayor que Makeda. No es mucho, pero a una edad tan temprana tal diferencia puede ser significativa.

Lo conocí casi inmediatamente cuando vivía en el palacio. Sus padres eran huéspedes frecuentes del rey, y él los acompañaba.

Era un niño brillante y animado, alegre y muy preocupado por ser el mayor y único hijo, un día llegaría a gobernar después que su padre. Trató de satisfacer las expectativas de sus padres y de ser la imagen de un príncipe joven. Traté de que me agradara, pero desde el primer momento que lo conocí, algo me inquietó. No sabía qué. ¿Tal vez era demasiado confiado? ¿Tal vez la superioridad con que miró a mi pupila? O tal vez algo más que no pude definir en ese momento. Al final resultó que, mi premonición no estaba equivocada. Primero lo primero...

Makeda y Den pasaron casi todos sus momentos libres juntos. Algo, algunos hilos invisibles, los atrajo desde su primera infancia. Daban la impresión de ser creados el uno para el otro. Cuanto más crecían, más crecía su simpatía mutua. Parecía que sus padres y el rey Nikal se llevaban bien. He escuchado muchas veces cómo en pocos años los niños harían una hermosa pareja. Y, de hecho, si sucediera, sería beneficioso para ambas partes. Nikal aseguraría la paz y la bondad en la parte occidental del reino, y el joven Den, como esposo de la hija del rey, se convertiría en el gobernante más poderoso del lado occidental del Mar Rojo.

La relación de los niños, y más tarde su amistad juvenil, tenía tanto permiso de todos para florecer bellamente.

El tiempo pasó rápidamente. No miré hacia atrás, y Makeda, de una niña encantadora, talentosa, con habilidades y encantos, se convirtió en una mujer joven. No niego que tuve una gran participación en lo que se convirtió.

Por supuesto, ella le debía mucho a la sangre real de sus padres. Se decía que de su madre obtuvo la apariencia y la inteligencia, y de su padre, obtuvo coraje y un carácter implacable. No conocía a su madre, pero me dijeron que tiene más que belleza, también independencia y sabiduría femenina. Por otro lado, a mí debe sus conocimientos de libros, idiomas, astronomía y artes marciales. También le enseñé cómo valorar sus talentos, a saber lo que quiere y a ser capaz de expresarlo al mundo. También le mostré cómo balancear las necesidades del cuerpo y del espíritu. Me pareció que cuando se convirtió en mujer, y la Dama de la Luna le concedió la sangre mensual, era totalmente independiente, sabia, reservada y responsable, es decir, preparada para la vida. Sin embargo, no era exactamente así.

Cuando Makeda tenía quince años, miraba a todos los que estaban en su compañía. Su figura ocultaba su habilidad de pelear, montar a caballo y la alta eficiencia del cuerpo. Era delgada y parecía delicada, pero tenía fuerza, músculos duros y, al mismo tiempo, se movía con tanta gracia como si estuviera flotando en el aire. Su cabello largo, que caía suavemente sobre sus hombros, formaba un extraordinario velo alrededor de su cabeza, agitándose con cada movimiento. Tenía grandes ojos, una bonita boca y una nariz pequeña que apuntaba ligeramente hacia arriba. Parecía una princesa de una historia que cuentan las nodrizas o las madres por la noche a los niños. Y, al mismo tiempo era la chica más dura, decidida e inteligente que conocí en mi vida. Siempre supo lo que quería, era disciplinada, capaz de cumplir incluso con la orden más rigurosa que le daba, si veía claramente la meta y se identificaba con ella. Cuando sabía lo que estaba al final del camino, podía ir sin importar el esfuerzo ni los costos que tenía que afrontar. Ella era consistente y persistente. Y al mismo tiempo, era extremadamente sensible y se volvía hacia el lado espiritual de la vida.

Le enseñaba y educaba. Le aconsejaba al rey, qué maestros elegir para ella. Siempre tuve una visión frente a mí en la que Makeda se sentaba en el trono. Recordé que estaba cuidando a la futura reina y era mi deber prepararla adecuadamente para gobernar.

Dividí la vida de Makeda en dos partes. Al principio ella era una niña que tenía visiones en sueños. Era sabia y valiente, pero al mismo tiempo delicada y absolutamente inocente.

La primera etapa se terminó cuando la Dama de la Luna la hizo mujer. Desde el momento en que comenzó a aparecer su sangre mensual, las visiones nocturnas cesaron por completo, y entró en la etapa de tener los pies en la tierra. Absorbía el conocimiento, aprendía y se desarrollaba todos los días, incluso más que antes. Acompañaba a su padre en los viajes, junto con sus hermanos cazaban, participaban en las reuniones del rey, es cierto que no podía llevarlos a votar, sino para escuchar, pero eso era importante para ella. Visitó templos, minas, una gran represa, gracias a la cual los campesinos pudieron cultivar la tierra y obtener importantes ganancias. Ella estaba en constante movimiento. Era un tiempo donde todavía era ingenua, pero debido al hecho de que escuchaba y acompañaba al rey Nikal, parecía cada vez más consciente de que la vida tiene muchos colores, y la verdad se encuentra en medio de los más comunes. Se dio cuenta de que rara vez alguien es bueno o solo está molesto, y que la corriente del río no es solo lo que vemos en la superficie. En una palabra: maduró.

Esta etapa de su desarrollo terminó abruptamente y no fue agradable. Porque significaba la socavación de las alas de poder que tenía desde su nacimiento.

Porque, como dice la luna: cada uno de nosotros tiene alas. Algunos más pequeñas, otros más grandes, en diferentes formas y colores. A veces ni siquiera nos damos cuenta de que las tenemos, pero nacemos con ellas. Cada uno de nosotros. Los obtenemos de nuestras madres, abuelas y mujeres que nos brindan apoyo.

Las alas de Makeda fueron cortadas por el Príncipe Den. Y fue así:

Den y sus padres habían estado en el palacio durante varios días. Entre el rey Nikal y el príncipe Set las cosas no habían ido bien desde hace un tiempo. Se trataba de cuestiones relacionadas con el comercio de mirra. La disputa fue creciendo. En un momento, el futuro conyugal de Makeda también estaba en juego. Los padres de Den querían verla como una nuera en su palacio, y Nikal cortó el tema por su corta edad.

Estaba seguro de que el rey estaba muy preocupado por el desarrollo de los acontecimientos, cuando me ordenaron que estuviera más vigilante que nunca y que ni siquiera dejara a la princesa mientras Den y sus padres estuvieran en el palacio, sentí que tenía algo que ver con la repentina muerte del joven príncipe Sirah, hace muchos años, la que aún no pudo ser aclarada. Pero era solo mi intuición, no tenía pruebas.

Den tenía dieciocho años en ese momento. Ya no era un niño, sino un hombre joven, fuerte y en forma.

Una noche, después de una cena suntuosa, Den invitó a Makeda a dar un paseo por la ciudad. Caminé unos pasos detrás de ellos. Por si acaso, extraoficialmente y disfrazada, para no resaltar, los guardianes del rey me acompañaron. No sabía qué esperar y qué temía Nikal. Por lo que se incrementó mi vigilancia. Los jóvenes caminaron, hablaron, se rieron y se vieron tan bien como siempre lo hacían. Nada perturbador sucedió durante toda la tarde. Sin embargo, sabía que no debía bajar la guardia. Nikal ciertamente tenía razones importantes cuando me dijo que no me alejara de la princesa ni un paso.

A última hora de la tarde, cuando estaba casi dormida, escuché un golpe. Alguien estaba parado afuera de la puerta de la habitación de Makeda. Mi habitación estaba adyacente a su habitación. Podría acudir a ella en cualquier momento. Bastaba con que ella golpeara cualquiera de los gongs puestos para que siempre estuvieran a su alcance. Hace un tiempo acordamos que solo la acompañaría cuando me llamara. Y lo cumplí. Makeda ya era mayor y a veces necesitaba estar sola. En la sala destinada al trabajo, alguien siempre la acompañaba, pero la habitación era su espacio privado, aislado de todo lo demás. Solo se podía ingresar cuando Makeda expresaba tal deseo.

El golpe se hizo urgente.

—Soy yo, Makeda... —escuché la voz apagada de Den, y luego sus pasos—.

— ¿Qué estás haciendo aquí? —Ella preguntó, sorprendida cuando abrió la puerta—.

—Este es el único lugar donde podemos hablar sin testigos.

— ¡Pero esta es mi habitación! Nadie entra aquí —protestó ella, pero era tan débil que parecía ser una invitación—.

—Por eso vine aquí. Nadie nos interrumpirá —explicó, y por el sonido de pasos lo oí llegar junto a ella, quien estaba todavía sorprendida de pie junto a la puerta—. Cierra, tenemos que hablar.

— ¿Qué es tan urgente que debemos hablar de ello en medio de la noche y tan inusual que no podemos tener testigos?

Estaba lista para entrar en acción en cualquier momento. Makeda tenía que ser consciente de ello, porque habló en voz alta y muy claramente, como si estuviera dirigiéndome estas palabras especialmente a mí:

— ¿Sabes que cuando quiera, los guardias entrarán de inmediato? Puede suceder en cualquier momento.

— ¿Pero no quieres eso, verdad? —Preguntó casi inocentemente, pero ciertamente era su voz—.

—Eres mi amigo, tienes derechos diferentes a los demás.

—Gracias ¿Así que podemos hablar?

Por lo que escuché se sentaron en sillas junto a la ventana. Makeda sabía que cuando ella estaba en ese lugar, podía verla libremente desde mi habitación a través de un pequeño espacio entre el marco de la puerta y la pared. Una vez, en broma, llamamos a esta grieta una ventana de seguridad. Pero esperábamos nunca tener que usarla. Sin embargo, sucedió de manera diferente. Fue muy útil. De pie en la puerta, estaba segura de que mi señora, gracias a la conciencia de que estoy tan cerca, puede sentirse segura.

— ¿Por qué vienes?

—Hemos estado juntos desde siempre —anunció, con voz aún más segura que antes—. Tu padre y mis padres vieron nuestra relación con aprobación desde el principio. Nos divertimos juntos cuando éramos niños, y cuando comenzamos a madurar, nuestra simpatía se convirtió en un sentimiento serio. Creo que fuimos creados el uno para el otro. Ya tienes edad para empezar a pensar en tu boda. Mis padres piensan que no debemos posponer el anuncio oficial. Esto fortalecerá el poder del Rey Nikal y el de mi familia. También será positivo en el comercio con Egipto, Siria, e incluso Israel. Hazle saber al mundo que serás mi esposa, que el reino de Saba se fortalecerá aún más y, gracias a la unión de familias, nuestra alianza será tan fuerte que nadie se atreverá a emprender ningún comercio con las tierras negras sin nuestro consentimiento y mediación.

Makeda escuchó en silencio y, a veces, miraba en mi dirección, como para asegurarse de que yo estaba ahí y observando.

—Como mi esposa, vivirás en el lado occidental del Mar Rojo y te convertirás en la dama del principado, del cual soy heredero. Eres la hija de Nikal, por lo que será una clara señal de que sus riquezas, y lo más importante, su ejército, son y serán nuestro apoyo. Ya somos fuertes, pero contigo a mi lado, nos convertiremos en la dinastía más fuerte en esas áreas. Darás a luz a muchos hijos. ¿Quién sabe qué otros dioses se están preparando para nosotros?

Vi que sus ojos se ensanchaban con cada palabra. Ella estaba asombrada. Cuando terminó, ella se enderezó y habló con seriedad, al igual que su padre durante una audiencia:

—Den, siento afecto por ti desde una edad temprana —comenzó—. Sabes, tenía dos hermanos, los hijos de mi padre con su primera esposa. Los admiro y siempre los he respetado, pero los dos eran mucho mayores que yo y probablemente por eso no tenía una relación demasiado estrecha con ellos. Como sabes, Sirah murió en circunstancias inexplicables —Makeda hizo el triple signo de la Dama de la Luna, en honor a su difunto hermano—. Crecí a la sombra de ambos. Cuando ya montaban, yo apenas estaba empezando a aprender a caminar. En ese momento ya estabas a mi lado: fuerte, valiente, sabio. Me has mostrado y explicado el mundo. Como recuerdo, hiciste todo perfectamente. Usabas el arco, montaste a caballo, lanzabas la lanza, nadabas. Yo quería ser como tú. Soñaba con igualarte. Fuiste un modelo para mí. Y siempre te quise —dijo ella e hizo silencio. Bajó la cabeza, como si se preguntara qué debía decir. Después de un momento ella se enderezó nuevamente y lo miró directamente a los ojos—. Siempre te he amado. Y te amaré.

Al oír esto, Den sonrió radiante y dejó que el aire saliera de sus pulmones. Se sintió aliviado.

Sin embargo, ella añadió:

— ¡Como un hermano! Siempre te amaré como a un hermano.

Él saltó de su silla.

— ¿Cómo un hermano? —Gritó agitado—.   ¿Qué estás diciendo? Quiero que seas mi esposa —se arrodilló frente a ella—. ¡No quiero que seas mi hermana! Juntos, crearemos una gran dinastía. ¡Es nuestro destino! Lo sé desde que te vi por primera vez.

—Imposible —comentó ella—, en ese momento éramos niños pequeños.

—Quiero que seas mi mujer. Estás destinada a mí —anunció y se levantó de sus rodillas—.

— ¿Destinada? ¿Por quién? —Ella apretó las manos sobre el pecho—.

—Los dioses deciden nuestras vidas. Ellos quieren que seas mía.

— ¿Tuya? ¿Ellos quieren? ¿Cómo sabes eso?

—Por los sacerdotes. Se lo han contado a mi padre desde hace mucho tiempo.

— ¿Mucho tiempo?

—En el momento en que naciste. Nuestra relación está escrita en las estrellas. No te opondrás a ello. Serás mi esposa, te guste o no. Esa es la voluntad de los dioses.

—Siéntate —dijo ella con calma—, te diré algo.

El suspiró profundamente y volvió a dejar salir el aire, frunciendo los labios para demostrar cuál era su lugar. Pero Makeda era una mujer, y una princesa, por lo que haría lo que le pedía.

—Está bien, habla —dijo conciliador, aún sin creer que lo que había oído podía haber sido cierto—.

—Te contaré mi gran secreto. Te diré algo que casi nadie sabe.

Me estremecí porque sabía qué palabras se dirían. Mi primera reacción fue la de abrir la puerta y detenerla. Sin embargo, algo me detuvo. Alguna fuerza me paralizó. Pensé que la Dama de la Luna tenía algo que ver en ello.

—Dame tu palabra de que nunca le dirás a nadie sobre esto —exigió Makeda—.

—No lo diré, sabes que puedo guardar un secreto. ¿Crees que alguna vez he contado nuestros secretos?

—Nuestros secretos de la infancia eran divertidos. Ahora quiero decirte algo que absolutamente nadie puede saber. Hay situaciones en que el silencio es cien veces más valioso que el oro. En este caso, es infinitamente más valioso.

—Me sorprendes Makeda —dijo viendo su seriedad—.

—Es una cuestión de importancia estatal. El destino de la dinastía depende de ello. ¡Así que debes prometérmelo por todos tus dioses!

—Adoro a diferentes dioses, pero como sabes, Almaqah es lo más importante para mí y para mi familia. [16]

— ¡Entonces júralo por él!

— ¿Qué secreto es, como para jurar por el dios más importante para mí?

—Es un secreto que no puedo contarle a nadie —dijo, bajando la voz—. Se lo prometí a mi padre. Teme que si alguien lo supiera, incluso podría conducir a una guerra.

Den se inclinó hacia ella. Comprendió que descubría algo muy importante en un momento. Quizás sea significativo para el futuro de su familia.

—No se lo diré a nadie —prometió en voz baja—.

—Júralo por Almaqah —susurró ella.

La situación se puso tensa y el tiempo se detuvo. Den no solo escuchó Makeda y a Seshep detrás de la puerta, sino también a los dioses, especialmente a Almaqah, cuyo nombre fue convocado.

—Lo juro por Almaqah que no le diré a nadie lo que oiré ahora —dijo en voz baja, pero de forma lenta y clara—. Lo juro por mi dios. Y si rompo este juramento, recibiré un castigo bien merecido.

Makeda asintió con seriedad. Ella sabía que si Den rompía el juramento, él sería castigado.

—Tuve visiones en mi infancia —comenzó, poniendo sus manos en sus muslos—.

Den la dejó hablar. Fue educado y preparado por sus padres y maestros para ejercer poder en el futuro. Sabía bien que había situaciones que requerían un silencio absoluto. Decidió que ese momento lo ameritaba.

—Tenía visiones. Siempre sucedían en un sueño. Hasta entonces, no podía distinguir el sueño de la realidad. Pensaba que a todas las personas les pasaba lo mismo. Que todos podían ver lo que yo. Que cuando todos dormían, descubrían lo que sucedería en el futuro. Pensé que no solo yo podía ver imágenes y ver eventos que aún no habían ocurrido. Una vez le conté a mi padre sobre esto. Al principio no entendía lo que quería decir, pero siempre escuchaba atentamente, me preguntaba de todo. La sacerdotisa de la Luna le dijo que tenía un don extraordinario. Y que necesitaba estar particularmente protegida. Juntos, decidieron que nadie debería saberlo.

Y así sucedió. El secreto de Makeda solo lo conocía su padre, la Gran Sacerdotisa y yo.

—Nadie lo sabe —Den se sintió conmovido por lo que había oído, pero le sorprendió igualmente que había algo que los espías de sus padres no sabían, ni él mismo—. Está bien —dijo de forma conciliadora—, entiendo que tuviste visiones durante tu infancia. Lamento que nunca me lo contaras como amigo. Lo superaré de alguna manera, al menos lo intentaré. Pero dime, ¿por qué crees que no puedes ser mi esposa por esto?

Makeda se enderezó.

—Bueno, ¡porque no eres parte de mi destino!

—Los sacerdotes Almaqah dicen que sí lo soy.

— ¡No estás en mi futuro! Estoy segura.

— ¿Cómo sabes quién será el elegido? —Él se impacientó—.

—Lo vi…

— ¿Quién es?

—Lo vi en mis sueños.

Den hizo silencio sabiamente, aunque se podía ver cuánto le desagradaba lo que había oído.

—Lo vi. No solo una vez. Sé que cuando sea una reina, iré a él. La caravana se embarcara en un largo y agotador viaje por mucho tiempo. Pero llegaré felizmente. Y volveré con un gran tesoro… Él es mi destino. Tengo que esperar por él —ella se calló, y después de un momento añadió— No te sentarás conmigo en el trono.

Él se quedó en silencio. Ordenó sus pensamientos. Era obvio que se estaba preguntando cómo debía reaccionar. Finalmente le tomó la mano.

— ¿Has tenido la visión de que serás una reina?

—Sí. Y no puedo hablar con nadie.

— ¿Ninguno de tus hermanos se sentará en el trono?

—Me vi en el trono de Saba.

— ¿Serás la reina?

—Lo seré. Pero nadie lo debe de saber. Ni siquiera tú. Tú hiciste un juramento a Almaqah, ¡recuerda!

— ¿El hombre con el que vas a ir será tu marido?

—Él me dará un gran tesoro.

— ¿Estás diciendo que no serás mi esposa debido a sueños de cuando eras niña? —se levantó violentamente por lo que oyó—.

— ¡Era una visión, no un sueño ordinario! —protestó ella con ira y también se levantó—.

Se pararon uno frente al otro. Él era más alto, fuerte. Sus respiraciones molestas eran tan fuertes que podía escucharlas claramente desde donde estaba. Estaba segura de que Makeda ya se había arrepentido de haberle revelado su mayor secreto. Sin embargo, era demasiado tarde para cambiarlo.

—Serás mía, lo quieras o no —le reclamó—.

Agarró su vestido de noche y lo desgarró en dos partes.

— ¿Qué estás haciendo? —Ella logró escapar—.

Ella estaba de pie ante él desnuda y más sorprendida que aterrorizada por su comportamiento. Jadeando, la tomó por la cabeza, inmovilizándola por completo, y con un poco de fiereza y rabia, se clavó en su boca. Ella comenzó a golpearlo y patearlo, tratando de gritar.

— ¡No seré tuya! ¡Nunca! ¡Me pertenezco a mí misma! ¡Sólo a mí! ¡Fuera! —ella luchó—.

Quería ayudar, pero simplemente apreté los puños. Una vez estuvimos de acuerdo en que si ella no podía golpear el gong, podría llamarme levantando su mano con el dedo índice apuntando hacia arriba o pisando con el pie. O simplemente llamándome. Ella no dio ninguna de estas señales. Así que esperé, prometiéndome que si la situación se volvía aún más peligrosa, entraría sin señal de ella.

—Sal —gritó de nuevo con los dientes apretados, finalmente soltándose de su agarre—. ¡Fuera! —Señaló la puerta—.

Se quedó de pie, todavía frente a él, con el vestido desgarrado, labios mordidos y rastros de abrasiones en las muñecas. Lo miró con disgusto, con los párpados medio cerrados. Estaba temblando, pero se controlaba a sí misma. Estaba orgullosa de ella.

—Sal —dijo ella con más calma, todavía señalando la puerta—.

Entonces él, en lugar de hacer lo que le decía, se arrojó a ella como un tigre a su presa, tirándola al suelo. ¡Todo sucedió tan rápido!

— ¡Hemet! —Escuché su llamada—. ¡Seshep!

Estuve con ella casi de inmediato. Lo atrapé y pateé con todas mis fuerzas. Él no esperaba el ataque. Se sorprendió. Rodó y se acurrucó de dolor. Sabía que no podía darle ni el más mínimo momento para reunir fuerzas. Todo sucedió rápidamente. Lo presioné con mi rodilla y puse mi cuchillo en su garganta. Él yacía inmóvil. Observé sus manos. No podía dejar que atacara de nuevo, porque una desgracia podía suceder. Y no quería eso. El heredero del mejor aliado de Nikal no podía morir ni ser herido en el palacio del rey, sin importar cuál fuera la razón.

Makeda se paró al lado de nosotros sin decir una palabra.

Cuando vi que Den se había recuperado, lo dejé levantarse.

—Intenta contar lo que pasó aquí, y te mataré, bruja negra —susurró entre dientes—.

—Atrévete a contarle a alguien lo que Makeda te dijo, y yo personalmente arrancaré tu corazón —vio mis dientes con sus ojos—.

Al mismo tiempo, corté la piel de mi muñeca por fuera y lamí lentamente la sangre que fluía de allí. Observó lo que estaba haciendo.

— ¡Juro por la Dama de la Luna y por mi propia sangre que te sacaré el corazón! —Gruñí—. Y créeme, nunca rompo mis juramentos.

***

—Ese fue todo el incidente, mukarrib —Hemet Seshep terminó su relato de los eventos de la noche en la Cámara de Makeda—.

—En vista de lo que sucedió antes de la salida del sol, el Príncipe Set con su esposa y su hijo salieron apresuradamente del palacio, supongo que deberíamos prepararnos para el inminente problema —suspiró Nikal—.

— ¿Se fueron?

—El príncipe dejó una disculpa y la noticia de que asuntos urgentes lo estaban llamando a casa.

—Mmm… Rey, ¿cómo vas a reaccionar ante lo que le pasó a Makeda?

—Veremos qué es lo que Set está tramando, pero me parece que pronto habrá guerra.

— ¿Guerra? ¿Las cosas están tan mal?

—Set siempre había estado buscando una excusa para que los príncipes me traicionen, porque sueña con la corona. Desde hace años, me ha llegado información de que ha estado tratando de reunir simpatizantes, instigar a la gente y sobornarlos. Es demasiado astuto para actuar contra mí directamente, en cualquier caso no lo ha podido hacer, pero supongo que la situación puede parecerle favorable ahora.

Había gotas de sudor en la frente de Nikal. Esto sucedía cuando no estaba seguro de cómo proceder.

—Por tu historia, parece que Den se enteró que no hay oportunidad de tomar la mano de Makeda. Supongo que inmediatamente compartió esta información con su padre. Me imagino su asombro y rabia, porque parece que incluso sus mejores espías, que sin duda tienen gente en el palacio, no sabían de las visiones de Makeda.

—Solo usted y yo lo sabíamos, mukarrib —Seshep quería asegurarle al rey que no había revelado este secreto a ninguna persona—.

—Y Makeda —él se rió amargamente—. Al menos así fue hasta ayer. A partir de hoy nuestro secreto es de conocimiento público.

—Tenemos que pensar en cómo comportarnos en esta situación.

—Su viaje repentino no fue un escape de las consecuencias del comportamiento de Den y mi ira. Set quiere llegar a los príncipes lo antes posible.

—Sí —Seshep sabía lo que el rey iba a decir—.

—Él les dirá que han sido ignorados por mí, porque hace tiempo que se sabe que Makeda no se casará con Den, ¡ni con ninguno de sus hijos! Él les dará información sobre las visiones de Makeda y que han sucedido desde la infancia, así que durante mucho tiempo he sabido qué destino han preparado los dioses para mi hija. Es probable que se sientan tan ofendidos que lo apoyen.

— ¿Qué va a hacer, rey?

— ¡El panorama ha cambiado! —palmeó su muslo—. Llamaré inmediatamente al consejo de los príncipes y confirmaré quién está del lado de Set y quién del mío. Y dependiendo de la situación, o nos defenderemos, cuando nos ataquen, porque puede suceder, o me veré obligado a controlar príncipes rebeldes y armados.

— ¿Tanto así?

—Desafortunadamente. Ahora me pregunto, ¿debería responder como el padre de una princesa abusada? Es cierto que, como dices, a Makeda, afortunadamente, no le pasó nada, pero mi deseo de venganza es tan grande que tal vez no deba esperar la sentencia de los príncipes, y atacar a Set, ¿verdad? Ha socavado mi autoridad durante mucho tiempo, y lo que su hijo ha hecho requiere venganza, eso es seguro.

—Lo que decida será lo correcto, mukarrib. —Seshep sabía que pronto, sin ayuda, el rey decidiría que hacer—.

—Gracias, me ayudaste mucho —se rió con un poco de sarcasmo, pero alegremente—.

—No me atrevería a aconsejar a alguien tan experimentado. Solo sé una cosa —añadió ella—, no hay tiempo para el debate. Tal situación no se repetirá en mucho tiempo. Tiene la oportunidad de golpear a Set e incluso aprovechar el factor sorpresa.

Para su sorpresa, él extendió sus manos casi indefenso.

—Creo que me estoy haciendo viejo, siento que necesito consejos. No sé qué decisión debo tomar —suspiró y sacudió la cabeza con incredulidad, asombrado de que las palabras de duda e indecisión pudieran salir de sus labios—. Hemet Seshep, tienes un efecto extraño en mí, me haces decir lo que pienso. Y no debería.

—Tal vez Den tenía razón al decir que soy una bruja —se rió—.

—No importa cómo te haya llamado el hijo de Set, eres una mujer sabia —la miró con admiración, luego agitó la mano para sí mismo por permitirse comportarse tan excéntricamente y volvió a su tono cotidiano, se enserió—. Ve rápido con Hendake y dile que venga aquí con los asesores. Además, participarás en esta reunión.

***

En la cámara de Nikal aparecieron: el eunuco Hendake (de confianza del rey y administrador de su palacio), el general Tesfa (comandante de las tropas), Sethon, (sumo sacerdote de Almaqah), la Gran Sacerdotisa de la Dama de la Luna y Seshep. A pedido del rey, el heredero del trono, el príncipe Tomás (heredero al trono de 22 años) y la princesa Makeda, también debían asistir a la conferencia.

La cámara del rey era una de las más grandes en el palacio. Solo la sala del trono era más grande, allí Nikal recibía invitados, daba fiestas y organizaba grandes consultas con los príncipes subordinados, quienes en tales casos eran invitados con suficiente antelación para que cada uno de ellos pudiera llegar. Ya que gobernaban los principados a ambos lados del Mar Rojo, en ocasiones los que venían de más lejos tenían que viajar por quince días.

Los huéspedes siempre se alojaban en el palacio durante al menos varios días. Era ancho y alto. El tatarabuelo lo construyó de bloques de piedra y madera tallados uniformemente, principalmente de acacia, para que los gusanos no la tocaran. Sus paredes eran gruesas. Cada príncipe que llegaba encontraba hospitalidad en el palacio. Algunos consejeros y custodios del rey también vivían allí. Algunos de ellos tenían sus propias casas en Marib, pero se encontraban a poca distancia del palacio; para que pudieran atender la llamada de Nikal en cualquier momento.

También fue así esta vez.

—Hay asuntos que requieren decisiones urgentes, por eso los llamé —el rey comenzó cuando tomaron su lugar—.

Sin vacilación contó lo que sucedió en la noche y terminó con información sobre la repentina partida de Set.

Hubo silencio después de sus palabras.

— ¿Alguien dirá algo? —los miró sorprendido—.

Ellos estaban conmovidos por lo que escucharon.

—Rey, ¿la princesa Makeda tiene visiones? —Dijo Sethon, el sacerdote—.

—Las tuve hasta el primer mes de sangre —respondió Makeda, sin que le preguntaran, y se acomodó en la silla—. El Rey pensó que no había necesidad de contarle a nadie los sueños de una niña —agregó, porque sintió que debía justificar a su padre ante sus ojos—.

Ella sabía que no solo podían sentirse ofendidos por no haber sido informados acerca de algo tan extraordinario, sino que podrían considerarlo como una falta de confianza por parte del rey.

—Decidí que era mejor no cargar a nadie con esta información. Incluso a ustedes.

El rey no tenía la costumbre de explicarse ante nadie, pero en esta situación decidió que debía aclarar el asunto hasta el último detalle. Llegaban tiempos difíciles y sabía que necesitaría su apoyo.

—El rey hizo lo correcto sin informarnos de las visiones de la princesa —la Gran Sacerdotisa lo apoyó—. No se trata de desconfianza, creo, sino de cómo, como todos saben, mientras menos gente conozca el secreto, mayor será la posibilidad de que no vea la luz del día.

El rey no sabía que Hemet había informado a la Gran Sacerdotisa sobre todo lo que concernía a la princesa, incluyendo sus visiones. Ambas estaban unidas por el voto del secreto y estaban seguras de que lo que decían solo quedaba entre ellas.

Makeda, cuando tenía visiones, estaba bajo el cuidado de la Dama de la Luna, y por lo tanto de su hemet. La Gran Sacerdotisa sabía todo lo que le concernía a la princesa y tuvo un impacto significativo en la educación y el desarrollo de la niña, porque Seshep no solo le informaba de todo, sino que también le consultaba la mayoría de las decisiones.

—Lo siento, pero fue solo por mi imprudencia que el asunto tomó tal giro —dijo Makeda con remordimiento—. Realmente pensé que podía confiar en Den, él era mi amigo más cercano.

—Princesa —el general Tesfa, cuya hija tenía la misma edad que Makeda, pensó que era momento de hablar—, tarde o temprano habría un conflicto de todos modos. El príncipe Set siempre ha buscado el mismo. Perdóneme, pero es joven y hay muchos problemas, especialmente militares y políticos, que no entiende. Son bastante complicados.

— ¿Qué no entiendo? —Makeda estaba indignada por la condescendencia del general—. ¿Qué Set preferiría ser un rey y no un príncipe? ¿Que insta a otros a desafiar a mi padre? ¿O tal vez no entiendo que Den quería usarme y que solo era una herramienta para él en su camino hacia el poder? Entiendo que hay diferentes conspiraciones, durante mucho tiempo hemos espiado y oído. Es más, incluso entiendo que la muerte de mi hermano, hace mucho tiempo, no pudo ser accidental. ¿Pequeña? ¡El hecho de que solo tenga quince años y que sea una niña no significa que no piense!

—Princesa, no quería ofenderla —el General, alterado por su arrebato, se levantó de su silla—.

—Siéntate, Tesfa —le ordenó el rey—. Makeda tiene un temperamento real.

Sus palabras no sonaron como una disculpa, sino fueron un elogio para su hija y así fue como fueron recibidas por los presentes. En este punto, Makeda se dio cuenta de que podría haber usado el tono incorrecto para presentar sus argumentos y estar más tranquila, agregó:

—Tengo mucha culpa en lo que pasó, lo siento. Sé que debería aprender mucho más. Gracias a todos por su comprensión.

Entonces habló Seshep.

—Makeda no es culpable de nada, el general tiene razón. El príncipe Set estaba esperando el pretexto correcto. Y llegó. ¡Pero seamos sabios y anticipemos sus movimientos!

—Hemet tiene razón —dijo el príncipe Tomás—.

Hasta ahora, solo escuchaba, pero era obvio que estaba encendido como las brasas y que iba a pelear en lugar de hacer política.

—Creo que deberíamos ir detrás de Set y golpearlo antes de que pueda hablar con los príncipes. Y prometo que, como hermano de Makeda, por el insulto que ella ha experimentado, ¡personalmente me encargaré de Den!

—Le prometí que si él divulgaba el secreto de la princesa, le arrancaría el corazón yo misma —dijo Seshep, luego con calma y como para sí misma agregó—. Lo siento, príncipe, ¡pero soy la primera en la fila!

Tomás agarró el mango del cuchillo que llevaba en su cinturón.

— ¡Estoy listo para pelear! —Gritó mientras saltaba de la silla—.

—Avancemos, no hay nada que esperar —el general se unió y también se puso de pie—. El ejército, como siempre, está en plena disposición. Podemos ir incluso hoy. También mañana o pasado mañana —estaba molesto—.

—Escuchemos la voz de la razón —dijo el rey—. ¿Sacerdotisa?

El general y el príncipe se sentaron de nuevo y, como todos los demás, volvieron la cabeza hacia la sacerdotisa. Ella le agradeció al rey. Era una mujer cuya belleza iba de la mano de la sabiduría y sabía perfectamente bien qué impresión causaba en las personas, incluso, durante muchos años, sobre el rey. En su mano derecha sostenía un bastón alto cubierto con un cetro de plata que simbolizaba a la Dama de la Luna. En situaciones oficiales, siempre lo tenía a la mano, como si extrajera poder de el. Ella tocó ligeramente su cabeza, uniendo sus pensamientos con la diosa.

—Estamos hablando de una posible guerra —comenzó con calma—. ¿Pero es seguro que la queremos? ¿Hemos considerado sus efectos? Nuestras tropas cruzarán al otro lado del mar, atacarán a Set, muchos morirán. Recordemos que nuestros súbditos también pelearán de ese lado. ¿Queremos esto? Tal vez primero sería mejor saber si Set tiene la oportunidad de darse cuenta de sus malas intenciones. Eso no lo sabemos. ¿Quién estará detrás de él, quién lo apoyará, qué fuerza tiene? Todo lo que hablamos son presunciones.

—Sacerdotisa, con el mayor respeto por su conocimiento, y experiencia —dijo Hendake, quien había permanecido en silencio hasta ahora—. Durante años, los oficiales de inteligencia han informado sobre las actividades de Set. Casi podemos estar seguros de que hará cualquier cosa para provocar una guerra. Lo primero que hizo fue que, tan pronto como Den le dio las palabras de la princesa Makeda, envió mensajeros a los príncipes para darles este mensaje. Por supuesto, gracias a nuestros esfuerzos, la mayoría de ellos no han llegado a ninguna parte, pero para nuestro pesar, algunos han tenido éxito. Estamos en peligro, si no es una guerra, ciertamente al menos será una rebelión, tal vez una declaración de obediencia o un intento de separación de los principados de Saba al oeste del mar.

La cara de la Suma Sacerdotisa a menudo no revelaba ninguna emoción. Sin embargo, esta vez expresó tristeza y tal vez incluso dolor, así lo sintieron todos lo que lo notaron.

—La Dama de la Luna advierte que esta guerra nos puede traer grandes pérdidas —dijo ella, apretando sus dedos en su bastón plateado—.

— ¿Sabes algo más? —Nikal estaba preocupado, siempre contaba con su opinión—.

—No —respondió ella sinceramente—.

El rey se puso de pie.

—Escuché sus sabias opiniones. Gracias. Sé lo que piensan. Set ha sido durante mucho tiempo una úlcera en el cuerpo de Saba. Es hora de deshacerse de él. No tenemos más que problemas con él.

Las personas reunidas asintieron en acuerdo.

—Rey, piénselo de nuevo —la Gran Sacerdotisa no se rindió. —Somos más fuertes, tenemos mucho más y un mejor ejército, los dioses están de nuestro lado. Ganemos esto de una forma diferente. Esta guerra nos puede traer pérdidas. Podemos perder tierras más allá del mar, pero lo que es peor, es la sangre que se derramará. Esta guerra no será buena para nosotros...

—Finalmente podremos tener paz y liberar al país de la conspiración de Set —el general estaba listo para pelear—. Esta guerra puede darnos paz durante muchos años.

—Sacerdotisa, hay pérdidas en cada guerra, así es el mundo —era obvio que el rey ya había tomado una decisión—. En el peor de los casos, perderemos la parte occidental de Saba, pero como dices que somos mejores en todos los aspectos, el riesgo es muy pequeño. Y al deshacernos de Set y sus seguidores, haremos que Saba entre en una nueva fase de su historia.

—Rezo porque así sea. —La sacerdotisa miró hacia el cielo, y las arrugas se mostraron en su frente, sin su voluntad, mostrando cuánto no le gustó esa decisión—.

—El general tiene razón —dijo el rey, dándose palmaditas en el muslo—. No discutamos más. Tesfa, lleva a las tropas a la costa lo más pronto posible y que las embarcaciones estén listas para navegar. ¡Vamos a la guerra! En mi ausencia, transfiero la administración de Saba a Sethon —el rey miró al sacerdote—. Y Hendake será tu mano derecha.

— ¿Cuándo nos vamos? —Makeda estaba entusiasmada, casi tanto como los hombres—.

—Princesa, tú te quedarás —Nikal lanzó su tono inquebrantable—. Estarás bajo la protección de la Suma Sacerdotisa y Hemet Seshep.

—De ninguna manera. ¡Debo estar allí! —se levantó de un salto—. ¿Tomás va contigo?

— ¡Por supuesto! —su hermano no tenía dudas—. Soy el sucesor al trono y un hombre.

—Debo estar allí —repitió Makeda, sabiendo que su padre aceptaría sus fuertes argumentos si hablaba con voz decidida pero tranquila—. Quiero estar cuando Den se enfrente a un castigo bien merecido.

El rey vaciló, pero solo por un momento.

—Bueno, se ha decidido. Pero estarás acompañada no solo por Seshep sino también por la Gran Sacerdotisa. Sacerdotisa, ¿no harías el honor?

— ¿Cuándo nos vamos? —respondió ella con una pregunta—.

*El Reino de Saba
Catorce días después

El rey Nikal, después del consejo en el que tomó una decisión sobre la guerra con Set, envió mensajeros a los principados subordinados con la pregunta de cuántos soldados podía enviar cada uno de ellos. Todos ya habían regresado. Y casi todos hicieron promesas de enviar tropas cuando el rey lo exigiera. Sólo el Señor de Punt no respondió inequívocamente. Transmitió información de que sus tropas estaban librando una guerra en el sur, por lo que no podía apoyar al rey. Sin embargo, envió generosos regalos a Nikal para no provocar su ira.

Punt estaba menos conectado a Saba que otros principados, también necesitaba menos atención real. Entre Punt y Egipto, antes de que todos los principados en el valle del Nilo temblaran, estaba la tierra de Aksum y Nubia, que formaba un amortiguador de seguridad especial para este principado. El príncipe de Punt necesitaba al poderoso aliado, el rey de Saba. Por eso, aun sin la amenaza inmediata de Egipto, o aparentemente del príncipe Set, el propio príncipe de Punt quería convencer al rey de su lealtad.

Nikal contó sus fuerzas. Tenía un ejército de 20.000, además, los príncipes del oeste del mar prometieron enviar unos pocos miles en total. Y Set podría tener, junto con mercenarios, a lo sumo quince mil soldados. Así que si los príncipes no lo traicionaban, y el príncipe Punt no tomaba partido, la ventaja definitivamente estaba de su lado, pensó. También tenía mejores armas. Sabía que sus arcos, con un nuevo tramo, podían penetrar los escudos de cuero de los guerreros de Kush. Sus espadas y hachas de hierro no se romperían en la batalla, a diferencia de las de bronce que usaban los guerreros de Set.

—Vamos a ganar esta guerra —pensó el rey—. ¡Vamos a empezar, en nombre de los dioses!

Había un ambiente tenso pero feliz en el palacio. Desde el anuncio de la decisión del rey sobre la guerra, había pasado una semana y el ejército estaba listo para marchar.

En el día indicado por el sacerdote Sethon, por orden del rey, veinte mil guerreros dirigidos por el general Tesfa partieron hacia la bahía. El ejército tenía trescientos caballos y los demás, camellos. Estaba previsto que llevara diez días llegar a la costa.

El Rey con la comitiva, Tomás y Makeda con la Gran Sacerdotisa y Seshep debían partir en cinco días para llegar a la bahía al mismo tiempo que los soldados.

Los barcos flotaban en el agua. Desde la distancia se podía ver el bosque de mástiles individuales, con velas enrolladas. En las cubiertas de los amplios y abultados cascos, los marineros expertos estaban ocupados. Y en tierra, había un enjambre de guerreros esperando para entrar en los barcos. Las pocas carpas de oficiales mancharon la tierra de rojo, pero también destacaron la temporalidad del lugar.

Al pequeño puerto de Adulis que se encontraba al otro lado del Mar Rojo, hacia donde se dirigían, con el mar en calma, el viento ligero y las velas extendidas, el viaje debería durar un día y medio, máximo dos días.

La flotilla consistía en cien barcos de guerra, utilizados diariamente en Saba con fines comerciales y cuatro buques de guerra. En el que iría el rey Nikal no solo era solo el más nuevo sino también el más impresionante. Es cierto que, como los demás, era un barco de vela de un mástil con una hilera de remos, pero las velas eran de oro, las cabañas de proa estaban forradas con alfombras y el mobiliario era digno del rey.

En una señal, los barcos salieron de la costa, en dirección al oeste. El clamor y los ruidos iniciales causados por la salida y el golpe de los remos cedieron. Uno por uno, los barcos estaban extendiendo sus velas y el mar comenzó a parecer que era en su mayoría blanco, como una pradera. Ligeras ráfagas de viento llenaban las velas.

Makeda se quedó en la cubierta, mirando alrededor. Estaba orgullosa del ejército, los barcos y su padre. Sintió lo mucho que amaba a Saba, que era, según ella, el país más maravilloso del mundo.

El viaje fue realmente corto. Los vientos favorables que soplaban de este a oeste permitieron que los barcos fluyeran rápidamente, casi sin el uso de remos.

Adulis era un pueblo pesquero un poco más grande. Sin embargo, gracias a la bahía y la ubicación segura, este lugar se usó convenientemente para descargar y cargar mercancías desde y hacia Saba. El ejército abandonó rápidamente los barcos.

La parte de los soldados que no estaba acostumbrada a viajar por mar no se sentía bien y quería sentir el suelo bajo los pies. Los caballos y los camellos que bajaban por las escaleras improvisadas también dieron la impresión de que lo hacían de buena gana. Era de noche, el sol se ponía.

La marcha a Aksum estaba prevista para la mañana. Los soldados encendieron algunas hogueras en la playa y se acomodaron para dormir. Incluso los oficiales no armaron sus tiendas, sino que se acostaron cerca del fuego.

Las noches en esta zona, en esta época del año, eran frías. Durante el día, brillaba un cálido sol y, por la noche, el aire exhalado era visible a simple vista. Esa noche, sin embargo, los soldados no solo encendían hogueras, sino también sus emociones antes de la batalla que los esperaba.

El rey estuvo en consulta durante muchas horas con el general Thesshey, Ashenafi y cuatro oficiales superiores. El príncipe Tomás también se sentó a la mesa. Makeda sabía que al hablar de los preparativos finales y las estrategias del ataque, su padre no estaría de acuerdo en que los acompañara, por temor a que ella no pudiera hablar. Ella se arrodilló en un rincón de la tienda, tratando de que nadie la viera. Todos la vieron, pero porque el rey disimuló no verla en el lugar de la reunión, los demás le siguieron la corriente.

Makeda escuchó y observó, quería entender las razones de sus decisiones, conocer los tipos de estrategias. Ella estudió y observó todo.

La conferencia duró varias horas. Gracias a la inteligencia espía, se sabía que el Príncipe Set estableció su ejército, que no era tan numeroso como esperaba Nikal, en un amplio barranco que conducía hasta el último, frente a la capital, la cordillera. Su ejército consistía en doce mil soldados, sin caballos ni camellos. Los príncipes vecinos a quien le envió mensajeros antes de Nikal no tenían respeto por Set. Le tenían miedo, así que entre apoyar a Set o ser leales al gobernante más fuerte de Saba, eligieron al rey.

El ejército del rey Nikal salió de Adulis en una larga columna. A la cabeza, sobre cien caballos y cien camellos, había un grupo de exploradores. Detrás de ellos había una columna de infantería, arqueros y honderos. El largo desfile era cerrado por jinetes en caballos y camellos, armados con lanzas y espadas.

Los soldados del ejército de Nikal tenían espadas, y flechas con punta de hierro. Llevaban escudos de cuero con pieles de órix. Los hijos de las familias más ricas tenían escudos de hierro, mucho más pesados, pero también más resistentes a los golpes.

Pocos, en su mayoría oficiales, tenían armaduras de hierro bajo sus túnicas, pero la mayoría de los soldados estaban satisfechos con túnicas y chalecos de cuero.

La columna se acercó a Aksum en una marcha rápida. El rey, acompañado por el general Tesfa, el comandante de Ashenafi. Tomás y Makeda cabalgaban por el medio, sabía que el ejército de Set esperaba en el barranco. El embudo era bueno para los defensores y malo para los atacantes. Incluso un pequeño grupo de soldados puede defenderse contra uno mucho más grande, en el barranco no se podía utilizar completamente ni la ventaja numérica ni los caballos o camellos. Pero no tenía otra opción: Aksum estaba rodeado por altas montañas, y los pocos caminos que había conducían a través de los barrancos.

En el tercer día de la marcha, en las horas del mediodía, la larga serpiente del ejército del rey entró en un amplio barranco. La guardia delantera notó remotamente a un gran grupo de tropas defendiendo la entrada. La columna se detuvo.

Estaba claro para todos que las tropas se enfrentarían pronto.

—Miren, ¿cuál es la mejor manera de iniciar el ataque? —Nikal comenzó la conferencia—. Ya sabemos que hay doce mil de ellos y que están mal armados. Somos el doble, pero en el barranco no podemos atacarlos con todo nuestro poder. ¿Cuál es la manera más fácil de vencerlos, cómo abriremos el camino a Aksum?

—Rey, creo que los arqueros y los honderos tienen que escalar las montañas circundantes en la noche, para que puedan llegar atacar al enemigo en el fondo del barranco —comenzó el general Tesfa, quien durante mucho tiempo supo dónde pelearían con ellos y había pensado en ello muchas veces. Ofreció opciones de ataque—. Infantería, con lanzas, hachas y espadas irán directamente a la batalla. Deje que los caballos y los camellos se queden atrás, no usaremos su fuerza en este barranco. Yo iré al frente. Usted, el príncipe y la princesa Makeda, observan todo como corresponde a un rey, desde una distancia prudente. Si necesitamos ayuda le enviaremos un mensajero.

El rey consideró todos los pros y los contras en su mente.

—Su plan es bueno. Así lo haremos. Comenzaremos la batalla temprano en la mañana. Ahora deja descansar a los soldados, dales un tella, tej [17] y mucha carne, que coman antes de la batalla.

—Rey —Tomás esperó hasta que solo Nikal, Tesfa y Ashenafi estuvieran en la tienda—. Déjame acompañarte. Tengo veintidós años y quiero pelear.

Todos los ojos se volvieron hacia el rey. Estaba preocupado. Su hijo mayor fue asesinado, el único sucesor era Tomás. ¿Debería él ir a pelear? Sobretodo sabiendo que las visiones de Makeda y Seshep daban mucho que pensar. Estaba preocupado por su vida, pero por otro lado se sentía orgulloso, este valiente y fuerte joven, su hijo, gobernaría el reino después de él. Decirle «no» frente a los generales que los escuchaban lo debilitaría ante sus ojos. Después de todo, el ejército estaba conformado por jóvenes de dieciséis años. Mañana, ellos también podían morir. ¿Tenía el derecho de prohibirle al príncipe, su sucesor, pelear con ellos?

El silencio se prolongó.

—General, le encomiendo al heredero del trono, el príncipe Tomás —decidió finalmente el rey—. Que pelee a tu lado mañana.

Tomás golpeó su puño contra su pecho, justo como lo hacían los soldados, y era obvio que si no se esperara que se comportara de una manera digna, habría saltado de alegría.

Nadie notó lo triste que estaba Makeda, sentada tranquilamente en la esquina.

La mañana saludó a todos con el sol. Los ejércitos se encararon. Set tenía una mejor posición, porque el estrecho barranco no permitía que se desplegara toda la fuerza de Saba. Ambas partes lo sabían bien.

El ejército de Set, armado con espadas y hachas de bronce; lanzas, arcos y eslingas, estaban vestidos con túnicas oscuras de material grueso, los pechos y las espaldas de los soldados estaban protegidos por grandes trozos de cuero duro y crudo, de antílopes y cebras. De estas pieles también se hicieron escudos. No era un ejército que pudiera ganar en una batalla abierta con los ejércitos más numerosos y mejor equipados de Saba. Sin embargo, podía defender el acceso al camino en el barranco durante un largo período. Los soldados eran comandados personalmente por Set, con su hijo Den a su lado.

A instancias del general Tesfa, los soldados armaron una larga fila. Al frente los lanceros, detrás de ellos arqueros y honderos, y detrás de ellos soldados armados con espadas y hachas. Pronto se dio cuenta de que el plan del general había fracasado por completo: los arqueros y los honderos, que habían escalado la ladera de la montaña durante la noche y estaban escondidos, estaban demasiado lejos para atacar al enemigo con flechas y piedras. Sus misiles no alcanzaron la boca defensora del barranco. El general solo podía contar con un ataque directo. Nikal tenía ventaja al contar con armas modernas y mejores. Las flechas de los arqueros perforaron fácilmente los escudos y los chalecos de cuero de los soldados de Aksum. Los golpes de las espadas de hierro rompieron las espadas de bronce. Los soldados murieron. Pero eran reemplazados rápidamente por más soldados de las siguientes filas.

El general Tesfa, al principio solo veía la lucha y daba órdenes, pero al ver una fuerte resistencia, se lanzó a la lucha, cortando a sus enemigos con su espada. Tomás siguió su ejemplo.

En un momento, la victoria se inclinó significativamente hacia el lado de Saba, y las filas de los soldados de Set se estaban dispersando. Sin embargo, el barranco todavía no fue capturado, y el camino a la capital estaba cerrado.

Finalmente, el príncipe Set y su hijo aparecieron. Era obvio que querían fortalecer el espíritu de lucha de su ejército.

El príncipe Tomás, al ver a Den, se apresuró en su dirección. Todavía había varias filas de soldados, pero a Tomás no le importaba eso. Vestido con una armadura plateada de escamas de hierro, con una espada en la mano y calentado por la lucha actual y sus victorias, quería cazar al que planeaba deshonrar a su hermana y llevar la corona a su familia. Extendiendo la espada en todas direcciones, rápidamente se acercó a Den.

Sus espadas se cruzaron. A pesar de la diferencia de años, Den tenía dieciocho y Tomás veintidós, su fuerza eran similares. Ambos estaban llenos de rabia y deseo de venganza. Tomás, entrenado por los mejores maestros de la esgrima, se encontró con un oponente digno. Den rechazaba sus ataques y atacaba también. Ninguno prestaba atención a la lucha que los rodeaba, solo se miraban entre ellos y a sus espadas. Además, los soldados, sabiendo quienes eran los contrincantes, no intentaron intervenir. Todos estaban ocupados luchando por sus vidas.

La lucha de los príncipes fue prolongada. Sus fuerzas lentamente se iban. Sintiéndolo, Tomás atacaba furiosamente y golpeaba con todas sus fuerzas. La espada de Den saltó hacia atrás, quedando desprotegido. El segundo corte de Tom alcanzó el objetivo, su espada cortó el brazo de Den hasta el hueso y lo hirió profundamente en el costado, en el lugar entre las mitades de la armadura. Para Tomás este era un momento de victoria. Ante sus pies lacia su enemigo derrotado. Al tenerlo así, podría entregarlo fácilmente ante su padre. Tomás estaba orgulloso de sí mismo.

No logró volverse y ver al general, con quien quería jactarse de la victoria, cuando una flecha voló y lo golpeó en el cuello. La punta de flecha perforó la laringe. El príncipe cayó.

El general, que luchaba a unas docenas de metros más vio la victoria de Tomás. Ya estaba feliz sabiendo que podía terminar la pelea y provocar la capitulación de Set. Entonces se aterrorizó al ver la flecha en la laringe del príncipe y su caída. Miró de donde había venido. Vio a un hombre con una cicatriz que, desde un arbusto detrás de una pequeña roca, observaba su trabajo. Quería asegurarse de que su disparo fuera mortal.

Indiferente a sus enemigos, el general se lanzó hacia el príncipe herido. El hombre se llenó de fuerza. Cabalgó, ignorando a los soldados de Aksum que estaban levantando a Den.

Sólo el cuerpo de Tomás permaneció en el campo de batalla. Cuando el general lo alcanzó y se arrodilló a su lado, sonrió con orgullo.

—Maté a Den. Este es el final de la guerra —susurró y dio su último suspiro—.

Tesfa interrumpió la batalla. A pesar de que habían ganado (más de cuatro mil soldados de Aksum fueron asesinados, mientras que ellos no perdieron más de mil de los suyos) se sintió un perdedor. Tomás era el futuro de Saba, a quien el rey confió su protección. Y nada podría devolverle la vida.

El Rey, observando el incidente desde las alturas, viendo lo que estaba sucediendo, tocó su corazón. Su rostro estaba pálido. Anteriormente, uno de sus hijos fue asesinado por una sentencia de muerte y ahora perdió a otro. Se quedó mirando a la distante figura de Tesfa. Cuando el general se levantó de sus rodillas, comprendió lo que había sucedido. Si hubiera sabido el precio de la guerra, no habría emprendido este viaje. Preferiría perder a Aksum que a su hijo. Sintió que el mundo se estaba derrumbando.

Aunque la guerra fue ganada, el rey ordenó una retirada.

Los soldados que probaron el sabor de la victoria y esperaban que su próxima parada fuera Aksum, aceptaron la orden del rey con amargura y comprensión. Más aún porque rápidamente se extendió la noticia de que el hijo de Set, muy probablemente había sobrevivido al golpe infligido por el príncipe Tomás.

La columna regresaba por donde había venido. Sin embargo, mientras que antes era una marcha alegre, ahora parecía un funeral. La desesperación del rey, que no hablaba con nadie, era visible para todos. Makeda, cuya pena y desesperación era similar, ni siquiera trató de consolar a su padre, entendiendo que nada disminuiría su sufrimiento.

Ella iba justo detrás de su padre. Seshep estaba a su izquierda y la Suma Sacerdotisa a su derecha. Los tres iban a caballo.

— ¡Si Den está vivo, lo atraparé! —dijo Seshep entre dientes—. Debí haberlo matado hace mucho tiempo.

—Regresaré aquí y regresaré a Aksum —dijo Makeda con firmeza, sin mirar atrás—.

La Suma Sacerdotisa estaba segura de que esto sucedería. Sin embargo, no dijo una palabra.

El reino de Israel
Mientras tanto

—Tamrin, información del reino de Saba nos ha llegado hoy.

— ¿Eso es lo que querías decirme, profeta?

—El príncipe Set, probablemente sabes de quién estoy hablando, se ha vuelto contra Nikal. En la guerra, el único heredero al trono murió, el rey está gravemente enfermo y no se sabe si sobrevivirá.

Tamrin se tapó la boca con la mano para no llorar, las palabras que cayeron sobre él le causaron una gran impresión.

— ¿Tienes noticias de la princesa Makeda?

—Está a salvo.

— ¿Sabes algo más, profeta?

—Una flecha mortal golpeó al heredero, fue lanzada por un asesino contratado por Set.

Tamrin sacudió la cabeza con incredulidad.

—Debería volver lo antes posible —dijo después de un momento de reflexión—. ¿Cuándo sucedió?

—Hace tres días.

— ¿Tres días? ¿Y ya lo sabes? ¿Tan rápido? ¿Cómo es esto posible?

—Dios está con nosotros. Y él hace milagros —el profeta arregló el borde de su túnica—. Una vez dijiste que, para ti, la información es más valiosa que el oro. Para mí también.

Los preparativos para el camino no duraron mucho. Antes de salir de Jerusalén, Tamrin fue con Salomón.

El rey lo aceptó en la habitación donde solía trabajar. Había pergaminos en las mesas largas, como observó Tamrin, llenos principalmente de planos y cálculos arquitectónicos. Había herramientas de trabajo, dispuestas de manera uniforme junto a él: largas reglas de madera, compases, tintas, garabatos y pinceles.

—Mira Tamrin, aquí está mi orgullo. —El rey señaló uno de los dibujos más grandes—. ¡Así es como se verá nuestro templo! Ven, ven aquí. —Tratando de impresionar al invitado, se dirigió a la esquina de la habitación, donde se colocó el modelo del templo en la segunda mesa—. ¡Mira! ¿Qué dices?

— ¡Rey, es más hermoso que cualquier cosa que haya tenido el placer de ver en mi vida! —Tamrin quedó tan impresionado con lo que vio que se olvidó de los asuntos por los que tenía que regresar a Saba antes de lo planeado—.

Salomón juntó las manos sobre su pecho orgullosamente descubierto.

—Yo también lo creo. Hacemos todo de acuerdo con las instrucciones de Dios. Mira, deleita tus ojos. Cuando vengas aquí la próxima vez, gran parte de lo que ves será real. Además, esto será posible también gracias a los materiales que me enviaste.

Tamrin contempló la vista. La maqueta fue hecha con el mayor cuidado. Todos los detalles, desde cuencas de sacrificio de oro y de cobre, a través de paredes, columnas, altares, escaleras, paredes y techos, eran   perfectos.

—Impresionante, rey —afirmó absolutamente de acuerdo con lo que pensaba—.

—Recuerda esta vista y cuéntale a Nikal sobre él.

—Sí, señor

—Y que Dios te guíe directamente a Saba. Que traiga paz y resolución a tu país, porque he oído que últimamente eso no está ocurriendo allí.

—Que así sea, rey.

—Amén.

El Reino de Saba
Quince días después

—Lo peor ya pasó —la Gran Sacerdotisa se levantó de la cama del rey—.

Pasó todos los días y noches con Nikal después del momento fatal en que el rey entró en el barco y se detuvo sobre el cuerpo de su hijo muerto. Se quedó allí por un momento, luego agarró su pecho, se tambaleó y cayó.

— ¡Protejan al rey! —Se escuchó la orden—.

Casi de inmediato, el barco de Nikal yacía sobre las tablas.

— ¡El rey está en peligro! —Había voces en el barco—.

No se sabe cómo habrían ido las cosas si no fuera por la presencia de la Gran Sacerdotisa, que sabía qué hacer. Si no fuera por ella, el rey inevitablemente se hubiera unido a su hijo muerto. Tan pronto como ella entendió lo que había sucedido, se arrodilló a su lado a darle respiración boca a boca y a hacerle compresiones en el pecho.

—Quédate aquí, no te vayas —dijo ella—.

Ella presionó su propia respiración en su boca y golpeó con fuerza en el centro de su torso hasta que, cuando fue convocado por su voz mágica y encantado por su aliento, el rey abrió los ojos.

— ¡Diosa, Señora de la Luna, gracias! —susurró la sacerdotisa, primero alzando sus manos al cielo, y luego inclinándose tan bajo que tocó la cubierta con la frente—.

Aterrada, Makeda, de pie junto a él, todavía inmóvil, se arrodilló junto a su padre y comenzó a llorar. Cedió ante el miedo por su vida y el hecho de que ella podría quedarse completamente sola. Helada como el hielo, se congeló su corazón de miedo cuando su padre se desplomó un momento antes. Estaba llorando porque su espíritu joven, tan tenso todo el tiempo, al ver a Nikal abriendo los ojos, dejó escapar un suspiro de alivio.

Los soldados, al ver que la Gran Sacerdotisa acababa de realizar uno de los milagros por los que era famosa, la miraron con admiración mezclado con miedo, pero al mismo tiempo, como Makeda, respiraron al ver que su rey estaba vivo.

La sacerdotisa sabía que para salvar al rey, necesitaba el apoyo de la Dama de la Luna, pero también el conocimiento acumulado a lo largo de los siglos por parte de quienes la precedieron. También usó los recursos mágicos que dominaba durante los días siguientes mientras navegaban, en los cuales el rey, debilitado, fue puesto en camillas especiales colocadas en un carro tirado por mulas. Durante el viaje ella le dio infusiones de hierbas medicinales para fortalecer la circulación sanguínea. Cuando el rey sudaba demasiado, lo cubría con hojas y piedras frías, cuando se estaba congelando por el agotamiento, lo calentaba con su propio cuerpo.

Finalmente, lograron llegar al palacio en Marib.

Allí todos se sentían más seguros, pero al igual que durante el viaje, Makeda, Seshep y la Gran Sacerdotisa casi no se separaban del rey. Las tres estuvieron presentes en el momento en que, al segundo día después de llegar al palacio, abrió los ojos.

— ¿Los dioses abandonaron a Saba? —Él preguntó—

CAPÍTULO III

LA MONEDA DE LA CORONA

Makeda tiene 17 años

El reino de Saba,
Marib.

Makeda estaba de pie en la ventana de su habitación, mirando la floreciente ciudad verde que se extendía ante ella. Le pertenecía. Al igual que todo el país.

Acababa de convertirse en la reina, la gran Kandake de Saba.

Su padre partió después de muchos meses de enfermedad. Desde el momento en que su corazón casi se rompió ante la desesperación, poco después de la muerte de Tomás, nunca recuperó toda su fuerza. Gobernó, pero se debilitaba cada día, y cuando un día perdió el conocimiento durante un largo ceremonial en honor a Almaqah, nunca más se levantó de su cama. Fue entonces cuando finalmente decidió darle la corona a ella. Después de la muerte de sus dos hijos, ella era la única heredera.

Ahora miraba hacia el futuro, lo que conllevaba muchos desafíos. Sus ojos estaban cerca de su corazón. Desde el palacio situado en la colina, desde su cámara en el tercer piso más alto, toda la zona era visible.

En Marib, el palacio, los templos, las casas de los poderosos y todos los otros edificios más importantes eran del mismo color. Fueron erigidos hace siglos con piedras y barro cocido. La ciudad parecía emerger del suelo y era una parte inseparable del paisaje. Los edificios estaban rodeados por todos lados por una exuberante vegetación. Los callejones de los árboles se extendían desde el palacio hasta los ocho pilares monolíticos del templo de Almaqah. Era allí donde se realizaron las celebraciones más importantes, allí se adoraba al dios que estaba a cargo de la familia real y de todo el país.

—Almaqah, me dejaron sola —dijo en voz baja—. No hay nadie en la familia que pueda apoyarme. ¿Es eso lo que querías? ¿Cuáles son tus planes para nuestra familia? ¿Por qué dejaste ir a todos los hombres?

Pero Almaqah, como suelen hacer los dioses, estaba en silencio. Makeda movió su mirada hacia el templo de su patrona, la Dama de la Luna.

—Tal vez ella responda a mis preguntas —pensó—.

Pero la Dama de la Luna quedó impasible. Y, sin embargo, estaba tan cerca, casi a su alcance.

Desde la ventana de la habitación, su templo era perfectamente visible. La base no era rectangular, como era el caso con la mayoría de los edificios en Marib, no era un círculo normal, porque tales edificios se veían en la ciudad y tenía forma de un huevo. Este tenía un portal alto y ricamente decorado que le encantó a Makeda desde el momento en que lo vio por primera vez, y fue hace tanto tiempo que ni siquiera recordaba cuándo. El templo estaba rodeado por altos muros de casi veinte codos. Su parte principal, en la que se celebraban ceremonias en honor a la Dama de la Luna, no tenía techo, estaba cubierta de exuberante vegetación. Entre las palmeras, los sicomoros y los tamarindos, crecían flores y hierbas coloridas y fragantes. Los sacerdotes del templo cuidaban los jardines. Era, aparte del palacio, el lugar favorito de Makeda.

Cuando miró a la izquierda, vio otro templo, el más antiguo de la ciudad. Sus cinco altos pilares monolíticos convocaban a los residentes a adorar no solo a los dioses, sino también a sus antepasados. Allí, una vez al año, se celebraban grandes festividades en honor de los fallecidos.

A la derecha, había jardines alineados con agua que fluía por los canales de la gran presa, construida en los mismos tiempos en que se construyeron las pirámides más poderosas en Egipto. Ahí crecían las más finas plantas que la tierra haya visto. Entre ellas se encontraban árboles, de los cuales se extraía la resina, incienso precioso, bálsamo fragante, la fuente de mirra y el medio más perfecto para aliviar el dolor, curar heridas, fortalecer el vino y embalsamar cadáveres. La mirra y el incienso eran los bienes comerciales más valiosos de Saba. Se vendían no solo a Egipto, Babilonia u otros países que estuvieran en el rango de caravanas comunes, sino incluso a la lejana India.

—Si no fuera por la sabiduría de mis antepasados, viviríamos en el desierto —pensó Makeda—. Dios, quien los inspiró para construir una presa, fue sabio y prevenido. Si no fuera por él, no habría agua. Si no fuera por el agua, seríamos un país pobre y desértico con el que nadie contaría.

Tama recolectaba agua del río que fluía abundantemente solo en la estación lluviosa. Durante el resto del año, el río se secaba completamente o se convertía en un arroyo débil. El edificio, durante siglos el orgullo de Saba, tenía mucho más de 1.300 codos. [18] Hace siglos, fue construido en forma de terraplén de tierra reforzado con piedras y mortero. En sus bordes, se erigieron esclusas, a través de las cuales el agua alimentaba la ciudad, los jardines y dos enormes oasis. Cada uno de los oasis era tan poderoso que una cosecha era suficiente para alimentar no solo a la ciudad y al gran ejército real, sino también a los habitantes del reino de las áreas menos ricas en agua. Los rendimientos de ellos eran, como la mirra y el incienso, el producto comercial más valioso de Saba.

—Nadie en el mundo tiene una presa y jardines semejantes —Makeda admiró la razón, las habilidades y el poder de sus antepasados—. Los reyes que gobernaron aquí antes que yo fueron realmente muy sabios. Cambiaron el país del desierto y la pobreza, al jardín más hermoso y rico. ¿Qué puedo hacer para compararme a ellos? No solo para no perder lo que heredé, sino para que mis sucesores se sientan orgullosos de lo que hice.

Y se dio cuenta, en primer lugar, de que no estaba sola, ya que su familia ya no estaba viva, quería tener a un hombre a su lado, que no solo la apoyara sino que también pudiera extender su familia. Y en segundo lugar, que Saba no solo era tierras al lado este del mar, sino también territorios fértiles y hermosos en su lado oeste. Y esas tierras, desde el momento de la rebelión de Set y la muerte de Tomás, lo que debilitó fatalmente a su padre, quedaron a su suerte.

Con la muerte de Tomás, el paraíso pareció dormirse. Todo se detuvo. Nikal se centró en llorar a su hijo y su enfermedad. Se fue, dejando a Aksum en las manos de Set. Así que ella heredó sólo la parte oriental del país. Ella sabía que había llegado el momento de hacer algo al respecto.

—Tuve visiones en mi infancia —suspiró ella—. Gracias a ellas, sabía que sería la reina. En sueños también vi quién está destinado para mí. Y aquí estoy, soy la reina. Yo mando en Saba, me siento en el trono de un estado maravilloso. Sucedió como estaba destinado. Una vez llegue el momento de cumplir con lo demás, se lo agradeceré a los dioses. Por ahora, tengo que resolver lo de Aksum. Tengo que enmendar esta separación del país. ¡Pertenece al pueblo, los dioses y a nuestros ancestros! Oh, si ahora pudiera tener tales visiones como en mi infancia, tal vez sabría qué hacer.

*El reino de Israel
Mientras tanto

El templo que construyó Salomón tenía sesenta codos de largo, veinte de ancho y treinta de alto. El vestíbulo era de veinte codos, la pared frontal del templo al que se aferraba tenía diez codos de ancho. A lo largo de las paredes, así como alrededor de los lugares santos y sagrados, se erigió un edificio de varios pisos. También se hicieron cuartos laterales alrededor de todo el templo. [19]

Cuando comenzó la construcción, las paredes se construyeron de bloques preparados en canteras. De esta manera, no se escucharon martillos, hachas u otras herramientas de hierro en la ciudad.

Cuando se completó la construcción de las paredes, el conjunto se cubrió con un techo de vigas y tablas de cedro. Las paredes interiores desde el fondo hasta las vigas del techo también se habían cubierto con las mismas. Había flores y guirnaldas talladas en ellos. El suelo estaba cubierto de tablas de ciprés.

El interior estaba forrado con oro. El conjunto brillaba, encantando a todos los que tenían el honor de observar este lugar mientras la construcción aún estaba en marcha. Salomón quería que entraran la menor cantidad de personas antes de que se completara el trabajo, pero las noticias sobre las riquezas que se acumularon allí, llevadas por el viento del norte, llegó a los rincones más distantes del mundo.

Y, sin embargo, los contratistas del templo aún tenían mucho trabajo por hacer. La parte externa estaba solo en la fase inicial de la construcción.

Salomón sabía que todavía tenía años de trabajo por delante y que tendría que cubrir grandes costos antes de completar un trabajo tan extraordinario. Levantaba un templo que se suponía que debía expresar la magnificencia del Dios de Israel, por lo que no debería apresurarse. Estaba al tanto del hecho de que todo lo que es bueno requiere tiempo y esfuerzo.

Esperando el consejo que la reina había convocado, Tamrin compartió historias sobre Salomón e Israel. Estaba en la sala de conferencias con el comandante de la guardia real, Ashenafi, Hendake, el dirigente del palacio y el general Tesfa.

Tamrin les dijo cuán sabias eran las oraciones de Salomón y, como ejemplo, citó un incidente sobre mujeres que reclamaban los derechos de un niño.

—Vamos a acercarnos —le dijo Makeda a Seshep, deteniéndola en el umbral de la habitación—. Escuchemos.

Estaban de pie para que ninguno de ellos las viera.

Cuando Tamrin terminó de hablar, los hombres asintieron apreciativamente.

—Vaya vaya... —Tesfa quedó impresionado por la decisión de Salomón—.

—Lo que es más, le diré que no solo es respetado, sino que también amado —aseguró el mercader—. Hay muchas anécdotas sobre él.

La reina le ordenó a Seshep que se mantuviera quieta.

—En una taberna en Jerusalén, escuché esta historia: Dos mujeres vinieron al rey y agarraron a un joven detrás de ellas. «Aceptó casarse con mi hija», dijo una. « ¡No! Prometió casarse con la mía », gritó la otra. Comenzaron a discutir hasta que Salomón ordenó silencio: "Tráeme la espada más grande" —le ordenó al guardia—. "Cortaremos al joven a la mitad. ¡Cada uno de ustedes obtendrá una parte igual!" «Suena bien», dijo la primera mujer. «Oh, señor, no derrames sangre inocente» —sollozó la otra— Qué se case con la hija de esta mujer, solo déjalo vivir». El rey sabio no dudó. «El joven debía casarse con la hija de la primera mujer», decidió. « ¡Pero ella quería dividirlo en dos   partes! », exclamó la multitud. «Bueno, ahora pueden saber que esta es la verdadera suegra de este hombre», dijo el sabio rey Salomón.

Los hombres entendieron perfectamente la broma y la referencia a la historia anterior sobre el niño y las dos madres, y se rieron a carcajadas.

— ¿Quieres decir, Tamrin, que esas suegras son iguales a las de nosotros? —Bromeó Tesfa ante la anécdota—.

—Son iguales en todo el mundo —confirmó el comerciante—. Entre otras cosas, es por eso que no quiero tener una esposa.

—Por la misma razón, yo tampoco tengo una —señaló Hendake con humor, ya que todos sabían que era un eunuco—.

—Claro —se unió Ashenafi, pero luego se tambaleó al ver que la reina entraba en la habitación—.

Junto con ella estaban la Gran Sacerdotisa, el sacerdote Sethon y Hemet Seshep.

—Escucho a todos con buen ánimo —dijo la reina, dejando que todos se sentaran—.

— ¡Los dioses le guían! —El general Tesfa, como el de rango más alto entre los presentes, pronunció la consigna utilizada para dar la bienvenida a la realeza e hizo, como a los demás, una reverencia a Makeda.

En respuesta, ella asintió.

En el momento de tomar el poder, ordenó que todos los asientos de invitados fueran iguales en la sala de conferencias real. Ella se sentaba en una silla más alta y más ornamentada. Los otros formaban un semicírculo y siempre había tantas sillas como personas invitadas.

—Solo les estoy hablando del rey Salomón, mi señora. —Tamrin, como todos los demás, tomó asiento—.

—Has estado fascinado con él desde hace tiempo. —Makeda recordó lo mucho que el gobernante de Israel impresionó al comerciante cuando, poco más de dos años antes, regresó de su primer viaje a Israel—.

Además de los regalos, noticias y pedidos de productos de Salomón, él trajo algo, y de hecho alguien más. Junto con él vino un joven talentoso, hijo de uno de los mercaderes de Jerusalén. Su padre le pidió a Tamrin que lo llevara con él a la tierra de la Reina de Saba para aprender sobre las costumbres de su corte y la forma en que veían el mundo. Tamrin conectó con él no solo por sus intereses, sino también por su simpatía, ya que durante años lo acompaño en rutas comerciales en muchos lugares diferentes del mundo, él cumplió su pedido. El nombre del niño era Ben.

Durante dos años, Ben, a petición de la reina, le enseñó el idioma y las costumbres de Israel. Y ya que en su mente todavía había un vívido recuerdo de las visiones de su infancia, cada vez más, el hombre que apareció en ellas se parecía más a Salomón, por lo que poco a poco comenzó a compartir la fascinación de Tamrin.

—Escuché tu historia —dijo sentándose—. Me gusta tu juicio. Por lo que dices, Salomón tiene algo mucho más valioso que todo el oro en este mundo: él tiene sabiduría.

—Nuestros antepasados solían decir que quien obtiene conocimiento, se ama a sí mismo, a quien le importa la razón, encuentra la felicidad —recitó el sacerdote Sethon—.

—El rey es famoso por su sabiduría, y porque es eficaz en lo que hace, a pesar de que aún es joven, hay leyendas sobre él en todo el mundo, y la gente en los oasis y tabernas hablan de sus anécdotas y cantan canciones —Tamrin no ocultó su reconocimiento por sus logros—.

—También quiero hablar de él hoy —la reina comenzó la parte principal de la reunión—. Tenemos tres temas para discutir. Espero su consejo, porque no sé cómo proceder.

Los rostros de los presentes eran de curiosidad. Ninguno de ellos sabía qué esperar de la joven reina y cómo se manejaría con el gobierno.

—El primer caso concierne a nuestras tierras occidentales. Decidí que es hora de saldar cuentas con Set. La pregunta a discutir es: ¿cómo hacerlo de la manera más efectiva? Lo segundo, relacionado con lo primero, concierne a nuestro comercio con el mundo. Por el momento no tenemos influencia en el principado de Aksum, donde Set nombró un rey y temporalmente no podemos obtener bienes de allí. Esto no es bueno para nuestra tesorería ni para la reputación de Saba, en la que nuestros ancestros trabajaron durante siglos. Al mismo tiempo, tenemos un problema con el reino de Hiyaz. Y esto es lo tercero, que se trata del comercio, está relacionado con lo primero y lo segundo.

Miró a los asesores y se aseguró de que entendieran de qué estaba hablando, continuó.

—Usando nuestra debilidad temporal, por la enfermedad y la partida hacia los dioses de mi querido padre, Hiyaz trata de eliminar nuestra exclusividad en la mediación entre la lejana India, Egipto y el resto del mundo. En resumen: estamos en riesgo desde dos lados. Nuestro problema es Set y el reino de Hiyaz. Afortunadamente, nuestro ejército es fuerte y todos le temen, por lo que nadie intenta atacarnos, pero si no hacemos algo con estos problemas, las cosas pueden ser diferentes. Set crece en fuerza, tal vez pronto quiera atacarnos.

Vio a los consejeros sacudir la cabeza.

—Se acabó el tiempo de pasividad —golpeó su mano contra la mesa—. ¡Hemos estado esperando demasiado tiempo! —sus ojos ardían como el fuego, hizo silencio, conteniendo emociones—. Pero como todos ustedes saben, no podríamos haberlo hecho de manera diferente —agregó a su excusa—.

Ella miró a todos los presentes. Lo hizo lenta y cuidadosamente, moviendo su mirada de una persona a otra. Y cuando encontró apoyo en sus ojos, se enderezó aún más, tomó aire y anunció solemnemente:

—Hoy abro nuevo capítulo en la historia de Saba. Quiero que las personas que dependen de nosotros tengan razones para sentirse orgullosos.

Seshep, a pesar de ser muy dura, fue conmovida por el discurso de su ama. La recordaba como una niña pequeña quedándose dormida todas las noches, abrazando su hombro con confianza. Ahora, cuando la miró y la escuchó, estaba orgullosa de ella. Vio que no era solo la apariencia de Makeda lo que causó una gran impresión.

—Reina, es muy joven —el general Tesfa la miró con admiración—. Siempre hemos sabido que los dioses le han proporcionado una gran sabiduría, pero debo admitir que justo ahora tenía la impresión de escuchar a un viejo estratega, alguien con una mente que puede descifrar, nombrar y organizar de una manera sencilla todas sus prioridades. Los líderes experimentados tienen tal habilidad. Inclino mis viejas rodillas ante ti —diciendo eso se levantó y, como anunció, se arrodilló, haciendo una profunda reverencia.

—El general también expresó lo que pienso — Ashenafi se unió a los elogios—.

Él quería continuar, pero Makeda no se lo permitió.

—General, comandante, gracias por sus cumplidos. Estoy agradecida por ellos. Si otros piensan de manera similar, gracias también. Sin embargo, quiero que sepan que no nos reunimos para alabar la sabiduría de la reina. Todos —ella señaló a cada uno de ellos— tienen una experiencia, conocimiento y sabiduría incomparablemente mayor que la mía. Espero consejo y apoyo de ustedes. Que Saba sea poderosa y fuerte como en el tiempo de mis grandes antepasados.

Lo dijo con tanta fuerza y certeza que se estremecieron. Ella sabía lo que quería. Un poderoso fuego interno ardía en ella, cosa que los animó.

—Entonces, reina —dijo primero el general Tesfa—, creo que deberíamos partir inmediatamente con el ejército y recuperar Aksum de las manos de Set. Estoy listo para partir casi inmediatamente. ¡Y le garantizo que la victoria será plena!

—Apoyo al general —Ashenafi también era un partidario de la guerra—. Vamos a golpear rápidamente. Tenemos muchos partidarios allí. Cuando los príncipes descubran que nos acercamos, abandonarán inmediatamente a Set. Están cansados de su gobierno. Desde el momento en que se proclamó rey, les impuso un gran tributo y limitó su poder en los principados. Sé que con gusto volverán bajo nuestras alas.

— ¿Por qué necesitamos una guerra otra vez? —Dijo la Gran Sacerdotisa, que estaba callada hasta entonces—.

—La ganaremos rápidamente —dijo el general—.

—Probablemente sí, pero ¿por qué llevar el ejército al otro lado, por qué debería morir la gente? Recientemente tuvimos una guerra. El heredero al trono fue asesinado allí, y luego el rey se unió a él. Esa guerra solo nos trajo pérdidas. Es mejor trasladar soldados a las fronteras este y norte, que Hiyaz sienta nuestra fuerza. El caso de Set debe ser tratado de manera diferente.

—Estoy de acuerdo con la sacerdotisa de la Madre Plata. La sabiduría de la diosa habla a través de ella —el sacerdote Sethon la apoyó—. El ejército debe usarse donde sea necesario, con Set se debe lidiar con él de manera diferente.

—Tal vez esto no sea una mala idea —admitió Tesfa, después de pensarlo—. Enviaré unos cuantos soldados hábiles, especialmente entrenados para él. Después iré yo, cuando él no lo espere, ¡lo traeré aquí! Por cierto, también capturarán al hombre con la cicatriz.

— ¿El hombre con la cicatriz? —Seshep estaba preocupada—.

—Hoy, estamos seguros de es el culpable de la muerte del príncipe Tomás. Fue él quien disparó la flecha. Y además, estaba envenenada. Quería asegurarse de que el príncipe moriría, incluso si solo lo hubiera rozado —explicó Tesfa—. Hace tiempo que sospechábamos que estaba al servicio de Set. Es el mismo que intentaste capturar en Marib hace tiempo. Como lo afirmaste, Hemet Seshep, estuvo aquí el día en que se encontró una víbora mortal en la cámara del Príncipe Tomás.

—Lo vi en el palacio el día de la muerte del príncipe Sirah.

—Y justo en ese momento, vi su cara terrible en mis sueños —agregó Makeda—.

—Ahora estamos seguros de que detrás de todas las tragedias en nuestra corte hay un lacayo de Set —concluyó el general—. ¡Hay que sacarlo de esta tierra lo antes posible! A Set, y a su asesino. Y también la fruta más envenenada, el príncipe Den. De lo contrario, siempre habrá una amenaza para nosotros. ¡Las alimañas deben ser aplastadas!

El general estampó su pie demostrando cómo aplastar las alimañas. Se produjo una discusión que Makeda escuchó sin decir nada.

—Gracias por sus propuestas para resolver este asunto —los interrumpió con calma cuando las emociones parecieron llenar la bóveda de la cámara—. La lucha se gana con sentido común, y la ventaja se obtiene gracias a numerosos asesores. [20] Gracias por su sabiduría. Tomaré mi decisión mañana —aseguró, apagando así la fiebre de los debates disputados—. Discutiremos el segundo tema ahora —concluyó el primer tema, porque después de sus palabras todas las voces se apagaron de inmediato—.

Reunidos nuevamente ese día, sintieron que Makeda tenía fuerza real y podía hacer uso de ella, podía dominar sus emociones, incluso en asuntos que eran difíciles para ella, como las muertes de sus dos hermanos. Todos lo apreciaron. Antes, los hombres que se habían reunido en la habitación veían en ella, sobre todo, una hermosa, bondadosa, sabia e inteligente persona. Sin embargo, solo era una niña. Ahora estaban sorprendidos, porque era evidente que se dieron cuenta de que estaban tratando con alguien que nació para ser reina. Este papel aparentemente le fue destinado desde el nacimiento.

—El comercio es lo que ha levantado a Saba durante siglos. Construye nuestro poder y proporciona riqueza. Oro, plata, mirra, incienso, materia noble, pieles de animales, madera, como todos sabemos, lo enviamos a todo el mundo. Por Saba pasan caravanas de Egipto a la India, recogemos los bienes del suelo negro y por mar los enviamos. Los productos de nuestros jardines han estado yendo a mesas reales y templos de dioses distantes durante siglos —dijo—. ¿Cómo gestionar nuestros asuntos para no perder el control sobre el comercio en el mundo? —Ella bajó la voz—. Siempre hemos sido los mejores en esto y haré todo lo posible para que esto suceda. Espero que me aconsejen, utilizando su conocimiento y experiencia, sobre qué y cómo hacer para que Saba siga siendo una potencia. Más que eso: ¡más poderosa que nunca!

Después de sus palabras, se convencieron aún más de que no estaban tratando con una niña, sino con una reina que, sin duda, recibía el apoyo de los dioses y sus antepasados porque lo que decía, y hacía, era real y divino al mismo tiempo.

De todos los presentes, Tamrin era el más experto en asuntos comerciales. Después de las palabras de la reina, los ojos de las personas reunidas se centraron en él.

—Como sabemos, Salomón erige un templo para su Dios. Yo estaba allí, créanme, este es el lugar más maravilloso del mundo. No hay construcción en el mundo con mayor ímpetu y más lleno de riquezas que este templo. En admiración por lo que hace, los monarcas de los países vecinos envían embajadores que le dan al rey felicitaciones y valiosos regalos como expresión de admiración por lo que hace.

— ¿Tal vez deberíamos enviar un embajador allí, reina? —Hendake sugirió que Tamrin se detuviera por un momento para darles un momento para pensar—.

—Necesita saber que Israel es una potencia en este momento —continuó Tamrin, repasando la pregunta que había formulado porque sabía que era obvio para todos que Saba debía enviar a su representante con generosos regalos a Jerusalén—. El rey David, padre de Salomón, una vez adquirió un puerto estratégico y las tierras circundantes, donde el desierto se detiene en un estrecho camino que conduce a Arabia. Este puerto se llama Ezión-geber y proporciona acceso a Ofir. ¿Y donde hay más oro que en Ofir? Preguntó, sin esperar respuesta. —Israel es poderoso, créanme. Y Salomón es un rey sabio. Tomó a la hija del Faraón como su esposa, por lo que no hay enemigo en Egipto. Salió con el rey Hiram, poniendo a su flota a navegar no sólo en el mar de la Tierra Media y el gran océano que lleva a la India, sino también más allá de nuestro Mar Rojo. En un momento, el comercio entre India y Egipto pasará por alto a Saba y tendrá lugar en el mar. ¿Saben lo que significa para nosotros?

—Creo que lo sabemos —dijo Hendake de nuevo—. Desde los albores del mundo, nos hemos estado beneficiando al mediar en el comercio entre continentes. Casi todas las caravanas que van desde la India al resto del mundo pasan por Saba. En nuestros oasis, los comerciantes compran camellos nuevos o intercambian a los camellos cansados, pagan por el agua, la comida y el alojamiento. Si eligieran la ruta marítima, sería una pérdida inimaginable para el tesoro real. Prefiero no pensar qué podría pasar.

—Tenía la esperanza de que la principal amenaza para el comercio fuera que nuestros vecinos trataran de alentar a las caravanas a no usar nuestros oasis cuando salgan de la India, sino aquellas que se sabe que son mucho más económicos e inferiores a los nuestros, pero que les pertenecen.

—Desafortunadamente, reina, la amenaza del norte, viene en forma de puertos y la flota naval de Salomón, aunque ahora es imperceptible para nosotros, puede ser algo realmente serio —al dirigir sus palabras a la reina, todos veían a Tamrin—. Si no llegamos a un acuerdo con Salomón en este asunto tan pronto como sea posible, pronto nuestro poder comercial será solo un recuerdo. Y créanme, no estoy hablando de un futuro lejano que afecte a nuestros nietos o bisnietos. Salomón trabaja rápido. Si no estamos en el círculo de sus amigos, en dos o tres años como máximo, seremos empujados a los márgenes del mundo.

*Marib y Aksum
El día siguiente después del consejo real.

La conversación entre la reina y la Suma Sacerdotisa sobre Set no duró mucho. Yo la escuche.

—El gobernante también debe tomar acciones que son moralmente difíciles para él, pero sirven a un bien superior —dijo la Sacerdotisa al final, como para confirmarle a Makeda la rectitud de las decisiones tomadas—.

Tenía la impresión de que a veces todavía le gustaría ver a una niña pequeña en ella, como si no se hubiera dado cuenta de lo mucho que Makeda había cambiado en los últimos dos años. Y desde el momento que debido a su despreocupación y fe en la capacidad de Den para guardar un secreto, estalló una guerra, hasta la muerte de su hermano y, finalmente, la partida de su padre, mi amada protegida sufrió una metamorfosis.

Observé sus alas, cortadas por Den, volviendo a crecer lentamente y despertar   una muy poderosa fuerza femenina que antes estaba dormida. Siempre fue madura para su edad, pero esta vez su madurez significaba que, a pesar de su edad aún muy joven, comenzaba a pensar como una soberana completamente adulta y fuerte. ¡Era poderosa! Para quienes la conocían, ella era un reflejo del rostro de la Dama de la Luna. Sentí que ella había entrado en la etapa de su vida en la que conscientemente podía continuar con fuerza y compartir su luz con los demás.

La conocía desde su infancia, sustituí a su madre, fui su compañera y cuidadora. La protegí y al mismo tiempo siempre la admiré. Tal vez también porque conocía su corazón puro y su inocencia, miré con admiración, cómo podía abordar el asunto de Set con una comprensión impasible. Cuando me di cuenta de que ella podía distanciarme tanto, me di cuenta de que dejó de ser una niña y se convirtió en reina: sabia, prudente, prevenida. Una reina que podía poner los intereses del estado por encima de los suyos personales, pero sin perder su sensibilidad femenina.

—Terminaremos con esto de manera rápida, eficiente y efectiva —la Gran Sacerdotisa resumió fríamente—. Seshep, quiero que Set se muera sabiendo a ciencia cierta quién te envió. Den también debe morir.

—No. Dejen vivir a Den —el tono de voz Makeda no permitía oposición—. Lo conozco desde la infancia. Y no creo que él hubiera querido provocar el mal que ha sucedido. Le confesó mi secreto a su padre, sin saber que lo usaría de una manera tan deshonrosa.

—Quieres creer eso —dijo la sacerdotisa sin emoción—.

—Quiero hacerlo —respondió casi agresivamente, y al ver que la Sacerdotisa no aprobaba su decisión, agregó— Seshep, si puedes, trae a Den ante mí. Antes que decidamos nada definitivo sobre su caso, quiero hablar con él.

—Se hará su voluntad, reina —incliné la cabeza—.

Ella ya no era mi niña. Era una mukarrib. Ella me daba órdenes. Y con la mayor devoción quería cumplirlas. Estaba orgullosa de ello.

Cuando Set se declaró rey, colocamos a una de nuestras sacerdotisas en su palacio en Aksum. Ella servía en las cámaras del gobernante, junto con otros sirvientes, cuidando de su comodidad. Gracias a ella, sabíamos qué estaba sucediendo en su entorno inmediato y qué hacía este horrible y autodenominado rey al que tanto odiaba.

Las hemet, siempre actuamos en silencio y muy discretamente. Así que crucé el mar sin que nadie lo notara. Conocía los lugares en los que moverme lo suficientemente rápido y sin obstáculos. Logré alcanzar la meta, es decir, Aksum. Nadie le prestó atención a la mujer negra y solitaria con ropa oscura y discreta.

Llegué a la ciudad por la noche. Los guardias no me notaron. Como sacerdotisa de la Madre Plata, y hemet, puedo ser invisible, he estado aprendiendo esto durante años.

Llegué a la cámara del rey deslizándome por las paredes. Era luna llena, conscientemente elegí esa noche para cumplir mi misión, porque sabía que gracias al brillante escudo podría ver los alrededores y moverme cuando la diosa, que estaba de mi lado, cubriera el escudo con nubes gruesas de vez en cuando.

En el palacio dormían. Los guardias mantenían su vigilancia en los lugares designados, cerrando los ojos de vez en cuando mientras estaban parados. No había muchos de ellos. Obviamente, Set se sentía confiado. No esperaba una amenaza pocos días después de la muerte de Nikal.

Arrastrándome en silencio y de puntillas contra las paredes, llegué a su habitación. Según las palabras de nuestra sacerdotisa que servía allí, no había nadie además del rey. También, según lo que dijo, había un cuenco de vino en la mesa baja junto a su cama. A veces se despertaba por la noche porque tenía sed. Comió una suntuosa cena que no le permitiría dormir profundamente. «Tal vez sienta remordimientos, si es que tiene conciencia», pensé mirando al hombre dormido.

Todo salió muy bien. Admito que me molestó un poco. Se suponía que debía llegar a Aksum y así fue, para entrar en el palacio de manera imperceptible y lo logré. Luego llegar a la cámara del rey y pasar desapercibida, estaba segura de que fue así. Entonces debía verter veneno en su taza y esperar hasta que lo bebiera.

Cuando comencé a preocuparme por la falta de los más mínimos obstáculos, hubo un pequeño error en mi plan. ¡Afortunadamente!

Sentí que la sangre circulaba por mis venas esa noche, y muy rápido, se aceleró mi pulso, pero al mismo tiempo me calmé un poco, porque mi experiencia me decía que la aparición de la adversidad significaba que todo estaba bien. ¿Qué pasó? Escuché a alguien tratando de entrar en la habitación por la ventana de la bahía. Set dormía profundamente, pero sus oídos también captaron algo en su sueño, porque abrió los ojos por un momento. Me quedé helada. El movimiento fuera de la ventana cesó inmediatamente. Pensé que quienquiera que estuviera allí sabía lo que hacía. Set, asegurándose de que todo estuviera bien, giró hacia el otro lado y se volvió a dormir.

Pasó un tiempo, las nubes comenzaron a revelar la luna brillante, se estaba iluminando, por lo que un invitado inesperado decidió que era hora de entrar. Al principio apareció una cuerda corta, luego unos pies descalzos, y en un momento, un hombre vestido de negro. Echó un buen vistazo alrededor de la habitación. Estuve quieta para que él no pudiera verme. Hice todo lo posible para calmar la energía que irradiaba de mí, por lo que no sintió mi presencia. Observé cómo con los movimientos de un gato depredador se acercaba a la cama de Set y sacaba un corto cuchillo de su cinturón.

Salí del escondite, gesticulando para mostrar que estaba de su lado. Se quedó inmóvil. Me miró por un rato, tratando de descifrar mi energía. Me descubrí tanto como fue necesario para que pudiéramos comunicarnos sin palabras. Nos dimos cuenta de que, aunque no nos conocíamos, estábamos en el mismo lado. Ambos respiramos aliviados. Le mostré una botella de veneno. El asintió.

A partir de allí todo sucedió muy rápido. Vertí líquido en la copa de vino y ambos nos alejamos a una distancia segura de la cama esperando el desarrollo de los eventos. Hice un sonido que haría que Set se despertara de nuevo. De hecho, después de un rato, Set se sentó en la cama y tomó de la taza. Tenía sed. La cena que comió tuvo que ser abundante. Bebió casi todo; el triple de la dosis letal. La reacción del organismo se produjo de inmediato.

Apretó su garganta tratando de recuperar el aliento. Falló. Sus ojos se abrieron, no sé si fue más por el dolor, sorpresa o impotencia. El veneno funcionaba de modo que la víctima quedaba casi completamente paralizada sin poder hablar. La muerte seguía un momento después.

—Sí, los dioses de Saba castigan a los asesinos de reyes —le dije al oído—. La Gran Kandake Makeda te manda saludos —agregué—.

El testigo de lo que estaba pasando estaba a mi lado, listo para terminar mi trabajo si era necesario.

Cuando Set se quedó quieto, el hombre de negro se inclinó y me bendijo, haciendo la señal de Almaqah, dios de quien Set también era un devoto seguidor. Me quedó claro que no solo la Dama de la Luna e Almaqah, sino que el dios que vigilaba a Aksum dejaron de apoyar a Set.

Le hice una reverencia, haciendo el signo de la Madre Plata.

*Marib
Al día siguiente

Cuando la estación seca comenzaba a convertirse lentamente en lluviosa, el aire en Saba era más fresco. Se podía respirar más suavemente, y gracias a la temperatura moderada, la ropa no se pegaba al cuerpo, incluso cuando el sol estaba en su punto más alto.

Una brisa soplaba en el aire, aromas fragantes, inciensos, salvia refrescante, apio y menta. Estaba amaneciendo.

El general caminaba enérgicamente por la avenida, llena de sicómoros. Estaba satisfecho. Tenía buenas noticias que contar.

La reina se sentó en un banco de piedra debajo de un árbol en el jardín del palacio. Vio a Tesfa caminando por el camino que su tatarabuelo había plantado. Los árboles tenían coronas extendidas y estaban floreciendo. Las flores masculinas se veían completamente diferentes a las femeninas. Tenían más esporas y estambres, eran más pequeñas y daban la impresión de provenir de una planta completamente diferente. El sicomoro siempre ha sido considerado como un árbol sagrado en Saba, tenía un tronco fuerte y duro, no cedía a los vientos, tormentas eléctricas, el sol o el agua. Cuando se rompía, enterraba o inundaba, el tronco y las ramas se despegaban de las raíces y el árbol seguía creciendo, por lo que duraba por siempre. Por eso era considerado indestructible, al igual que el reino de Saba, que siempre ha existido, y a pesar de las numerosas caídas y debilidades temporales, podía renacer una y otra vez, como un sicomoro.

Makeda no estaba sola. La acompañaba una Gran Sacerdotisa que recibió mensajes de Seshep por la noche. Así que la reina ya sabía que la tarea que ella recibió se cumplió a cabalidad.

—Que los dioses le guíen, señora —Tesfa saludó a la reina—. Gran Sacerdotisa —se inclinó ante la otra mujer—.

—General, veo alegría en su cara. —Makeda adivinó lo que Tesfa tenía que comunicarle, pero ella no quería privarlo del placer—.

Ella no estaba equivocada.

—Set está muerto —anunció—. Dicen que murió de noche en su cama. Sin ninguna ayuda. Parece que los dioses nos favorecen. Sucedió como usted deseaba, señora —se dirigió a la Suma Sacerdotisa—. Sin guerra ni derramamiento de sangre.

—Tienes razón, general, parece que los dioses están de nuestro lado —admitió la Sacerdotisa sonriendo con amabilidad—.

En este punto, no se sabe si el instinto del soldado, a menudo llamado experiencia, o tal vez algún gesto en el rostro de la Sacerdotisa, hizo que el general se preguntara qué había sucedido en Aksum.

—Ya veo, Reina, ¿Seshep no está con usted? —comentó él— Ella siempre fue como su sombra.

—Se asegura de que en Aksum, los dioses nos complacerán de la manera que consideremos mejor —se rió, y le hizo saber que sus suposiciones sobre Seshep eran correctas—.

—Ella maneja los asuntos muy rápida y eficientemente —admitió él con aprecio, ya que se le ocurrió que la muerte de Set no fue accidental—.

—Donde no quieras enviar tropas, porque pueden destruir más que hacer el bien, envía a una hemet —la Gran Sacerdotisa rara vez se permitía este tipo de bromas, pero estaba tan orgullosa de la efectividad de Seshep, que lo expresó—.

Tesfa sabía desde hace mucho tiempo que la sacerdotisa de la Madre Plata tiene sabiduría en ella, y sus hemet tienen muchas habilidades inusuales. Pero a veces pensaba que sería mejor si ella y sus protegidas se centraran en curar personas, hierbas y en mirar el pasado y el futuro. No en materia de guerra, inteligencia y asesinatos.

—Estoy lleno de admiración —admitió—. Parece que gracias a Seshep nos deshicimos de nuestro mayor problema.

—Según nuestra información, el Príncipe Den, cuando sucedió, estaba en el sur de Aksum —dijo la sacerdotisa con cierto tono—. Él sabe que su padre está muerto y está en camino al palacio.

—No podemos dejar que llegue —dijo el general, enderezándose, con tanto entusiasmo como si fuera un niño—.

—Pienso igual —dijo la sacerdotisa—. Es por eso que Seshep se quedará más tiempo en Aksum.

El general asintió, finalmente reconociendo que la sacerdotisa tenía el asunto en Aksum bajo control.

— ¿Quién tomará el palacio?

—Caleb será anunciado hoy como el nuevo príncipe de Aksum. Nosotros lo conocemos. Siempre fue fiel a Nikal, hasta tal punto que cuando Set se declaró rey, se negó a cooperar con él y no lo apoyó, a pesar de las amenazas.

—General, quisiera que apoyara a Caleb con la presencia de sus soldados en Aksum. —Makeda sabía que Tesfa no debía sentirse inútil, porque era el tipo de hombre que siempre tenía que estar en acción—. Vaya a Aksum tan pronto como sea posible, y hoy mismo envíe a sus mejores hombres allí y traiga el equilibrio al principado.

Al ver que una sonrisa regresaba a su rostro, la que desapareció en el momento en que se dio cuenta de quién era el mérito por la muerte de Set, ella agregó:

—En resumen, la reina visitará las tierras occidentales de Saba. Necesitas restaurar el orden allí. Nadie puede hacerlo mejor que tú.

—Reina, haré todo de acuerdo a su voluntad —el general, una vez más en su vida, apreciaba el brillante pensamiento de la joven gobernante—.

Sin embargo, como un soldado experimentado, desde los primeros años de servicio en la corte, podía predecir cuál sería el destino de la reina si no elegía rápidamente a un cónyuge adecuado. Decidió que había llegado el momento y que el lugar era apropiado para decirle.

— ¿Alguna duda, general? —Preguntó Makeda, notando que Tesfa pensaba en algo—.

A ella le agradaba. Le recordaba a su padre. Se sentía segura con él.

—Perdona la audacia, reina —la miró con preocupación—. Iré a cumplir sus órdenes en un momento, pero me gustaría decir algo antes.

Tomó aliento.

—Como sabe, he servido a tu padre toda su vida, le conozco desde la infancia. Como también sabe, tengo una hija que tiene casi su edad.

Makeda asintió. Había visto a Warda, principalmente en grandes celebraciones, pero no la conocía mejor que eso. Todo lo que sabía es que era hermosa, inteligente y aún no tenía marido.

—Ciertamente no te doy el amor que te dio Nikal, que los dioses lo favorezcan por eso, pero es muy cercana a mí. Y por respeto a su padre y a los sentimientos que tengo hacia usted, tengo que decírselo. Añadiré que estos no son sólo mis pensamientos. Ashenafi, que también sabe de política, comparte mi opinión. Estoy seguro de que la mayoría de la gente en el palacio lo cree, pero nadie se ha atrevido a decírselo.

—Entonces hable, general —lo alentó con suavidad y añadió con seriedad— Cuando un verdadero amigo dice lo que piensa de ti, aunque duela, debemos saber que es necesario, alentarlo, y agradecerle su preocupación y honestidad. Gracias por lo que vas a decir a continuación. Eres el más valiente de los valientes. ¡Habla!

Al ver su expresión seria, inclinó respetuosamente la cabeza. Él todavía estaba parado frente al banco en el que ella estaba sentada, dio un paso al frente para acercarse más ella. Sus palabras le animaron.

—Bueno, la gran Kandake no puede estar sola —bajó la voz casi a un susurro—. Debe tener un marido. No va a ser fácil de encontrar, pero piénselo. ¡El reino no puede ser gobernado solo por una mujer!

—Sí puede —dijo la Gran Sacerdotisa—. Si esta mujer es virgen. Esto es lo que dice la ley eterna de Saba. Y Makeda lo es.

El general hizo silencio. No se atrevió a cuestionar sus palabras. No tenía ningún motivo para dudarlo, de todos modos. Lo había escuchado antes, no recordaba de quién, sobre el hecho de que una mujer puede sentarse en el trono y ejercer el poder mientras sea virgen. Y como Makeda no había conocido a un hombre, todos en Saba lo sabían.

La reina se puso de pie junto a Tesfa, la distancia entre ellos era la de su mano extendida. Entonces, le puso la mano en el hombro.

— ¿Por qué una mujer no puede ser gobernante, general? —preguntó ella, mirándolo a los ojos—.

Sin habla. Él se sorprendió por su pregunta.

—Esta es una ley eterna —respondió solo después de un momento con sincera sorpresa—. Cada rey tiene una esposa, y la reina debe tener un marido. Es obvio.

— ¿Ah sí?

Tesfa no sintió el tono burlón en su voz.

—Todos tienen un papel que desempeñar en este mundo. Y todos necesitan el apoyo de los demás. Es una mujer, muy sabia, pero aún joven e inexperta. Usted misma lo dijo, es una cuestión de tiempo para que Saba se convierta en un sabroso bocado para los vecinos.

—Con usted a la cabeza, eso no sucedería, general —ella todavía estaba parada frente a él, pero sus manos ya estaban en su hombro—. Como comandante en jefe del ejército, pronto recibirás los poderes que ningún general tuvo antes. Nuestra seguridad estará en sus manos y en su experiencia.

Se sentó, satisfecha.

—Sabes cuanto confío en ti, ¿verdad? También sabes que te quiero casi como a un padre. Pero no necesitamos príncipes por ahora. No necesitamos fortalecer a Saba de esta manera. Somos lo suficientemente fuertes y lo suficientemente ricos como para no tener que, al menos por el momento, involucrar a uno de los príncipes de los países subordinados. ¿Estás de acuerdo? De todos modos, sabes muy bien que alguien más me está destinado para mí...

—Señora, ha sido terca desde la infancia y siempre ha hecho lo que quería. Así que es difícil esperar que cuando se convirtiera en una reina, eso cambie. —Se rió amistosamente, con la promesa de los nuevos poderes que iba a recibir—.

La Gran Sacerdotisa observaba y escuchaba la conversación. Estaba orgullosa de Makeda y estaba segura de que lograría todo lo escrito para ella. Y ella tenía una tormenta en su cabeza.

Makeda recordó sus visiones juveniles, pero con todos los eventos que sucedían, estas cada vez más se perdían en el pasado y en la memoria borrosa. El hombre en el trono con el que soñaba, tal vez existía en alguna parte. Tal vez sea ese misterioso Salomón, de quien sabía cada vez más y algo le atraía extrañamente. Pero tenía cada vez menos certeza en este asunto. Incluso hubo días en que en las visiones le parecían sueños de una niña pequeña y dejó de creer en ellas.

Estaba ocupada con sus deberes, cuidando la presa, visitando a los capataces, verificando el funcionamiento diario del estado y al mismo tiempo delegando el asunto de Aksum, que todavía no estaba completamente resuelto.

Todo esto le hizo olvidar que, de acuerdo con las visiones que una vez tuvo, le esperaba un viaje a algún lugar del mundo para conocer a alguien que le daría el mayor tesoro.

Ella era la reina, y sus enemigos comenzaban a amenazar a su país dividido. Al mismo tiempo, Saba era todavía una potencia, un país rico que contaba con su gobernante local.

Nadie de su familia cercana estaba vivo, ella estaba sola. Ella lo sabía mejor que nunca. Estaba segura de que para mantener el trono y la dinastía, tenía que extender la familia. Pero también sabía, y era lo más importante en ese momento, que debía ser muy inteligente y fuerte. Era la reina, la gran Kandake Saba. Era su obligación.

***

Cuando se difundió la noticia de que Set estaba muerto, Makeda aumentó su dominio, el príncipe Caleb gobernaba Aksum con la fuerza del viento del norte. Tal desarrollo de eventos no sorprendió a nadie. Y aún más: durante mucho tiempo, la gente había estado esperando las antiguas leyes y gobiernos de la capital, y que el príncipe designado por la reina se hiciera cargo del principado.

Entonces, cuando, casi inmediatamente después de la muerte de Set, el Sumo Sacerdote Almaqah le dio su bendición a Caleb, nadie intentó expresar objeciones. ¿Por qué deberían? Todos estaban cansados de los dos años de gobierno de Set, su crueldad, su indiferencia hacia las personas y, sobre todo, los enormes impuestos. Además, que el dios más grande de Aksum, Almaqah, favoreciera al nuevo príncipe, era un factor a su favor.

Después de la muerte de Set, los soldados de Makeda aparecieron en el palacio, y ante el general Tesfa rápidamente, y sin pelea, todo el principado se subordinó. Le quedó claro a Den que no solo no debería intentar regresar a la capital, sino que debía huir de ella para salvar su vida. No tenía partidarios en Aksum, los soldados que creía eran fieles a su padre y a él, cuando la situación cambió, inmediatamente se pusieron del lado de Saba. Así que decidió ir a Egipto, esperando que el faraón le diera refugio.

Seshep seguía a la caza Den. Sin embargo, antes de que pudiera alcanzarlo, Makeda le dijo que regresara a Marib. La orden de la reina no le agradó a la hemet. Tenía miedo de que mientras Den estuviera vivo, fuera una fuente de problemas para Makeda y todo el reino. Pero, obviamente, no podía ni quería oponerse a la regente.

***

Den no tenía dudas: lo que sucedió en Aksum no fue una coincidencia. La muerte de su padre y la toma inmediata del poder por parte de Caleb debieron ser el resultado de una conspiración.

Mientras escapaba, se preguntó si el general Tesfa estaba a la cabeza del asunto o tal vez todo fue obra personal de Makeda.

— ¿Podría ella participar en algo así? —Se preguntó—. Es muy joven e inexperta.

Por otro lado, sabía que era la misma Makeda quien lo rechazó, quién lo combatió, probablemente culpaba a su padre por la muerte de sus hermanos, e, indirectamente, por la partida de Nikal.

— ¿Qué debo hacer? —Pensó febrilmente, considerando las diversas posibilidades—. Caleb ha tomado el poder y hará todo lo posible para alejarme y apartarme de Saba. Mis partidarios, si todavía están en alguna parte, estarán observando el desarrollo de la situación. Mi regreso a Aksum, sin tropas que me apoyen, y solo con una docena de compañeros, es un suicidio. Mejor espero. Mejor voy a Egipto. Mi padre siempre dijo que al faraón le pesa la mano de Saba y que hará mucho para debilitarla. Si funciona, regresaré a Aksum cuando sea el momento, con tropas del faraón.

Set, cuando Den aún era pequeño, le explicó los intereses intrincados de los reinos vecinos. Entonces él sabía cuánto se aseguraba cada gobernante de que el otro no creciera fuerte. El faraón Siamón entregó a su hija como esposa al rey Salomón, para que hubiera paz entre Egipto e Israel. Mantuvo un poderoso ejército que custodiaba las fronteras de Egipto y cuidaba sus intereses. Por supuesto, esto también se aplicaba a las fronteras del sur. Aksum estaba justo detrás de esta frontera. Den estaba casi seguro de que ayudar al legítimo heredero al trono de Aksum, podría ser un movimiento beneficioso para Egipto.

Sin embargo, se encontró con la decepción. Después de dos semanas de espera, recibió un mensaje diciendo que el faraón no aceptaría verse con él. Pero no todo era tan malo como pensaba. El gobernante, en su sabiduría, preocupándose por las buenas relaciones con los reinos vecinos, en este caso con la Reina de Saba, no tenía la intención de apoyar abiertamente a su enemigo.

Así que lo hizo de manera secreta. Envió a Den y sus compañeros, un barco desde el Nilo, a la cuarta catarata. La ciudad de Napata, en la que Den debía ser huésped del faraón, era una fortaleza, el último punto que defendía a Egipto contra los principados y tribus del sur. Según Egipto, el mundo civilizado terminaba en ese lugar.

*El reino de Israel
Dos meses después

Elihoref era el escribano de Salomón. Escribía sus pensamientos, registraba los decretos y los juicios del rey. También escribía cartas en su nombre. Y como a menudo visitaba a otros escritores y visitaba tabernas, era para el rey una fuente de anécdotas e historias que circulaban entre la gente.

—Señor, escuché algo interesante ayer —anunció una mañana—.

Todos en Jerusalén sabían quién era Salomón, así que dondequiera que apareciera, era adorado, se inclinaban y, como se le consideraba casi un santo, a nadie se le ocurría decirle las últimas bromas o chismes. Por eso ansiosamente escuchaba las historias que le había traído Elihoref.

—Si al menos la mitad de las anécdotas que circulan sobre mí fueran ciertas, especialmente aquellas que hablan de mis extraordinarias habilidades, no sería un humano, sino uno de los dioses a quienes rezan las personas no iluminadas. —Se rió al pensar que su escribano le presentaría otra historia sobre él—.

—La gente cree que hay genios a sus servicios, que entiende el lenguaje de los animales y que puede hablar con ellos.

— ¿No puedo? —Salomón estaba de buen humor, como todas las mañanas—.

—De los cuentos de la gente se deduce que puede hacer de todo.

—Y que así sea. —Salomón, quien, hablando con Elihoref, tenía la costumbre de revisar los planos de construcción o los documentos escritos del día anterior, interrumpió sus actividades y se sentó—. Dime por favor, ¿cuál fue mi increíble trabajo que registraste ayer?

—Escuché, por primera vez en este lugar, sobre la Reina de Saba.

—Oh, ¿entonces tenemos un nuevo personaje en una serie de historias sobre el Rey Salomón?

—Sí, ella nunca había aparecido antes.

—Interesante...

Salomón se recostó, relajó las piernas y juntó las manos. Elihoref entonces empezó.

—Cada mañana, después de despertarse, el rey Salomón hablaba con unos pájaros, unas abubillas, que se posaban en el árbol que crecía debajo de la ventana de su habitación. De esta forma, se enteraba de lo que estaba pasando en el país y sus fronteras. Los pájaros le contaban todo, porque nada escapaba a su atención. Un día, el rey notó que faltaba una de sus amigas abubillas. Al día siguiente la situación se repitió. Al tercer día también. « ¿Dónde está, a dónde voló? », se preguntó el rey. Al cuarto día la abubilla apareció por fin. Resultó que estaba jugando en la tierra de Saba. La hermosa, inteligente y rica reina Makeda gobernaba allí. Voló allá porque había oído hablar de sus cualidades y quería comprobar con sus propios ojos cómo eran las cosas. Le dijo a Salomón de su belleza y su inteligencia poco común. También dijo que vio los jardines más hermosos del mundo en Saba y el trono de oro más magnífico incrustado con piedras preciosas. «Rey, mis ojos no han visto en ningún reino algo tan precioso», exclamó el ave. El rey estaba intrigado por la historia. Invocó uno de sus genios y le ordenó transferir el trono de la reina a su palacio en Jerusalén. Él creía que de esta manera, Makeda, queriendo recuperar sus propiedades, vendría a Israel. Entonces podrá conocer a la mujer más hermosa sobre la tierra, para quien la sabiduría es más preciosa que todo el oro y la plata de este mundo. Y como todos sabían, esta reina tenía más oro y plata que arena en el desierto —concluyó Elihoref—.

— ¿Qué pasó después? —Salomón quería saber—.

—Es el final de la historia. —Elihoref extendió las manos—. Por ahora —agregó, como si estuviera seguro de que la historia continuaría—.

—¿Cómo que es el final? Debe haber una conclusión para la historia.

—El rey Salomón está esperando la llegada de una hermosa y sabia reina del sur, porque espera que ella quiera recuperar su precioso trono. Continuará. Sin lugar a dudas.

—Realmente me ayudaste. Pero creo que de eso se trataba esta historia. Alguien quiere que los habitantes de Jerusalén sepan de la reina Makeda. El mercader Tamrin me habló de ella. Él elogió su belleza y sabiduría. Pero en Jerusalén, aparte de mí, no mucha gente sabe de ella.

—Como dije antes —dijo Elihoref—, creo eso que va a cambiar pronto. Puede ver que alguien se está ocupando de eso.

—Maravilloso. Esperemos el desarrollo de los acontecimientos.

*Marib
La casa de Tamrin

Tamrin tenía una casa grande. No era un palacio, aunque podía permitirse comprar uno. Su padre lo construyó. Tamrin nunca lo expandió, solo se preocupaba de que estuviera equipado con todo lo necesario para que viviera cómodamente mientras estaba en Marib. Él empleó un gran servicio, que se hacía cargo de la casa en su ausencia.

Su hermano menor vivía en un palacio que él construyó cerca. Cuando Tamrin emprendía un viaje, él se ocupaba de los intereses familiares en el lugar. A diferencia de Tamrin, tenía una esposa y cuatro hijos. El hecho de que el hermano mayor se dedicara a viajar y el menor se estableciera en Marib, era perfecto.

Todas las habitaciones de la casa estaban dispuestas en un nivel. Allí había una gran cámara que servía como sala de recepción, pero también era una sala de banquetes. También, cuando vivía el padre, se celebraban fiestas familiares allí. Al lado había un comedor. Una vez un fuego ardía en medio de él, rodeado por una piedra, cuidadosamente arreglada en círculo. A menudo se comía a su alrededor. Sin embargo, desde que Tamrin, en su juventud, vio que, en los países que visitó con su padre, se podía comer mientras estabas acostado en la cama o sentado en amplios bancos, adoptó medidas similares en su casa.

En el otro lado de la sala había una cámara en la que el padre recibía clientes individuales. Ahora Tamrin continuaba esta tradición, sin cambiar mucho la disposición del lugar. Sólo añadió algunos valiosos recuerdos de sus viajes.

Él estaba llevando a la reina a esta cámara.

— ¿Qué son estos hermosos pergaminos? —Makeda tomó el rollo parcialmente abierto colocado en dos ejes ricamente decorados—.

—Este es el sagrado Séfer Torá —explicó Tamrin—. Adquirí un pergamino porque intento estudiarlo. Pero no domino el idioma lo suficiente.

Ella estudió las letras que cubrían la piel blanca de cordero cuidadosamente curtida y los ejes de cedro con flores de almendra talladas en sus extremos.

— ¿Por qué es sagrado este pergamino?

—Porque es la Torá, donde están escritas las palabras de Jehová. —Tamrin sabía que Makeda sabía quién era Jehová, ya que le contó sobre él cuando regresó de su primer viaje a Jerusalén—. Allí está todo lo que es más importante para los judíos: la historia de la creación del mundo, la historia de los israelitas, el primer pacto de Dios con Abraham, y luego con Moisés, plagas que cayeron por voluntad de Dios sobre Egipto; cuando el Faraón se negó a dejar que se marcharan de sus tierras… Hay muchas historias inusuales aquí. Y lo más importante: los Diez Mandamientos. [21] Dictado personalmente a Moisés por el Señor en el Monte Sinaí. Todas las demás leyes están subordinadas a estas leyes. Los judíos deben obedecerlas al pie de la letra. Y las tablas de piedra en las que han sido grabadas se mantienen como la reliquia más preciosa en el Arca de la Alianza.

—Ben me habló de ella, supuestamente tiene poderes mágicos. ¿Crees en eso?

—Dicen que puede mover a las personas por los aires, que la fuerza divina que se oculta en ella puede destruir al ejército más poderoso. Hay historias extraordinarias sobre el Arca.

— ¿Por ejemplo?

—Por ejemplo, que cualquiera que vea su contenido será asesinado inmediatamente, que su energía puede destruir los muros más altos, que incluso el sumo sacerdote que una vez al año puede acercarse a ella, debería mirarla solo a través del velo del santo incienso, porque sería golpeado por su poder.

—Ben me dijo que Salomón tiene setenta y dos demonios en sus servicios. Que los encarceló en una vasija de bronce y les hizo servirle. Conoce hechizos secretos, crea amuletos mágicos, puede volverse invisible, sabe dónde se esconden los tesoros, puede curar a las personas, habla con los animales, que mágicamente puede moverse de un lugar a otro, e incluso puede estar en dos lugares simultáneamente.

—Bueno, tal vez, según Ben, Salomón no es un rey, sino un mago —dijo contento de que las historias de su compañero despertaran su imaginación—. No encontrarás nada al respecto en el pergamino que está viendo. La Torá es su libro sagrado —al ver que Makeda, sin siquiera darse cuenta, alisó la suave piel de pergamino, volvió al tema anterior—. El sacerdote que lo prescribe no puede cometer un error, porque tendría que empezar a escribirla de nuevo. Me costó una fortuna.

Los dedos de Makeda sintieron no solo la suavidad de la piel maravillosamente curada, sino mucho más. Como si estuviera tocando algo que ella conocía perfectamente bien y por lo que esperó durante mucho tiempo, soñando que finalmente llegaría. Sabía de estos pergaminos y sus contenidos. Por un momento le pareció que estaba soñando, que volvía a ser una niña viendo imágenes. Una sensación de excitación inusual, que le era familiar, volvió a ella. Ella temblaba por dentro.

—Me gustaría poder conocer lo suficiente el idioma como para leerlo yo misma —confesó en voz baja, sus pensamientos circulaban otros mundos—. Ben me ha enseñado a hablar un poco, pero no domino el escribir y leer.

—Tengo un regalo para usted —dijo él silenciosamente, viendo la fascinación de la reina por el pergamino—.

—Tamrin, todavía me estás dando regalos —se sacudió un poco la sensación de felicidad que la había agarrado, no querer ofenderlo.

Él le daba joyas, oro y materiales valiosos, espejos de oro y plata, muebles preciosos, a menudo incluso plantas y animales inusuales, que traía de tierras lejanas. Esta vez sacó una pequeña bolsa de cuero del cofre.

—Tome este regalo —pidió, sosteniendo la bolsa en su mano abierta—. Es extremadamente valioso para mí, porque el rey Salomón me lo dio.

Ella lo miró con interés.

— ¿Qué es? —Sacó una pequeña placa de oro de la bolsa, en ella había unas letras grabadas—.

—Esos son los Diez Mandamientos de los que le he hablado, señora.

—Yo soy el Señor tu Dios... —comenzó a leer, negó con la cabeza con frustración—. No creo que pueda —dijo impotente y le entregó la tableta a Tamrin—.

—Yo soy el Señor, tu Dios, quien te sacó de la tierra de Egipto, de la casa de cautiverio —leyó—. No tendrás otros dioses además de mí.

Sintió de nuevo, justo como cuando sus dedos tocaron la Torá, como si ya conociera estas palabras, como si hubieran estado en su cabeza durante mucho tiempo, como si le pertenecieran. Y de nuevo, la atmósfera de los sueños de su infancia volvió a ella, solo que con una fuerza aún mayor.

Tamrin notó el cambio que había tenido lugar en ella.

— ¿Reina? —Estaba preocupado.

—Estoy bien —lo tranquilizó a él y a ella misma, ahuyentando los rastros de viejos sueños de su mente—. ¿No tendrás otros dioses además de mí? —Regresó a la realidad en la que se encontraba—. Me pregunto qué dirían la Dama de la Luna o Almaqah.

—Salomón no tiene este tipo de duda. Su dios es posesivo. Envío un castigo severo a quienes adoraban un becerro de oro.

—Tengo mucha curiosidad sobre Salomón, quien cree en un solo dios.

—Él también cree en la sabiduría.

— ¡Oh, como yo!

—Tienen mucho en común.

— ¿De verdad? ¿Qué, por ejemplo?

—La fe en la sabiduría. Cuando lo conocí por primera vez, dijo que la sabiduría es más valiosa que la plata, y poseerla es mejor que poseer oro. [22]

—Pienso exactamente lo mismo.

Tamrin le contó cómo Salomón le pidió a Dios el don de la sabiduría. Ella lo escuchó atentamente, y cuando terminó le dijo:

—Siempre supe que el principio de la sabiduría es obtener sabiduría, es por eso que todos los esfuerzos deben enfocarse en ello. [23] Siento que debo ir a conocer a Salomón lo antes posible.

—Señora, es un viaje largo y agotador —se negó débilmente—. Y si la reina de Saba va a hacerlo, requerirá muchos preparativos.

— ¡Entonces empieza a organizarlo hoy, Tamrin!

Marib
Un año después

—Anhelo la sabiduría, y mi mente busca el conocimiento —anunció—. La sabiduría es mejor que todos los tesoros de oro y plata, es la creación más grande en la tierra. [24]

El salón de actos estaba lleno de dignatarios. Todos miraban a la reina y escuchaban atentamente sus palabras.

— ¿Con qué puedes comparar la sabiduría? Es más dulce que la miel, se goza más que el vino, brilla más fuerte que el sol y atrae más miradas que las piedras preciosas. Es más densa que el aceite de oliva, satisface más que exquisitos manjares y otorga a las personas una mayor reputación que el oro y plata. Es una fuente de alegría para el corazón, es la luz para los ojos, descanso para los pies, un escudo para el pecho, un casco para la cabeza, un collar para el cuello y un cinturón para la cintura. Hace que los oídos escuchen y los corazones comprendan. Es un maestro para los estudiantes, un consolador para la calma y la meditación. Una fuente para aquellos que buscan la fama. Ningún reino existe sin sabiduría, sin ella no puedes obtener tesoros ni llegar al lugar deseado. Cuando se dicen palabras sin sabiduría, no puedes aceptarlas. La sabiduría es el más grande de todos los tesoros. Aquellos que recolectaron oro y plata no se beneficiaron de ello hasta que tuvieron sabiduría. Aquellos que han reunido sabiduría, nadie les robará. Lo que hacen los tontos, lo deshacen los sabios. Por lo que los turbios hacen el mal, los justos son alabados. Y por los malos actos de los necios, los hombres sabios son amados.

Todos escucharon las palabras que fluían como un río tranquilo. La voz de la reina acarició su corazón y sus oídos, así como también calmó las almas de quienes la escuchaban. Ella habló para que nadie dudara de la verdad de lo que habían oído. Cada frase que salía de su boca sonaba como un mensaje divino.

—La sabiduría es una característica sublime y rica, la amo como a una madre y ella me abraza como a su hija. Seguiré las huellas de la sabiduría y ella siempre me protegerá. Buscaré sabiduría y ella siempre estará conmigo. Seguiré a la sabiduría y ella nunca me abandonará. Me apoyaré en la sabiduría y ella será como un muro inquebrantable. Buscaré asilo en la sabiduría y ella me dará fuerza y fortaleza. Celebraré y ella me dará abundante gracia.

Bajó la voz y miró alrededor de la habitación. Todos la miraban como a una diosa y parecían estar bebiendo cada palabra de su boca. Ella les sonrió, también sonrió para sí misma y continuó.

—Es tan apropiado seguir la sabiduría, cuán correcto es que nuestros pies estén a la orden de la sabiduría. Busquémosla y encontrémosla. Que nos ame y que nunca más nos deje. Sigámosla y estaremos al mismo nivel que ella. Preguntemos y obtendremos una respuesta. Volvamos nuestros corazones a ella para que no la olvidemos. Si la recordamos se mantendrá en nuestra memoria. Aferrarse a los tontos es alejarse de la sabiduría: porque no la adoran, por tanto ella no los ama a cambio.

Muchos de los oyentes asintieron en señal de que estaban totalmente de acuerdo con lo que habían escuchado.

—El honor es dado a un hombre sabio, y el amor a la sabiduría es devuelto al hombre sabio. Amemos a un sabio y él nunca nos dejará. A la vista de él, la sabiduría impregnará nuestros cuerpos. Observemos lugares donde él puso sus pies para ver el remanente de sabiduría. Amo a un sabio, aunque no lo veo en absoluto. Me encantan los pensamientos de quien no conozco y sé que está lejos. Por su historia, y lo que sé de él, es que mi corazón lo desea, como sediento al agua.

Ella concluyó.

Los dignatarios entendieron que las palabras de la reina, además de una declaración de amor por la sabiduría como un don divino, también significaban que comenzaría una expedición de la que se había oído en Saba durante un año.

Desde que Tamrin se dispuso a prepararla, no había lugar donde no se hablara de ello. El camino hacia el reino de Israel era largo y lleno de peligros. Las caravanas de Tamrin fueron abrumadas unas cuantas veces y quienes tomaron parte en ellas creían que la ruta era extremadamente agotadora. También sabía, como viajero y comerciante experimentado, que su gente podía soportar el viaje. Pero ellos se preguntaban cómo una mujer delicada, una reina, acostumbrada a los lujos, superaría esta gran distancia, así como qué la llevaba realmente a Jerusalén. Muchos creían que la verdadera razón por la que su amada reina quería llegar a un lugar tan lejano sería un misterio que tal vez nunca descubran.

El sumo sacerdote Sethon era un opositor a la expedición.

Habló con la reina sobre esto muchas veces. Esperaba que aceptara sus argumentos. Los cuales le expuso pacientemente.

Él no quería que ella emprendiera un viaje tan largo, dejando al estado sin un gobernante. No le gustaba que visitara a un rey que adora a un Dios que no permite la adoración de otros dioses. También temía que durante la ausencia de Makeda, Den, levantara la cabeza y reclamara el trono de Aksum, y tal vez incluso atacara a Marib.

Sethon advirtió la fascinación de la reina por el Dios de los israelitas. Trataba seriamente sus visiones de la infancia, y lo que Seymour veía detrás del velo del tiempo. Tenía muchos temores sobre el futuro del estado. En su templo celebró rituales para asegurarle a Makeda un viaje de regreso seguro y trató de averiguar cuál sería el futuro. Sin embargo, este no aparecía a través de la niebla. ¿Almaqah no quería mostrarle, o tal vez no había lugar para él en el futuro de Saba? El sacerdote tuvo más miedo. Después de todo, la fe de los antepasados no podía perderse debido a la partida de la reina a un reino lejano. Además, Makeda es una hija fiel de Saba, o eso quería creer Sethon.

Sin embargo, a pesar de los hechizos y sacrificios hechos a Almaqah y otros dioses menores, el sumo sacerdote sintió que la expedición se llevaría a cabo y que traería cambios tan poderosos que sacudirían el mundo conocido por él y los sabeos.

Los judíos no lo dejaban dormir. Habló sobre el tema de la expedición y lo que podía traer a Saba con todos aquellos que podrían haber influido en la decisión de Makeda.

—Sumo sacerdote, puede estar tranquilo —le aseguró el general Tesfa—. En ausencia de la reina, el estado estará en buenas manos. Tenemos un ejército poderoso, perfectamente armado, nadie se atreverá a atacarnos. Den está demasiado débil para intentar algo. Buscó apoyo en la corte del faraón, pero él se negó. No es del interés del faraón ni de nadie más, atacarnos. Somos ricos, tenemos un ejército poderoso y bien entrenado. Estamos a salvo. Creo que la reina puede e incluso debe ir.

—Este viaje nos traerá beneficios tangibles. —El Eunuco Hendake también quería calmar a Sethon—. Si la Reina logra lo que quiere, durante muchos años nadie se atreverá a amenazar o quitarnos nuestro comercio y mediación exclusiva entre la India y los países con los que hemos estado cooperando desde siempre. Si ganamos la simpatía de Salomón, con quien cuenta todo el mundo, incluso a los nietos de nuestros nietos se les asegurará un futuro pacífico y rico. Por supuesto, no puedo tener nietos, pero tú, sacerdote y casi todos alrededor de la reina, tendrán muchos de ellos. Entonces, si no apruebas este viaje por ti mismo, hazlo por los futuros nietos de tus nietos.

—La Dama de la Luna nos ha dado señales de que se producirán cambios en nuestro mundo —la Gran Sacerdotisa también quería calmarlo—. Pero lo único que es permanente en el mundo, son los cambios. Podemos temerles, por supuesto. Pero también podemos prepararnos para ellos lo mejor que podamos. Como sabes, Sethon, las sacerdotisas de la Dama de la Luna han esperado durante mucho tiempo que la reina haga este viaje. Está escrito en las estrellas, y por lo tanto es inevitable. Los cambios que vienen no pueden ser evitados. —Viendo a los ojos del sumo sacerdote, ella añadió— Como dije hace un momento y ambos lo sabemos bien, es un plan superior, escrito en el cosmos infinito. Puedes oponerte a él, pero eso no afectará mucho. Y si no podemos cambiar algo, nos rendimos a la tendencia, es una estrategia probada. —Se dio cuenta de que Sethon asintió, por lo que decidió que tenía razón—. Sumo sacerdote, nada con el río. La energía del mundo es una. Su naturaleza es la búsqueda eterna de la armonía. Ve con ella.

—… o vete con dignidad —susurró suavemente el sumo sacerdote cuando, después de terminar la conversación con la Sacerdotisa, estaba seguro de que la mujer ya no lo oiría más—.

De todas las personas más influyentes en Saba, al sumo sacerdote solo le faltó hablar con el comandante de la guardia real, Ashenafi. Este, más que ningún otro, apoyaba el viaje, ya que acompañaría a la reina todo el tiempo y la protegería.

El anciano sacerdote decidió hacer el último intento de convencer a la reina inmediatamente después de su aparición en la sala del trono, durante la cual ella anunció inequívocamente su partida. Después de sus palabras hubo un largo silencio. Entonces estalló un violento alboroto. La gente comentaba sus palabras una por una. Ella les dejó hacerlo. Finalmente, levantó la mano, ordenando el silencio y que dejaran hablar al anciano. Todos los ojos estaban sobre él.

—Oh, mi señora —Sethon golpeó el suelo con un largo bastón que terminaba en una cabeza de serpiente—. Escúcheme, porque soy la voz de tu pueblo.

La gente no sabía qué esperar. Sin embargo sabían que Almaqah, y por lo tanto el sumo sacerdote, no apoyaban la expedición. Sethon miró a la reina con preocupación y devoción, se apoyó aún más en el bastón y utilizó el último argumento que esperaba pudiera hablarle a su corazón.

—La reina ama la sabiduría y quiere seguirla. Es gloriosa. En cuanto a nosotros, cuando se vaya, la seguiremos, cuando se siente, nos sentaremos. Su muerte causará nuestra muerte, porque su vida es nuestra vida. [25] La amamos mucho. Es nuestro sol y luna, un hermoso regalo de los dioses. Tiene un gran corazón y recibes a todos los habitantes de estas tierras. —Inclinó la cabeza, y cuando la levantó, sus palabras sonaron como una súplica—. No vaya a Israel, no deje huérfano a su pueblo. No deje a sus hijos desatendidos. ¡Es nuestra madre!

Hubo un silencio y, un momento después, volvió a surgir un alboroto, mucho más grande que después del discurso de la reina. Al mismo tiempo, todos querían compartir lo que pensaban acerca de la expresión del sumo sacerdote. Muchos comenzaron a gritar pidiendo a la Reina que no se fuera de Saba.

La sacerdotisa de la Dama de la Luna miró a la reina, y cuando ella asintió casi imperceptiblemente, se paró junto al trono y levantó ambas manos para silenciar a las personas reunidas.

—Reina, sacerdote Almaqah, esta expedición saldrá de Saba —ella asumió que nadie tenía dudas de que sus palabras debían ser vinculantes para todos los que la escuchaban y que están totalmente de acuerdo con la voluntad de los dioses que protegen a Saba—. La disposición astrológica de las estrellas es propicia para viajar. Los dioses están con nosotros. ¡Este viaje será un gran triunfo! Al final de su vida, aquellos que tomarán parte en ella la recordarán. También será una bendición para aquellos que se quedarán en Saba, esperando el regreso de la reina. Los pensamientos y acciones de la Gran Kandake están dirigidos por los dioses. ¡Y ellos saben lo que es mejor para nosotros!

CAPÍTULO IV

ALFOMBRA DE LA REINA DEL REINO

Quince meses después

En la ruta de Marib a Jerusalén

Después de más de un año de intenso trabajo, Tamrin completó los preparativos para la expedición.

Lo organizó según los deseos de la reina. Estaba preparado para ser un viaje de la mejor calidad, el más maravilloso, el más impresionante y duradero.

El equipo real liderado por Ashenafi recibió nuevos trajes, uniformes para los sirvientes, chales, sandalias, joyas, túnicas y abrigos. Incluso los criadores de camellos estaban equipados con chalecos idénticos que habían confeccionado antes de entrar en Israel. A los camellos se les dieron nuevos asientos y mantas, a los burros se les proporcionaron nuevos arneses de cuero.

Las carpas para la reina, que debían colocarse en las paradas, estaban especialmente preparadas. Una de ellas, especialmente hermosa y exquisita, fue creada para ser levantada en la misma ciudad de Jerusalén, para que Makeda pudiera prepararse para entrar a la ciudad. Y si alguien la veía, sabría que pertenecía a alguien extremadamente rico.

Por supuesto, Tamrin estaba a cargo de la caravana, y el comandante Ashenafi la protegía; llevó a cien soldados con él. La reina estuvo acompañada por Hemet Seshep, la Gran Sacerdotisa con su séquito, y numerosos sirvientes liderados por Warda.

Durante la ausencia de la reina, Marib era atendida por Hendake y Aksum por el general Tesfa.

Gloria y majestad: estas palabras reflejaban con mayor fidelidad lo que los sabeos pensaban con orgullo mientras miraban la caravana que salía de la ciudad.

Consistía en siete centenares, noventa y siete camellos cargados y un sinnúmero de mulas y burros. Los soldados se movían a caballo.

Caminaron por las arenas del desierto, a lo largo del Mar Rojo, pasando por ciudades, pueblos y asentamientos. La mayoría de las veces, sin embargo, se movían a través de áreas hostiles que para las personas eran casi inhabitables.

Sus altos y fuertes camellos podrían resistir hasta veinte días sin agua ni comida, alcanzando 20 millas cada día. [26] Mientras transportaban jinetes y equipaje enorme. Sin embargo, la gente tenía que detenerse a menudo en paradas. Al recordar esto, Tamrin planeó un viaje para que cada pocos días pudieran detenerse en los oasis o establecer un campamento en el desierto, para que tanto las personas como los animales pudieran descansar.

Una noche, cuando la caravana estuvo parada en un oasis durante dos días, después de la cena, la reina invitó a la Gran Sacerdotisa a su tienda.

—Quiero hablar sobre los hombres —comenzó ella mientras ambas se acomodaban en los sofás dispuestos uno cerca del otro—.

Los marcos eran de madera de bambú para ser ligeros en el transporte. Después de que se desplegaron, los sirvientes les colocaron colchones cómodos, sobre los cuales extendieron paños de colores suaves.

La tienda de Makeda estaba decorada con el esplendor de una reina. Contenía todo lo que ella necesitaba en el camino. En las mesas bajas había jarras con vino y cerveza, platos de fruta y galletas de higo y sus dátiles favoritos. Parte de la tienda estaba destinada como un cuarto de baños no muy grande pero cómodo, en el que había una bañera de cobre para los baños de la mañana y de la tarde. También había un espejo grande hecho de chapa dorada y cofres de viaje con aceites y perfumes.

Los sirvientes estaban al mando de la noble Warda, hija del general Tesfa.

Desde la infancia, Warda soñaba con conocer el mundo, quería conocer gente en países que se encontraban detrás de montañas y ríos, ver estatuas de sus dioses, casas y palacios. Ella sólo conocía Marib y Aksum. Así que cuando la noticia de la expedición se extendió por Saba, Warda le rogó a su padre que la recomendara a la reina. Tesfa con resistencia, porque la madre de Warda no estaba entusiasmada con la idea, sucumbió a la petición de su hija.

Makeda la conocía solo gracias a las grandes celebraciones, por lo que no estaba segura de si la niña soportaría la carga de administrar a los sirvientes durante un viaje tan largo y duro, pero estuvo de acuerdo debido a la simpatía que sentía por Tesfa. Además, la palabra «Hendake» influyó. Ella era casi adulta y estaba segura de poder hacer frente a cualquier desafío. Incluso si no lo lograra, tendría la oportunidad de aprender rápidamente lo que no podía hacer.

De esta manera, la hija del general Tesfa se unió a Makeda como una de sus personas de confianza. Era inteligente, estaba bien organizada, era alegre. Como era capaz de escribir, leer y no era mucho mayor que la reina, rápidamente se convirtió en su favorita. A Makeda no se le escapó el interés de Warda hacia Tamrin desde el comienzo del viaje. A ella le gustaba, lo miraba al azar cuando él aparecía en el área y se veía en la forma en que escuchaba lo que decía. Ella también entendió su tristeza, cuando el mercader, en lugar de responder incluso con la sonrisa más pequeña, parecía no notarla.

—Tamrin no la ve, o quiere que ella piense eso, pero está en una situación mucho mejor que yo. —Makeda miró a Warda con comprensión—. Al menos ella conoce a aquel por el que su corazón late.

Agradeció lo que los sirvientes habían preparado para su reunión con la sacerdotisa.

—Si necesito algo, se los haré saber —se dirigió a Warda, pidiéndole que dejara que todos salieran de la tienda—.

No quería que nadie escuchara lo que le iba a preguntar a su mentora. Ella no se sentía incómoda con el tema porque pensaba que él era como todos los demás, pero la incertidumbre la intimidaba. Lo que podía conectar a una mujer y un hombre era uno de los pocos temas que Seshep no abordaba cuando se trataba de la educación de la princesa.

—Sacerdotisa, como sabes, nunca he estado con un hombre —comenzó—. Y creo que como una reina que quiere seguir en el trono, nunca lo haré. Como sabemos, la gobernante de Saba debe ser virgen.

—Eso es lo que dice la tradición —la sacerdotisa sonrió al comprender su auto análisis—. Pero recuerde que nos dieron cuerpos para que los usáramos. De diferentes maneras. Nuestras almas eternas están colocadas en ellos, así que debemos cuidarlo, alimentarlo bien, darle descanso. El cuerpo es necesario para que podamos probar diferentes sabores de la vida. Gracias a él sabemos lo que es sufrir y lo que es el placer. No todas las almas, como sabe, reciben cuerpos. Muchas han estado esperando su turno desde el principio del tiempo, y a veces nunca llega. Así que aquellos que tienen la suerte de tener uno deben hacer todo lo posible para usarlos, durante el tiempo que se les da en la tierra. ¿No es así?

— ¡Por supuesto!

—Ya que hemos tenido la alegría de probar la vida en los cuerpos, estamos obligados a cuidar nuestro propio equilibrio y armonía, y todo lo que nos rodea. —La sacerdotisa alcanzó la copa de vino, que la sirvienta puso en la mesa baja antes de salir de la tienda—. ¿Siente que vive en armonía?

Makeda lo pensó. Se sentía bien. La vida, que llevó hasta el momento, tuvo momentos difíciles, pero luego fue hermosa. Su belleza no solo estaba en los grandes momentos, sino también en los momentos difíciles, calamidades, desesperación después de la muerte de sus seres queridos, soledad, sufrimiento por falta de una madre, decepción con las acciones de quien ella consideraba un amigo, guerras en las que participó y escaramuzas que la rodeaban todos los días.

Su vida también era una expectativa de poner al trono primero y, de manera paralela, finalmente encontrar al rey de estos sueños. Sabía que su padre, aún vivo, sospechaba que el rey de Israel con quien ella soñaba había enviado a Tamrin para que supiera de él y se pusiera en contacto con él.

—¿Y si resulta que el hombre de mis visiones es el Rey de Israel? ¿Qué debo hacer entonces? ¿En qué debería basarse mi búsqueda de la armonía?

—La Dama de la Luna le guiará. Confía en ella como siempre.

—¿Sabré que es él? En mis visiones, nunca he podido ver su rostro.

La sacerdotisa cerró los ojos.

—La Madre Plata se lo dirá a su corazón —le aseguró—. En ella se encuentra la energía de las mujeres que nos precedieron. Ella lo sabe todo, contiene la sabiduría de la que puedes hablar de forma hermosa. La Dama de la Luna es la sabiduría eterna a la que aspiramos. Existió y siempre existirá porque es todo y está en todas partes. La diosa te guía, ella todavía le mira. Siempre está con usted. Puede encontrar fuerza en ella. Usted es, como cada una de nosotras, una emanación femenina de la divinidad. Lo que hace es siempre correcto. Escúchese a usted misma. A su ser interior. La diosa que está en nosotras, será su guía, confíe en su voz interna.

—Me ha estado evadiendo desde que la busco que en mi memoria. Su guía es lo más importante en mi vida, —Makeda también levantó la copa con vino—. Confío en ti y en Seshep, es decir en la Dama de la Luna, porque ella me habla con sus labios. Si es así, y lo es, entonces admitirás que ella no me ha enseñado mucho sobre los hombres.

Se rieron al mismo tiempo.

—Como sabrá, las sacerdotisas de la Dama de la Luna no forman familias, porque la diosa abarca toda su vida.

— ¿Pero pueden estar con hombres?

—No todas, pero por supuesto que podemos. Sabe que hay hemets que han jurado que ningún hombre tocará su vida. Ellas son del ministerio del altar. Las demás son libres de elegir, pueden decidir sobre sus cuerpos, pero su principal deber es siempre servir a la diosa.

—Por ejemplo, ¿pueden dejar el templo? Continuó Makeda, que no había oído hablar de un caso similar en su vida.

Temas similares hasta ahora no la habían afectado mucho. La costumbre de Saba requería que la reina, para seguir gobernando el país, debía mantenerse virgen. Y ese conocimiento era suficiente para ella. No necesitaba saber más. Sin embargo, cuanto más se acercaba la caravana a Jerusalén, estaba más intrigada por los asuntos relacionados con la relación con los hombres.

—Pueden, si resulta que están embarazadas. Entonces deberían casarse con el padre del bebé.

—No recuerdo que haya pasado eso.

—La Dama de la Luna nos ha revelado las formas de experimentar los placeres del cuerpo sin crear una nueva vida al mismo tiempo.

—¿Me enseñarías?

—Por supuesto, inmediatamente si surge la necesidad. Pero ahora no tienes que preocuparte por eso, porque es virgen. —La sacerdotisa dejó la copa—. Si resulta que has recibido el regalo de una nueva vida de los dioses, sería una gran alegría para todos nosotros y para Saba. Porque significaría un acto de gracia especial que tu patrona, la Dama de la Luna, te dio.

— ¿Alguna vez has experimentado un favor así, sacerdotisa?

— ¿Eso quiere decir...?

— ¿Está tu hijo en algún lugar del mundo?

—Al igual que en el caso del Gran Kandake, la Gran Sacerdotisa también tiene descendencia solo cuando la Dama de la Luna lo quiere.

— ¿En tu caso ella no quiso?

—No.

— ¿Pudiste tenerlo con el rey?

— Pude —era obvio para ella que Makeda sabía lo que la conectaba con Nikal—. Siempre visitaba a tu padre durante la luna llena. Este es uno de los antiguos deberes y privilegios de la alta sacerdotisa.

—No tienes que justificarte. Me alegraba que estuvieras con él. Estaba tan solo.

—Cuando tu madre murió, él no buscó a una mujer. Envió de vuelta a las que entraban a su cama. Con el tiempo Hendake el eunuco y el sacerdote Sethon intentaron casarlo, incluso buscarle concubinas. Sin embargo, una vez, casi tres años después de la muerte de la reina, él me invitó a su habitación. Confesó que tu madre era el amor de su vida. Desde ese momento lo visité todos los meses. Y así fue hasta su muerte.

—Gracias por eso.

—Sufrí mucho cuando se fue. Él fue el único hombre que amé.

—Sabía que lo visitabas y sabía que lo querías mucho, pero no creía que fuera amor.

La sacerdotisa tocó el anillo que nunca se quitaba.

—Él me lo dio —dijo ella, dándole vuelta en su dedo—. Desearía que una vez pudieras amar a alguien tanto como yo a él.

Se quedaron en silencio, cada una recordando a Nikal a su manera. Después de un momento, Makeda habló.

—¿Cómo voy a estar segura de que él es el que estuve esperando toda mi vida, el que extraño aunque no lo conozca? Una vez, en mi infancia, pensé que amaba a Den, ¿recuerdas? Me gustaba abrazarlo cuando mirábamos las estrellas juntos. Me sentía bien con él. Solo más tarde, cuando me confesó lo que él y su familia planeaban para mí, comprendí que ciertamente no era amor, sino una amistad infantil y juvenil. Y, al parecer, era la única que pensaba eso. Me sentí sola, no conocía a mis compañeros, me criaron para ser una reina desde muy pequeña. Y como solía decir mi padre, «las reinas no tienen amigos».

—Los tienen. Pero Den no lo era.

—¡No digas eso! Creo que tenía buenas intenciones, pero sucumbió a su padre. Y él no es un buen hombre.

—Llegará el momento y la verdad saldrá a la luz.

—¡Exacto! —Makeda cruzó las manos formando una canasta, como solía hacer cuando quería concentrarse—. ¿Cuál es la verdad acerca de mis visiones? Quizás lo que soñé es solo un invento de mi imaginación. ¿Quizás ni siquiera existe? Un rey en un trono de oro —bajó su cabeza—. A veces siento que estoy corriendo detrás de un fantasma. ¿Tal vez el sumo sacerdote Sethon tenía razón al decir que no debería ir a un país desconocido guiada por mis sueños de la infancia? «Sepa que sus sueños, incluso aquellos que le parecieron la visión más verdadera, pueden ser solo una ilusión». Me lo dijo antes de irnos. «Si abandonas el país, puedes perder la gracia de Almaqah. Dios te abandonara a ti y a Saba». Sacerdotisa, ¿y si eso realmente sucede?

—No tenga miedo. Y siempre crea en la voz del corazón. En ella están todas las verdades de este mundo. Conoce las antiguas leyes de las sacerdotisas. Vive el aquí y el ahora. No pienses demasiado en el pasado y el futuro, no te centres en lo que no está allí. Usted las conoce.

Makeda asintió.

—El sacerdote tiene miedo de perder su poder. Almaqah es un dios antiguo, no es tan fuerte como lo era antes. Sethon lo sabe, después de todo, sus sacerdotes también pueden mirar hacia el futuro. Le preocupa lo que pueda venir, quiere evitar lo inevitable.

Las últimas palabras de la sacerdotisa fueron ahogadas por los sonidos de confusión frente a la tienda. Después de un momento, Warda entró.

—Reina, perdóneme, pero el comandante de Ashenafi y el comerciante Tamrin están pidiendo una audiencia urgente.

— ¿Qué pasó?

—Los guardias capturaron a alguien.

—Déjalos entrar —ordenó Makeda—. No podremos terminar esta conversación hoy, Sacerdotisa...

—Todo lo que es más importante, ya se ha dicho.

Se sentaron, asumiendo posturas adecuadas para recibir invitados.

—Que los dioses le guíen, reina —comenzó el comandante—.

—Dime, ¿qué pasó como para interrumpir el descanso nocturno de la reina? —preguntó Makeda con suavidad, sabiendo que nadie se atrevería a molestarla por una pequeña razón—.

—Hemos capturado a un hombre sospechoso. Él no pertenece a la caravana, pero sigue nuestro camino.

— ¿Quién es?

—Afirma que es un hombre de Salomón.

Se levantó al oír el nombre real. La Gran Sacerdotisa también.

—Tráelo —ordenó ella, ocultando efectivamente su emoción—.

Después de un momento, un joven alto y moreno se paró frente a ella; parecía un poco mayor que ella.

La belleza de Makeda debe haberle causado una gran impresión, porque, aunque sabía con quién estaba tratando, en lugar de bajar sus ojos humildemente, la miró como si estuviera encantado.

—Inclínate ante la gobernante de Saba —le dijo Tamrin en hebreo, y solo entonces hizo la incómoda reverencia—.

—Pregúntale quién lo envió y por qué —le dijo Makeda a Tamrin, sin querer decirle que él supiera que ella hablaba su idioma.

—Actúo por recomendación de uno de los reyes más grandes, Salomón —dijo con la cabeza inclinada—. Nos dijo a nosotros que vigiláramos su caravana y si algo malo sucedía, le apoyáramos e inmediatamente le avisáramos.

— ¿Dijo nosotros? ¿He entendido correctamente? —Le preguntó Makeda a Tamrin—.

—Eso es lo que dijo.

—Pregúntale a quién se refiere.

Tamrin hizo la pregunta de la reina en hebreo.

—Aunque todavía le queda mucho camino por recorrer, ya está en áreas que están subordinadas a Israel. El territorio de nuestro reino es vasto. El rey envió a un grupo de seis exploradores. Cuanto más cerca esté de Jerusalén, más la cuidaremos. Salomón quiere que la reina alcance la meta de manera segura y sin ninguna aventura inesperada.

—Dale a tu rey las gracias y los saludos de la reina Makeda —dijo ella, y Tamrin tradujo—. Y en agradecimiento por su preocupación, tengo un regalo para él —ella asintió a Warda y le dijo algo en voz baja—.

Al cabo de un rato, regresó con una hermosa jaula hecha de alambres dorados, intrincadamente curvada en patrones florales. Había un pajarito dentro.

—Es una abubilla —dijo la reina—. Mi regalo para Salomón. Queda un largo camino hacia Israel. Prométeme que llegará vivo.

Tamrin sonrió. Entre los presentes, solo él y Makeda sabían por qué la reina le dio a Salomón una abubilla.

*Jerusalén
Siete días después.

—Señor, la reina de Saba le envía un regalo —anunció el encargado del palacio, Achishar, entrando a la cámara donde trabajaba Salomón cada mañana.

El Rey, en compañía de Josafat, Natán, Zadok y Elihoref, observaba los diseños en oro que se encontraban en el templo de Yahveh.

Los ojos de todos se volvieron hacia los de Achishar.

— ¿Un regalo de la reina de Saba? —El rey no ocultó su sorpresa—.

—Uno de los exploradores que envió para cuidar la caravana lo entregó.

— ¿Qué es?

Achishar asintió y al cabo de un momento el sirviente trajo una jaula de oro.

—Es una abubilla —comentó Elihoref mientras reía, recordando que le había contado a Salomón sobre el rol que jugaba esta pequeña ave en la vida del Rey de Israel, según los cuentos narrados.

—Me gusta el sentido del humor de la reina de Saba —Salomón agradeció el regalo y luego compartió la historia de la abubilla—. Aparentemente, también oyó la historia —concluyó alegre, porque estaba casi seguro de que fue por su orden, probablemente a través de Tamrin y sus hombres, que esta historia había llegado al pueblo de Israel.

«Ella sabe como hacerse notar» —pensó en ella con aprecio, cada vez más intrigado.

*La Caravana
Última parada antes de Jerusalén

— ¿Cómo presentarte ante el rey que lo sabe todo, lo tiene todo y lo ha visto todo? —preguntó la sacerdotisa en voz alta—. ¿Qué le intrigaría de una joven, si tiene setecientas mujeres que siempre están dispuestas a hacer cualquier cosa por él?

Makeda, la Gran Sacerdotisa, Seshep y Warda, así como todos los demás en quienes confiaba la reina, se habían preguntado durante mucho tiempo cómo hacer que su gobernante se quede en la corte de Salomón. No solo que la note, sino que la impresión que deje en él sea inolvidable. Querían que las solicitudes de futuros acuerdos comerciales israelíes tomen en cuenta los intereses del reino de Saba tanto como sea posible. Y era el principal, para muchos de ellos el verdadero, propósito de visita de su reina en este país.

Las acciones iniciadas por Tamrin un año antes tuvieron éxito. Una vez que se supo que la reina iría a Jerusalén, el comerciante pagó a varias personas para que las noticias sobre lo hermosa, sabia e increíblemente rica reina, llegaran a Jerusalén. Viajaron en círculos cada vez más amplios a través de narradores itinerantes. Además, incluso el relato del rey, conocido por el rey, fue creado de esta manera. Así que cuando Makeda, también llamada a veces Belkis o la Reina del Sur, llegó a la tierra de Moisés, ya era una figura conocida y esperada.

—Los hombres no son mi pasión, no sé mucho sobre ellos —dijo Seshep, algo que todos ya sabían—. Pero si yo fuera Salomón, perdonen mi honestidad, no creo que la milésima mujer que me visitara, incluso una tan hermosa como usted, pudiera realmente interesarme. Ella tendría que ser... No sé, no sé... —pensó en voz alta y dijo sarcásticamente— ¿más rica que la hija del Faraón?

Makeda se rió a carcajadas, Warda también. Hasta la Gran Sacerdotisa sonrió un poco. Todos sabían que la hija del Faraón ocupaba el lugar más prominente entre todas las esposas de Salomón y que ella era considerada la más rica de todas.

—Soy Salomón. —Seshep asumió una postura elevada y miró a las mujeres como ella imaginaba que el rey las miraría—. Mi Dios me ha dado todo lo que quiero. Los reyes que me rodean me envían regalos, mi país se desarrolla, tengo amigos poderosos y las mujeres se aferran a mí como las abejas a la miel.

— ¿Qué quieren, señoritas? —preguntó Makeda alegremente uniéndose al juego—. ¿Hay algo que no tenga que pueda mover mi corazón?

—No lo sé, no lo sé —Seshep repitió las palabras usadas anteriormente y envolvió sus brazos alrededor de su pecho—. Mi corazón está dedicado a Dios. En él, encuentro la plenitud.

—Ah —suspiró la Gran Sacerdotisa—, ¿tal vez Seshep está en lo cierto? Después de todo, puede resultar que Salomón sea un gobernante tan creativo que nuestras ideas y esfuerzos más originales sean inútiles.

— ¿Cómo? —Exclamó Ward, emocionada—. Tamrin dijo, debes haber oído que Salomón sabe lo que es la alegría de la vida. Aunque está restringido, ¡puede usar lo que el mundo le da!

La sacerdotisa la miró gentilmente.

—Sabemos de tu debilidad por Tamrin. Ninguna palabra se te escapa, creemos en lo que dices sin reservas. Él también dijo: «Salomón es un amante de la vida». ¿Escuchaste, Salomón? —Ella se volvió hacia Seshep, todavía de pie en pose de hombre y con la cabeza levantada—.

—Soy Salomón, un rey sabio que lo sabe todo y lo tiene todo. Al mismo tiempo ama la vida y puede apreciar sus encantos —anunció Hemet en voz alta—. ¿Con qué me sorprenderá, Reina del Sur? —se dirigió a Makeda directamente—. ¿Qué ha preparado tu hermosa cabeza?

—Mi cabeza, rey Salomón, no solo es hermosa, sino también sabia —respondió ella, y el tono de su voz mostró que la situación dejó de divertirle—.

Seshep notó esto e inmediatamente se sentó.

—Perdóneme reina.

Makeda era joven y no era muy segura, a pesar de que trataba de aparentarlo. Por lo tanto, a veces, especialmente cuando estaba demasiado cansada, se molestaba cuando, incluso en bromas, alguien dudaba de su razón o la capacidad de su mente.

Había tensión en el aire. La Gran Sacerdotisa se quedó considerablemente en silencio. Ella sabía que hay situaciones en la vida en las que las personas necesitan tiempo para respirar y alejarse de las opiniones y pensamientos de los demás. Ese era el caso ahora. La fatiga resultante de un largo viaje, la tensión que todos sentían, tuvo que encontrar un escape. Y estaba sucediendo. Makeda estaba sobrecargada. Ella era quien tenía las responsabilidades más difíciles, por su rol. Era la reina y no importaba cuánto la gente intentara apoyarla, la victoria o el fracaso de la expedición descansaba sobre ella.

Makeda estaba en una situación doblemente difícil. Por un lado, quería hacer todo lo posible para garantizar que se implementara el propósito de la expedición con respecto a los acuerdos comerciales. Por otro lado, su gran y desconcertante esperanza eran sus visiones, en las que se encuentra con un hombre que le entrega el tesoro más precioso del mundo. Llevaba todas esas cargas, miedos y responsabilidades sola. A pesar de que tenía tanta gente amable y devota a su alrededor.

—Sé que puedo hacerlo —dijo cuando la tensión del silencio prolongado pasó y cada una de ellas calmó sus pensamientos—. Todo lo que tiene que suceder está escrito allí —levantó la cabeza y sonrió a las estrellas—.

—Por supuesto que puedes hacerlo, Makeda —dijo la Gran Sacerdotisa—. ¡Tienes fuerza! La Dama de la Luna te cuida.

Ante las palabras de Seshep, que se había disculpado con Makeda por sus bromas, ella no dijo una palabra, se levantó de nuevo y tomó la postura de Salomón.

—Sé cuál es mi deseo, reina —dijo en voz alta, con la cabeza en alto, como correspondía a un rey—. Las mujeres se entregan a mí, cada una está a mi entera disposición, soy el gobernante que esperan, a quien desean y ante quien se abren como flores por la mañana. Me gustaría finalmente encontrar una que sea un misterio para mí. Por lo que tendré que intentar y solicitar, lo que no se me entrega, que me haga luchar. Que ella sea hermosa y sabia, buena y agradable, pero al mismo tiempo inaccesible. ¡Eso es lo que quiero! Yo, ¡el rey Salomón!

El reino de Israel
Mientras tanto

Los habitantes de Judá e Israel eran numerosos como arena en la orilla del mar. Todos tenían algo de comer y beber, eran felices. [27]

Salomón tenía poder desde el Éufrates hasta la tierra de los filisteos y las fronteras con Egipto. Todos los países le rendían homenaje y estuvieron sometidos a él durante los días de su vida. El imperio de Salomón era tan enorme que le pareció necesario dividirlo en doce provincias.

Los supervisores reales, cada uno de los cuales manejaba una provincia, se preocupaban, cada uno por un mes, de la comida para el rey y los que eran invitados a su mesa. [28]. Se aseguraban de que no se perdiera nada. El suministro diario de alimentos para Salomón era: treinta kor de la harina más pura y sesenta kor de harina ordinaria [29], diez bueyes gordos, diez bueyes tomados directamente de los pastos, cien ovejas y ciervos, gacelas, gamos y aves especialmente engordadas.

Los supervisores también importaban cebada y paja para caballos, tanto para carruajes como para monturas. Estas eran llevadas al establo. El rey tenía cuatro mil caballos para sus carros y doce mil para las montas.

Salomón estaba en la terraza. En el mismo lugar donde su madre una vez le contó cómo conoció y amó a su padre. Estaba

mirando a su ciudad. Se volvía más hermosa y fuerte con cada
año que pasaba. Él estaba orgulloso. El trabajo en el templo
todavía era largo y había mucho que hacer. Sin embargo, ya
estaba cerca de terminar.

Había paz en el país y en sus fronteras.

—Una armonía juguetona —se decía a sí mismo—, nada
perturba la paz del estado. Gracias a Dios.

Levantó la cabeza, miró al cielo, sonrió y extendió las manos
como para volar.

*En el camino
En algún lugar de Israel

Una noche, mientras todavía estábamos en medio de una
caminata, pero muy cerca de Jerusalén y paramos por una noche,
la sacerdotisa vino a buscarme. Era una luna llena. La Madre
Plata siempre estaba más ansiosa en ese momento, más que en
otras de las fases de la luna; daba su apoyo y abría las puertas de
lo desconocido. No dormía en estas noches. La sacerdotisa quería
que mirara hacia el futuro.

Salimos del campamento, vigiladas por los guardias.
Ninguno de los cuatro que pasamos por el camino se atrevió a
preguntar a dónde, o por qué motivo, yo llevaba una daga blanca
atada a la cintura con un ritual y la Gran Sacerdotisa conducía a
uno de sus dos leopardos favoritos con una cadena de oro. Nos
alejábamos del campamento. Sabían que había luna llena, por lo
que podíamos tener cosas importantes que hacer, además, ¿quién
tendría el coraje y la voluntad para detener, o incluso hacerle una
pregunta a la Gran Sacerdotisa?

Nos fuimos lo suficientemente lejos del campamento, para
no ver las luces de sus fuegos. Esa noche no solo había luna llena,

también era de sangre. Noches así, son raras. La Dama de la Luna, preguntando correctamente, revela sus secretos.

Nos arrodillamos para honrar nuestra patrona. Pronunciamos una larga oración de agradecimiento y pedimos que me diera la gracia de saber el futuro.

—Dama de la Luna, abre el tejido del destino, muestra lo que le espera a nuestra reina Makeda. ¿Cómo podemos ayudarla a lograr lo que has destinado para ella? Muéstranos lo que es importante para nosotras. Muestra el futuro —gritó la Gran Sacerdotisa todavía arrodillada, pero con las manos en alto—. Déjanos ver el poder del cosmos y, a cambio, toma lo que te ofrezco desde el fondo de mi corazón. Que las energías de dar y recibir permanezcan en armonía. Acepta el regalo y envía lo que humildemente pido.

Entonces ella extendió su mano pidiéndome que le diera la daga. La usábamos solo para hacer sacrificios. Era propiedad de cada Gran Sacerdotisa. Se dice que ha estado en nuestro templo desde su inicio. Se dice que le fue entregada a la primera Gran Sacerdotisa, por la misma Dama de la Luna, quien personalmente la hizo de polvo lunar. Nunca se oxido o desgastó.

Además de la daga, teníamos un pequeño tazón de plata con nosotras. Era utilizado para recolectar la sangre necesaria para realizar el ritual. La daga y el recipiente estaban protegidos por el poder de la Dama de la Luna.

En la antigüedad, las sacerdotisas de la Madre Plata hacían sacrificios humanos. Eran en su mayoría niñas con cuerpos puros y no contaminados o niños antes de la iniciación. Vi dibujos que mostraban tales rituales, en las paredes de la parte más antigua de nuestro templo. Hace siglos, la Dama de la Luna prohibió tales sacrificios. Tal vez, si hubiera vivido muchos siglos antes, ¿habría sido yo uno de aquellos sacrificios?

Sin embargo, estaba aquí y ahora. Entregando el sacrificio, o al menos participaba en su presentación. En el altar improvisado, descansaba el leopardo de la gran sacerdotisa. Era un gran honor para ella, porque tuvo ese felino desde su nacimiento, es decir, durante al menos diez años y lo quería mucho. Como su hermana, de la misma camada que se quedó esa noche en la tienda de la Sacerdotisa.

El sacrificio de la sangre consistía en el hecho de que, como hace siglos, la diosa tenía que recibir algo valioso, que alguien le daba con un corazón sincero, que significaba una gran pérdida y arrepentimiento. Sin embargo, era en el nombre de un propósito superior. Esperábamos algo de la Dama de la Luna, así que nos vimos obligadas a ofrecerlo como un sacrificio de nosotras, un regalo valioso y vivo.

Aprecié la decisión de la Sacerdotisa, porque sabía lo conectada que estaba con sus felinos, pero también entendí que este favor de la diosa requería darle algo especial. De lo contrario, no obtendríamos una respuesta a nuestras preguntas.

—Pequeña, ven aquí —la Sacerdotisa acarició el lugar en la pequeña manta que había tendido delante de ella. Un cuenco de plata junto a ella estaba listo para recibir la sangre—.

La leopardo, tendida tan tranquilamente a unos pasos de nosotras, levantó la cabeza y, viendo que la estaba llamando, se tendió obedientemente delante de ella.

La sacerdotisa le acariciaba la cabeza con ternura.

—Adiós, querida —dijo en voz baja—, ve a la Madre Plata ahora. Sírvele lo mejor que puedas y amala tanto como me amas a mí... —su mano izquierda todavía sostenía la cabeza del animal, levantó su daga con la mano derecha y la condujo directamente hacia el corazón del felino.

Ella, en su último reflejo defensivo, sacudió la cabeza y le clavó los dientes en la mano. La sangre, que casi al mismo tiempo brotó de un corazón perforado y de una mano rota, se fundió en una corriente de sacrificio.

—Dama de la luna —gritó la sacerdotisa, como si no sintiera dolor—, acepta este sacrificio como prueba de nuestro amor, fe y confianza en tu poder. Protégenos y danos fuerza para cumplir tu voluntad. Miremos hacia el futuro y dejemos que lo que vemos sea la inspiración para que actuemos correctamente. ¡Qué así sea!

—Que así sea. Repetí sus palabras y ambas nos inclinamos.

La luz de la luna brillaba sobre nosotras. Tenía un color rojo sangre. La diosa nos favoreció.

Todavía arrodillada, me incliné sobre el tazón que la sacerdotisa había puesto delante de mí. Estaba lleno de sangre. Me incliné aún más hacia abajo, de modo que casi toqué la superficie del líquido rojo con mi nariz e inhalé su aroma. Estaba mareada. Luego la sacerdotisa sacó un frasco pequeño, lo abrió y lo vertió en el recipiente sobre el que estaba inclinada.

—Bébelo —ordenó ella—.

Sabía que de esta manera me conectaría rápidamente con la Dama de la Luna. Lo había hecho más de una vez. Tomé el tazón y bebí lo suficiente para que algo de sangre quedara en el fondo, porque era en la sangre que veía lo que la Madre Plata nos quería mostrar.

Estaba mareada. La sacerdotisa me ayudó de nuevo a inclinarme sobre el cuenco. Lo observé sin moverme y sentí cómo mis sentidos se agudizaban. Después de un tiempo, vi por primera vez el gran brillo y luego las siguientes imágenes.

— ¡Habla! —Escuché la voz de la Sacerdotisa que fluía desde el más allá—. ¿Qué ves?

—Veo a la reina en el trono. Un niño está sentado a su lado. Es hermoso.

— ¿Hay alguien más allí?

—Este chico, es su hijo. Ella lo ama mucho.

— ¿No está Salomón allí?

—No está. La reina está sola. Grande, fuerte y solitaria.

—Como cualquiera de nosotras —escuché la voz de la sacerdotisa—. Todas somos grandes, fuertes y solitarias. Incluso si se es una reina… ¿O tal vez incluso más? Este es nuestro camino en este mundo —dijo en voz baja, pensando que no podía escucharla—.

—Mira a tu alrededor —ordenó ella—. ¿Este es nuestro palacio?

—Es una sala del trono.

— ¿Dónde?

—En Marib. El trono se ve grande y poderoso. Los escalones están custodiados por dos leones de oro. Makeda abraza el hombro del niño.

—Mira a la gente.

—Te veo, te ves altiva y hermosa. Ahí está el general Tesfa, Tamrin… Una mujer está de pie junto a él. Es su esposa. Ella esta embarazada.

— ¿Quién es?

—Es Warda.

— ¿Por qué todos están ahí? ¿Qué están haciendo allí?

—No lo sé. Lo veo, pero no lo entiendo. Están conmovidos pero felices.

—Mira con cuidado. Mira lo que pasó. ¿Por qué están allí?

Durante un largo rato traté de entender de lo que veía. Veía a la gente, pero no escuchaba lo que decían. Pude ver sus gestos y cómo movían sus labios, comentando vívidamente. Finalmente me lo deduje.

—Creo que ganamos la guerra —dije con alivio—.

La sacerdotisa intentó saber más de mí, pero la imagen era cada vez más borrosa. Antes de que desapareciera por completo, ella logró preguntarme una cosa más.

—Mira de nuevo al chico. ¿A quién se parece?

—Tiene cabello oscuro, ojos oscuros y piel clara.

— ¿Qué edad tiene?

— ¿Dos? ¿Tres? Máximo cuatro. No sé de niños.

Eso fue todo lo que había visto y eso fue lo que le dije a la Sacerdotisa. Eso le bastó a ella como para no preocuparse por el futuro de Saba.

Entonces mi cabeza se entumeció, sentí como si algo en medio de mí estallara y me quedé dormida.

Cuando me desperté, el sol estaba saliendo. La sacerdotisa, con rastros de lágrimas en su rostro, yacía cerca de mí, su mano estaba sobre el cadáver de un leopardo.

*Jerusalén
Mientras tanto

Shalom en hebreo significa paz. Salomón fue quien, según la voluntad de Dios, sentado en el trono, debía llevar la paz a las tierras de Israel y hacer que el reino fuera poderoso, rico y estable como nunca antes. La finalización de la construcción del templo para Yahveh se suponía que sería la culminación de la primera etapa de la implementación del plan divino. Este momento ya estaba cerca, pero el trabajo en el templo aún seguía.

Desde que se sentó en el trono, utilizó su sabiduría para llegar a un acuerdo con todos los vecinos. La guerra peleada por su padre llegó a su fin. Prefirió otros métodos de acción y encontrar aliados.   Se casó con una hija del Faraón, que no solo le proporcionó Egipto, sino también nuevos territorios. Junto a la princesa recibió la ciudad de Gezer. La hija del Faraón se enamoró sinceramente. Y Gezer, al igual que otras ciudades fronterizas, sirvió como un almacén donde la ciudad guardaba caballos y carros. [30]

Al rey Hiram, el gobernante de Tiro, con quien su padre estaba en un conflicto casi constante, se le persuadió y se le ordenó a él las enormes cantidades de cedros necesarios para la construcción del templo. De esta manera, Hiram se convirtió en su, no solo el mayor socio comercial, sino también un amigo político. [31] La cooperación se estaba desarrollando tan exitosamente que los reyes establecieron un acuerdo que resultaría en la expansión del puerto y la creación de la flota comercial más grande en el Mar Rojo. Hiram sabía acerca de la construcción naval y la navegación, tan poco como un gobernante debía saber, y Salomón tenía un puerto pequeño pero perfectamente ubicado. Hicieron un trato. Planearon crear una nueva ruta comercial, competitiva durante siglos y controlada por Egipto. El puerto que pertenecía a Salomón, yacía en la carretera que va de India a Tarsis, el puerto más grande en el sureste de la península ibérica. Por lo tanto, era ideal para ser el punto más importante de la nueva ruta.

La sabiduría y la justicia de Salomón eran conocidas en el mundo. Al igual de la fama de que en Israel había balanzas justas, pesas justas, un efa justo y un hin justo. [32]

Salomón estaba orgulloso de estos últimos años de su gobierno. Dios lo favoreció. A través de él, Israel se convirtió en un nuevo centro comercial para los mercaderes que llegaban de todo el mundo. Los impuestos recaudados por ellos enriquecieron el tesoro real y cubrían los enormes costos de construcción para el templo.

El rey agradecía a Yahveh todos los días por cuidar de su pueblo.

*El campamento Sabeo
Dos días después

—Señor, me gustaría hablar con usted —Warda fue a la carpa del encargado de la caravana—.

Era tarde en la noche. Fue un duro día de trabajo, Tamrin se preparaba para descansar. El criado de pie frente a la entrada, cuando escuchó su voz, se llevó un dedo a los labios.

—El Señor duerme —anunció en un susurro—. Si todos estamos vivos, nada es tan urgente que no pueda esperar hasta la mañana.

Sin embargo, al ver sus ojos desesperados y al comprender con quién estaba lidiando, agregó:

—A menos que sea algo realmente urgente...

Warda lo empujó a un lado y, sin entrar en la tienda, se paró lo suficientemente cerca de la tela que cubría la entrada. Empezó a hablar tan fuerte que estaba segura de que Tamrin la escucharía incluso en su sueño.

—Señor, necesito hablar con usted urgentemente. ¡No puede esperar hasta la mañana! —Y un poco más tranquila, porque se dio cuenta de que tal vez no se comportaba adecuadamente, agregó—, ¿Me presta un momento?

Hubo un movimiento en la tienda, y antes de que ella pudiera repetir su petición aún más fuerte, Tamrin abrió la cortina y salió de la tienda.

Si ella no fuera alguien de confianza de la reina, la hija del general Tesfa y una virgen, la dejaría entrar. Su conversación debía tener lugar en una tienda de campaña. Sin embargo, por respeto a ella, salió y habló en espacios abiertos.

— ¿Qué pasó, señorita?

—Le pido disculpas, señor —se dio cuenta de que si averiguaba por qué venía, él podría enojarse, pero ya no podía esperar para confesarlo—. No se refiere a la reina ni a la caravana, ni a nada relacionado con nuestro servicio.

— ¿Entonces? —Le preguntó—.

—Es un asunto completamente personal —confesó en voz baja—.

—Habla, entonces —sugirió, señalando la dirección—.

Le hizo una señal al sirviente para que permaneciera en su lugar y que no los siguiera. Comprendió que la situación era especial, y al ver el comportamiento inusual de Warda, su moderación, que reemplazaba su anterior desesperación, pensó que pronto escucharía algo verdaderamente extraordinario.

Él la había estado observando durante mucho tiempo. Ella siempre escuchaba atentamente sus palabras, lo observaba, observaba sus actividades administrativas. Sintió que le agradaba y lo admiraba. A él también le agradaba, tenía momentos en los que la miraba, pensó que si hace algún tiempo, hubiera decidido formar una familia, su hija podría tener la misma edad. Antes de abandonar Marib, el general Tesfa le confió una protección especial.

—Tamrin, trátala como a tu propia hija —le pidió—. Ella deja la casa intacta, quiero que regrese igual. Eres responsable de ella.

—General, la trataré como a mi propia hija —él estaba convencido de que mantendría su promesa—.

Cuando salieron al borde del campamento, extendió una capa sobre la arena, que en el último momento, en el camino, le entregó un sirviente.

—Vamos a sentarnos —le ofreció—. Nadie nos molestará aquí.

Ella se sentó en el borde, él se acomodó a una distancia adecuada de ella.

— ¿Y bien? —La alentó cuando le pareció que el silencio era demasiado largo—.

Ella se aclaró la garganta. Estaba avergonzada. Salió de su tienda de campaña con la decisión de que le contaría todo, incluso si lo hacía frente a todos sus sirvientes. No podía soportar más la tensión. Ella no lo superaba, así que decidió resolver el asunto, tal vez no de manera muy sutil, pero en su entendimiento, efectivamente y sin ambigüedades. Incluso desde la tienda, Tamrin tenía sus sospechas, pero mientras caminaban, guardó silencio. Las emociones cayeron. Ella se dio cuenta no solo de que la situación era inusual, sino también divertida.

«¿Qué pasará si él me rechaza?», pensó. «Se reirá, dirá que soy demasiado joven para él y que me ve como a una hija. ¿Y si mis palabras lo ofenden? Es el hombre más rico de Saba, puede tener a todas las que elija, no tiene que esperar a que alguien como yo. Cientos de mujeres ciertamente están encantadas con él. Si quisiera, podría tener a cualquiera».

—Básicamente, creo que puedo lidiar con este problema yo misma —dijo ella en voz baja, estudiando sus pies—.

— ¿Qué? —Fingió enfadarse—. ¿Me sacas de la cama en medio de la noche y me llevas al desierto para decirme que tú puedes manejar tu problema?

—No lo traje aquí —protestó ella—.

—Será mejor que pienses rápidamente en una buena razón por la que estamos aquí, porque si no, ¡a partir de mañana dejaremos de ser amigos!

— ¿Éramos amigos? —Su miedo había pasado—. ¿En serio?

—Sí. ¿No te diste cuenta?

—No. Siempre me trata como si fuera una carga para usted —ella se quejó—. Casi no me habla, no deja que estemos solos.

—Te trato como a una hija —le aseguró—.

— ¡Exacto!

— ¿Qué pasa con eso?

—No quiero que me trates así.

—Ajá. ¿Y cómo quieres que te trate?

— ¡Soy una mujer!

—Es difícil no darse cuenta.

— ¡De alguna manera logra ignorarlo!

— ¿Estás haciendo un escándalo? ¿Oigo bien?

Hasta entonces, estaban a cierta distancia, sentados en las dos extremidades del manto extendido sobre la arena donde se acomodaron. Ahora, sin embargo, Warda se volvió violentamente hacia él, se arrodilló y lo miró a los ojos.

— ¿Realmente no entiende nada? —Ella levantó la voz, enfatizando las palabras, extendiendo sus manos—. ¡Estoy loca por ti! ¿No ves que te amo? ¿Es tan difícil darse cuenta?

La miró a los ojos y no dijo nada. Su rostro no expresaba ninguna emoción.

—Te amé desde que visitaste la casa de mi padre hace mucho tiempo. Lo recuerdo como si fuera hoy. Regresaste de tu último viaje, trayendo a nuestras habitaciones un soplo de la singularidad de tierras lejanas. Trajiste regalos e historias. Te podía escuchar por horas. Cuando contabas historias a mis padres y sus invitados, me sentaba en silencio, siempre cerca de ti, para no perderme ni una palabra. Una vez soñé con poder ir contigo, conocer los lugares de los que hablabas, ver a las personas y los animales con mis propios ojos. Y cada año me apegué más y más a ti. A medida que crecí, comprendí que haría cualquier cosa para estar contigo. Le supliqué a mi padre que le pidiera a la reina que yo fuera su protegida, porque quería mucho estar contigo. No podía soportar que te fueras por mucho tiempo, y esperar tu regreso, con la esperanza de que quizás algún día me vieras y me des al menos una fracción del sentimiento que tengo por ti. Rechacé a todos los que me querían como esposa, esperándote. Mi padre anunció que después de regresar de Israel, debía elegir un esposo, porque una mujer de mi edad, si no es una sacerdotisa, debería tener hijos. Le di mi palabra de que cumpliría su voluntad. Esperaba que este viaje nos acercara más, que notaras lo que sentía por ti.

Ella concluyó. Se encogió de hombros y con suavidad se tocó ambas rodillas, como si la emoción que se había acumulado durante tanto tiempo finalmente encontrara un alivio, se desahogó. Ahora estaba esperando su reacción.

—Warda —comenzó con calma—. Me gustas mucho. Y gracias por lo que me dijiste. Me imagino cuánto esfuerzo te costó esconder los sentimientos de los que estás hablando. Decidiste contarme sobre ellos, eso es bueno.

Ella lo miró con esperanza.

—Sin embargo, quiero ser claro: no soy el hombre para ti.

Su corazón se hundió. Ella no esperaba lo que él diría a continuación.

—No me digas que seremos amigos. ¡No puedo soportarlo!

—Eso es lo que quiero ofrecerte.

— ¡No me lo pidas! —ella estaba enojada—.

—Warda, eres una chica guapa y sabia. Pura y honesta. El mundo entero te abre sus puertas. Entra a través de ellas. Verás cómo te deleitará. Te lo mereces. Pero te aseguro que no soy yo con quien deberías pasar la vida. Después de todo, podría ser tu padre.

—No importa —protestó ella débilmente, dándose cuenta de que él tenía una opinión completamente diferente a la de ella—.

—Le prometí al general que estarías a salvo y que volverías a casa. Y así sucederá.

— ¿Entonces es mi padre? —gritó ella, levantándose—.

Él también se levantó y al ver que Warda estaba a punto de huir, le agarró las manos.

—Soy un hombre maduro, llegué a conocer la vida de sitios que no quieres saber que existen. Conozco sus rincones más oscuros y más horribles, soy un hombre impulsado por la vida. No soy bueno para ti. Necesitas de alguien como tú: fresco, bueno y no contaminado. Cásate con uno de los príncipes o un hijo de un noble, de tu edad, que no haya conocido los aspectos oscuros de la vida, como lo hice yo.

— ¿Tal vez no quiero eso? —Ella gritó desesperadamente—.

— ¿Quieres vivir con un hombre que ha estado con docenas de mujeres? ¿Corrompido por lo que ha visto y sobrevivido, degradado por la abundancia?

— ¿Crees que me desalentarás hablando de las mujeres que tuviste?

—Eso es lo que pienso.

— ¡Estás equivocado! No importa lo que cuentes, te amaré de todos modos —dijo ella—.

Sintió que, aunque ella estaba luchando, debía sostenerla por un momento más y hacer que no rompiera a llorar. No quería que ella corriera llorando por el campamento, porque sabía que atraería la atención de todos al verla. Habría rumores, lo que sería humillante para ella. Eso lo quería evitar a toda costa.

—Cuando te calmes, te dejaré ir —prometió mirándola a los ojos—. Y no llores. Eres una chica fuerte, te conozco, puedes hacerlo.

—Te odio —siseó ella, tratando de liberar sus manos—.

—Está bien, entiendo —asintió, tratando de sonreír—, pero no te dejaré ir de todos modos. La protegida de la reina no debe correr llorando entre los sirvientes.

—No lloro —dijo con firmeza, controlando sus emociones—.

—Eso es. ¿Por qué llorarías? No tienes ninguna razón. Solo estás enojada —se rió sabiendo que él ayudaría, redirigiendo sus emociones—.

Él tenía razón.

— ¿Dije que te odio? —Dijo casi conciliatoria—.

—Sí, mencionaste algo más o menos como eso.

—Estoy tranquila ahora, ¿ves? —dijo—. Me puedes dejar ir.

—Mañana va a ser un día duro —le recordó—.

—Lo sé. Entramos en el área adyacente a Jerusalén.

—Exactamente.

— ¿Y qué hay de esto?

—Deberíamos dejar esto atrás.

—Por supuesto, señor Tamrin. —Ella se cubrió el pecho con las manos—. Gracias por su tiempo, perdón por las emociones excesivas que no pude controlar.

—No tienes nada de qué disculparte, Warda —era casi cariñoso—. ¿Quizás volvamos a esta conversación en circunstancias más favorables?

—Que Dios le dé una noche tranquila —dijo entre dientes, giró sobre sus talones y se alejó.

Él la siguió con los ojos.

— ¡Qué mujer! —murmuró con admiración.

CAPÍTULO V

CANCIÓN DE CANCIONES

El reino de Israel
Seis meses después de partir de Saba.

La gran Kandake, la reina Makeda, se acercaba a Jerusalén. La gente decía que cuando el frente de su caravana llegó a las puertas de la ciudad, su final todavía estaba en el reino de Saba, por lo que era larga. Los camellos eran difíciles de contar, y las manadas de burros eran tales que, incluso cuando muchos años antes de que la hija de Faraón llegara a Israel, considerada la mujer más rica de Salomón, nadie había visto tal cantidad de animales, riqueza y esplendor que acompañaban a la Reina del Sur.

Su fama la precedía. En Jerusalén, es cierto que solo recientemente comenzaban a hablar sobre su belleza, bondad, sabiduría y poder, pero las historias eran tan coloridas que la convirtieron en la heroína de la imaginación de los habitantes de Jerusalén, de todo Israel, e incluso de los países vecinos.

La caravana se detuvo bajo la ciudad en el lugar dado a Tamrin por Josafat, el plenipotenciario del rey. Allí se armó un campamento. La reina y las personas más importantes a su alrededor, fueron invitados al palacio de Salomón, donde asignó numerosas cámaras para los recién llegados.

Makeda cruzó las puertas de la ciudad precedida por los soldados de Ashenafi encabezados por un comandante orgulloso. Montaban a caballo. El oro y la plata de los trajes de las personas y los accesorios de animales brillaron bajo el sol. Detrás de ellos, el mercader Tamrin montaba un caballo blanco. En Jerusalén se le conocía como alguien de confianza de Salomón. Y, al mismo tiempo, siendo alguien generoso y amigable, tenía muchos amigos en la ciudad. Esta vez llegó a Jerusalén no solo como comerciante y embajador de Saba, sino como un guía de confianza de su reina, de quien los habitantes de Jerusalén escucharon sobre todo gracias a él.

La Reina del Sur miraba la ciudad desde lo alto del hermoso palanquín dorado montado en un camello. Parecía que estaba sentada en una enorme cama con dosel, con cortinas transparentes de un material delicado que la protegía del sol. El camello no solo era enorme y blanco, lo que le daba la impresión de ser altanero y orgulloso, sino que estaba profusamente decorado con oro y piedras preciosas.

Ella observaba los alrededores. A diferencia de Marib, donde solo había dos puertas de la ciudad, aquí había muchas más. La mayoría de las calles estaban pavimentadas, casi todos los edificios estaban hechos de piedra. Le sorprendió lo poco que se usaba la madera para la construcción. Las personas que pasaba observaban con admiración a su palanquín, al poderoso camello y a la comitiva adornada.

En animales ligeramente más pequeños, pero impresionantemente vestidos, seguían a la reina, escondidas detrás de las cortinas de un palanquín más pequeño, la Gran Sacerdotisa, Seshep y Warda.

La corte de la reina fue directamente a la parte del palacio destinada a ellos. Las dos personas más importantes del rey, el plenipotenciario Josafat, y el encargado del palacio Achishar esperaban allí. El escribano Elihoref los acompañó.

Los hombres contaban con el hecho de que se les daría la oportunidad de ver a la gobernante, sobre cuya belleza y sabiduría eran leyendas en Israel. Esperaban verla, ya que los exploradores, quienes hace unas semanas fueron a su tienda, les dijeron a todos que la reina de Saba era la mujer más hermosa que habían visto en su vida. Sus esperanzas sólo se cumplieron parcialmente. La vieron salir del palanquín, hicieron una reverencia y le dieron la bienvenida en nombre del rey, de modo que vieron su silueta, pero no oyeron su voz ni vieron su cara. La Reina, sin decir nada, asintió para saludarlos, estaba cubierta de velos de pies a cabeza, solo se veían sus manos de dedos largos decorados con anillos, y sus pies delgados en suaves sandalias de oro.

Después de dos días de descanso, tuvo lugar una reunión que toda Jerusalén esperaba con gran expectación.

Makeda trajo consigo una cantidad inestimable de preciosos regalos como obsequio a Salomón. Quería que la cantidad y calidad impresionaran no solo a los habitantes de la ciudad, sino, sobre todo, al rey.

Ese día, Salomón se sentó en el trono que estaba frente al palacio, especialmente para su recepción. Su mano derecha estaba ocupada por la reina Betsabé y, a la izquierda, la más importante de sus esposas, la hija del faraón de Egipto. Además, en ambos lados: el sacerdote Zadok, el profeta Natán, Josafat, Achishar, Benaía, y otros. Todos esperaban la aparición de la reina.

Sin embargo, el primero en entrar, precedido por tambores, en calidad de invitado, pero ante todo como el único dignatario de Saba que conocía personalmente al Rey Salomón y otros dignatarios israelíes, fue el comerciante Tamrin. Se inclinó.

—Salomón, acepta estos regalos para su majestad real como una expresión del deleite de la reina de Saba sobre las noticias de su sabiduría y obras realizadas —dijo en hebreo—. La reina ha venido a rendirle homenaje.

Se inclinó de nuevo, esperando el consentimiento real para entregar los regalos.

Cuando Salomón asintió, los tambores volvieron a sonar, las flautas, cuernos y laúdes sonaron también, y comenzó una extraordinaria exhibición. La procesión de regalos fue precedida por sirvientes con uniformes, todos ellos eran igualmente hermosos y todos llevaban incensarios en sus cabezas, apoyándolos con una mano. El humo dulce y, al mismo tiempo, agudo e inquietante del mejor incienso del mundo se había extendido por toda la ciudad.

Detrás de los sirvientes, había camellos cargados de regalos, mulas y burros dirigidos por criados vestidos para la ocasión. Las personas y los animales tenían cubiertas hechas del mismo material noble con flecos dorados. Los sellos de la reina eran visibles en todas las vasijas.

Jóvenes fuertes vinieron detrás de los animales cargados. Cada uno de ellos llevaba algo. En las ollas pesadas había resina de incienso blanca, amarilla y crema, así como mirra roja. En numerosas bolsas de lino, se llevaban hojas de mirra. Grandes cantidades de marfil se habían colocado en enormes bandejas de madera de cedro reforzadas con cobre. Nardo, ámbar y resina negra derivada de flores, llamadas en muchos países ládano, cilantro, mirto, raíces aromáticas y muchas desconocidas hasta ahora en Israel. Se transportaron valiosas especias en sacos, frascos, jarras, bandejas, tazones, botellas de vidrio grandes y pequeñas.

Los sirvientes también colocaron frente a los muebles del palacio real mieles, vinos y materiales valiosos de la mejor calidad. Los últimos fueron traídos y colocados en la parte más alta de las escaleras que conducían directamente al palacio, en platos de oro y en cuencos, perlas blancas y rosadas y piedras preciosas. Sin embargo, la mayor impresión fue al ver un asombroso espectáculo de 120 talentos de oro. [33]. Los sirvientes, cuyo cuerpo estaba cubierto solo por un taparrabos, llevaron mineral en bruto muy valioso. Oro, colocado en cestas cuidadosamente tejidas y rellenas con materiales blandos de la India, llevaban literas diseñadas para soportar el gran peso del mineral. Cada litera era transportada por cuatro hombres. Cada uno se colocó cerca del trono, casi a los pies reales.

Los regalos eran tan impresionantes y complejos que se creó un camino amplio entre ellos. Era necesario para que pudiera pasar el impaciente mensajero de deleite y generosidad, de la Reina del Sur, Makeda, y a su séquito.

Tan pronto como se completaron los regalos, apareció una litera llevada por dos fuertes sirvientes, cuya piel de color ébano fue cuidadosamente aceitada, lo que enfatizó la belleza de sus cuerpos. Una hermosa y madura mujer con cabello largo y oscuro estaba sentada en una silla alta parecida a un trono. Ella tenía un vestido plateado, y su cabeza estaba adornada con una corona de estrellas de plata, con la imagen de la luna llena en el tope.

—La Gran Sacerdotisa de la Dama de la Luna —anunció en voz alta Tamrin, a medio camino entre el trono y las escaleras, para que ambos lados pudieran verlo y oírlo bien—.

La sacerdotisa bajó de la silla, se inclinó ante el rey y se detuvo cerca de Tamrin. Justo frente a la litera dorada, que acababa de detenerse ante el escalón más bajo de las escaleras.

—Gran Kandake, gobernante y mukarrib del reino de Saba, Marib y Aksum. Belkis, La Reina del Sur, Makeda —anunció Tamrin con voz trascendental—.

Al oír estas palabras, los sirvientes llegaron justo después de la Gran Sacerdotisa y, frente a la litera de la reina, descubrieron las cortinas de seda. Una figura femenina apareció ante los ojos de los presentes.

Tenía un vestido largo, brillante y de un material delgado. Pero las formas de su cuerpo solo se podían imaginar, porque una bufanda transparente la cubría desde la cabeza hasta los pies. Sin embargo, cuando subía las escaleras, con la ligereza de sus pasos y su postura, se le podía ver su agraciada figura. Tampoco era difícil notar que tenía una cintura estrecha, porque se destacaba por un ancho cinturón de oro decorado con piedras preciosas. También tenía brazos y muñecas pequeñas pero fuertes, con dedos largos y delicados. Estas estaban decoradas con numerosas pulseras y anillos brillantes, de modo que su brillo podía verse incluso debajo del chal. Su rostro despertó el mayor interés. Sin embargo, nadie tuvo la oportunidad de verla, porque el velo que la cubría era muy grueso.

Cuando ella se acercaba al trono, Salomón se levantó para saludarla. Se acercó bastante a ella, contando que como rey, sería el primero en disfrutar de ver su rostro.

Ella sintió que él estaba repitiendo un sueño de infancia. Allí estaba un hombre parado frente a ella, a quien había estado esperando durante años. El que tantas veces visitó sus visiones, conocía su silueta, sus movimientos y su voz casi de memoria. Allí estaba el que los dioses habían predestinado para estar a su alcance.

No podía pronunciar una palabra, como siempre, en los momentos difíciles, sentía una opresión en la garganta. Agradeció en su mente a la Gran Sacerdotisa. Gracias a ella fue que se cubrió el rostro con un velo, para que nadie pudiera ver su sorpresa y nerviosismo. Eso le dio más que alivio, además, finalmente estaba sucediendo lo que había estado esperando tanto tiempo.

Estaba temblando. Tenía la piel de gallina. Después de un tiempo, sentía calor.

—Reina de Saba, en mi nombre y en el de mi pueblo, les doy la bienvenida a Israel. Es un honor para nosotros que deseara viajar un largo camino y darnos regalos personalmente. Te estamos agradecidos. Espero que usted y todos los que han venido con usted quieran ser nuestros huéspedes el mayor tiempo posible.

Salomón se paró frente a ella y trató de distinguir el contorno de su cara bajo el velo. Hablaba libremente, con voz cálida y suave. Eso la hizo sentir más segura.

«Mi presencia no le dio la impresión que quería», pensó. «Seshep tenía razón cuando bromeaba diciendo que probablemente no soñaba conmigo en la infancia. Puedes verlo a través de sus gestos y palabras. Es bueno que él no vea mi temblor y no conozca mis temores».

—Poderoso Salomón, en nombre del reino de Saba, gracias por saludarnos, recibir nuestros regalos y a nosotros —dijo, provocando un gran revuelo con la melodía de su voz, pero sobre todo con el uso suave del hebreo—.

—Usted habla el idioma de Israel —observó con placer—.

—Aprender el idioma de un rey famoso por su extraordinaria sabiduría ha sido una gran alegría para mí. Vengo desde lejos. Estoy aquí, lo miro y veo una sabiduría inconmensurable y una razón inagotable, que son como una lámpara en la oscuridad, una perla en el mar y la luz de la luna en la niebla. Acudo a usted, no solo como gran rey, sino también como maestro, esperando que el reflejo de su sabiduría también ilumine mi espíritu [34].

A Salomón le pareció ver sus ojos a través del velo. Quería acercarse y revelar lo que estaba oculto. Quería ver la cara de quien había imaginado desde hace tiempo. La primera vez que había oído hablar de la excepcional belleza y sabiduría de la hija del rey Nikal fue por parte de Tamrin, y estaba intrigado. Fue entonces cuando comenzó a mirar más de cerca a Saba y lo que estaba sucediendo allí. Aprendió acerca de lo que le intrigaba, Set y Den, sacerdotes, pero sobre todo, de la princesa. Y la conocía mucho mejor de lo que podría haber imaginado. Cuando ella se convirtió en reina, él estaba casi seguro de que sus vidas algún día se cruzarían.

Ahora, cuando ella estaba de pie frente a él, estaba insatisfecho. Recientemente le había enviado una abubilla, diciéndole así que conocía las historias sobre sus relaciones; aquella sobre cuya sabiduría, belleza y riqueza contaban los hombres de Israel por las noches en tabernas, y las mujeres en los pozos, en los campos y cocinas. Él, aunque no la conocía, esperaba esta reunión anhelando experiencias extraordinarias. ¿Y ahora que estaba de pie frente a él, no podía ver su cara?

—La sabiduría es mejor que todos los tesoros de oro y plata, es la creación más grande en la tierra —continuó a pesar de que él la estaba mirando—. Busco un santuario en sabiduría, la sigo. Además, por eso estoy aquí, rey. Me han dicho que me permitirán aprovechar los vastos recursos de su conocimiento.

Estaba encantado con el misterio de su personaje y el sonido de su voz, que era como miel para su corazón. Estaba deslumbrado por su atuendo, joyas, pero sobre todo la sutileza y la humildad que fluían de sus palabras. ¡Quería ver tanto su cara! Como rey, podría pedirle a cualquier otra mujer que se abriera el velo, pero la costumbre no le permitía pedírselo a la reina.

Makeda era la reina. No una princesa o una hija noble, sino una gobernante independiente de un país rico y poderoso. Y es por eso que, aunque era una mujer, tenía los mismos derechos que cualquier otro rey que visitaba a Salomón.

—Sea mi invitada, todo el tiempo que quiera. Y durante la duración de su estadía, deje que mi hogar sea suyo. Espero que las habitaciones que he preparado a su disposición sean dignas y cumplan con sus expectativas.

Así fue. Las cámaras en el palacio que Salomón ofreció a Makeda estaban equipadas con un esplendor inusual. Además, el rey ordenó que todos los días se le suministrara fruta fresca, las rosas más hermosas de sus jardines y vestidos especialmente cosidos con los mejores materiales para ella. Además, la corte de la reina recibió diariamente cuarenta y cinco sacos de harina de la despensa de Salomón, diez bueyes, cinco toros, cincuenta ovejas, así como cabras, ciervos, vacas, gacelas, gallinas, vino, miel, langostas fritas y dulces. Además, en las cámaras de Makeda, veinticinco hombres y mujeres cantaban todos los días para hacerla sentir feliz. [35]

Durante la primera reunión, se presentaron las personas más importantes de su entorno. Y desde el primer día, hubo un hilo de simpatía y comprensión, pero también antipatía.

En la corte de Salomón había gente que se sentía amenazada por la presencia de Makeda. Este fue el caso de su esposa, la hija del Faraón, que ocupaba un lugar único en la vida y el corazón de Salomón. Ella inmediatamente vio un rival serio en la reina de Saba. Como la esposa más importante, había vivido en el palacio durante casi diez años. Sintió que el sentimiento que el rey le había dado hacía muchos años se había debilitado, pero estaba segura de que necesitaba una alianza con su padre. Estaba tranquila, por lo tanto, su posición no debía cambiar, aunque no estaba segura de ello.

Betsabé, al ver los ojos encantados de su hijo dirigidos a la belleza misteriosa, pudo imaginar perfectamente el desarrollo de los acontecimientos.

Josafat y Achishar estaban encantados con su personaje, pero como administradores de tesorería, prestaron atención, sobre todo, al tamaño y valor de los regalos que ella trajo. Se preguntaron qué querría ella a cambio, y estaban seguros de que sus peticiones no serían de las pequeñas. Esperaban poder relacionarse con el comercio y quizás con algunas garantías sobre la participación de Saba en las operaciones de la flota marítima, sobre las cuales se hablaba cada vez más en el mundo.

Elihoref notó con placer y satisfacción que en las historias sobre la reina, que escuchó en tabernas y en la feria, no había exageración. Y al ver que el rey estaba entusiasmado con la visita, pensó acertadamente que también tenía algo a su favor.

Benaía, mirando a Ashenafi, a sus soldados y sus caballos, se preguntó cómo, en comparación con Israel, era los armamentos del ejército de Saba durante la guerra y se prometió discutir estos temas en detalle con Ashenafi. El sacerdote Zadok y el profeta

Natán, al apreciar el extraordinario valor de los regalos, incluido el oro y la mejor calidad de incienso, vieron a la reina de Saba como una amenaza para la paz del espíritu de su rey. Y ambos se preocuparon. Porque su experiencia de vida les permitió, al igual que a la reina Betsabé, predecir los nuevos acontecimientos.

El profeta Natán, desde el momento en que vio salir a la Gran Sacerdotisa de la litera, aunque era hermosa y sabia, o tal vez por eso, sintió un miedo extraño e injustificado. Sentía que estaba frente a algo que podría ser conocido por él, pero que provocaba un gran abismo en su corazón, que tenía miedo de saber qué era. Sentía cómo estos temores, aunque solo había experimentado sus primeras señales, estaban fuera de control.

— ¿Quién es esta mujer que perturba la paz de mi espíritu? —pensó, pidiéndole apoyo a Dios y confiando en que no pasaría nada que no hubiera estado en la mente de Yahveh—.

***

Todos los días Makeda y Salomón, llenos de alegría, se visitaban. La reina vio sus justos juicios, esplendor y gloria. Escuchó sus palabras haciendo eco de los rastros de sabiduría que conocía de los papiros y pergaminos más antiguos. Su corazón, su mente, sus ojos y sus oídos se maravillaban de lo admirable que era el rey. Se preguntó qué había visto: su figura perfecta, razón, sabiduría y misericordia. Se sintió conmovida por la suavidad de su voz, los leves movimientos de sus labios, cuando emitía órdenes con dignidad y daba respuesta a la presencia de Dios. Vio todo esto con sus propios ojos y se sorprendió de la enormidad de su sabiduría. A sus palabras perfectas no les faltó nada. [36]

Él no podía esperar el momento en que mostrara su rostro. A pesar de su gran sabiduría, no sabía cómo podría influir en ella de forma que lo hiciera tan pronto como fuera posible. No podía pedirlo, estaba esperando y esperaba que ella lo hiciera antes de que decidiera regresar a Saba.

Le enviaba regalos todos los días. Además de los vestidos y las flores, que sus sirvientes ponían delante de ella. Así como frutas exóticas o piedras preciosas con una forma inusual. Las joyas de fantasía o insectos en cajas de vidrio, que ella nunca había visto antes, algunos diseñados especialmente para ella. E incluso papiros viejos y pergaminos de gran valor.

La Reina siempre le agradecía cortésmente, pero parecía que los regalos no tenían el menor impacto en que se quitara su velo.

No había un día en que Salomón no se preguntara qué había debajo de él. Y cuanto más lo pensaba, más fuerte era su curiosidad. Comenzó a tratar el asunto en términos de juego, o incluso una pelea que quería ganar. No consideró otro resultado.

La reina de Saba fue la primera mujer en su vida por la que tuvo que luchar. Sintió la sangre en sus venas fluyendo más rápido. Y eso le daba mucha emoción.

***

El profeta Natán, de acuerdo con las leyes mosaicas, adoraba a un solo Dios. Creía que Yahveh contenía dentro de él todos los elementos masculinos y femeninos de este mundo. Estaba seguro de que solo se podía orar a él. Condenaba la fe en los ídolos y la consideraba como una manifestación no solo de la barbarie, sino también de la inmadurez y retroactividad de la civilización. Cuando vio a la Suma Sacerdotisa de la Dama de la Luna, por un lado sintió una extraña ansiedad, por otro lado, una misión. Decidió y estaba cada vez más convencido día tras día de que el Supremo le había enviado a esta mujer para que él, el profeta Natán, la llevara al camino correcto.

—Entiendo que la gente necesita la imagen de los dioses por los que oran y es difícil para ellos vivir sin ella —dijo una vez cuando la sacerdotisa besó su anillo con el símbolo de la Madre Plata en su presencia y levantó las manos a la frente en un gesto de agradecimiento a la diosa—. Pero tú, la Gran Sacerdotisa que leyó más papiros, de todos los habitantes del reino de Saba que están acá, ¿realmente crees en la existencia de la Dama de la Luna? Preguntó dubitativamente, no con incredulidad.

Ella conocía sus intenciones antes de que él dijera esas palabras. Miró a través de él, cuando lo vio por primera vez. Una mujer, si quiere, puede saber todo sobre un hombre. Basta que escuche su corazón. Y ella, cuando lo vio por primera vez, en los escalones frente al palacio, cuando él estaba junto al trono de Salomón, supo que tendría que enfrentarlo. Incluso entonces, miró en su corazón y sintió lo que contenía. Entendió su ansiedad y supo que era resultado de la preocupación por Israel y su rey. También sabía que sería más de una vez que entrarían en una disputa, lo que era muy extraño para ella, ya que estaba convencida de que ambos estaban del mismo lado. Al mismo tiempo, sin embargo, notó que el profeta Natán no lo creía así.

—Los dioses, para algunas personas, son necesarios para que los ayuden todos los días —respondió ella con calma—. Crees en Yahveh que no tiene rostro y ni siquiera puedes intentar imaginarlo. Es un principio como cualquier otro. No muy diferente a la imagen de la diosa, o cualquier parte de ella que pueda llamarse su símbolo, el cual llevamos con nosotros. ¿No porque uno sea mejor que el otro, o sí? ¿A cuál de los dioses le molestaría?

—Hablé con Yahveh —respondió con convicción—. Él me iluminó.

—Y yo hablé con la diosa —dijo ella con la misma seriedad—. Me reveló la verdad de este mundo.

— ¡La diosa no existe!

—Es exactamente lo mismo que tu dios.

—Las personas sabias saben perfectamente bien que solo existe Yahveh, el único Dios, incognoscible, que lo es todo.

— ¿Crees que los israelíes son más inteligentes que los demás?

—Dios nos eligió. Él otorgó a nuestro rey una sabiduría extraordinaria y hace que otros reyes nos den regalos. Es Él quien tiene el poder de hacer que otras naciones se arrodillen ante nosotros. Y finalmente, tenemos el Arca, un símbolo del pacto de Dios con la gente. Mientras esté con nosotros, seremos la nación más poderosa del mundo, ¡porque estamos bajo la protección del Altísimo! —levantó la voz con convicción en cuanto a la verdad de su verdad—.

—La luna es eterna. Estuvo antes de que el mundo escuchara acerca de tu Dios y estará mucho tiempo después de que la gente lo olvide.

—Cuidado, sacerdotisa, que Yahveh te castigará por estas palabras —advirtió el profeta—. Es severo con quienes blasfeman.

—Gracias por su preocupación y advertencia, pero creo que estoy bien atendida —y para enfatizar que estaba segura de lo que está diciendo, nuevamente realizó un gesto de agradecimiento dirigido a la Dama de la Luna—.

***

El tiempo en la corte de Salomón fluyó rápidamente para Makeda. El rey, a pesar de estar ocupado supervisando la construcción del nuevo palacio y miles de otros asuntos relacionados con la administración del estado, con gusto se reunía con ella.

Todo indicaba esto, y se decía no solo en el exterior, sino en toda la ciudad, que ambos se encontraban muy complacidos con la compañía del otro.

Fiestas, bailes y juegos; expediciones a la construcción y la ciudad; largas conversaciones sobre empresas comerciales conjuntas significaban que cada día se acercaban más. Aun así, aunque pasaron muchos días desde que la reina cruzó las puertas de Jerusalén, Salomón nunca vio su rostro. A veces podía ver sus labios cuando ella levantaba un poco la tela probar los platos servidos en el banquete, pero no podía ver nada más.

Esta situación, en lugar de desanimarlo, como esperaba su esposa egipcia, encendió aún más su curiosidad. Conocía a cientos de mujeres, pero ninguna de ellas se atrevió a cubrir su rostro por mucho tiempo. Es decir, durante unos días a lo sumo cuando llegaba al palacio como regalo de uno de los reyes o príncipes, agradecidos por algo o deseando ganar su simpatía.

Nadie podía contar las mujeres que vivían en las casas de Salomón. Se decía que había cientos de ellas en el palacio y en otras propiedades en todo Israel. El mismo Salomón afirmó que fue Dios quien le ordenó asociarse con tantas de ellas para que sus descendientes pudieran cubrir el mundo en el futuro, vivir en sus diversas partes y ejercer poder sobre las tierras de las que provenían sus madres. Por lo tanto, aunque todos los hombres que estaban sujetos a la ley mosaica solo podían tener una esposa, Salomón, aparte de la hija del faraón, tenía muchas de ellas. Entre ellas se encontraban moabitas, amonitas, edomitas, sodomitas, hititas y muchas más. Todas vinieron de las naciones sobre las que Dios le había dicho a los hijos de Israel: no tengan nada que ver con ellos, ni dejen que tengan nada que ver con ustedes, porque de lo contrario arrastrarán sus corazones al lado de sus dioses. [37]

Estas palabras no aplicaban para Salomón. En cualquier caso, él era fiel. Tenía muchas mujeres, sí, pero nunca rezó a sus dioses. Les dejaría adorarlos, pero ninguna de ellas vivía en su palacio para no ofender al Dios de Israel. Incluso la hija del Faraón, a quien más amaba, antes de conocer a la reina de Saba, vivía en un palacio especialmente construido para ella.

El encargado de la corte, Achishar, era de los pocos que sabía cuántas mujeres tenía el rey, ya que él sabía los costos de su mantenimiento. Intentó asegurarse de que estos mensajes no se hicieran públicos, porque la financiación de la corte real requería grandes gastos, y cada vez más personas se quejaban de lo alto de los impuestos.

Entonces, Salomón tenía setecientas mujeres y trescientas [38] concubinas, que no solo le costaban mucho al pueblo de Israel, sino que también le rezaban a dioses extranjeros.

La reina de Saba era diferente de todas las mujeres que había conocido hasta ahora. Por encima de todo, no era una princesa, como la mayoría, sino que gobernaba un gran reino rico. Y lo hacía no solo sola, sino con el mayor éxito.

Él la admiraba. Ella era, como le dijeron, veinte años más joven que él, ¡y cuánta consistencia, moderación y sabiduría tenía! En contraste con las mujeres que conocía y mostraban su belleza y sus cuerpos, ella todavía tenía su cara y su cuerpo envueltos en un velo y chales. Además, daba la impresión de que no estaba interesada en absoluto en el aspecto físico del rey, aunque era un hombre guapo, sino solo en su mente. Todavía le gustaba, pero creía que pronto llegaría el momento en que Makeda quisiera mostrarle su rostro.

Cuando estaban juntos, a menudo, como la costumbre prevalecía en las cortes de esa época, jugaban con acertijos y juegos. Uno de sus pasatiempos favoritos era la creación de proverbios y la búsqueda de situaciones y palabras que, según él, llevaban los casos humanos individuales a la esfera de la generalidad.

El escribano del rey, Elihoref, casi siempre lo acompañaba, siempre con un pedazo de papiro o pergamino en el que perpetuaba sus pensamientos más precisos. Y casi todos ellos eran valiosos, porque Dios le dio a su favorito una mente poco común. De acuerdo con el plan de Salomón, se elaboraría un libro que podría ser un apoyo y una señal para las personas, para ayudarles a tomar decisiones y vivir de acuerdo con los preceptos de las leyes divinas.

En su compañía, Makeda floreció. Su corazón estaba feliz. Ella sintió plenitud. Rápidamente descubrió que conocerlo era una manera de que se descubriera a sí misma.

Todos los días, gracias a él, descubrió nuevos caminos y nuevas áreas de la vida. Estaba encantada por la ligereza de su mente, su ingenio y la franqueza de Salomón, acompañada por una paz mental brillante y no forzada. Nunca se apresuraba, hablaba con voz serena y segura, era cortés y trataba a todos los que lo rodeaban con gran respeto. Quería ser como él. Los tiempos juntos le daba no solo placer espiritual. Cada día, con cada sonrisa y mirada, disfrutaba cada vez más físicamente de la alegría de estar con él. Cada mañana, justo después de haber soñado con él, tenía que ir a su encuentro. Por la tarde y por la noche se maquinaba las preguntas que le gustaría hacerle. Mientras más se conocieron más se interesaban en el otro.

— ¿Qué mal hay dentro de ti? —le preguntó ella un día.

—Los ojos del Señor, a los que no se les escapa nada, ven el bien y el mal. Estas palabras contienen su propia definición, lo que significa que se nos da en el momento en que venimos al mundo. Siempre sabemos lo que es bueno y lo que es malo, ¿no es así? [39]

—Sé que estar contigo es bueno para mí. Lo supe en el momento en que vine al mundo —ella se rió—.

Salomón no respondió ante esas palabras, pero las recordó.

—Si tuvieras que elegir lo que es más importante para un hombre: ojos u oídos, ¿qué elegirías?

—El Señor nos ha dado ojos que ven y oídos que oyen. Pero el nivel de sordera y ceguera depende principalmente del ser humano. Es por eso que tenemos ojos para mirar el mundo y oídos para escuchar sus sonidos. El Señor nos dio los sentidos para usarlos.

Después de tales palabras, Makeda se preguntó si él podía ver completamente su cuerpo. « ¿Ve completamente el mundo y puede escuchar su música? »

— ¿Y cuál es, rey, el órgano más poderoso del cuerpo humano, según usted?

Él no respondió de inmediato.

Ella no le hizo saber que notó su mirada frívola.

Elihoref, quien escribió cuidadosamente las respuestas anteriores, sonrió por lo bajo, esperando lo que el rey diría.

—La muerte y la vida están en el poder del lengua —respondió con una expresión seria—. Sí, definitivamente la lengua es el órgano más poderoso.

Makeda se estremeció. Pensó que si uno podía amar la sabiduría, indudablemente amaba a Salomón. Sus palabras fluyeron sobre su corazón como un bálsamo y le acariciaron la mente. Él se deslizaba por las tierras en las que los dioses lo sabían todo. Ella sintió felicidad. Nunca antes nadie, ni siquiera el sacerdote Almaqah, ni siquiera la Suma Sacerdotisa, a quien consideraba como las personas más sabias que conocía, la hacía sentirse tan satisfecha y feliz. En presencia de Salomón, tuvo la impresión de que su espíritu escapaba de su cuerpo y la elevaba con la alegría de las experiencias vividas.

—Dígame, rey, ¿qué sabe de cómo están conectados el cuerpo y el espíritu? ¿Qué dice Yahveh sobre esto?

Salomón no dudó.

—La condición del espíritu tiene su fuente en el cuerpo, y la nobleza del cuerpo resulta del espíritu —dijo—.

— ¿Entonces el cuerpo y el espíritu están conectados?

—Por supuesto.

—Seshep, quien me crió, me dijo cada mañana que un espíritu sano vive en un cuerpo sano.

— ¿Cada mañana?

—Antes de ser reina, me despertaba casi todos los días al amanecer. Cada día comenzaba con un esfuerzo intenso para que el cuerpo estuviera listo para superar los desafíos que el espíritu iba a enfrentar.

—Me agrada Seshep.

—A ella también agradas, rey.

Él sonrió ante esta confesión. Y pensó que aprovecharía la oportunidad para acelerar, aunque sea un poco, el momento en que Makeda le mostrara su rostro.

—Tengo curiosidad por saber qué aconsejaría la hemet a una reina desconocida, si un rey le pidiera un pago extraordinariamente generoso por lo que le ha ofrecido —se rió misteriosamente—.

—Me resulta difícil responder por ella, pero creo que estaría muy sorprendida por tal demanda, y en segundo lugar se preguntaría qué truco perverso hay detrás de la petición del rey. —Makeda estaba segura de que lo que él dijo era una prueba ingeniosa para su intelecto—.

—Seshep es inteligente, ¿verdad?

—Umju… y experimentada.

—Entonces, por favor, hazme un favor y pregúntale qué pensaría de un rey desconocido al que le gustaría que la reina le trajera tres acertijos difíciles y tres pruebas y se las presentara para su resolución.

— ¿Qué pasa si todas las respuestas son correctas? ¿Qué recompensa espera este rey desconocido de una reina desconocida para nosotros?

—Si todas las respuestas y soluciones resultaran ser correctas, y puede que no lo sean, porque las preguntas serán difíciles, este rey desconocido le pedirá a la reina que remueva su velo y le muestre la cara.

Makeda sonrió bajo el velo.

—Entonces, ¿la reina de la que estás hablando no le muestra su rostro al rey?

—El rey lamenta mucho eso.

— ¿Tal vez ella tiene una razón? ¿Tal vez su cara no es hermosa? ¿Tal vez ella haya sido desfigurada por una enfermedad, o tiene cicatrices de heridas infligidas en la batalla? ¿Quizás la mirada de sus ojos no refleja la profundidad de su alma? ¿Tal vez tenga miedo, de que a él no le agrade mucho, y decepcione al rey? ¿O tal vez espera que este rey la ame no por la belleza de su rostro, sino por la belleza de su espíritu? ¿Quizás no es como dijiste hace un momento que un espíritu hermoso siempre está vestido con un cuerpo hermoso?

—Tus palabras son sabias, las tomaré en cuenta. Gracias por eso. Te estoy diciendo que el rey se pregunta cuáles son las razones para que la reina no le revele su rostro durante tanto tiempo. Sobre todo porque uno de los exploradores que la vio, sabe que es perfecta y extremadamente hermosa.

Salomón se calló y miró a Achishar que entraba en la habitación. Su aparición significaba que el rey debía ir a sus deberes diarios.

—Reina, tengo que dejarte. Estaré agradecido si le preguntas a Hemet Seshep qué pensaría ella de la propuesta del rey desconocido del que hablamos.

Seshep se divirtió con sus palabras.

—Tenías razón al decirle que me agradaba —concluyó—.

Ella sentía simpatía por él. No solo porque era como siempre lo había imaginado, parecía que gracias a la Dama de la Luna, inesperadamente para él, lo abrumaba sus sentimientos. Además, parecía serio. En cada mirada y gesto, en cada regalo enviado cada mañana, en las acciones que emprendió para estar cerca de ella, hubo señales de que algo sucedía; que para los hombres como él suceden con poca frecuencia.

Allí está el que era considerado la más sabia de todas las personas: Conocía de escritos antiguos, entendía historia, astrología, geometría, matemáticas y otras ciencias; tocaba instrumentos, componía canciones, poseía conocimiento de artesanos; se reunía y hablaba con reyes de otros países en sus propios idiomas; entendía el lenguaje y el comportamiento de los animales. Y esta persona que obtuvo todos estos talentos y habilidades directamente de Dios, recibió el mayor regalo que un hombre puede recibir: el amor.

Makeda era para Salomón como la luz del cielo, lo aturdió, se apoderó de su cuerpo y de su mente, y decidió quedarse.

Desde el principio, Seshep observó de cerca lo que le estaba pasando al rey. Cuando descubrió que los eventos registrados en las estrellas se habían hecho realidad, dejó escapar un suspiro de alivio. Quería que las visiones de la infancia de Makeda se hicieran realidad, que la amara con todo su corazón y, lo más importante, que sus sentimientos fueran mutuos.

Ella vio que el plan divino se estaba realizando. Y cuando lo pensó, se convenció cada vez más de que no solo era la Dama de la Luna, sino también el Dios de Israel quien los favorecía.

***

Después de unos días Makeda tenía acertijos preparados.

—Una vivienda con diez puertas. Cuando una está abierta, nueve están cerradas, y cuando nueve están abiertas, ¿una está cerrada? Ella le preguntó cuándo se encontraron.

Salomón respondió la pregunta al día siguiente.

—La vivienda es el vientre, y las diez puertas son diez agujeros en el cuerpo humano: ojos, oídos, nariz, boca, agujeros para excreciones y orina, y el ombligo. Cuando el bebé está en el útero, el ombligo está abierto, pero otras aberturas están cerradas. Sin embargo, cuando el bebé nace, el ombligo se cierra y las otras aberturas se abren.

Fue una buena respuesta, por supuesto.

—Primer punto a mi favor, ¿verdad? —Salomón pregunto, complacido—.

Ella asintió.

—Y dime, ¿qué es lo más seguro y qué es lo más incierto en el mundo?

— ¿Esa es la segunda pregunta? ¿Así lo haremos, sin llevar la cuenta? —le preguntó sumisamente—.

—Si respondes correctamente, anotaré un segundo punto. ¿Entonces?

—Lo más seguro es la muerte, y lo más incierto en el mundo es la influencia en el futuro —respondió sin dudarlo—. Aunque también escuché de los burlones —aquí miró en dirección a Elihoref— que lo más cierto en el mundo es, como dije, es la muerte, pero agregan que ¡igual de inevitable son los impuestos!

—Creo —se rió, y sabiendo que los impuestos en Israel, después de los egipcios, se consideraban los más altos del mundo, agrego para animarlo— que hasta ahora estaba segura de que los habitantes de Saba eran los que más se quejaban de ellos.

Al día siguiente, Makeda le pidió al rey una reunión en el jardín. Fue con sus seis sirvientes altos. Llevaban un gran tronco.

—Es un tronco de cedro —dijo ella mientras lo ponían a los pies del rey—. Como puedes ver, no tiene hojas ni raíces. Está desnudo. Dime, Salomón, ¿De qué lado salían las raíces y de qué lado las ramas?

Él conocía la madera. La usaba mucho para construir el templo. Sabía por los maestros de la construcción y la carpintería que cuando se construye, debe recordarse que toda la madera utilizada debe estar siempre dispuesta de modo que la parte en donde se encontraban las raíces estuviera en la parte inferior, porque la estructura y la cohesión de la madera en su base eran diferentes a la de la corona. Era una regla de gran importancia en la construcción de edificios. Así que no tuvo problema con la respuesta. Les dijo a los sirvientes que llevaran el tronco al agua, y se llevaron a Makeda también allí.

—La parte que se hunde en el agua es más pesada porque estaba más cerca del suelo. Quiero decir, donde estaba la raíz. La parte que flota en el agua es el lado de las hojas. Es más ligera porque estaba más cerca del cielo.

La reina estaba llena de admiración por su conocimiento y sabiduría. Sin embargo, a la velocidad con la que él respondió esta pregunta, ella entendió que era demasiado fácil para él. Decidió que las próximas tareas serían más difíciles.

—Parece que pronto podrás levantar tu velo, Makeda —dijo mientras se separaban. Di las respuestas correctas a tres preguntas—.

—Sí. Tres pruebas más te están esperando. Veremos cómo van las cosas —se rió—. Vuelve a mi recamara mañana.

—Suena prometedor —bromeó, sabiendo muy bien que sus palabras no eran una invitación de ese tipo, sino que significaban otra tarea para él—.

Estaba feliz por ello. Le gustaba el juego que ambos jugaban. Se sintió un poco como en su infancia cuando sus maestros le daban acertijos y lo elogiaban por las respuestas correctas. Ahora estaba feliz por los desafíos que enfrentaba y sintió una emoción placentera al pensar en el premio que le estaba esperando.

—Las chicas son diferentes a los chicos, ¿sí o no? —Le preguntó al día siguiente en la mañana—.

—Sí —respondió sin dudarlo—. ¿Esa es tu pregunta para hoy?

—No me atrevería a ofender su inteligencia, rey —apreciaba su broma—. Como el hombre más inteligente del mundo, mereces algo un poco más sublime.

—Gracias —inclinó la cabeza—.

—Si niños y niñas se vistieran y peinaran de la misma manera, ¿cómo reconocerías quiénes son niñas y cuáles niños? —le preguntó y lo llevó a la cámara, en la que estaban diez infantes—.

Todos se veían igual, tenían vestidos de lino idénticos a la rodilla, con mangas largas y sueltas, con una cuerda atada en la cintura. Su cabello oscuro fue cortado por el mismo barbero. Los sirvientes se aseguraron de que todos tuvieran las uñas limpias y que no tuvieran rasguños o moretones en la piel, sugiriendo, por ejemplo, que el niño participó en una pelea que dejó huellas. Estaban todos en una edad en que el sexo era difícil de adivinar.

—Rey, ¿quiénes son niñas?

—¡Vamos a cargarlos! El se rió. Las soluciones más simples son las mejores. ¿Por qué complicarnos la vida?

Ella apreciaba la broma, sabiendo que él no haría lo que estaba diciendo ya que conocía las reglas del juego que él mismo propuso. A ella le gustaba la ligereza con que él le hablaba, la calidez de sus palabras, la amabilidad y su alegre sentido del humor.

—Que los sirvientes traigan diez tazones de agua aquí, diez aceites de lavado y diez paños para limpiarse las manos —dijo—. Antes de comenzar el experimento, quiero que todos los infantes se laven las manos.

—Después de un momento, según sus deseos, se colocaron cuencos de agua frente a cada uno de los infantes.

¡Lávense las manos! —les animó—.

Los pequeños se arrodillaron o se agacharon e hicieron lo que él pidió.

—Ya no necesitaré el experimento. Aquí están las niñas —Salomón señaló a cinco—.

— ¿Cómo lo has adivinado? —Ella no creyó lo que vio.

—Es simple —dijo—, los miré con atención. Las chicas se recogieron las mangas antes de lavarse las manos. Todas. ¡Ninguno de los chicos lo hizo!

—Es cierto…

—Todos nacemos entre personas. Los cuerpos nos son dados. Muy a menudo, venimos al mundo como mujeres u hombres, aunque, como sabemos, rara vez, Dios también permite otras soluciones. El sexo que se nos da en el momento del nacimiento determina en gran medida nuestra vida. Y los niños y niñas se ajustan rápidamente a la tradición. Porque el hecho de que las niñas se hayan arremangado no les fue dado por Dios. Ellas no vinieron a este mundo sabiendo eso. Lo aprendieron de sus madres y cuidadores. Cada uno de nosotros está entrenado para funcionar adecuadamente en el mundo al que venimos. Las reglas y leyes son buenas y necesarias. Nos facilitan la vida. A la gente le gusta un mundo ordenado, porque cuando siguen las reglas, saben que sus vidas están en armonía con Dios y sus derechos. Es más fácil.

— ¿A los chicos no se les ha enseñado a remangarse?

—Tal vez se les enseñó. Pero, probablemente sus madres no forzaron esta habilidad tanto como en el caso de las niñas. En nuestra cultura, se ha asumido que una mujer se preocupa más por tales cosas. Un hombre no tiene que hacerlo.

— ¡No es justo!

—La vida no siempre es justa. Aceptémoslo como es, será más fácil para nosotros.

Makeda se preguntó si los enigmas que le estaba presentando a Salomón eran más un desafío para ella que él. Porque sucedió que después de cada respuesta que él le daba, pensaba en ella durante mucho tiempo, y cada vez se hacía más y más consciente de las valiosas lecciones que él le daba. Su admiración y amor por él crecían con cada día que pasaba.

Ella comenzó a perderse en sus sentimientos. La envolvió más y más, absorbida suavemente, y paso a paso hizo que su alma girara. Llegó el momento en que no sabía si amaba su imagen o su propia imagen de él. Si la realidad que estaba experimentando era el cumplimiento de sus sueños, o simplemente una fantasía.

—Dale la esmeralda —La Gran Sacerdotisa le dio a Makeda una piedra de tamaño considerable—. Mire, hay un agujero en ella, ¿ve? —se aseguró de que viera y agregó—. Sin embargo, es lo suficientemente retorcido e irregular como para que ninguna de las agujas pase a través. Es casi imposible pasar hilo a través del mismo. Dale la piedra, pidiéndole que atraviese el hilo a través de este agujero. Veremos cómo maneja esta tarea.

— ¿Es posible en absoluto?

—Por supuesto. No hay problema en la tierra que no pueda ser resuelto.

Resultó que la Sacerdotisa tenía razón. Salomón hizo frente a esta tarea. Envió a un gusano de seda [40] que se arrastró a través del agujero dejando un hilo de seda detrás de él.

—Puedes encontrar un camino para todo —él concluyó—. Si estamos buscando soluciones es bueno apoyarnos en lo que existe en la naturaleza. Si observamos cuidadosamente el mundo animal, podemos encontrar muchas soluciones que serán útiles en nuestra vida diaria.

Mientras hablaba, observó las reacciones de Makeda. Incluso a través del velo y los chales que la cubrían, podía ver que estaba cada vez más encantada con él.

Habían pasado varios días desde que había dejado pasar al gusano de seda a través del agujero retorcido; no había recibido una señal de la reina y estaba listo para la última tarea. Cuando ella finalmente lo invitó, él estaba muy contento.

Ella puso dos hermosas flores delante de él. No diferían en nada. Eran un reflejo de la otra. Pero solo una de ellas era real. La segunda, hecho con la seda más delicada traída de las tierras de ultramar, era idénticamente hermosa, pero artificial.

—Puedes mirar y oler a voluntad, pero no tocarlas —le pidió ella—. Me gustaría que adivinaras cuál es real.

Salomón se inclinó sobre las flores para verlas de cerca y descubrió que ambas eran igualmente hermosas.

—Uno de ellas es la obra de Dios y la otra es obra de un hombre. Ambas son una expresión de artesanía extraordinaria. El arte, el más grande, es siempre un intento de imitar el plan divino, de representar algo que existe en el espacio divino. Así es con esta flor. ¿Cuál de ellas es obra del hombre?

—Reina deme un momento…

Asintió al sirviente y le susurró algo al oído.

—Intentaré responder a tu pregunta con ayuda divina, mientras tanto, bebamos nuestro mejor vino —le alentó—.

En la bandeja de oro, el sirviente entregó dos copas llenas de líquido del color del sol.

Se encontraban en la terraza de la cámara que el rey le asignó a Makeda el día de su llegada a Jerusalén. La ciudad se extendía ante ellos. Había pasado mucho tiempo desde el mediodía, pero los rayos del sol seguían calentando con fuerza, inundando la habitación con un fuerte brillo.

—Bebamos por las obras divinas que embellecen el mundo —levantó la copa—.

—Bebamos por las obras humanas que surgen a través de la inspiración divina —dijo Makeda—.

—Por las mujeres que Dios le dio al mundo.

—Y por los hombres, con sensibilidad a la belleza, y que pueden tocar la luna…

A Salomón le gustaba el ingenio de Makeda. Incluso le gustaba su creencia en la diosa de la luna. Sintió que Yahveh permitiría este asunto, o al menos así lo esperaba.

—Cuando llegue el momento, hablaremos de tu diosa.

—Ella te conoce, rey —dijo Makeda con confianza—. Porque lleva mucho tiempo observándote.

—Me pregunto qué piensa Yahveh al respecto. —dijo en voz tan baja que ni Elihoref ni Seshep, que estaban ocupados hablando, ni   ninguno de los sirvientes que lo acompañaban, lo escucharon—.

—Sé que es buena para nosotros, pero cuál es su opinión sobre tu diosa, solo puedo suponerlo. Por lo que le conozco, a él no le impresiona su presencia.

—Todo el mundo ama la Luna —aseguró—. Es el elemento cósmico del mundo eterno, la parte femenina de lo divino…

— ¿Quieres decir que es parte de Dios? ¿Qué la contiene?

—Se puede decir de esa manera.

Su silenciosa conversación fue interrumpida por la entrada del sirviente. Detrás de él había un jardinero con una jarra pequeña, bien cerrada. Sostenía su mano sobre ella, como para asegurarse de que, sin su permiso, nada saliera de ella.

—Vengan a ver estas hermosas flores —le dijo Salomón al jardinero, señalando la mesa en el fondo de la habitación donde estaban puestas—. Mis amigos me ayudarán a resolver el misterio que la Reina de Saba me ha propuesto.

El jardinero hizo una reverencia y, de pie junto a las flores, levantó la tapa. Hubo un zumbido.

—Ayúdenme, mensajeros de Dios —pidió Salomón en voz alta—.

Abejas confundidas invadieron la cámara por un momento, guiadas por el olor, se dirigieron hacia las flores. Uno de ellas estaba zumbando.

— ¿Qué crees Makeda, la han elegido? ¿Lo lograron? ¿Ayudaron al rey a resolver el misterio?

—Dicen que conoces la lengua de los animales.

—Cuando usas las palabras correctas, puedes contar con el cumplimiento de la solicitud —respondió de manera contradictoria—. Volaron a una flor real, porque el aroma artificial, incluso el más hermoso, nunca es tan bueno como el natural.

Makeda tomó su mano y lo llevó cerca de las abejas. Se detuvieron a una distancia segura.

—He oído mucho sobre tu sabiduría. Ahora que te conozco, veo que supera tu fama. [41]

Elihoref, quien escuchó sus palabras, registró cuidadosamente lo que ella dijo.

—Bendito seas mi Señor y bendita tu sabiduría. Me gustaría ser una de tus sirvientes, para poder lavarte los pies, absorber tu sabiduría, entender tu razón, servir a su majestad y disfrutar de tu cercanía.

De igual forma escribió con precisión las palabras de Salomón:

—También exudas sabiduría y tolerancia. Los poseo, porque Dios me los dio después de mis oraciones y súplicas. Aunque no conoces a mi Dios, tienes sabiduría en tu corazón, eso te trajo a mí. Predico toda sabiduría conforme a su voluntad. Incluso lo que digo ahora fluye de mis labios gracias a él. Lo que sea que me diga que haga, lo hago. Dondequiera que me ordene que vaya, yo iré. Lo que sea que me diga que aprenda, lo aprendo. Gracias al hecho de que Él me dio sabiduría, entendí cómo me convertí en carne de las cenizas y el agua, cómo él nos creó a su propia semejanza. También el hecho de que estés aquí es su mérito. Te trajo a mí. Por lo cual le estoy agradecido.

Makeda ya no tenía la mano del rey. Sus palabras llegaron a los rincones más profundos de su alma y conmovieron sus áreas más sensibles.

—Reina, ¿las lágrimas fluyen de tus ojos? —se dio cuenta de que los movimientos de sus brazos y pecho revelaban emociones fuertes—. ¿Puedo limpiarlas?

Dio un paso atrás y suspiró.

—Adivinaste mis acertijos y resolviste las tareas, por nuestro acuerdo, aunque la reina virgen no debe mostrar su rostro a los seguidores de dioses extranjeros, es hora de que me veas.

Al decir esto, tomó el borde del velo y lo movió lentamente hacia su cabello.

Salomón contuvo el aliento. Esperó mucho tiempo por este momento.

Él había escuchado mucho acerca de la belleza de la reina de Saba. Primero, del encantado Tamrin, luego de Elihoref que le contó las historias que circulaban por la ciudad, y luego del explorador. Su voz, postura, gestos y, sobre todo, mente brillante, actuaron sobre su imaginación con tal poder que no había noche que no pudiera imaginar su rostro. Lo que vio superó sus expectativas.

—Si existiera la Dama de la Luna, se vería igual a ti —se contuvo—. En tus ojos puedes ver la sabiduría de los antepasados, tus rasgos reflejan bondad y nobleza, y tus labios revelan la pasión de tu corazón. ¡Te recibo en mi vida, Makeda, gran Kandake, Reina de Saba, la mujer más grande del mundo!

***

—Reina, nos las arreglamos para lograr todo lo que queríamos. Gracias a la prudencia de su mente —la Suma Sacerdotisa inclinó respetuosamente la cabeza ante la reina—. Salomón le prometió todo lo que pidió. Nuestras rutas comerciales están seguras, tendremos participaciones en la flota del Mar Rojo, e incluso en expediciones a las tierras más lejanas más allá de los mares. Nuestra misión fue exitosa.

En el cuarto de Makeda, aparte de la Gran Sacerdotisa y Seshep, también estaban Tamrin y Ashenafi. Ellos celebraron la victoria. Un día antes, Salomón accedió a cumplir con casi todas las solicitudes de la reina. Los detalles de los contratos fueron, durante muchos días, discutidos por Josafat y Tamrin. Las dudas y las cuestiones discutibles se referían principalmente a la participación porcentual en los gastos en la construcción y operación de la flota y la posterior distribución de las ganancias. Todos querían que los gastos incurridos de su lado fueran lo más pequeños posible y las ganancias lo más altas posible. Se las arreglaron para llegar a un punto medio. Todos quedaron satisfechos con los acuerdos que hicieron.

—No solo nos abriremos a nuevas rutas comerciales a través del mar, sino que las antiguas que atraviesan Saba ya no están amenazadas —Tamrin también estaba satisfecho con los acuerdos alcanzados—. Podemos sentirnos seguros. Si Salomón cumple lo que ha prometido, y es famoso por mantener sus promesas, podemos volver a casa y, como decían los antiguos, vivir felices para siempre.

De hecho, el rey de Israel había permitido a la reina de Saba participar en la flota comercial creada en el Mar Rojo. El acuerdo se basó en el hecho de que debido a las pérdidas obvias de Saba, que habrían surgido en el momento en que la flota de Hiram y Salomón se hicieron cargo, por lo que la reina tuvo la oportunidad de financiar un tercio de los costos de su construcción y operación, también podía tener las mismas ganancias. Ella, a su vez, acordó pagar una quinta parte de las ganancias que recibía de las caravanas de su país que iban y venían de la India. Además, se iba a expandir una ruta comercial que iba desde la parte sur del Mar Rojo hasta las orillas del Mar Negro, rara vez se usaba hasta ese momento. Allí se construirían nuevos oasis, cuyas ganancias atraerían a Saba e Israel en proporción al número de nuevos oasis en cada área controlada por ellos.

—Tenemos todo por lo que vinimos —asintió Ashenafi—. Hemos estado trabajando en esta daga. Los regalos que trajimos hicieron su trabajo, pero creo que todos admitiremos que sin lo que hizo Makeda, los contratos no habrían sido tan beneficiosos. Hablé con el general Benaía, a menudo nos encontramos. Los dos somos simples soldados, encontramos un lenguaje común. Benaía dijo, y sus palabras son como el hierro, no como los escritos de Elihoref, que Salomón dio su corazón y perdió la cabeza por nuestra reina. Y es por eso que nuestros contratos son tan beneficiosos.

—Salomón no ha perdido la cabeza, se lo aseguro, general —Makeda se rió, para quien las palabras de Ashenafi, aunque no eran la verdad absoluta, alimentaban su vanidad—. Él tiene exactamente lo que tenía antes de venir aquí. No quiero ofender a nadie, pero él nos podría dar generosamente a todos y todavía tendría suficiente para gobernar el estado.

—No pretendía ofender a nadie —argumentó Ashenafi—. Quise decir que si no fuera por el encanto femenino de su majestad, probablemente hubiéramos regresado a Saba sin nada. Sin usted, señora, lo repetiré, porque sé lo que estoy diciendo, nuestra victoria sería mucho menor.

Makeda asintió. Sin embargo, fue imposible deducir de este gesto si estaba de acuerdo con las palabras del general o si simplemente consideraba que esa parte de la reunión estaba llegando a su fin. Al mismo tiempo, tal como lo hizo una vez su padre, resumiendo las cosas, ella se golpeó el muslo.

—Si todos estamos contentos, y parece que sí, podemos regresar en los próximos días —dijo ella—.

Tamrin y Ashenafi estaban claramente complacidos, mientras que la Gran Sacerdotisa y Seshep conservaban su rostro de piedra. Como si ambas supieran que no era hora de regresar, porque la voluntad de los dioses aún no se había cumplido por completo.

Makeda estaba satisfecha. Recibió más de lo que esperaba. Sin embargo, al pensar en volver a casa, sintió tristeza. Como si algo la inhibiera y le dijera « ¡quédate! », como si debiera hacer otra cosa, que estaba escrita y era inevitable.

« ¿Tal vez todavía no me haya saturado del ambiente de esta ciudad? » Se preguntó a sí misma, tratando de encontrar la fuente de la ansiedad. « ¿Quizás aún no es hora de volver? ¿Tal vez necesito quedarme más tiempo en el aura de su sabiduría? ¿Ver la forma en que está gobernando? Más específicamente, ¿cómo funciona el estado? ¿Escuchar las palabras de su dios? Pero me molesta que consiguiéramos lo que vinimos a buscar, ¡y no hay nada que me detenga! Me sorprendió con su propia sabiduría, me gustaría poder estar cerca de él, pero después de todo soy una reina, tengo deberes, ¡Saba está esperando! »

—Dile a nuestro anfitrión que la reina ha decidido regresar —ella decidió—.

Ese mismo día, Tamrin le dio sus palabras a Josafat.

Y por la noche, ante Makeda, un mensajero, con una carta sellada por Salomón, se inclinó. [42]

«Reina, si has venido a mí, ¿por qué te vas sin mirar primero a mi reino? No has visto suficiente de lo que puedo ofrecerte. Si te vas tan rápido, no adquirirás la sabiduría que está destinada para tu mente. Ven conmigo. Al menos dame una noche entera. Por favor, se mi invitada. Ven a mi terraza mañana, una gran fiesta te estará esperando. Prometo cumplir con todos tus pedidos y responder a

todas sus preguntas, sin importar de qué se trate. ¿Amas la
sabiduría? Ella vivirá en ti hasta el final de tus días, para siempre.

***

La Gran Sacerdotisa y el profeta de Natán no se habían
mostrado comprensivos el uno con el otro desde el principio.
Desde el primer día, ambos miraron con tensión todo lo que
estaba sucediendo entre Makeda y Salomón. La sacerdotisa estaba
atenta, pero como solía hacer, manejaría con calma lo que había
visto y sabía de antemano.

Ella sabía algo que el profeta probablemente no podría saber.
Aunque, quizás, él era perfectamente consciente de cómo se veía
el futuro para todos. Si ese era el caso, ¿tenía miedo? ¿Sabía algo
que tenía que venir y por qué quería evitarlo con todas sus
fuerzas?

Vi lo que planeaba la Dama de la Luna para Makeda. Sin
embargo, me di cuenta de que mi diosa me muestra sólo lo que le
pido y nada más. Estoy principalmente interesada en el destino
de mi señora cuando abro la cortina del tiempo, veo a Makeda, es
obvio. Así que el profeta Natán, de quien se decía que hablaba
con Dios una y otra vez, puede haber visto el futuro desde un
ángulo diferente. Probablemente, le preguntó a su Dios del
futuro de Salomón e Israel. ¿Tal vez él tenía una buena razón
para estar nervioso?

***

No había músicos en la tienda, pero se oían claramente.
Fueron colocados en una esquina de la terraza. También había un
lugar especialmente diseñado para preparar los platos.

El chef principal, Enri Her, a petición del rey, debía preparar platos especiales para esta noche. Salomón le dio libre albedrío en cuanto a los platos y la forma de preparación, porque sabía que podía confiar plenamente en sus habilidades. Solo puso una condición.

—Prepara lo que quieras, pero deleita a mi invitada —dijo—. Que todo sea delicioso y maravilloso en todos los aspectos. Sin embargo, me gustaría que condimentaras tus platos para que no pierdan sabor e intensidad, y que más tarde, después de la cena, la reina sienta un deseo irresistible. Quiero que quiera satisfacer ese deseo con todas sus fuerzas.

Enri Her se sorprendió con estas palabras. Sabía bien que Salomón era conocido porque ninguna mujer se podía resistir a él. Por lo tanto, ¿Por qué necesitaría afrodisíacos para que ella no resista la sed por él? Al final, el rey es solo un ser humano, lo que significaba que no tenía que ser como todos pensaban, y que no todas tenían que desear conectarse con él.

—Señor, se hará como ordena. Prepararé platos que afectan tanto a las mujeres que, después de comerlos, ninguna podría resistirse a ser suya.

—No, no me refiero a eso. —Salomón se dio cuenta de que el cocinero había entendido mal sus palabras de deseo y satisfacción—. ¡Que ella desee beber! ¡Beber! ¿Entiendes? Que los platos estén tan salados o tan picantes, ¡que no pueda resistir la necesidad de beber agua!; pero que surtan efecto un tiempo después de comerlos, no inmediatamente, sino un poco más tarde.

Enri Her miró sus sandalias, la punta de sus dedos que se movían rápidamente, igual que él, divertido por la situación. Restringía la expresión de sus sentimientos y opiniones. Pocas personas sabían que expresaba sus emociones moviendo los dedos de los pies.

Salomón se dio cuenta.

—Veo que tus dedos se divierten —sonrió—. Tienes razón sobre los afrodisíacos. No creo que lo necesite, porque la reina

Makeda es un personaje duro, por lo que ciertamente no hará nada que ella no quiera.

***

El cocinero tuvo un día para preparar un festín que él quería pensar que cambiaría el destino, si no de todo el mundo, al menos parte de el.

Sabía que el trabajo debía comenzar de inmediato. Los platos debían prepararse lo antes posible, solo para terminarlos al día siguiente antes de servirlos en la mesa.

Cerca de la tienda de campaña donde el rey y su visitante debían festejar, ordenó erigir un horno piedra necesario para esa noche. Cuando eligió el lugar y llevó al mejor artesano real al sitio de construcción, se concentró en trabajar en la cocina.

La tarea de hacer un plato picante y sabroso parecía bastante simple. Por otro lado, recordó que debía entregárselo a una mujer, y no a cualquiera, sino a la reina. Tuvo que preparar los platos con un delicado sabor. Sabía que en su tierra natal, Makeda comía picante, pero no salado. ¡Y se suponía que él debía despertar la sed de la reina!

Cuanto más lo pensaba, más estaba convencido de que debía usar garum.

Lo conoció gracias a los contactos con los griegos. Sabía que esta especia líquida no era aceptada por el pueblo de Israel. Como la mayoría de los platos de sangre y el tratamiento térmico, no eran aceptados por los seguidores de Yahveh, en particular por los sacerdotes. Él entendía eso. Sabía que se deberían seguir los principios de Dios, pero la curiosidad lo empujó a los experimentos.

Por supuesto, si él mismo preparaba el garum, el asunto se expondría rápidamente. La fermentación de las entrañas de los peces al sol causaría tal hedor que toda la ciudad sin duda tendría curiosidad, y por lo tanto harían preguntas incómodas. No obstante, gracias a los contactos con los griegos, compraba pequeñas ollas de barro de vez en cuando. Eligió usar aquellas con sangre y entrañas de atún. Decidió que eran las mejores para la ocasión. Anteriormente, las usaba cuando cocinaba carne para comidas especiales para Salomón, cuando este tenía invitados más importantes en privado. Cuando los invitados le preguntaban: ¿cómo se preparó? ¿Qué son estas especias? Enri Her solo sonreía y decía que él mismo recogía las hierbas, pero no decía dónde ni cómo, porque entonces todos comenzarían a imitarlo, y perdería su trabajo después de un tiempo.

Trabajó solo esa noche. Envió afuera a los cocineros e incluso al niño encargado del fuego. No quería que nadie supiera del garum. Además, cuando estaba solo, era más fácil para él concentrarse. Y preparar platos para el rey requería la mayor forma de concentración. Nada podía distraerlo.

Para el plato básico, eligió la pechuga de codorniz y los filetes de la pata de un buey joven. Pechuga de codorniz cruda cortada en trozos pequeños, mezclada con cebolla finamente picada, ajo y pimienta, marinada en aceite de oliva, jugo de granada y unas gotas de garum. Luego tomó dos rebanadas de fibras de carne cortadas de la pata de un buey joven, alimentado solo por la madre. Utilizo un agitador de madera de tamarindo para romper la estructura de la carne, dándole vueltas de vez en cuando. Cuando la carne estaba casi transparente, la roció con aceite y garum, y la dejó a un lado.

Añadió leña a la hoguera. Empapó las hierbas secas y las hierbas que colgaban en su cocina en todas las paredes. En una hoguera caliente yacía un disco de cobre. Puso hierbas sobre en él, y cuando empezó a soltar humo, colocó una bandeja de carne marinada encima y la cubrió con una jarra de barro. Después de unos minutos, retiró el recipiente y luego puso las piezas de codorniz ahumadas en otro recipiente. Limpió el desorden que había hecho, y luego colocó una gran parte de las codornices rellenas en los bistecs de buey, esparció nuevamente el garum, lo espolvoreó con pimienta y hábilmente envolvió todo en un rollo. Insertó un alfiler de madera en el rollo, haciendo imposible que se desarmara. Hizo lo mismo con la otra pieza del buey. Calentó la placa de cobre en la hoguera, la roció con grasa de ganso y esperó a que saliera el primer humo ligero. Después de un momento, giró los rollos, una y otra vez, friendo a cada lado. Más tarde los colocó en una olla de barro. Sirvió un poco de vino de higo en un plato de cobre, se evaporó, los revolvió y raspó las sobras de la mezcla de tamarindo. Luego lo vertió en un plato con los rollos, sirvió suficiente caldo de verduras, que él mismo había preparado para cubrir ambos rollos y nuevamente le añadió garum y pimienta. Colgó el recipiente sobre la hoguera y cocinó el plato a fuego lento.

Mientras tanto, sacó el recipiente de la hoguera en el que cocinaba el ñame. Vertió agua y un poco de verdura hervida triturada, lanzó una yema de huevo de ganso, unas gotas de garum, una pizca de cúrcuma y un puñado de harina de espelta. Tomó una masa lisa con las manos. Luego formó unas bolas del tamaño de un dátil y las arrojó al agua hirviendo en una olla sobre la hoguera. Cuando salieron a la superficie esperó un momento y las sacó con una cuchara con ramas trenzadas. Preparó estas bolas con aceite y las envolvió en una hoja.

Así fue como pasó la noche en la víspera de la cena.

***

Esa noche, en la terraza de Salomón, había una gran carpa espaciosa sostenida por cinco columnas de sándalo rojo. La tienda consistía en telas ligeras fuertemente envueltas y entrelazadas con hilos de oro. El techo se mantuvo abierto para que el cielo se viera claramente. En las vigas que conectaban las columnas colgaban cortinas de un color púrpura de ensueño con acabados dorados. Entre ellas, en cadenas de oro, colgaban lámparas con vidrios de colores y bordes en forma de estrellas hechas de láminas de oro. En cada lámpara había un recipiente con aceite, cuya cantidad se calculó para que el fuego pudiera arder toda la noche.

El suelo estaba decorado con gruesas alfombras. Sobre ellas se colocaron mesas bajas con tapas de oro y plata. Sus patas estaban hechas de marfil y madera de cedro, además, estaban decoradas con piedras preciosas. También había amplios colchones cubiertos con materiales blandos y cojines repartidos alrededor de ellos.

—Sígueme, reina —Salomón la saludó en la puerta de su habitación—.

El camino que conducía a la terraza estaba iluminado con docenas de lámparas en forma de estrella. Había un aroma sutil alrededor, del cual Makeda se complacía en reconocer como una mezcla de ámbar gris, almizcle, lavanda, limón y vainilla. Se escuchaba una suave música.

Cuando llegaron a la terraza, ella se detuvo. Delante de ella había una tienda iluminada, majestuosa y decorada. Estaba encantada con la ligereza y el esplendor, pero había algo más en su pecho que la emocionaba. Allí vio la ciudad que se extendía hasta el horizonte. En las ventanas de las casas que estaban de pie en las colinas brillaban unas luces amarillentas, tan cerca unas de otras que a la distancia parecían fusionadas. Había miles de ellas. Le recordaba el cielo estrellado que había visto varias veces en las noches sin nubes en el desierto. Las luces temblaban y, como ella, parecían esperar a que sucediera lo que iba a ocurrir.

Y había pasado mucho. Llegó la noche, la noche que tanto Makeda como Salomón recordaron por el resto de sus vidas.

***

—Eres entre las mujeres como un lirio entre espinas, reina [43] —inclinó la cabeza delante de ella y con un gesto de su mano la invitó—.

—Eres entre los hombres como un manzano orgulloso en un bosque. —Ella avanzó unos pasos—. Quiero sumergirme en tu sombra. Es un honor estar en tu recámara, rey.

Caminó lentamente, mirando discretamente a su alrededor, tocando sus suaves palmas con sus manos o deteniéndolas en la dureza de la madera perfectamente alisada de los muebles.

Cerca de la carpa central, cuya vista la deleitaba, el cocinero colocó la hoguera. Había una mesa grande al lado, donde colocó verduras, frutas, flores y otros productos necesarios para preparar la cena. También tenía platos para servir comidas.

Esa noche, Enri Her no trabajó solo. Un ayudante se ocupaba del fuego, su tarea era cuidar que la fuerza del fuego fuera apropiada. El cocinero se comunicaba con él sin palabras, de modo que durante la cena no intercambiaron una sola oración.

La hoguera fue construida de tal manera que los olores y el humo fueran dirigidos al lado opuesto de la tienda.

Los sirvientes de Salomón recogerían los platos preparados, y el más importante de ellos tendría contacto con el cocinero para saber cuándo servir el siguiente.

Enri Her preparó una entrada con verduras frescas de los jardines reales, decorada con flores comestibles. Los ingredientes rebanados se mezclaron con chalotes, un poco de pimienta y aceite. No usó los condimentos preparados, de modo que en el próximo plato, según el deseo de Salomón, los comensales caerían en la trampa que él había preparado para ellos. Puso algunas porciones pequeñas en los platos para aumentar el hambre. Los decoró con flores, y espolvoreó con jugo de granada y aceite, para que el plato deleitara los ojos.

Miró furtivamente hacia los comensales.

La reina miró el arreglo de los vegetales por un largo tiempo, luego, cuando Salomón tomó con sus dedos uno de los cubos de vegetales picados y los puso en su boca, ella hizo lo mismo.

—El arreglo es tan elaborado que es una pena dañarlo —estaba encantada—.

—Mi chef preparó estas obras de arte en tu honor —se mostró complacido con los elogios, como si él mismo fuera el autor de los manjares que tanto gustaban a los invitados—. Él me aseguró que todo es comestible.

—Comamos, entonces. —Estudió la parte de la zanahoria que sostenía entre sus dedos—.

¡Bebamos vino! —El sirviente inmediatamente llenó las copas—. Dios lo creó para nuestro placer. Sería un pecado no aprovecharlo.

—El licor de los viñedos del rey Salomón goza de una reputación gloriosa en el mundo. —Ella inclinó la cabeza como siempre hacía cuando decía algo contradictorio—. Pero también son considerados extremadamente fuertes. ¿Debo tener cuidado? No estoy acostumbrada. Los licores en Saba no son tan fuertes.

—Siempre estarás a salvo conmigo.

—No puedo imaginarlo de otra manera, rey.

—En Israel, decimos: Invitado en casa, Dios en casa.

—Me siento honrada.

A la señal del criado, Enri Her comenzó los preparativos finales para el plato principal. Por encima de la hoguera se colgó un recipiente de barro con rollos de carne en salsa y un poco más abajo, otro lleno de agua, y luego otro más pequeño con aceite. El cocinero sacó un plato que tenía tallarines de ñame envueltos en hojas que preparó el día anterior. Los desenvolvió suavemente y los arrojó al agua hirviendo. En ese momento, el asistente retiró el primer cuenco y lo llevó a la mesa. El cocinero volvió a probar la salsa. Sonrió para sí mismo porque sabía que lo que él había preparado sin duda tendría el efecto que su rey deseaba sobre la reina.

Después de un rato, el asistente trajo una segunda olla con agua hirviendo y dos flores de granada espolvoreadas con harina de espelta. El cocinero dispuso rollos de carne en el medio y retiró los fideos del agua hirviendo en un lado. Los roció con aceite. Cuando el ayudante vino con flores de granada crujientes sumergidas en aceite de oliva hirviendo, vertió una gran porción de la salsa al otro lado del rollo y la cubrió con una flor.

El plato arreglado de esta manera se puso delante de la pareja mientras hablan.

El cocinero estaba feliz. Escondió una mancha de salsa de color marrón oscuro debajo de una flor de granada naranja oscuro de seis brazos, fideos amarillos brillantes y carne marrón que complementaba la apariencia general. ¡La composición era hermosa! Y sobre todo, el plato era muy sabroso.

Se alegró de ver cómo la carne se derretía en la boca, era muy tierna. Se imaginó cómo cada bocado revelaba una variedad de sabores: carne de res delicada y relleno expresivo, ligeramente ahumado con hierbas, todo combinaba muy bien. Especias de carne se diluían con delicadeza. Y esto era solo el comienzo, porque la salsa que fluía de debajo de la flor en contacto con la carne era otra experiencia placentera.

Makeda nunca comió ñame preparado de esta forma y al principio no sabía que su sabor real se revelaba solo en contacto con la salsa. Vio que Salomón estaba cortando piezas suaves y mezclándolas con la salsa. Ella hizo lo mismo. Cuando lo probó, sintió que podía comer este plato por siempre.

Sin embargo, ella dominó su apetito. Siendo una reina estaba obligaba a ser comedida al comer. Como exigían las costumbres, ella nunca hablaba con la boca llena.

—¡Delicioso! ¿Cuál es el secreto de tu cocinero? —Preguntó mientras tragaba un bocado—. Nunca había comido un ñame como este.

—De una de las expediciones en busca de miel silvestre, se trajeron tubérculos, de los cuales se pueden conjurar algo tan extraordinario. No sé cómo se prepara. Le pregunté, dice que es un secreto, ni siquiera puede decírmelo a mí. Pregúntale, si quieres. Tal vez abra su corazón de cocinero ante de ti.

—Esta es una preparación especial, señora —confesó Enri Her—. Estos tubérculos están destinados solo para las ocasiones más importantes y para los excepcionales huéspedes del rey.

—Me complace que Makeda esté conmigo. Gracias a eso también puedo tener el honor de comer estos platos inusuales —Salomón bromeó—.

La sal y las especias de la salsa en contacto con la agradable consistencia del ñame hicieron que Makeda quisiera repetir un plato por primera vez en su vida. No obstante, no lo hizo. Sabía que la sensación de hambre es mucho más placentera que el exceso.

Comieron y hablaron hasta tarde. La luna estaba alta en el cielo y las últimas luces se apagaron en las ventanas de las casas de la ciudad.

El tiempo había desaparecido, se olvidaron del lugar donde estaban y de las personas que los rodeaban. Ya no prestaban atención a la carpa, a la música ni a las sombras que los rodeaban, las sombras de Jerusalén.

Sólo ellos existían. Mirándose el uno al otro. Viendo el mundo fuera de si mismos.

Él le tomó las manos. Ella no se movió, no protestó, no se alejó. Se quedó sentada mirándolo, esperando lo que había sido grabado en las estrellas hace mucho tiempo.

Él le acarició las manos. Ella levantó su mano. Él hundió sus dedos en su cabello. Ella arqueó el cuello y cerró los ojos. Él tocó su boca con las puntas de sus dedos. Ella la abrió ligeramente.

—Qué hermosa eres, la reina de mis sueños [44].

— ¿Soñaste conmigo? —Había esperanza en su voz—.

Ella quería ser la realización de sus sueños. Imaginó que él, como ella, desde la infancia, la estaba esperando y sabía que su destino estaba escrito por los dioses.

—He estado soñando contigo desde que te vi.

Ella se enderezó.

« ¿Qué dice? —pensó— ¿Entonces él no es el que la Dama de la Luna ha elegido para mí? —Estaba decepcionada—. ¿No es él el que tiene que darme el mayor tesoro del mundo? ¿No es él mi destino? ¿Solo soñó conmigo desde el momento en que me vio? ¿No antes? »

El corazón le latía tan fuerte que parecía que incluso el chef escuchaba sus golpes. Ella sintió que su laringe se apretaba.

—Debo irme ahora, mi señor —se levantó.

— ¿Qué pasó, Makeda? —También se levantó de un salto—.

—Es tarde. Hace mucho que la reina de Saba debía estar en cama.

—La Reina de Saba puede decidir por sí misma lo que hace en diferentes momentos del día y de la noche, ¿no es así? —Desesperada, pero gentilmente, trató de llevarla a su estado de ánimo anterior—.

Él no entendía lo que pasaba. Estaba analizando sus palabras y gestos.

— ¿Te ofendí?

—Es que —ella quería dar una impresión sinceridad—, me acabo de dar cuenta de lo diferentes que somos.

Ella respiraba más tranquilamente y su corazón dejó de latir como loco.

—Sí —él se rió—, somos de mundos diferentes: eres una mujer y yo soy un hombre.

—Tienes razón. Somos muy diferentes. Tu Dios te dio una sabiduría extraordinaria. Mi Dama de la Luna, más que sabiduría, me dio un corazón sensible y una gran imaginación.

—Y una belleza sobrenatural —agregó él en una voz baja pero que se escuchaba claramente—.

Ella oyó. Y a pesar de que quería ser firme y tenaz en su decisión de decirle adiós, lo que dijo y la forma en que se comportó, fue agradable para ella. Estaba segura de que él se preocupaba mucho por ella. En ese momento, estaba muy cerca de decirle algo más. Que, aparte de su belleza, la Madre Plata también le dio el don de la videncia. Pero el decir que él había soñado con ella desde el momento en que la vio, y no desde su infancia, la hicieron callar.

—Cada uno de nosotros, habiendo venido al mundo, recibió diferentes regalos. No solo diferimos en el género —dijo él, como si leyera en su mente—. Cada persona es creada de diferente manera. A veces nuestros caminos se cruzan. La mayoría de nosotros no sabe por qué ocurre esto. Creo que lo que nos sucede, a ti y a mí, sucede por la voluntad de Dios. Así lo creo. No estoy seguro de lo que tu corazón está escondiendo, pero el mío me dice que nuestras almas quieren estar cerca una de la otra y están creadas la una para la otra.

Ella suspiró y se sentó. Él hizo lo mismo y volvió a tomarle la mano.

—Tienes razón. Sé que no todos tienen los mismos dones. Y, básicamente, casi nadie tiene uno en particular —ella justificó en su mente el por qué él no había soñado con ella desde la infancia—.

—Tan solo... —susurró suavemente, sintiendo que ella se había calmado por completo—. No sé de estrellas. La Dama de la Luna no me habla en mis sueños. Pero, siento que el que estemos aquí juntos y que me dejes tomar tu mano, complace a Dios. Todo lo que experimentamos pasa por su voluntad.

Sintió que la crisis temporal, que no entendía, pasó. El momento que habían estado esperando llegó. Y ambos estaban dispuestos.

—Es tarde, me iré... —bromeó ella, no del todo segura de su decisión, pero sabía que él probablemente quería se quedara—.

—No te dejaré ir tan tarde —ajustó su tono de voz—. Dicen que Jerusalén es una ciudad segura. Pero nunca se sabe. Es mejor que una mujer tan hermosa no vaya sola al palacio.

— ¿Crees que me puedo perder? —Su buen humor regresó casi por completo—.

— ¿O tal vez alguien te secuestre?

— ¿Y en lugar de reinar en Saba, llegaré al harén de algún noble?

— ¡No excluimos tal desarrollo de eventos!

Ambos bromeaban y demostraban su buen humor. Había vino, la calidez de la noche, el encanto de los alrededores, la música, el sabor de los platos y, sobre todo, sus almas danzantes se aferraban entre sí.

— ¿Acaso mi reina, la tienda más poderosa de Jerusalén no parece lo suficientemente cómoda para que pase la noche aquí?

—Como habrás escuchado, Salomón, en Saba una mujer puede ser una reina independiente, sólo cuando es virgen. Así me senté en el trono y quiero mantenerlo así.

—Una respuesta interesante a mi pregunta —él se rió—. Ten la seguridad de que nadie en Jerusalén se atrevería a hacer nada en contra de tu voluntad. Y ciertamente, nunca haría nada que te ofendiera de la manera más mínima.

—Confío en ti —aseguró ella—.

— ¡Lo juro! —Exclamó y se arrodilló frente a ella en ambas rodillas—. ¿Entonces te quedarás?

— ¿Tanto así? —Aplaudió con alegría cómo una niña pequeña—. ¡Sí, me quedaré!

—Te lo juro, Makeda, la reina más hermosa del mundo, que nada sucederá contra tu voluntad. No tomaré nada por la fuerza. Pero, cuidado —él levantó el dedo para resaltar la importancia de lo que iba a decir—. ¡Con una condición!

— ¿Qué? —Ella estaba sorprendida—.

—No tomarás nada de valor que me pertenezca.

— ¡Oh, Salomón!

—Nada valioso, que me pertenezca, y esté en terraza —agregó—.

Ella se rió confiada de que lo manejaría sin el menor problema.

—¿Es esta tu condición?

—¡Solo esa!

—Qué así sea entonces.

—En esta situación, te estoy pidiendo también que hagas el juramento.

Ella se arrodilló frente a él. Estaban muy cerca. Podían oír sus respiraciones.

—Juro que no tocaré nada precioso que esté en esta habitación y que pertenezca al rey Salomón —dijo lenta y solemnemente—.

—¿Y qué pasará si no cumples tu promesa? —Él quería saber—.

—Es imposible.

—¿Y si pasa?

—Es imposible, te lo aseguro. Tengo todo lo que puedo desear.

—¿Pero si por alguna razón desconocida lo hicieras?

—Si pasa, y enfatizo que es imposible, entonces, querido rey, puedes hacer lo que quieras conmigo. —Extendió los brazos como si se estuviera preparando para un vuelo—.

—Qué así sea —él se alegró—.

—No va a pasar —aseguró ella.

—Todo está en las manos de Dios. —Miró al cielo con esperanza—.

Luego hablaron durante largo rato, se rieron y bromearon. Bebieron vino, degustando las delicias preparadas por Enri Her.

En medio de la noche, fueron de la tienda a la habitación, donde se acomodaron en cómodos sofás anchos y continuaron hablando mientras bebían vino. Finalmente, agotados, sin siquiera saber cuándo, se quedaron dormidos.

Makeda se despertó en medio de la noche, muy sedienta. Sintió sequedad en su boca y garganta. Ella no quería más que beber agua, miró a su alrededor.

Salomón ordenó dejar solo una jarra de agua en la cámara. Se colocó cerca de su sofá.

Makeda creyó que el rey estaba dormido, para no despertarlo, se puso de puntillas. Alcanzó la jarra, sirvió una copa llena y se la tomó de un solo trago. Salomón estaba esperando ese momento. Cuando ella tomó su último sorbo, él abrió los ojos y tomó su mano.

— ¿Por qué rompiste el juramento?

—No lo rompí —ella estaba asustada—. Solo vine por el agua, déjame beberla. Es sólo agua.

Él estaba de pie junto a ella, tomándole ambas manos.

— ¿Estás diciendo que el agua no es valiosa? ¡No hay vida sin ella! Sin la gran represa y el agua acumulada en ella, ¿cómo viviría tu reino?

—Tienes razón —ella bajó la cabeza con humildad, entendiendo su error—. El agua es valiosa, y mucho.

—Rompiste el trato…

—Sí.

— ¿Y ahora qué?

—Exactamente. ¿Y ahora qué?

***

—Tú eres el hombre con el que soñé, ¿sabes? —Ronroneó tranquilamente, tendida junto a él con los ojos mirando al cielo de la mañana—. Siempre supe que existías. Sabía que estabas ahí afuera y que llegaría el momento en que nos encontraríamos. He estado esperando este día durante tanto tiempo que a veces, en momentos de debilidad, dejé de creer que alguna vez llegaría. Ahora sé que mi vida, hasta ahora, ha sido un camino hacia ti.

Salomón se dio la vuelta y apoyó la cabeza en su mano doblada. Ella sabía que la estaba mirando, pero no quería distraerlo. Ella miraba al cielo.

—Estás aquí, junto a mí —se dijo a sí misma, a la Dama de la Luna, e incluso a Yahveh, a quien no conocía, pero había sentido su existencia durante mucho tiempo, porque él era el Dios del hombre que había sido destinado para ella.

No solo la Madre de Plata estaba mirando su unión, sino que Yahveh tenía que aceptarlos, pensó.

Ella le puso la mano en el pelo y lo sacudió. Dijo entre dientes.

—Tú existes —se estiró, contenta—. Veo tu cara, que conozco de siempre: ojos con sabiduría, nariz recta, labios que me besaron, cabello oscuro con hilos plateados en los que solía sumergir mis dedos en la noche, como ahora. Toco tu piel. Cuando hago esto, tiemblas, así que lo hago una y otra vez, porque sé que ambos lo queremos. Tu olor se aferra a mi cuerpo. Dejo que pase porque lo añoré toda mi vida. Hueles como el hombre de mis sueños —ella se hundió en el hueco detrás de su oreja—.

Inmediatamente, ella saltó y se arrodilló. Desenrolló sus piernas y se sentó sobre sus talones.

— ¡Está sucediendo realmente! —Gritó ella—. Lo eres. ¡Real y tangible! Y tenía tanto miedo de que solo existieras en los sueños de una niña.

— ¿Soñaste conmigo? —Él, interesado, puso sus manos debajo de su cabeza para verla aún mejor.

Él sabía que los sueños son una puerta a través de la cual Dios le habla a la gente.

—En mi infancia tuve visiones —explicó. Ella sabía que ahora podía decirle todo—. No sueños, sino visiones. Serias, completas, enviadas por los dioses. Fue gracias a ellas que supe que estabas destinado para mí. Y las sacerdotisas de la Dama de la Luna dijeron lo mismo. No se buscó ningún marido para mí. En Saba, la voluntad de los dioses es sagrada. La implementamos y nos subordinamos a ella. No rompemos los juramentos ante ellos. Vivimos trabajando, orando, cuidando los jardines y nuestra valiosa presa, que nos proporciona agua, sin la cual Saba moriría. Cómo sabes, también hemos comerciado desde hace siglos. Es quien, por la voluntad de los dioses, determina nuestra riqueza. Porque todo lo que hacemos está siempre de acuerdo con su voluntad. Por eso mi padre trataba tan seriamente mis visiones, por eso tengo tanto apoyo de las sacerdotisas de la Dama de la Luna y por eso vine aquí. Soy tu huésped, porque los dioses así lo decidieron. Cuando nací, supe que nos reuniríamos. Fue el principal, y siempre recurrente, deber de mi vida.

Él estaba conmovido. Se sentó frente a ella.

— ¿Qué fue exactamente lo que viste?

Ella le contó sobre las visiones que aparecían como destellos de luz que explotaban en su mente, y que eran tan fuertes e inequívocas que no se dejarían olvidar. Le dijo que de niña creía que todos soñaban de manera similar y que de esta manera los dioses le dicen a la gente qué esperar en el futuro, qué propósito podrían tener y a qué deberían aspirar. Muestran algo que potencialmente puede suceder.

—Te vi en el trono, vi que luchaste con tus enemigos, vi cuánta sangre se derramó antes de que comenzaras a construir el templo. Las sacerdotisas me explicaron que veía un futuro posible. Y que la diosa me mostraba quién estaba destinado para mí.

Él escuchó con atención.

—No sé si lo sabes, pero Seshep tiene la capacidad de mirar a través del velo del tiempo. Antes de que fuera mi hemet, vio que yo estaba destinada a ser una reina independiente. Ella veía el futuro mucho antes de que sucediera. Ella, como yo, nos vio juntos. Tú y yo.

— ¿Sabes lo que va a pasar mañana?

—Desafortunadamente, no. Mis visiones cesaron tan pronto como me convertí en mujer.

— ¿Pero estás segura de que soy para quien estás destinada?

Él quería que sonara un poco como si estuviera bromeando, pero ella respondió con la mayor seriedad.

—Lo estuve cuando te vi por primera vez. Cuando te levantaste del trono para saludarme, me estremecí. Todo sucedió exactamente como se había anunciado previamente.

— ¿Sabes qué pasará después?

Ella negó con la cabeza.

— ¿Seshep tampoco lo sabe?

Algo le impedía revelarle la verdad. ¿Tal vez era el recuerdo de Den, quien la traicionó cuando le reveló su secreto? No quería decir que sus sueños se detuvieron cuando supo algo muy importante: que quien era su destino le daría lo más precioso del mundo. Que recibiría de él un regalo inimaginablemente valioso. Algo que no solo la deleitará, sino que cambiará toda su vida. No sabía por qué, pero sentía que no debía compartir esta información con él. Todavía no. Incluso nunca.

—Los dioses no nos revelan todas sus intenciones —ella cambió su tono—. No solo hueles como el hombre de mi visión, sino que tienes su sabor —ella se agachó y tocó su piel con sus labios—. Delicioso... —le dio una palmada y le mostró la punta de la lengua—. Ese es exactamente el sabor que sentí en mis sueños.

El se rió.

— ¿Sueñas con todos tus sentidos? Ya me has contado las experiencias que ha experimentado gracias a los dones de la vista, el tacto, el gusto y el olfato.

—Olvidé mi audición, mis oídos también te conocían. Justo cuando escucho tu voz y tu aliento ahora, cada palabra en mi infancia sonaba como la música más hermosa para mí. Tienes razón, te conozco con todos mis sentidos desde hace mucho tiempo. Sin embargo, ahora que te tengo tan cerca, sigo sin saber si debo permitirme creer que mi sueño se ha hecho realidad. ¿Sabes por qué?

— ¿Por qué?

— ¿Qué tal si, después de despertar, resulta que era solo una visión hermosa? ¿Que lo que me ha pasado ha desaparecido, dejando en mi corazón una deficiencia tan poderosa que es imposible vivir con ella? ¿Qué pasará si veo que te has ido y estoy sola con un gran deseo de volver a mis sueños?

—Soy real —la atrajo hacia él—, tus sentidos no están equivocados. Puedes creer en ellos, te lo aseguro. Y diré más, dices que los dioses te trajeron a mí y que has soñado conmigo desde la infancia. Todavía no sé por qué, pero estoy seguro de que Dios te ha traído a mí en su infinita sabiduría. Y Él siempre sabe lo que está haciendo.

***

En la noche, cuando Makeda, recordando la noche anterior, descansaba en sus aposentos, escuchó las voces de los sirvientes y, después de un momento, Seshep estaba frente a ella.

—Señora, el rey Salomón se acerca —logró comunicarle—.

Estaba acostada en la cama con los ojos cerrados No los había abierto cuando escuchó una voz masculina.

—No se está acercando, está aquí —se rió en la entrada—.

— ¿Qué estás haciendo aquí? —Makeda saltó de la cama—.

—Vamos —la tomó de la mano sin decir una palabra—, te mostraré el lugar más importante en Jerusalén, para mí.

— ¿En este atuendo?

—Te ves como siempre: digna y hermosa —aseguró él, sin soltar su mano—.

Cruzaron los pasillos que conducían por el camino más corto hacia la salida este del palacio. Detrás de la puerta, giraron hacia el norte.

Ella estaba emocionada.

Adivinó a dónde iban. Había pasado más de una vez por ese lugar. Estaba rodeado por edificios importantes, y coronado por un famoso templo, que se dice fue diseñado por el mismo Jehová en la mente de Salomón. Estaba separado de la ciudad por un muro de piedras labradas uniformemente. Después de un momento se encontraron frente a la entrada que conducía a ella.

—La construí durante siete años —dijo, introduciéndola en el patio—. La colina donde estamos se llama Moriá.

— ¿Significa «Piedra Sagrada»?

—Exactamente. Aquí Abraham debía sacrificar a su hijo Isaac.

—Tamrin me lo dijo. Dijo que Yahveh quería probar su fe de esta manera. Cuando vio que Abraham no dudó en cumplir su demanda, permitió que sacrificara un cordero en lugar del niño. También hizo un pacto con él, es muy importante. Parece que Isaac vivió durante 180 años, ¿es verdad?

—Eso me da la esperanza de poder lograr todo lo que Dios ha planeado para mí.

—Vivirás mucho tiempo. Él es extremadamente bueno contigo.

—Porque Él es el amor. ¿Cuál es propósito de los niños si no experimentamos la bondad y el amor en la tierra? ¿Somos la nada, apenas pasto en un campo que se marchita y es digerido por el fuego? [45]. Dios siempre ha amado a aquellos que humildemente siguen su camino y les permite regocijarse en su reino. Bienaventurado el hombre que está dotado de sabiduría y compasión, y que teme a Dios. Este templo y todo lo que hago es para su gloria —dijo mientras caminaba—.

— ¿Por qué no me dejaste venir antes?

—Este es un lugar destinado solo para aquellos que predican la gloria del Señor. Los adoradores de otros dioses no están permitidos aquí.

— ¿Por qué estoy aquí hoy?

—Yahveh te trajo a mí —dijo con convicción—. Nos bendijo. Y hoy te dejó entrar aquí.

Se detuvieron en el patio principal. No muy lejos de las escaleras que conducían a la entrada principal había una gigantesca embarcación. Tenía diez codos de diámetro. [46] Su altura era de cinco codos, y la cuerda que medía su circunferencia era de treinta. Debajo de su periferia se colocaron dos filas de copas de flores separadas, diez en cada codo. El barco era sostenido por doce bueyes: tres al norte, tres al oeste, tres al sur y tres al este. El grosor de las paredes era igual al ancho de la mano, y el borde parecía una flor de lirio floreciente.

—Irán al mar —explicó—. Es de bronce.

—Magnifico —ella levantó la cabeza y lentamente rodeó el enorme barco—. Todo lo que veo es hermoso, y hecho con cuidado, como si Dios mismo dirigiera las manos de los artesanos.

Otros diez barcos, hechos de bronce, estaban cerca. Todos eran utilizados durante la ceremonia.

—Como seguidora de otros dioses, no puedes seguir. Sin embargo, te mostraré uno de los atrios. Vamos.

Se dirigieron hacia la entrada que conducía a los atrios laterales. Caminaron por un pasillo largo y estrecho.

—Una vez, nuestro mayor tesoro, el Arca de la Alianza, marchó con nuestros antepasados. Durante muchos años estuvo en una colina debajo de una carpa especial. Y ahora está aquí. Es sagrada, solo los sacerdotes pueden verla. Cuando llegas al lugar secreto, allí —señaló el lugar al lado de él— ves una gran sala.

Estaban tan cerca que podía ver el salón dorado del que tanto había oído hablar.

— ¿Qué te parece? —Él quería saber—.

Ella no podía decir una palabra. Sintió una pinza en su garganta y lágrimas querían salir de sus ojos. Nunca vio algo tan hermoso. Se llevó las manos a la boca. Sintió escalofríos. Después de un momento, no pudo o no quiso controlas sus lágrimas de emoción. Este lugar sin duda era digno de un Dios.

Muros, techos, pisos, puertas, columnas, bajorrelieves, guirnaldas, flores; todo estaba cubierto de oro. Un altar de oro [47], una mesa para depositar el pan [48], candelabros, flores, lámparas, pinzas, hechizos, tazas, incensarios... todo lo que cubría sus ojos. Dos poderosos querubines dorados estaban parados debajo de la larga pared. Cada uno de ellos tenía diez codos de altura y tenía alas extendidas a ambos lados, cada una de diez codos de largo. Estaban en medio del templo.

Él estaba de pie junto a ella. Solo después de una larga pausa dijo algo.

—Detrás de las cortinas, allí al final, está el portal de lo sagrado. El Arca está allí —dijo en voz baja, porque no quería desafiar a Dios de ninguna manera—. Están las tablas con los mandamientos que Yahveh nos ofreció.

Ella miró en la dirección que él señalaba. Le parecía que podía reconocer la forma del arcón detrás de las cortinas.

—Sí, está justo ahí, pero no puedes verlo desde aquí —explicó—.

—He oído mucho sobre ella. Sobre el Arca y el templo... —confesó—. Cuando el tabernáculo estaba listo y cuando se movió el Arca, la noticia del sacrificio que ofreciste a Dios dio la vuelta al mundo. Se dijo que habías matado veintidós mil bueyes y ciento veinte mil ovejas, y que la ceremonia duró catorce días.

—Fue así.

—También he oído hablar de las palabras que Dios te había dirigido.

— ¿Cuál de ellas?

—«He santificado este templo que has construido para que mi nombre siempre esté allí. Si cumples mis leyes y ordenanzas, fortaleceré para siempre tu trono, y nunca te faltará un descendiente que se sentará en el trono de Israel». [49]

—Fue así.

—Pero también escuché sobre sus otras palabras, que suenan como una amenaza y una advertencia.

— ¿En serio? —Él tenía una idea de lo que oiría—.

—«Si te apartas de mí y dejas de cumplir mis ordenanzas y las leyes que te he dado, si vas a servir e inclinarte ante otros dioses, sacaré a Israel de la tierra que te di, el templo desaparecerá, Israel será objeto de desprecio y objeto de burla para otras naciones».

—Tienes razón, eso es lo que dijo.

Ella esperaba que tal vez dijera algo más, que declararía que nunca violaría la ley y que haría que el templo e Israel durara por siglos. Sin embargo, él no habló. Ella esperó un momento y luego, mientras él todavía estaba en silencio, volvió a mirar el salón dorado. Sintió escalofríos de nuevo. Era difícil creer que lo que veía fue hecho por manos humanas.

Se dio cuenta de lo que estaba pasando.

—Así es como funciona la Shejiná —estaba seguro de que la singularidad del lugar la hacía sentir la presencia de Dios—.

— ¿Shejiná? —Ella no sabía de qué estaba hablando—.

—Es la presencia perceptible de Dios —explicó—. Pero tú, reina, la sientes cada día. Porque la tienes aquí —él le puso la mano en el corazón—.

La cubrió con las manos, luego levantó su cabeza y la besó.

—Este es también tu Dios, incluso si todavía no lo sabes. Todos deben adorar al que creó el universo, cielo, mar, tierra, sol, luna, árboles, piedras, animales domésticos y salvajes, aves emplumadas, cocodrilos, peces, ballenas, hipopótamos, lagartos, tormentas eléctricas, nubes, el bien y el mal. Es compresible que nos estremezcamos, nos regocijemos y lo adoremos. Él es el maestro del universo, el creador de los ángeles y las personas. Él es quien da y quita la vida, castiga y muestra misericordia, levanta a los pobres y al que yace en el suelo, quien puede llorar y regocijarse.

Seshep y Elihoref no los acompañaron en el templo. Se quedaron en la plaza. Cuando se dieron cuenta de que Makeda y

Salomón venían, dejaron de hablar. Estaban esperando instrucciones.

—Dios nos habla de varias maneras —escucharon las palabras de Salomón—. Eres un regalo inesperado e inspiración que Dios me envió. Gracias a ti, mi alma se eleva a las praderas celestiales del conocimiento. Al nuevo descubriendo que significa esperar. La pureza de tu corazón en conjunción con las visiones de lo que experimentaste, es el logro de los misterios divinos del altar. Tú y el mundo que reconozco, gracias a ti, me intrigan. Cuando te fuiste en la mañana, me dejaste deleitado. Quiero que las palabras que escribí sean una crónica de nuestros sentimientos. Me gustaría ofrecértelas aquí, en un lugar sagrado para mí.

Él asintió con la cabeza a Elihoref, quien, junto con Seshep, mantuvo su distancia permitiendo que los gobernantes hablaran libremente. El escritor le dio un pequeño pergamino envuelto alrededor de un cilindro de madera, cuyos extremos tenían forma de flores de almendra.

—Makeda, reina de Saba, sé que Dios te ha traído a mí. En el templo, este pensamiento fue confirmado. Lo sientes con todo tu corazón, ábrelo —dijo solemnemente—. Gracias a lo que pasó esta noche, te convertiste en mi esposa. Me gustaría que también lo fueras a la luz de nuestra ley. Por favor acepta mis palabras escritas en este pergamino como prueba de mi amor.

—*Qué hermoso es tu amor,*
hermana, novia
¿Cuánto más dulce es tu amor que el vino?
¡Y el olor de tus aceites sobre todos los bálsamos!
De los labios de la novia y el novio está goteando la miel más dulce,
miel y leche debajo de tu lengua,
y el olor de tus prendas como el olor del Líbano.
Eras un jardín cerrado, tú, hermana, novia,
Un jardín cerrado, una fuente sellada.

***

Por la noche oí gritar a Makeda. Fui a su cama inmediatamente. La vi y una vez más me sentí como en su infancia, cuando la estaba abrazando, mojada y temblorosa.

Se sentó en la cama y se balanceó de un lado a otro. Se abrazó a sí misma con las manos, como si quisiera acurrucarse. Estaba llorando.

—Tuve una visión —confesó—. Igual que en los viejos tiempos. Ya me he olvidado de lo que sentía en esos momentos —sollozó ella—. Pensé que nunca volvería…

La dejé calmarse. Le limpié la frente mojada y aparté el pelo de su cara.

—Me duele la cabeza —ella tenía miedo—. No me había pasado esto ni una vez. ¿Qué esta pasando? ¿Por qué volvieron?

Por mi experiencia, sabía que no debía hablar demasiado. Tenía razón: después de un tiempo, ella se calmó lo suficiente como para comenzar la historia.

—Soñé que olvidaba mi nombre, que no sabía de dónde venía, que no recordaba de quién soy hija, en qué ciudad y país estaba. Incluso olvidé cómo se llamaba el hombre con quien pasé la noche. No recordaba nada, era como un pergamino blanco sin envolver. Me asusté. Intenté gritar, pero no pude. Además, no recordaba a quién debía llamar. Seshep, entiendes, incluso olvidé que te tenía…

Tomó un sorbo del agua que le di.

—Además, mi voz había desaparecido. Así que no solo perdí mi memoria, sino que algo me trancaba la garganta. Sabía que hasta que no me soltara, no sería capaz de pronunciar siquiera el sonido más mínimo. Estaba asustada. Me arrodillé y quise orar. Pero no sabía cómo. Olvidé todos los textos que había memorizado. Tenía un vacío aterrador en mi cabeza, una aterradora nada. Entonces una voz fuerte y un brillo dorado llegaron. Escuché que si no cumplo con mi deber, me privaría de mi memoria y olvidaría las palabras que siempre supe. Todo lo que sé y lo que he aprendido hasta ahora desaparecería. Tendría un vacío en mi cabeza, y al mismo tiempo la cruel conciencia de que una vez tuve una memoria. Dijo que no hay otra manera. Era eso o...

Quedó en silencio, ordenando sus pensamientos.

—Parecía una amenaza. Un tipo de contrato, pero no negociable.

Tomó otro sorbo de agua.

—Prometí que no lo olvidaría y que cumpliría con mi deber. Dije que, aunque no recordaba qué era, accedí a algo que ni siquiera sabía de qué se trataba. Tal vez lo hice por miedo a una fuerza que no podía entender. ¿O tal vez confié en esta extraordinaria voz? Cuando hice la promesa, el dolor desapareció, el que apretaba mi cabeza, y mi memoria volvió. Sentí alivio y paz. Mis pensamientos se hicieron claros. Sentí que quien me hablaba sonrió. Y probablemente fue así, porque después de un rato lo escuché de nuevo. Me dijo que se estaba dirigiendo a mí con la voz del pueblo, porque si usaba la suya propia, no lo entendería. Pregunté, ¿cuál es mi deber? «Te mostraré el futuro. Cuéntale a Salomón sobre él. Deja que lo que veas sea una advertencia. Que se haga realidad o no, dependerá de las personas y sus elecciones. Y recuerda que hay un solo Dios. Solo uno. Es el principio y el final, es todo y está en todas partes. Aquellos a quienes consideras dioses, por los que rezas, son mis hijos e hijas, mis emanaciones. Te doy los dioses que necesitas, a los que eres capaz de entender».

Makeda pronunció la última frase con voz débil, luego, todavía temblando, exhausta, se quedó dormida en mis brazos.

Cuando se despertó, le contamos todo a la Gran Sacerdotisa.

— ¿Quién te estaba hablando? —Preguntó en voz baja, aunque sabía perfectamente bien de quién era la voz que escuchaba de Makeda—.

—Soy quien soy —Así se presentó. Él me habló—.

—Era la voz del Dios de Israel —la Sacerdotisa no tenía dudas de que un capítulo completamente nuevo en su vida acababa de comenzar, y se había predicho hace muchos años—.

***

Observé a los miembros más importantes de nuestra expedición y vi lo rápido que se adaptaron con los habitantes de Israel.

Los soldados también se adaptaron. Por ejemplo, el padre de Ashenafi tuvo un lazo tan estrecho con el general israelí Benaía que incluso se puede decir que se hicieron amigos. Y desde el momento en que se hizo evidente para todos que Salomón quería a Makeda, la gente del rey y la nuestra se unió más.

Ambos comandantes, bajo el pretexto de discutir estrategias defensivas, a menudo se reunían para beber mieles, cervezas y vinos. No es una novedad que a los hombres les guste hablar con una bebida cerca. Es más fácil para ellos comunicarse en idiomas que normalmente son bastante impronunciables.

Una vez fui testigo de la facilidad con la que Ashenafi y Benaía se llevaban.

—«Szalon, no te hagas el tonto... —Benaía le dijo a Ashenafi un chiste—. ¿Dondequiera que vayas, glorificarás los encantos y las ventajas de tu Sarah, si supieras que ella tiene cuatro amantes?», «¿Y qué? Prefiero tener una quinta parte en un producto atractivo que nada en absoluto».

Los hombres se rieron tanto que sonreí, pero no porque Sarah fuera infiel o porque su marido fuera tan comprensivo y, al mismo tiempo, práctico. Me reí porque su alegría era tan contagiosa que no podía resistirme.

Entonces me detuve en la pared. Ellos no me reconocían. Escuché una historia más. Esta vez, la contó a Ashenafi.

—Un hombre acude al sacerdote para pedirle consejo. «Algo terrible está sucediendo y necesito hablar con usted sobre eso». « ¿Qué pasa? » «Mi esposa quiere envenenarme». « ¿Cómo es eso posible? » «Es verdad. Estoy seguro de que ella quiere envenenarme. ¿Qué debería hacer?» «Te lo diré pronto», dice el sacerdote. «Hablaré con ella, lo averiguaré todo y te avisaré». Después de dos días, el sacerdote llama al hombre y le dice: «Bueno, hablé con su esposa durante mucho tiempo. « ¿Quiere mi consejo? ». «Sí». «Es preferible que tomes el veneno».

Los comandantes golpearon los cántaros de miel y llegaron a la conclusión de que no importaba a qué dioses adoraran, todas las mujeres de todas las tierras bajo el sol, son iguales. En Saba, en Israel, y probablemente en todos los demás países.

Luego empezaron a hablar de algo que realmente me interesaba. El tema de la seguridad, ¿había algo más importante para mí? Escuchaba lo que decía la gente, porque tenía que cuidar que la reina tuviera las últimas noticias, pero sobre todo, que nadie ni nada la amenazaría.

—Es algo viejo, pero esos son los peores, porque regresan inesperadamente después de muchos años —comenzó Benaía—.

—Sí, esos problemas son los más difíciles —asintió Ashenafi—.

—En la época de David, mi predecesor, el general Joab, al mando del rey, invadió Edom, su rey durante mucho tiempo se negó a someterse a él. Como castigo y por su larga resistencia, Joab ordenó deshacerse de todos los hombres en la ciudad. Sólo el hijo menor del príncipe, Hadad, logró escapar. Los sirvientes de su padre le llevaron bajo la protección del rey de Egipto, quien compartió su refugio con él. Cuando se hizo hombre, se ganó el favor del faraón, tanto que le ofreció la hermana de su mujer como esposa. El faraón es sabio, piensa con bastante anticipación.

—Estas son las cualidades de los grandes gobernantes —admitió Ashenafi—.

—Después de la muerte de David y cuando Joab traicionó a Salomón, Hadad regresó a Edom, porque finalmente se sintió seguro.

— ¿Y entonces?

—Joab murió hace años y Hadad tiene el país de su padre.

—Y ahora quiere vengarse —supuso Ashenafi—.

—Tengo información perturbadora de que se sintió lo suficientemente fuerte como para planear una venganza contra el heredero del que mató a su padre.

— ¿Entonces va por Salomón? —Ashenafi se aseguró—.

—Exactamente.

—Entonces necesitas aumentar tu vigilancia.

—No será fácil explicárselo a Salomón. Él cree que no tiene enemigos.

Al escuchar su conversación, llegué a las mismas conclusiones. Se necesitaba vigilancia. Y eso era importante.

Me retiré sin ser vista por nadie. Con esa información, fui directamente a la Sacerdotisa. Por supuesto, también le conté los dos chistes. Especialmente el del veneno.

***

Salomón se preguntaba cómo hacer que Makeda se quede con él el mayor tiempo posible. Porque un día lo dejaría, estaba seguro. Él entendía sus deberes mejor que nadie. Sabía que el día llegaría pronto, cuando su caravana tendría que regresar a Saba. Ningún estado puede permanecer sin un regente durante mucho tiempo, incluso si está representado por los mejores poderes. El rey pensó que su viaje de regreso era solo cuestión de tiempo. Y trataba de posponer la fecha lo más lejos posible.

Ella también buscaba excusas para no salir de Jerusalén. ¡Quería estar tanto con él! Se sentía insatisfecha, no solo cuando se separaban, sino incluso cuando estaban cerca. Le pidió a la Dama de la Luna y a

Dios que les permitiera quedarse más tiempo. Respirando profundamente, pensó que había encontrado una pieza que faltó por toda su vida. Ahora estaba completa. Nunca había experimentado algo así antes. Una llama la quemaba por dentro, él la empoderaba, le daba nuevas e inimaginables fuerzas y un poder que nunca antes había sentido.

Se alegró cuando un día él le sugirió que le acompañara en un viaje corto.

—Ya que estamos muy unidos, y también hemos hecho importantes acuerdos comerciales, ¿quizás valga la pena ver cómo se ve Israel fuera de Jerusalén? —sugirió—.

Decidieron no apurarse. Quería que ella experimentara la hospitalidad de su gente, conociera sus costumbres y apreciara la belleza de las tierras. La amaba, quería mostrarle todo lo que le encantaba y compartir con ella lo que él pensaba que era hermoso. Quería mostrarle su amor por Israel, e incluso que ella también lo amara.

Viajaron en un palanquín, llevado por un enorme camello. Cuando ambos necesitaban descansar, bajaban a montar caballo cada uno en el suyo. A menudo cambiaban a los caballos y se apresuraban riendo, tratando de alcanzar al viento. Su ruta estaba planificada para que no solo tuviera variedad de vistas, sino también atracciones preparadas en cada parada.

En Israel, según la ley de Moisés, se trabajaba durante seis días, y el séptimo, llamado el Sabbath, se descansaba.

—Dios creó el cielo y la tierra en seis días, y necesitó un respiro en el séptimo —le explicó Salomón—. El hombre está hecho a su imagen. Yo trabajo duro y también necesito un momento de descanso. Observa cómo se puede vivir bien y sabiamente siguiendo las leyes que tenemos. ¿Ves la sabiduría divina?

—Dios maneja tu mundo. Desde que estoy aquí, me parece que para cada comportamiento, evento y pregunta, tienes una respuesta en sus escrituras.

—Las personas viven más fácilmente cuando tienen reglas claramente definidas. La ley puede ser cruel, severa y, a menudo, imprudente, pero debe aplicarse. Esta es la base para el buen funcionamiento del estado.

—En Saba, también tenemos una ley estricta y quien no la siga será castigado, pero solo ahora, cuando veo cómo la aplicas, sé que cuando regrese, me espera mucho trabajo. Tenemos que organizar nuestras leyes. Lo haré pronto.

Él obvió sus palabras acerca de regresar.

—Durante el sábado, no solo no podemos trabajar, sino que no nos ocupamos de asuntos urgentes. Por un día solo pensamos en descansar y el placer. No viajamos, ni encendemos fuego; rezamos y ofrecemos sacrificios a Dios —dijo con orgullo, pero con la esperanza de alejar los pensamientos de su regreso—. Pasaremos nuestro primer Sabbath en el campamento, que ya están preparando para nosotros.

Cuando llegaron allí, el sol estaba alto. Un enorme cuerpo de agua, liso, casi estático brillaba ante ellos. A la izquierda había una cordillera llamada montañas Judaicas, y a la derecha se extendía una gran meseta.

Makeda saltó de su caballo. Sus pies, protegidos solo por ligeras sandalias en una suave suela de cuero, se encontraron con una superficie áspera y dura. Todo era blanco. En lugar de las piedras o la arena que solía encontrar a la orilla del mar, vio una masa blanca, congelada de varias formas.

Ella esperó las explicaciones.

—Es sal —él se inclinó hacia delante y recogió un pequeño trozo—. Y esta enorme masa de agua es el mar de sal. La gente dice que en el fondo se encuentra Sodoma y Gomorra, una ciudad que por su libertinaje, Dios las eliminó de la superficie. Algunos lo llaman el Mar Muerto.

— ¿Por los habitantes hundidos de Sodoma y Gomorra?

—Más bien, porque no tiene vida en él. Es tan salado que cuando el agua que sale del recipiente se seca al sol, solo quedan gránulos de sal como este en el fondo. Prueba —le dio un trozo—.

Le pasó la lengua.

— ¡Muy salado!

—Lo vendemos, es una de nuestras riquezas.

—Dijiste que era un mar, veo claramente la otra orilla.

—Tiene cuarenta y siete millas de largo. [50] Es por eso que tenemos unas tres millas al otro lado. Y en el lugar más ancho hay más de nueve millas.

Se colocó detrás de ella y la abrazó, tomando su cintura.

Ella no era mucho más baja que él. Bastaba con que él inclinara un poco la cabeza para hundir la cara en su cabello enredado.

—Tú eres mi reina —confesó—.

Todavía no se detenía a preguntarse cuánto placer le había causado su toque para que hiciera temblar su cuerpo. Ni con su esposa egipcia, ni con ninguna de las mujeres hermosas que tenía a su disposición todos los días, tuvo tales experiencias. Quizás fue porque tuvo que esperar más por ella que por cualquier otra, se explicó a sí mismo. Ninguna había ocultado su rostro durante tanto tiempo y consistentemente, ninguna de ellas era una reina y ninguna de ellas iba a dejarlo tan rápido. A decir verdad, cada una de ellas estaba atado a él hasta el final de sus días, porque tenían que hacerlo, no tenían otra opción. Cualquiera, ¡pero no ella!

Makeda podía irse en cualquier momento, sin dar razones. Lo dejaría con sus canciones inconclusas, lo abandonaría, no estaría a su lado día a día, como muchas de las mujeres puestas a su disposición.

La amaba. Y no sabía por qué. Realmente no quería buscar una razón. ¿Para qué? Ese sentimiento lo abrumó. Él quería que durara.

Ordenó a su gente que preparara acuerdos comerciales con Saba para que ella se sintiera feliz, le mostraría los lugares más hermosos que conocía para mantenerla con él el mayor tiempo posible. Inventó excusas para reuniones, solo para estar cerca de ella. Aunque sabía que era imposible, quería que el tiempo se detuviera y sus momentos juntos duraran para siempre.

Sus ojos estaban húmedos. Pensó en los que estuvieron antes de ellos. Conectó todas esas almas. Vio miles de vidas pasadas unidas por brillantes hilos invisibles. Él la abrazó más fuerte. Tomó aire.

—Respira —la alentó— ¡huele el momento y el lugar!

—Es hermoso aquí…

Eran uno no solo uno con el otro, sino con el lugar.

—Dios nos dio el mejor aire, el que da salud y calma. La gente viene aquí para curar enfermedades —Salomón dejó de lado los pensamientos de quienes experimentaron emociones similares antes de ellos, porque sintió que estaba empezando a aclararse—. Tenemos aguas termales, dicen que si te bañas en ellas regularmente, cura las enfermedades de la piel; los que sufren de falta de aliento deben respirar de este aire cada año y no se enfermarán en absoluto.

—Nunca he visto un lugar similar —ella se acurrucó más contra él—.

—El sol siempre brilla aquí y el cielo claro sigue siendo visible. —Continuó alabando lo que ambos estaban mirando—. Bueno, hay algo más.

— ¿Sí?

—De vez en cuando el mar trae betún [51].

— ¿Betún?

—Te mostraré —tomó su mano y la llevó un poco más lejos, debajo de la carpa los sirvientes sostenían un bulto que habían encontrado en la orilla unos días antes—.

Ella se inclinó para olerlo.

— ¿Puedo tocar?

—Adelante. En el momento de ser arrojado por el mar hacía calor, pero ahora hace frío y puede ser manipulado, hay que calentarlo.

— ¿Y para qué se puede necesitar?

—Lo usamos en sitios de construcción, es suave y elástico, es adecuado para el sellado porque no deja pasar el agua.

—Tienes sal, betún, establos y caballos que vendes en todo el mundo, construyes una flota. ¡Has creado un imperio!

— ¡Vamos, nos bañaremos en el mar imperial! Verás si difiere de los demás.

Soltó las correas de su vestimenta, y cuando ella estaba de pie delante de él con solo una falda corta, se desabrochó la hebilla de su bata de lino y se quedó solo en un estrecho taparrabos.

—Hagámoslo lentamente —sugirió mientras la llevaba al agua—.

Se sumergieron más y más profundo. El agua parecía más densa que cualquier otra que ella conociera. Abrazaba su cuerpo cálidamente creando una delicada capa en su piel.

—Acuéstate —la alentó, acomodándose en su espalda—.

Ella lo miró con incredulidad. Recto, sosteniendo sus manos debajo de su cabeza, flotó en la superficie.

— ¡Tú también puedes hacerlo!

Ella no esperó otra invitación. Después de un rato, yacía igual que él. Ella extendió sus manos bien abiertas.

— ¡Es grandioso! ¡Estoy flotando en el agua!

—Te amo, Makeda.

—Te amo, Salomón.

El momento les pertenecía. Los sirvientes que estaban en la orilla preparando la cena, de vez en cuando apartaban la vista de sus actividades y miraban con curiosidad a los gobernantes.

***

Cuando se despertó, un rollo envuelto en un cordón dorado yacía en su cama. Ella lo abrió. Mientras dormía, Salomón expresó sus emociones con palabras. Escribió lo que se dijeron el uno al otro.

Vamos, amada, dejemos vivir el momento.
Guíame, rey, a tus blancas habitaciones.
Vamos a disfrutar, disfrutémonos a nosotros mismos.
Y amemos con más plenitud que el vino.

Qué bella eres, los sueños de mis gobernantes,
Tú eres la belleza, y los ojos de tus dos palomas.

Qué hermosa eres, rey de los enanos,
¡Encantador! Nuestra cama es verde.

Los cedros son vigas de este palacio.
Sus paredes son orgullosos cipreses.
Dame, dame vino en casa
Cúbrenos con el estandarte de tu amor. [52]

En lugar de una firma, encontró las siguientes palabras: *Te amo. Continuará.*

***

—Mira en esa dirección, arriba, ¿ves? —Señaló la colina—. Esta estatua, en la puesta de sol, se puede ver bien, es la esposa de Lot.

— ¿Encantada en piedra?

Comieron y bebieron. Se sentaron en sillas dispuestas justo por encima del mar. El agua salada tocaba sus pies descalzos. Los sirvientes trajeron más comida.

—Te dije que lo que queda de Sodoma y Gomorra está en el fondo del mar.

—Lo recuerdo

—Bueno, esa figura, allá arriba, es como dije, esposa de Lot. ¿Tamrin o Ben te hablaron de él?

—No escuché sobre Lot ni sobre su esposa.

— ¿Quieres saber de ellos? —Le hizo una seña al sirviente para que le diera un cuenco de agua para lavarse las manos—.

Se secó las manos en el paño que le dieron.

—Nuestros libros más antiguos dicen que los habitantes de Sodoma y Gomorra eran ricos y no les faltaba nada, pero estaban disolutos y no querían vivir de acuerdo con las leyes divinas. Su estilo de vida no agradó mucho a Dios, especialmente porque no tenían amor ni respeto hacia él. Muy enojado ya, decidió destruir las ciudades y sus habitantes. Abraham lo convenció de que abandonara un castigo tan terrible si encontraba a cincuenta personas justas en la ciudad. Dios estuvo de acuerdo. Sin embargo, Abraham comprendió que podría ser difícil encontrar tantas personas justas. Tras pedir que redujera el número a cuarenta. Dios aceptó. Sin embargo, Abraham pensó y concluyó que sería bueno si encontraba a diez hombres justos en esta ciudad destrozada. Y Dios estuvo de acuerdo con esta proposición.

— ¿Es siempre tan paciente y comprensivo?

—Es más bien un padre bastante severo.

— ¿Y qué, encontró diez personas justas? —Makeda no tuvo la intención de profundizar el tema de los padres estrictos. El de ella fue perfecto. Justo y estricto al mismo tiempo—.

—Dios envió dos ángeles a Sodoma para verificar cómo iban las cosas. Fueron directamente hacia Lot, que era considerado el único hombre decente en la ciudad. Él los aceptó y les ofreció hospitalidad. Todo estaba bien, pero desafortunadamente, por la noche, los hombres rodearon su casa. Borrachos, gritaron en voz alta llamando a sus invitados, porque querían pervertirlos.

— ¿Tanto así? ¡Horrible! —exclamó indignada—. No me sorprende que Dios no le agradara ese lugar.

—Aquí, como sabes, decimos: «Invitado en casa, Dios en casa». Tratamos al huésped como si fuera un mensajero divino. No es de sorprender, que Lot, cuando vio lo que estaba sucediendo, ofreció a los atacantes sus dos hijas, que aún eran vírgenes.

—Una hospitalidad impresionante, pero completamente incomprensible para mí, perdóname.

—Somos así —dijo con orgullo, sin querer notar su indignación—. Pero los hombres gritaban y amenazaban con que si no les daba a las jóvenes, pronto quemarían la casa y se negaron a tomar vírgenes. Cuando la multitud comenzó a tumbar la puerta, los ángeles les dijeron a Lot y a sus familiares que cerraran los ojos. Crearon un gran destello y en un momento cegaron a todos los atacantes.

— ¡Tenían mucho poder!

—Inmediatamente después, le ordenaron a Lot que se llevara a su familia y huyeran de la ciudad, porque Sodoma sería destruida al amanecer. Lot su esposa e hijas salen de inmediato. Su futuro yerno no quería unirse a él, no creía lo que estaban diciendo. Los ángeles, mientras se marchaban, advirtieron a la familia que ninguno de ellos podía voltear bajo ninguna circunstancia. El que lo hiciera perecería.

—Tienes razón, Dios es un padre severo.

—Al amanecer, de acuerdo con el anuncio de los ángeles, el Señor castigó el lugar de vicios y mal, en el que incluso no se encontraron ni a diez justos. Hubo una gran explosión. La familia de Lot estaba en el lugar que ves —otra vez apuntó a la estatua contra el sol poniente— la esposa de Lot, incapaz de detener la curiosidad, miró hacia atrás. Y se convirtió en una estatua. Como puedes ver, todavía está ahí.

— ¿Crees que ve, oye y siente? —La historia afectó la imaginación de Makeda—.

—No lo sé, pero esta historia siempre me ha conmovido.

—Siento que ya no estaremos aquí, y ella seguirá mirando desde esta colina a las ciudades hundidas y aquellos que, en algún momento, en el futuro, estarán parados en el lugar donde estamos ahora. También se preguntarán si realmente hay ciudades en el fondo del mar, y si esta roca realmente es la esposa de Lot.

***

La próxima parada estaba prevista en el hogar del administrador de la región.

Su hijo había nacido unos días antes. Por lo tanto, el anfitrión tenía una doble razón para celebrar. No solo nació su primer hijo, sino que su hogar iba a ser visitado por el rey. Y no solo él, sino que iría en compañía de la célebre reina de Saba.

Makeda y Salomón viajaron a caballo ese día. Cada uno de ellos montaba un hermoso espécimen de los establos reales de fama mundial. Para Makeda, el rey eligió personalmente a una elegante yegua blanca, él se sentó en un semental negro.

—Es un honor para ellos que el rey participe en el Berit [53] —le aseguró cuando los edificios a los que se dirigían ya eran visibles en la distancia—. Pero si no fuera por ti, mi administrador no habría alcanzado ese honor. Así que no solo te debo mucho, sino también un hombre que ni siquiera conoces. Veremos si lo apreciará.

Él lo apreció. Con soldados, asesores y sirvientes, esperó frente a la puerta de la ciudad, que era la capital de la región que manejaba.

—La paz sea contigo. —Salomón levantó la mano cuando se acercaron lo suficiente—.

Al oír estas palabras, el administrador hizo una profunda reverencia.

—Shalom, por la ley del rey, que visita la tierra que le entregó y honra a su sirviente —diciendo las palabras de bienvenida se inclinó de nuevo—. La paz sea con la poderosa reina de Saba y todos los que vienen con usted —agregó—.

Durante la visita, la señora de la casa fue puesta a disposición de la reina de Saba. Salomón se instaló en las habitaciones privadas del administrador.

Había una atmósfera de emoción por la visita y por el ritual del Berit que se llevaría a cabo al día siguiente.

La circuncisión era un símbolo del pacto entre Dios y Abraham. [54]. A todos los niños que venían al mundo se le realizaba antes de cumplir los ocho años. Entonces el niño recibía un nombre.

Por la mañana, después del desayuno, que Salomón y la reina de Saba tomaron en compañía del administrador y su esposa, el rey permitió que comenzara la ceremonia.

Los visitantes se reunieron en la plaza frente a la casa. Se sentían honrados de poder estar allí. Salomón rara vez asistía a este tipo de celebraciones familiares fuera de Jerusalén. Y ahora no solo vino él mismo, sino que la famosa Reina del Sur estaba con él, de quién en la región se había oído cuentos coloridos durante mucho tiempo.

A Salomón se le asignó la silla más importante, la que el administrador usaba para resolver los casos judiciales y recibir a los invitados más destacados. Además, en honor al rey, estaba forrada con valiosos materiales y colocada en una plataforma. Había un mueble similar pero más pequeño para la reina.

El gobernante saludó personalmente a muchos de los visitantes. Era obvio que los conocía y habló con ellos muchas veces. Era directo y extremadamente educado con cualquiera con quien incluso intercambió una oración. Anteriormente, en Jerusalén, Makeda se impresionó por su trato benévolo con todos los que conocía. Ahora era similar. Era como un padre para ellos, tenía una voz tranquila pero decidida, exigía, pero también recompensaba generosamente, podía reprender y alabar.

—Eres un gran líder —ella lo miró con la ternura de una mujer enamorada por primera vez en su vida. Él era una revelación para ella. Admiraba todo lo que él hacía. Estaba fascinada por su silueta, su forma de moverse, su gesticulación, su voz, su aspecto. Amaba todo sobre él. Incluso el más pequeño cabello gris en su sien.

Después de los saludos, regresó a su silla y señaló que podían comenzar, el Mohel [55] sacó un pergamino enrollado de una bolsa decorativa. Se inclinó ante el rey, los padres del niño estaban de pie, lo desplegaron y leyeron viejas palabras conocidas por todos:

—Dios le dijo a Abraham: «Tú, y tu descendencia a lo largo de todas las generaciones, harán un pacto conmigo. Como señal, cortarás el prepucio del cuerpo. De generación en generación, cada uno de los hijos varones, cuando tengan ocho días de edad, debe ser circuncidado, un criado nacido en su hogar o comprado por dinero debe ser circuncidado. Este pacto siempre se aplicará. Un hombre que no es circuncidado, puede ser removido de la comunidad, porque habrá roto el pacto conmigo».

Mientras hablaba, el Mohel tomó el cuchillo y se inclinó sobre el bebé que su madre había puesto en la mesa ritual. Las personas presentes contuvieron la respiración. El Mohel hizo un corte rápido, y cuando el niño comenzó a llorar en voz alta, llenó su boca con vino fuerte y se inclinó hacia adelante. Con dignidad, usando su propia boca, enjuagó la herida fresca con alcohol. De esta manera, se curó rápidamente y, además, el vino no permitió que ninguna enfermedad ingresara en el cuerpo del niño a través de la herida.

—En honor y con el consentimiento del rey, que nos honró a nosotros y a nuestra familia hoy, le doy a mi hijo el nombre de Salomón —mientras la madre consolaba a su hijo en llanto, el padre completó el ritual—.

—Si tuviera un hijo, me gustaría que se circuncidara ritualmente —Salomón se inclinó sobre Makeda—.

—Lo hacemos de manera similar en Saba —dijo—. En nuestro caso, no se debe a un pacto con ninguno de los dioses. Sabemos que para un niño que se convertirá en hombre, este pedazo de piel no es necesario porque acumula líquidos que pueden causar enfermedades. Lo removemos y lo enterramos en la tierra como un signo de unidad con los que nos precedieron.

—Un prepucio seco es como un anillo, ¿sabes? Y en Israel damos un anillo como símbolo de amor.

—Lo recordaré —aseguró ella—.

***

—Warda llora por la noche —La Gran Sacerdotisa aprovechó el momento en que se encontraba sola con Tamrin—.

La reina viajaba con Salomón. Con ella iban Seshep y cuatro criados. El resto de la corte estaba en Jerusalén. Warda, en ausencia de Makeda, podía darse el lujo de concentrarse en su resentimiento y casi no abandonaba la habitación.

—Como sabe, sacerdotisa, las mujeres tienden a experimentar esos estados emocionales —respondió evasivamente—.

—Tamrin, no soy una de tus muchas amigas de la casa del placer —le respondió ella—. Y no estamos hablando solo de una mujer, sino de una persona de confianza de la reina.

—Gran sacerdotisa, perdona —se enderezó, porque en un momento recordó el respeto que sentía por esta mujer—.

—Usted es el encargado de las caravanas, debe cuidar a sus participantes, especialmente si son las personas responsables de la comodidad del gobernante —continuó ella—. Warda supervisa a todos los sirvientes. Su condición afecta su comportamiento. Mientras la reina no esté con nosotros, esto no es todavía una cuestión de importancia primordial, pero pronto, si nada cambia, podría serlo. ¿Tomas esto en cuenta?

Tamrin y la Gran Sacerdotisa eran de una edad similar. Se respetaban mutuamente, pero antes de partir hacia Jerusalén, sus caminos rara vez se cruzaron. No tanto como para que alguna vez tuvieran la oportunidad de hablar de manera aún más profunda porque simplemente no había razón ni oportunidad.

Cada uno era un espíritu independiente y libre que no podía soportar restricciones. Ambos de forma independiente desarrollaron una posición y un estatus fuerte. Y bajo ninguna circunstancia ninguno de ellos permitiría a un extraño ingresar al área de su propia independencia. Eran maduros y responsables, y aquellos a los que consideraban iguales, siempre los trataban con el debido respeto.

—Warda tiene un problema —debido al respeto que le tenía a Sacerdotisa, decidió hablarle directamente— ella pone sus sentimientos en el hombre equivocado.

—Ella ha estado enamorada de ti por mucho tiempo. Eso lo sé.

—Tenía la esperanza de que solo lo supiera yo —casi admitió que tenía razón—. Hice todo para desanimarla.

—El resultado fue contraproducente.

—Me di cuenta.

— ¿Qué vas a hacer al respecto?

—Nada

— ¿Eso quiere decir...?

— ¿Esperar?

Ella se encogió de hombros.

— Sabes que esa no es la salida.

— Me temo que tal vez sí…

— ¿Te gusta? —apreciando que él era honesto, decidió hablar del tema hasta el final—.

—Por supuesto que sí. Es hermosa, sabia y sensible.

—Bueno, ¿qué pasa entonces?

—Sacerdotisa, sabes quién soy, sabes qué edad tengo, cuánto he conocido y cuánto he experimentado con los años —dijo—. Ella se merece a alguien tan puro e inocente como ella misma.

— ¿De verdad? ¿A qué le tienes miedo Tamrin?

—No puedo hacerle eso a ella o a su padre. Le prometí que la llevaría sana y salva a casa.

Ella se preguntó qué decir.

—Le das la responsabilidad a otro hombre —dijo después de un momento—.

—Tal vez sea así.

—Vives una vida cómoda, perezosa y sin compromiso.

—Tal vez tienes razón, Gran Sacerdotisa, eres una mujer inteligente. Pero agregaré algo más. No he tomado una esposa en toda mi vida porque no quisiera dejarla sola por un largo periodo de tiempo. Una mujer sola, en casa con niños, no es la mejor idea. ¿Sabes cuánto tardo en cada viaje? Incluso los más cortos, me toman meses de ausencia sin estar en Marib. ¿Qué clase de esposa soportaría tal cosa? Yo fui un niño criado con un padre casi ausente. Casi nunca estaba en casa. Eso no es bueno. Por eso celebramos que nuestro hermano tuviera una familia, él está permanentemente en la ciudad, cuida a su esposa e hijos a quienes, como saben, mantiene como un grupo unido. Él supervisa nuestros asuntos desde casa. Yo estoy en un viaje constante. Y solo.

—Sí...

—No tengo esposa ni hijos porque soy responsable.

— ¿No has pensado en buscar una mujer que compartiera tus pasiones?

—Tarde o temprano, todas quieren hacer un nido.

— ¿O tal vez el nido que tanto te asusta no sería una mala idea? Piénsalo —ella hizo un movimiento con la mano, como si quisiera encantar el espacio y mostrarle el futuro—. Te estás haciendo viejo. ¿Cuántos años más vas a viajar? ¿Cuántas caravanas conducirás? ¿No es hora de atracar en un puerto tranquilo?

—Gran Sacerdotisa, tengo un gran respeto por ti y escucho tus sabias palabras, pero no sé por qué hoy tengo la impresión de que me tratas como a una de tus hemets. Pero no soy una de ellas —se rió, refiriéndose a las palabras con las que ella le había regañado al comienzo de la conversación—.

***

—Israel me impresiona, Salomón —Makeda levantó la copa con agua— y tú eres el mejor rey que pueda imaginar. Tienes sabiduría, razón, conocimiento y un corazón enorme. Eres el gobernante perfecto para tiempos de paz, cuya existencia cuidaste tan bellamente.

—Mi padre y los que estaban antes de él escuchaban a Dios y cumplían sus órdenes. Tengo la suerte de servir a Israel en tiempos de paz gracias a Yahveh y a que mis antepasados hayan obedecido sus órdenes. Pero como sabes, no siempre hubo paz en esta tierra.

—Sé un poco, pero aún no lo suficiente. Por favor, cuéntame del comienzo. ¿Cómo empezó todo? ¿De dónde vino tu gente?

— ¿Debo empezar desde el principio?

—Te diré lo que sé, ¿te parece?

—Claro.

—Al principio, Dios creó el cielo y la tierra —citó las palabras de los pergaminos que Tamrin le había proporcionado una vez—. Trabajó constantemente durante seis días creando sucesivamente todo lo que nos dio. Descansó el séptimo día. También creó al hombre y una mujer. Adán y a Lilit. Fueron creados de la misma arcilla. Dios los hizo a su semejanza. Eran iguales. Sin embargo, era difícil para ellos estar de acuerdo. Cada uno de ellos tenía sus propias opiniones en casi todos los aspectos. Lilit era peleona.

— ¿Quizás más bien independiente?

Él recordó las viejas historias. Incluso cuando supo de ella por primera vez, le molestó de una manera extraña. Su madre era fuerte y sabia, pero siempre trataba de fingir que no tenía la menor influencia en el tema de la política estatal. Solo cuando David se estaba muriendo y el destino de la herencia del trono estaba en peligro, mostró lo decisiva que era y lo difícil de la realidad del palacio. Otras mujeres a su alrededor también hicieron mucho para no demostrar lo inteligentes que eran. Estaban bastante replegadas, como se decía, sabían cuál era su lugar.

—Lilit era igual a Adán y pensaba que era natural que ella, al igual que él, pudiera influir en todo lo que estaba sucediendo a su alrededor. —Makeda conocía las leyendas sobre la madre humana—. Un día, incapaz de soportar el malentendido constante y lo que probablemente describiría como una lucha por el poder, dejó a Adán. Ella abrió sus alas y se fue volando para no volver a él.

—Dicen que Dios la convirtió en un demonio —Salomón se entristeció—. Que todos los niños recién nacidos están en su poder. Niños hasta el octavo día de vida y niñas hasta el vigésimo día de vida. Entonces, si no están bien cuidados, Lilit puede llevárselos.

— ¿Mueren por ella?

—Eso dicen. Dios la ha privado de su descendencia, por lo que ella, por venganza, roba las almas de los recién nacidos.

— ¿Lo crees?

—Las mujeres atan un hilo rojo en las manos de sus hijos o cuelgan algo rojo en la cuna, porque se dice que de esta manera se puede revertir el efecto de la maldición de Lilit.

— ¿Fue castigada por querer ser independiente?

—Puedes interpretarlo así.

—Salomón, tu opinión hacia las mujeres es como si nunca hubieras tenido que tratar con tu madre, la Gran Sacerdotisa, Seshep u otras mujeres independientes.

—Makeda, te conozco hace poco tiempo, realmente veo el mundo de manera diferente. Tú eres la primera reina con quien quiero pasar las noches y tener en mis brazos.

—Estás bromeando, y creo que al saber la leyenda de Lilit, hiciste daño a muchas mujeres. Puede tener graves consecuencias —quería que él entendiera la importancia de lo que decía—.

En Israel, sin un hombre, una mujer no significa mucho. Pero en Saba, ella incluso puede ejercer poder. Las sacerdotisas de la Dama de la Luna eran fuertes y durante siglos tuvieron una gran influencia. Pero en Israel, no había templos dirigidos por mujeres, y solo los hombres eran sacerdotes.

—Piénsalo —ella le acarició la mano—, te lo dice una mujer bastante independiente, sentada en un trono, gobernando eficientemente un estado grande. Soy mujer, y mira: te doy consejos.

—Lo he pensado. No volveré a tocar el tema de Lilit.

—Del papel que tomará la mujer en tu mundo dependerá el destino de los que vendrán después de nosotros. Créeme, si la privas de una voz y la limitas al papel de amante, cuidadora o a la cocina, durante siglos no se atreverá a pensar que tiene la independencia y la fuerza de Lilit.

—Me preocupo por las mujeres, hago lo mejor que puedo. A aquellas nos son ajenas a estas tierras, les permito orar a sus dioses. Aunque me expongo a la ira de Jehová.

—Aún así piénsalo, por favor. —Le complacía que sembrar la semilla de ansiedad que esperaba que germinara—. ¿Después de que Lilit, Dios creo a Eva? —volvió a la conversación anterior, lo que a él le agradó mucho—.

—Cuando Adán estaba profundamente dormido, Dios le sacó una costilla. Era una mujer lo que Adán quería. Vivieron en un jardín paradisíaco en plena felicidad y sin controversia, sin dolor, sin la más mínima preocupación y enamorados. Fue grandioso en todos los aspectos. Recibieron vida eterna, salud, no les faltó nada. No solo no tenían preocupaciones, sino que ni siquiera sabían de la posibilidad de su existencia. Vivían en un mundo perfecto y eran perfectos.

— ¿Y qué pasó? —Sabía la respuesta, pero quería saber su versión—.

—Un día Eva conoció a una serpiente.

—Ah, la serpiente —Hizo un gesto, como haciendo un circulo—, es un símbolo de vida eterna y renacimiento.

—Simboliza la tentación y el mal con nosotros.

— ¿Sabes que la Isis egipcia, gracias a la cooperación de la serpiente, ganó un poder tan grande que se convirtió en la más grande de las diosas de este país?

—Lo he escuchado. Ella le quitó algo del poder a su divino padre, ¿verdad?

—No por engaño, sino por su ingenio.

—Me encanta tu forma de ver las cosas.

—Es un poco diferente a la tuya, eso es un hecho.

— ¿Quizás por eso me fascinas tanto?

Ella reconoció sus palabras con una sonrisa. El hecho de que diferían en muchos temas no podía hacer que la amara menos.

— ¿Entonces dices que Eva se encontró con la serpiente?

—Así fue —volvió a la historia con gusto—, caminaba por el paraíso, cantando alegremente, hasta que llegó al árbol del conocimiento.

—Nuestro árbol divino es una persea.

—Nuestro árbol se llama de otra manera. Algunos incluso dicen que es un manzano. Pero en esta historia, esto no es lo más importante.

— ¿Entonces qué?

—La serpiente se trenzó al árbol. Era hermosa y, como todos los animales en el paraíso, hablaba con voz humana. Eva se detuvo frente a ella y la miró. Encontró algo fascinante en ella.

Era la promesa de descubrir lo desconocido. Ella le habló. Le prometió una sobrecarga de los sentidos, habló sobre el placer de aprender sobre una realidad nueva y diferente. Ella la escuchó con entusiasmo. Durante muchas semanas ella fue al árbol del conocimiento para hablar con ella.

— ¿No se sucumbió de inmediato? ¿Cómo?

—La seducción tomó un tiempo. Eva no era la primera allí, la serpiente no la tuvo tan fácil, tuvo que trabajar duro.

—Tomar algo tan fácil, puede se aburrido. A veces perseguir a la presa es más placentero que atraparla.

—Una larga espera por el premio y la necesidad de hacer un esfuerzo importante para recibirlo es un placer, pero créeme, y sé lo que estoy diciendo, hay recompensas tan dulces que nada en el mundo puede igualar ese placer.

Se inclinó hacia delante, esperando un beso. Ella apreciaba la ligereza de sus palabras y la capacidad de jugar con ellas, pero esquivó sus labios, alejándose con una risa.

—Hablabas del árbol —le recordó ella—.

—Sí, el árbol —aceptó con dignidad que no lo dejaría besarla—. Entonces, lo interesante de la historia es el hecho de que el árbol no era normal.

—En nuestras leyendas, la Dama de la Luna guarda la historia en sus hojas. Sus raíces llegan tan profundo que están conectadas con todo lo que vive y derivan poder de lo que fue y es.

—En el paraíso, Dios le dijo a Adán y Eva de manera severa e inequívoca que lo único que no se les permitía hacer era recoger y comer fruta de este árbol.

— ¡Gran tentación!

—Exactamente —señaló—, la fruta prohibida es la mayor tentación. ¿Sabes algo al respecto?

Ella entendió que la consideraba una fruta prohibida. Recordó el consejo de la Suma Sacerdotisa y de Seshep: no mostrar su rostro el mayor tiempo posible. Ella aún tenía esas palabras en su cabeza; debía seguir siendo un misterio para él siempre. Tenían razón. Recordó cuando le aconsejaron que se presentara delante de él con un velo y más tarde, cuando insistieron en que no se le revelara y que era inescrutable para él. Se alegró de haber seguido sus consejos. Fueron efectivos.

— ¿Qué pasó después?

—La tentación ganó. Eva persuadió a Adán para que probara el fruto del árbol prohibido con ella.

— ¿Y...?

—Lo probó.

— ¡Oh, pobre! ¿Se rindió tan fácilmente?

—Ustedes, las mujeres, tienen sus maneras de hacer que nosotros hagamos exactamente lo que nos dicen. Ni siquiera sabemos cómo sucede que cedemos tan voluntariamente a ustedes.

— ¿De verdad? —ella inclinó la cabeza pensativamente— Me parece que Adán era un hombre que no pensaba por sí mismo. Era débil y se podía manejar fácilmente. Apenas se libró de la independiente Lilit, fue Eva quien lo dominó. Lo dominó porque lo hacía de tal manera que ni siquiera sabía que ella estaba a cargo. ¿Tal vez ella era más inteligente que Lilit? ¿O simplemente diferente? Cada uno de nosotros puede ir a donde quiere, pero cada quien lo hace de forma diferente.

—Estás revolviendo mis pensamientos, Makeda. Lo que dices cambia mi opinión de muchas cosas en las que creía. O al menos pienso que así es.

— ¿Comieron la fruta prohibida y luego? —Ella quería que él volviera a la historia principal—.

—Primero se dieron cuenta que estaban desnudos.

— ¿Cómo es posible?

—En un mundo más allá del paraíso, la desnudez no se escapa. Bueno, a menos que sean circunstancias especiales...

Ambos cerraron los ojos y sonrieron al recordar sus caricias.

—Por favor, por favor, ¿qué pasó después? —Makeda se sacudió—.

—Vino Dios y los expulsó del paraíso —concluyó brevemente—.

— ¿Crees que fue desagradable?

—La vida real había comenzado. Tal y como la conocemos.

— ¡Es grandioso! —ella aplaudió— ¡Qué bueno que Eva alcanzó esta fruta! Si no fuera por ella, los israelitas vivirían hoy en el paraíso y no conocerían los sabores de la vida real. No experimentarían su extraordinaria belleza. Bueno, ¡y no nos hubiéramos conocido!

—No tenemos la costumbre de hacer bromas sobre los libros sagrados —protestó—.

—No me atrevería —le aseguró con seriedad—. Miro las cosas desde una perspectiva diferente. En mi país, Dios está en el mismo nivel que la diosa. Tú solo tienes a Yahveh. Las mujeres, encabezadas por la diosa, fueron removidas y excluidas. Ya te lo dije, pero quiero repetirlo: nunca he conocido un lugar en el mundo donde solo se adora a un dios masculino y no hay lugar para una diosa ni sus sacerdotisas. En Israel, las mujeres se han rendido al poder de Yahveh y ni siquiera dicen que les gustaría honrar el elemento femenino de la divinidad.

—Nuestro Dios contiene en sí mismo masculinidad y feminidad. ¡Porque Él es todo! Él es Absoluto. No podemos hacer comparaciones porque es inimaginable. ¿Lo entiendes? Tus dioses y diosas son una pequeña parte de nuestro Dios, sus hijos. ¡Como todos y todo!

—Salomón, quiero analizarlo y pensarlo en paz —calmó sus emociones—. Dame tiempo. Meditaré todo lo que necesite y tal vez algún día vuelva a hablar contigo sobre este tema —ella hizo un gesto de agradecimiento a la Dama de la Luna—. Ahora, por favor termina la historia sobre los orígenes de tu gente...

Salomón, respondiendo a su gesto de diosa, levantó las manos para saludar a su Dios. No quería estar enojado por lo que Makeda estaba diciendo.

—Adán y Eva vivían fuera del paraíso. Ellos experimentaron problemas terrenales. Se convirtieron en mortales. Las siguientes generaciones vinieron al mundo. Es una larga historia. Déjame acortarla un poco, si me lo permites.

Ella asintió.

—Para mi nación, es importante que en algún momento Dios hizo un pacto con Abraham. Te lo mencioné antes.

—Desde hace algún tiempo, me he interesado por los libros de tu gente. Son tan ricos y llenos de nombres que a veces es difícil recordar quién era padre de quién, quién estuvo con quién, quién mató a quién o si planeó hacerlo y por qué motivo, cuándo y dónde se luchó y a quien recompensó o castigó a Yahveh. Sin embargo, quién fue Abraham, lo recuerdo porque, después de todo, la señal del pacto que Dios hizo con él, la circuncisión, lo sé todo.

Estaba complacido con sus palabras, pero no comentó nada, se centró en la historia.

—Por la voluntad de Dios, Abraham, aunque tenía cien años, y su esposa noventa, tuvieron un hijo. Se llamaba Isaac. El hijo de Isaac fue Jacob, a quien Dios cambió su nombre a Israel. Tuvo doce hijos y de ellos derivaron doce tribus.

—Estos hijos son: Rubén, Simeón, Leví, Judá, Dan, Neftalí, Gad, Aser, Isacar, Zabulón, José, Manasés y Efraín —recitó con fluidez queriendo complacerlo—. Como sabes, he estudiado el hebreo —dijo—. Ben, quien fue mi maestro, el hijo de un comerciante de Jerusalén, no solo me enseñó el idioma. Me contó un poco de tu historia. Es complicada, pero quizás por esta misma razón, muy colorida. Para quienes la escuchen por primera vez, puede ser terriblemente confusa —decidió que mentiría si dijera que entendía la historia—.

—¿Y qué te parece…?

— Me sigue causando confusión —dijo con honestidad—. Estaré agradecida si me dices lo que pasó después…

— ¿Después? Fue así que llegó Moisés.

—… quien fue criado en la corte del gobernante de Egipto. Cuando se supo que él era un israelita, hubo una gran revelación, formaba parte del pueblo oprimido por el faraón, en la tierra de Canaán.

—Eso es correcto. Por supuesto, como puedes adivinar, sucedió por la voluntad de Dios, quien se reveló a Moisés y le dijo qué hacer y cómo hacerlo; apoyándolo todo el tiempo. Dio mucha evidencia de esto. Primero, cuando el faraón no quería dejar salir a los israelitas de Egipto, asedió a su país. Fueron diez plagas las que lanzó. Cada una peor que la anterior. Por ejemplo: ranas, mosquitos, reptiles, moscas, peste porcina, úlceras, granizo, langostas, hasta el agua del Nilo que se convirtió en sangre.

Makeda se estremeció.

—Luego ayudó a las personas que huían a sobrevivir los tiempos difíciles —continuó—. Por Él, el mar se partió, para que pudieran caminar al otro lado por tierra firme. El faraón y su ejército murieron en las profundidades cuando el mar regresó a su estado normal. Hubo muchos milagros que Dios ha hecho para nuestros antepasados. El camino de Egipto a la tierra prometida duró cuarenta años.

—Y me quejé de que mi viaje de Saba hacia ti fue largo —intervino ella.

—Ni siquiera sabes lo agradecido que estoy con Dios por haberte traído.

—Yo también le agradezco. Desde hace mucho tiempo lo hago, fue no solo gracias a la Dama de la Luna sino también a Yahvé. Tal vez actuaron juntos, ¿qué piensas?

—Nuestro Dios tiene un sentido del humor completamente diferente al de tu diosa. No solo no le gustan las bromas sobre sí mismo, sino que lo castiga severamente.

—Porque todavía es joven. Cuando madure, se relajará —ella se rió—.

—Una declaración audaz.

—Estas son las palabras de la Suma Sacerdotisa. Hablamos de Yahveh. Ella no tiene nada contra Él. Además, piensa que con el tiempo, cuando Yahveh madure, sabrá que todo dios necesita una diosa.

—Tiene cualidades tanto femeninas como masculinas. ¡Porque Él es todo! Él es todo. Te lo dije.

—Lo pensaré —prometió ella—. Dime qué pasó después, porque nos acercamos a los tiempos que están más cerca de nosotros.

—Tienes razón —juntó las manos sobre su pecho—, cuando mis antepasados finalmente llegaron a la tierra que Dios nos prometió, comenzó un tiempo de arduo trabajo y construcción. Al principio, no teníamos un rey. Cada tribu eligió a su representante. Las decisiones más importantes fueron tomadas por el consejo que crearon. Pero había tribus rebeldes a nuestro alrededor que nos amenazaban. Estaba claro que si nos uníamos y creábamos un estado fuerte, sería más fácil tratar con ellos. Saúl se convirtió en el primer rey del Israel unido. Mi padre, David, es el segundo.

—Escuché una historia de cómo derrotó a Goliat.

—Sí, es esperanzadora. Él dice que si Dios está de nuestro lado, tenemos la oportunidad de ganarle incluso a un gigante invencible.

—También habla sobre el hecho de que si creemos en nosotros mismos, podemos manejar las adversidades, incluso aquellas que parecen insuperables.

—Sí —admitió—, una no excluye a la otra.

—Exactamente. Así como la existencia de Yahveh no excluye la existencia de la Dama de la Luna.

—No puedo estar de acuerdo con eso.

— ¿Tal vez deberías pensarlo? —propuso conciliatoriamente, y una vez más, él sintió lo que es tratar con una mujer fuerte—.

¿Alguna de sus cónyuges se atrevería a hablarle así? ¿Se atrevería alguien a sugerirle que piense en algo que es tan incuestionable, obvio e inviolable como la fe en Dios? Solo una reina podría hacerlo, una persona con un espíritu poderoso e independiente. No sólo eso, sino que parecía que ni por un momento pensó en eso como un acto de valor. ¡Simplemente dijo lo que pensaba que era correcto y aparentemente no sentía las limitaciones de ser mujer!

—Sí, deberías pensarlo —ella repitió—. Pero no ahora, ¿sí? Ahora, cuéntame de tu padre.

Él no entendía por qué se estaba rindiendo a ella. Y por qué las peticiones o incluso las órdenes sonaban completamente naturales saliendo de su boca, y lo que es más, estaba listo para recibirlas de inmediato.

—David fue sobre todo un gran guerrero. Lamento que no pudieras conocerlo, él te deleitaría.

—Me pregunto si le agradaría —mostró todos los dientes en una sonrisa—.

—No tengo ninguna duda al respecto. Eres hermosa y sabia, y al mismo tiempo misteriosa. Le gustaban las mujeres… —se rió un momento de su pensamiento— Pero amaba a mi madre más.

—La reina Betsabé es insuperable —dijo con seriedad—. Me encanta su sabiduría. La primera vez que escuché la historia de su amor, lloré toda la noche. Me imaginé lo que ella sentía y soñaba, que también experimentaría un sentimiento que perduraría hasta el fin del mundo. Supongo que yo misma he rezado por eso. Estoy contigo y sé que eres el amor de mi vida.

—Hemos recibido un hermoso regalo. Debemos cuidar este sentimiento y cultivarlo. El amor es como una planta delicada. Sin buena tierra, sol, agua y viento amigable, puede secarse.

Bajó la cabeza y suspiró pensando en la próxima despedida. Sin embargo, renunció a estos pensamientos, recordando que la felicidad depende también del compromiso con los momentos que se nos dan.

— ¿Y bien? ¿Hablabas de David?

—Era un guerrero. Conquistó y sometió las tierras de los filisteos, los moabitas, los sirios, los territorios del norte y del sur, e hizo grande a Israel. Conquistó Jerusalén. Es gracias a él que puedo gobernar en paz. Preparó el terreno para ello. Me colocó en el trono con la tarea de erigir el templo y fortalecer el estado. Con la ayuda divina, gracias a la sabiduría que el Señor me dio, puedo hacerlo con un resultado bastante satisfactorio.

—Eres un rey cuya fama durará para siempre. —Ella estaba absolutamente convencida de que así sería—.

—Me gustaría eso. Y ser recordado como alguien sabio y justo, alguien quien convirtió Israel en una ciudad poderosa y cuyos sucesores gobernaron durante mucho tiempo en paz. También me gustaría que la fe en el Dios real se extendiera por todo el mundo. Porque con esa fe habrá prosperidad, orden, leyes justas y felicidad.

—Hablas muy bien de Yahveh. Seguramente sabrás que hace mucho tiempo, el faraón Akenatón trató de establecer un único dios en Egipto.

—Se las arregló para introducir la fe en un dios, pero por un corto tiempo. Él dios de Akenatón y su bella esposa Nefertiti era Atón. Algunos podrían pensar que Dios y Atón son similares. Atón no sobrevivió a la prueba del tiempo. Él era el dios de la élite. Egipto no estaba preparado para él. La gente no lo vio. Los antiguos dioses eran muy fuertes, Atón no tuvo oportunidad.

— ¿Crees que Dios es fortalecido por el poder de las oraciones que se le envían?

—Podrías decir eso. Él nos da fuerza y lo fortalecemos ofreciéndole nuestra fe, devoción, obediencia y oraciones.

— ¿El poder del estado depende del dios que lo protege?

—Puedes tomar varias decisiones políticas, entrar en acuerdos y alianzas, pero lo más importante es tener a Dios a de tu lado [56] —declaró—. Estoy tratando de gobernar a Israel así. Y eso es exactamente lo que hizo mi padre.

Makeda comparaba su visión del mundo con la de su padre. Nada era más importante para él que la continuidad de la dinastía y el poder de Saba. Y él siempre trató de tener a Almaqah y a la Dama de la Luna de su lado.

—Tienes razón. Nuestro deber más importante como gobernantes es cuidar del estado. Sin lugar a dudas, debemos, y creo que ambos queremos, gobernar en nombre de nuestros dioses y de acuerdo con las leyes y principios establecidos.

Escuchó atentamente. Ella comenzó a hablar, no tenía la intención de interrumpirla.

—Solía tener un sueño que era casi como una visión. Un gran poder. Fue hace mucho tiempo, pero recuerdo haber soñado con esta noche. Escuché una voz que casi me rompía la cabeza. Pensé que me rompería en dos partes y moriría. Sin embargo, no sucedió. La voz se convirtió en una luz brillante y no pude oírla con mis oídos, pero la sentí en mi cuerpo. Él dijo: Hay un solo Dios. Él es el principio y el final, Él es todo y esta en todas partes. Aquellos a quienes la gente consideran como dioses a quienes rezan, son hijos e hijas enviados por él, emanaciones del poder divino. Dios nos da exactamente las emanaciones que necesitamos. Pero algún día, en el futuro, las personas madurarán, y luego Dios enviará a su hijo a la tierra, que será un hombre como todos los demás. Sin embargo, antes de que eso suceda, los hijos e hijas del Absoluto son dioses, no personas.

—Nuestros libros mencionan la venida del Mesías —comentó—. Así que es difícil para mí discutir lo que dijiste. Tienes razón en que Atón, de quien hablamos, Hathor, Isis, tu Almaqah o la Dama de la Luna, no son humanos. Son solo nuestra interpretación de la divinidad. La mente humana no puede imaginar un Dios real. Por lo tanto, tenemos una prohibición estricta de recrear su imagen.

Ella sacó una pequeña placa de oro que siempre llevaba en una pequeña bolsa casi invisible que colgaba de su cinturón. Se lo puso en la palma de la mano y se la mostró a Salomón.

—Los Diez Mandamientos —se sorprendió—. ¿De dónde sacaste eso?

—Tamrin me la dio hace mucho tiempo. La llevo siempre conmigo.

—Makeda, Dios te ha dado una protección especial, lo sé.

—La Dama de la Luna también me cuida.

—Tal vez...

Ella amaba el tiempo que pasaban juntos. Quería que las conversaciones nunca terminaran. Pero con cada día y cada momento que pasaba, sentía cada vez más que pronto tendría que terminar. Él también lo sabía bien, por eso intentaban pasar cada momento libre juntos.

—Salomón, tengo que volver —dijo un día—. Y sé que me entiendes.

Se tomaron de las manos.

—El amor es lo más importante del mundo, vale la pena vivirlo. Pero cuando un hombre nace con una misión o cuando los dioses le dan un destino especial, sus sentimientos y su propio placer deben pasar a un plano superior. Si tenemos compromisos, no podemos renunciar a ellos solo porque nos encontramos con el amor. Aunque sea el amor de la vida...

Ella sentía cómo sus sienes latían cada vez más. Un aro invisible apareció alrededor de su cabeza. Su garganta se apretó. Sabía que en un momento no podría hablar, terminó con la última de sus fuerzas.

—Debes tratar de alimentar este sentimiento y cuidarlo con todas tus fuerzas, pero no puede hacerse a costa de renunciar a las obligaciones que tenemos. Debemos llevar a cabo los planes que los dioses nos han propuesto. Somos gobernantes, debemos vivir con dignidad, como corresponde a los reyes.

Pronunció las últimas palabras con la garganta completamente cerrada. Se detuvo. Afortunadamente, después de un momento, el invisible borde doloroso que cubría su cabeza se rompió y el dolor se alivió. Puso las manos sobre el acrílico y rompió a llorar. Él se encogió de hombros. Ambos lloraron. Sabían que su tiempo se estaba acabando. Y sintieron que lo que se dieron el uno al otro fue lo más maravilloso que les pudo pasar en sus vidas.

—No te vayas, quédate conmigo —trató de resistirse a lo inevitable—. Sé mi reina. Siéntate conmigo en el trono. Conectaremos a Saba e Israel, crearemos un imperio.

—Mi amado, sabes que es imposible —ella se justificaba y él estaba sufriendo tanto como ella—. Si lo hago, todas tus alianzas existentes colapsarán y perderías la mayor parte de lo que has logrado con tanto esfuerzo. —Dejó de sollozar, su voz de nuevo se escuchaba fuerte y tranquila—. Sabes que si la hija del Faraón regresa a Egipto, porque ninguna otra solución será honorable para ella, su padre te declarará la guerra. Cuando te enfrentes a Egipto, todos los que han estado esperando un momento de debilidad van a atacar. No todos son tus amigos. Hadad y muchos otros están esperando el tropiezo más pequeño. Estarían felices si hiciéramos algo tan irrazonable como unir nuestros reinos. Ve lo que hemos avanzado en nuestros acuerdos sobre la flota y nuevas rutas comerciales. Y sin embargo, son secretos, nadie debe saber sobre ellos.

—Ya sabes, como yo, que no hay nada secreto en el mundo. Si algo sale de nuestros labios, va a un espacio donde todos pueden elegir nuestras palabras. Eres alumna de las sacerdotisas, quienes son especialistas en estos asuntos, debes saberlo perfectamente bien.

—Salomón, tu entiendes de política mejor que nadie. Sabes, tan bien como yo, que no puedo quedarme.

—Sí puedes. Te esconderé en mis brazos y no te soltaré, ¡ni siquiera cuando todo el mundo lo suplique! —Le aseguró mientras se arrodillaba a sus pies—. Estoy dispuesto a cambiar yo mismo y todo a mí alrededor, solo quiero que te quedes.

—Incendiarías al mundo…

—Estoy listo para hacer esto por ti. Solo dilo.

—Dices eso porque sabes que nunca lo diré.

—Me gustaría que lo hicieras, de verdad. Porque para cambiar nuestras vidas no basta solo con mi voluntad.

Mientras hablaba, una colorida mariposa estaba se posó en el hombro de Makeda. Tenía grandes alas de un cielo azul puro.

—Es el mensajero de la Dama de la Luna —dijo—. Me pregunto que nos quiere decir.

Salomón la atrapó en sus manos.

— ¿Está viva o muerta ahora, qué crees? —Él preguntó—.

—Libérala —le pidió ella—.

— ¿Está viva o muerta? —repitió y se notaba que hablaba en serio—.

— ¿Es un acertijo? —supuso ella—.

—Exactamente.

Sabía que, independientemente de la respuesta, podría estar equivocada. Si decía que la mariposa está viva, Salomón la aplastaría para demostrar que estaba equivocada. Si decía que está muerta, abriría las manos y el insecto volaría.

Él sabía que ella entendía su pensamiento.

—Tómala —sugirió, moviendo sus manos hacia ella—.

Por un momento, formaron un espacio común con las manos unidas.

— ¡La tengo! —Miró dentro de sus manos conectadas a través del agujero que formó de sus dedos—. Es maravillosa…

—Sí… vivirá sólo por un momento. Pero para ella, un momento es toda su vida —dijo, y a Makeda le pareció que sus ojos estaban húmedos nuevamente—. Si me dejas, piensa en el tiempo que pasamos juntos, estarás conmigo siempre y hasta el final, porque desde que te conocí, tú eres mi vida.

— ¿Cuál será el destino de esta mariposa? —Apenas podía contener las lágrimas que se habían reunido bajo sus párpados de nuevo—.

—Todo está en tus manos.

***

Los observé, observé lo que los conectaba.

Eran como niños que se deleitaban mutuamente. Él es como un rey de un cuento de hadas, y ella es como una princesa, lo que a casi todas las chicas les gustaría tener en la infancia. Ambos hicieron todo lo posible para asegurarse de crear un mundo tan hermoso y único que ninguno de ellos lo olvidaría jamás. Esos tiempos juntos les daría fuerza por el resto de sus vidas.

Me pregunté si ambos lo sabían. ¿Están creando deliberadamente un mundo así para ellos mismos? Un lugar donde no había preocupaciones, ni enfermedades, ni problemas en los que no hubiera peligros ni amenazas. Un espacio común en el que todo era agradable y siempre estaba limpio, con la temperatura adecuada y en donde la gente solo era amigable y quería compartir con el otro lo mejor de sí.

Ambos intentaron ser lo mejor el uno para el otro. Sin embargo, con cada día que pasaba, sentían cada vez más que el tiempo que se les ofrecía no se daba para la eternidad.

Estaba segura de que su felicidad terminaría pronto. Había visto el futuro.

En la noche, cuando estaba sola, yo, con fuerza, derramaba lágrimas saladas, sintiendo lástima por el destino de mi amada Makeda.

Ella era la reina. Y él, el rey. Ellos vinieron al mundo destinados a guiar a su gente. Para cada uno de ellos, el bien del estado debía ser más importante que cualquier otra cosa.

Sabía que Salomón apreciaba el regalo que recibió, porque lo disfrutaba de tal manera que un hombre maduro, sentado en el trono más rico del mundo, nunca lo hubiera hecho. Cuando viajaban, los seguía paso a paso. Confié en la protección de Salomón, pero quería estar cerca de mi señora para asegurarme de que estaba a salvo. Esa era mi vocación. Así los vi bailando bajo la lluvia, gritando en voz alta palabras de amor, tirando ropas a la luna y bañándose desnudos en el mar, vi un anillo de oro, lo vi cargándola en sus brazos, y cómo la sumergía de nuevo...

¿Y Makeda? Ella no había estado con ningún hombre antes. La euforia del amor era extraña para ella. Lo que sentía con Salomón era anticipado y anhelado. Él fue el que conoció a lo largo de su infancia, era casi como un dios para ella. La observé de cerca. El palacio todavía tenía todos los ojos sobre ella. La protegimos con todas nuestras fuerzas, ella sabía que también la vigilaban constantemente las criadas de la reina Betsabé y la esposa egipcia de Salomón. En el palacio, Makeda mantuvo sus emociones bajo control. Pero cuando emprendían su viaje, se permitía extender sus alas.

Cuando vi su felicidad, juré que haría todo lo que esté en mi poder para que los momentos que se les brinden sean los que ellos habían soñado.

Nunca he experimentado un amor similar yo misma. Y estaba segura de que no lo haría. Así que quería que Makeda amara por sí misma y por mí. Lo suficiente para el resto de sus días. Yo podría sacar algo de felicidad de ello.

Sabía que aunque fueron creados el uno para el otro, nunca estarían juntos. Porque tenían destinos separados, responsabilidades diferentes y vinieron al mundo por distintas razones. Tuvieron suerte de que sus vidas se cruzaran. Los ayudé con todo mi corazón y les serví con todas mis fuerzas. Mi misión en la vida era apoyar y proteger a Makeda en nombre de la Dama de la

Luna. Quería hacerlo, me encantaba y estaba segura de que de esta manera era una buena persona.

***

—Recibí noticias de que Elihoref deseaba pedir mi consentimiento para que Warda se convierta en su esposa —la reina sabía exactamente qué impresión causaría este mensaje en Tamrin—.

Ella no estaba equivocada.

A pedido, Seshep y Warda se unieron a la trama. Las mujeres decidieron que había muchas indicaciones de que Tamrin estaba interesado en Warda, pero le preocupaba su participación en esta relación. Para acelerar su decisión, (de todas formas la tomará, ¿por qué esperar tanto tiempo?) se decidió utilizar una estratagema. Como lo que se iba suceder se iba a llevar a cabo frente a sus ojos, la reina tuvo que unirse a la artimaña. Así que cuando regresó del viaje con Salomón, alegre, descansada y feliz, como nunca antes, decidieron contarle su plan.

—Bien —ella estuvo de acuerdo—, si es por la felicidad futura de dos personas que realmente me agradan, ¿por qué no?

Y, sentada junto a Tamrin, cuando terminó la historia de la expedición, decidió cumplir la promesa que le hizo a Warda y a Seshep.

— ¿Qué te parece? —preguntó inocentemente— El general Tesfa le ha confiado su protección, así que decidí que no tomaría una decisión sin hablar con usted.

Después de sus primeras palabras, la respiración de Tamrin se detuvo y su corazón dejó de latir.

Makeda viendo lo que estaba pasando. Al principio se asustó, recordando las palabras de Salomón de que la lengua puede matar al cuerpo más fuerte. Sin embargo, la respiración del comerciante se recuperó rápidamente, por lo que decidió que Warda y Seshep tuvieron una buena idea.

—Entonces, ¿qué te parece? —ella lo urgió— Elihoref es un hombre rico, amable y educado. Es cierto que perderíamos a Warda, porque tendría que quedarse aquí. Aunque también podríamos tener a un escriba real muy valioso en Saba. ¿No es una solución bastante favorable?

Al ver que Tamrin todavía no podía hablar, ella continuó.

—Ambos sabemos que Tesfa habría querido tener un yerno y, por supuesto, nietos, por lo que debería estar feliz de escuchar esta noticia. ¿Me dirás lo que piensas? —fingió estar impaciente—.

—Reina, eso es una gran noticia, por supuesto. —Él tragó saliva y tomó un tono oficial—. ¿Qué ha dicho Warda? ¿Sabe de los esfuerzos de Elihoref?

—No es difícil notar que no puede apartar los ojos de ella. Incluso yo, que estoy preocupada por los asuntos del estado y, como saben, muchos otros, veo el interés en sus ojos.

—El general Tesfa confió a Warda bajo mi cuidado —Tamrin no pudo deshacerse del tono oficial, además de que una máscara de educada indiferencia apareció en su rostro—. El escriba de Salomón es, por supuesto, un candidato interesante, pero creo que Warda merece a alguien con al menos un título de príncipe. Me sentiría muy feliz por su futura felicidad, pero probablemente no puedo dejar que suceda nada tan importante sin el consentimiento y el conocimiento de su padre. Además, Elihoref es un seguidor de Yahveh. Warda tendría que aceptar su fe.

Ella lo escuchó y extendió sus manos sin poder hacer nada.

—¿Y? ¿Estás a favor o en contra? No creo entenderte.

—Estoy a favor, pero temporalmente contra.

—Ah —se alegró de haber procedido con el plan, porque ahora estaba absolutamente segura de que las mujeres tenían razón—. Sabes cuanto respeto tu opinión. ¿Qué sugieres en esta situación?

—En primer lugar, creo que deberías preguntarle a Warda. Si ella está dispuesta a permanecer en Israel y a aceptar la fe en Dios. Se debe enviar un mensaje al General Tesfa tan pronto como sea posible. No sé cuándo volveremos, porque esta decisión le pertenece solo a usted, reina, pero no nos quedaremos aquí para siempre, ¿cierto? Entonces, tomemos en cuenta la posibilidad de que regresemos a Saba y que Warda le de la feliz noticia a su padre. Luego decidirán juntos qué hacer a continuación. ¿Tal vez entonces Elihoref venga a Saba? ¿O volverá Warda a Israel? A ella le gusta viajar.

—Tamrin, ¿entiendo bien que no estás de acuerdo con la idea de aceptar un matrimonio inmediato?

—No hay que darse prisa con decisiones tan importantes...

—Tal vez tengas razón —ella estaba contenta de que el pez haya picado el anzuelo—. Tendré en cuenta tu opinión. Debido a que no me queda claro, te doy tres días para pensar en ello. Más tarde me dirás lo que piensas.

—Será lo mejor, reina. —Aún no podía deshacerse del tono oficial, por lo que Makeda concluyó que el mensaje que recibió realmente lo había conmovido—.

Ella se puso de pie, con la intención de irse.

—Una cosa más —se sentó de nuevo—, escuché que en mi ausencia Warda lloraba casi todas las noches. No quiero sé qué le molesta. He oído que tiene algo que ver contigo. ¿No sabrás lo que está pasando?

Ella esperaba su respuesta. Y él, con su honestidad y sinceridad, decidió que ella estaba tan involucrada en su relación con Salomón que no veía nada más a su alrededor. Decidió que solo podía decirle la verdad o no decir nada.

—Warda es muy joven e inexperta —comenzó—, tiene toda su vida frente a ella. Es una buena chica, se merece a alguien especial.

—Es difícil estar en desacuerdo con lo que dices —lo alentó ella—.

En ese momento él, en lugar de dejar todo así, le contó lo que le estaba molestando, se quedó en silencio.

—Los sentimientos son una cosa delicada —dijo—, a veces, para madurar, necesitas tiempo.

«O el azote de un látigo» —pensó, pero decidió no decir esas palabras en voz alta, recordando el aforismo de Salomón de que a veces las palabras son plata y el silencio es oro—.

***

—Gran Kandake, reina de Saba, estás embarazada.

Makeda, que estaba de pie cuando la Sacerdotisa entró en su habitación, se sentó. Necesitaba un momento para absorber esas palabras.

Ella cerró los ojos, se quedó en silencio. Finalmente, se levantó y se paró frente a la Sacerdotisa. Luego tomó sus manos.

— ¿Cómo lo sabes?

—Las sacerdotisas siempre saben de estas cosas.

— ¿Estás segura?

—Absolutamente.

Makeda se puso las manos en el estómago.

— ¿Tendré un hijo?

—Todo lo indica, señora.

— ¿Todo, qué todo? —Ella aún mantenía sus manos sobre su estómago—.

—Tu sangre debió haber aparecido hace veinte días. Y aun no lo ha hecho. Pero, por supuesto, esto todavía no es evidencia contundente. Más importante es que se ve diferente, y sobre todo, que las visiones hayan regresado.

—Eso es verdad…

—Las visiones vienen en periodos especiales. Las tenía antes de convertirse en mujer. Porque cuando necesitaba tiempo para aprender y adquirir nuevas habilidades, la Dama de Luna las detuvo. Ahora su cuerpo ha cambiado de nuevo. Ha experimentado la gracia extraordinaria, una gracia doble. Tiene visiones otra vez y... ¡será madre! ¡Gracias por eso!

***

—Tamrin, ¿cuánto tiempo necesitas para preparar una caravana para salir de Jerusalén?

—Reina, ¿vamos a volver a casa? —se alegró—.

—Es hora —aseguró con tal convicción que estaba segura de que la fecha de salida, aún aplazada, pronto tendría lugar—.

Él no sabía lo que había sucedido que finalmente hizo que tomara esa decisión. Estaba convencido, como casi todos en ambas cortes, que Salomón y Makeda estaban haciendo todo lo posible para poder divertirse el mayor tiempo posible.

Él, aunque pensaba en Jerusalén como un segundo hogar, pensó que la visita se extendió demasiado. En el palacio, no había signos evidentes de fatiga por la estadía de la Reina, pero en la ciudad cada vez más gente hablaba sobre los costos generados por su gente y por ella misma; y sobre cómo arrastró a Salomón para que no gobernara el estado.

Afortunadamente, todavía se recordaban los inmensos regalos que traía con ella, por lo que los susurros de la gente aún no eran peligrosos, pero ya estaban empezando a acercarse a la frontera, una vez la cruzaran, nunca volverían a su forma original. Tamrin, que tenía un oído experimentado y podía percibir el estado de ánimo de la gente, sabía que era hora de terminar su visita.

«Es mejor que el anfitrión se sienta insatisfecho que sobrecargado» —pensó, pero, por supuesto, no encontró ninguna base para expresar esa opinión en voz alta a la reina—.

Se alegró cuando escuchó su pregunta sobre el viaje.

—He estado listo desde hace un tiempo —dijo, tratando de no mostrar emoción—. Tan pronto como me avise, estaremos listos en diez días.

— ¡Entonces te estoy avisando, Tamrin!

—Reina, perdóneme por atreverme a preguntar, pero ¿está segura? Prepararse para la salida es, como sabe, un proceso largo y extenuante. Nuestra caravana es la empresa más grande de este tipo vista por el mundo. Tengo que reunir todos los camellos que están disponibles en el lugar y traer muchos nuevos, porque los que están en Jerusalén, por supuesto, no son suficientes para nosotros.

—Mantén la calma. Mi decisión es irrevocable.

—Comenzaré los preparativos inmediatamente, señora —hizo una reverencia, queriendo preguntar por la posibilidad de irse—.

—No tan rápido —ella lo detuvo—, tengo una pregunta para ti, no sé por qué, pero tengo la impresión de que evitas un tema determinado. ¿Sabes de lo que estoy hablando?

—Supongo —admitió con arrepentimiento—.

—Eres el guardián de Warda, porque se lo prometiste a su padre. Te respeto a ti y al general Tesfa, así que, aunque como reina podría decidir por mí misma sobre este punto, te dejé este asunto. Sin embargo, no esperaré más. ¡Dime lo que finalmente decidiste!

—Perdóneme que me demore tanto tiempo en responder, pero todavía estoy considerando todos los pros y los contras. La decisión no es fácil. Tomé en cuenta, por supuesto, la felicidad de Warda y el hecho de que su padre estuviera satisfecho con el matrimonio. Sin embargo, la palabra «tal vez» es de importancia fundamental aquí. Porque no lo sabemos. Tal vez no estará contento de que su única hija dejara la casa de la familia, se estableciera en otro país, entrara a una cultura diferente e incluso a otra religión. Además, tal vez para su única hija, ¿contaba con un marido que desempeñara una función más importante y más rica que la del escriba real? El hecho de que Warda, que siempre ha tenido un gran deseo de aprender sobre el mundo, ahora piense que le gustaría poder establecerse en Jerusalén, no significa que esa decisión sea la correcta.

— ¿En conclusión? —Ella lo urgió, disfrutando de lo que había oído—.

—En resumen, ya que tuve el honor de que me preguntara nuevamente, reina, permítame decirle que si hay un sentimiento entre Warda y Elihoref, ella sobrevivirá a la separación cuando regrese con su padre. Saba está lejos, pero no tanto como para romper un amor que durará por el resto de su vida. Si su llama es lo suficientemente fuerte, durará. El tiempo de viaje se convertirá en una prueba de fortaleza para Warda y Elihoref, y me dará la oportunidad de presentar el asunto al General Tesfa. No me gustaría tener que cargar en mi conciencia con eso. Él es su padre y debe tomar una decisión.

—Recuerda que Warda puede tomarla sola.

—Pero no lo hará por respeto a su padre, ya lo sabe, señora. Ella está bien educada.

—Pero, como todas las mujeres en Saba, es independiente.

—Sí, pero una mujer independiente a veces necesita tiempo para tomar una decisión que puede afectar su vida. Démosle ese tiempo. No me gustaría que ella se arrepintiera un día. Es una gran chica. Se merece lo mejor.

—Bien, que se haga de acuerdo con tus palabras, Tamrin. —Pensó por un momento, como si estuviera considerando algo y añadió—, Tienes razón sobre la prueba del tiempo. Si el sentimiento dura algunos meses y permanece sin cambios, significará que es fuerte y vale la pena luchar por él. Pero puede resultar que desaparezca tan rápido como vino, ¿verdad?

Makeda pensó en los sentimientos de Warda hacia Tamrin. Pero también sobre su amor por Salomón, el sentimiento abrumador que la hizo feliz como nunca.

Ella entendía a Warda como probablemente ninguna de las mujeres a su alrededor. Desde que supo que confiaba en ella como su consejera favorita, sintió una especial cercanía con ella. Estaban de alguna manera en una situación similar. Warda amaba al hombre que había conocido en la casa de su padre desde la infancia. Alguien poderoso, inalcanzable, que conoce el mundo y el viento. Casi nunca estaba presente, pero ella sabía que él existía, porque aparecía de vez en cuando, real, vivo, tangible. Entonces, aunque parecía inalcanzable, porque era un hombre maduro y ella una niña, sabía que era real.

Ella, Makeda, se encontraba en una situación más difícil. Durante el gran parte de su vida, creyó en la existencia de alguien que solo podía llegar a ser un producto de una fantasía infantil. Quería encontrarlo, alcanzarlo y recibir un regalo que sabía que sería el mejor regalo que recibiría en su vida. Y si no fuera por su obstinación, convicción y fe en sus sueños. Si no fuera por el apoyo que recibió de su padre, la Suma Sacerdotisa y Seshep, hubiera perdido su rumbo en algún momento, se hubiera olvidado de sus sueños infantiles y hoy no estaría aquí.

Así que ella entendía a Warda y estaba convencida de que pronto, más temprano que tarde, Tamrin entendería que estaban hechos el uno para el otro. Ella sabía que Warda tenía fuerza y fe suficiente para ambos. Entonces, aunque Tamrin no estuviera seguro de que él pasaría el resto de su vida con Warda, Makeda y todas las mujeres a su alrededor estaban convencidas de eso. Como Warda decidió que estarían juntos, no había otra opción. Porque si una mujer decide hacer algo por amor, lo hará, incluso si le quema o le pesa.

***

Luego vinieron tres noches increíbles. Cada una de ellas privó a la reina de su fuerza, pero también le dio la sensación de que nuevamente fue admitida en otra dimensión. A las esferas sobrenaturales del conocimiento que siempre estuvieron cerca de ella.

Cuando una nueva vida crecía en su cuerpo, otra vez, como antes, las puertas del futuro se abrieron ante ella. Se le dejó ver algo a lo que los mortales comunes no tienen acceso. No buscó la razón por la que había sido honrada, pero estaba segura de que se le había dado una visión y se lo contó a Salomón. La visión debía ser escrita y difundida. Porque estaba destinada a ser una advertencia de Dios.

Se dio cuenta de que la voz que había escuchado desde la infancia provenía del Altísimo. Aunque ella no lo conocía en ese momento, Él solía hablarle entonces. Y a ella le parecía que empezaba a comprender más y más: a lo largo de su vida, no solo era la Señora de la Luna quien la cuidaba. Con su fuerza, la hizo sentarse en el trono de Saba, le dio visiones, la llevó a Salomón y la dejó embarazada. Ahora, cuando volvió a aparecer tan claramente en su vida y volvió a oír su voz, ella sintió alivio y satisfacción. Estaba en casa otra vez, a salvo, segura de que estaba siguiendo el camino correcto.

Al mismo tiempo, sintió la presencia abrumadora de la Dama de la Luna y su aprobación a lo que estaba sucediendo. Ella estaba con ella todo el tiempo, cubriéndola con alas plateadas, que a veces parecían un abrigo azul, ancho y cubierto de estrellas. Le envió una ligera ráfaga de viento que la alivió, la bendijo con manos plateadas y le dio un beso en la frente. Ella le dio fuerza. En esos momentos, la luna redonda sobre la cabeza de la diosa cambió de plateada a dorada e hizo que toda la figura flotando sobre el suelo brillara.

*La primera profecía

La primera visión de la reina de Saba sobre el futuro del mundo fue tan intensa que la despertó.

Makeda se sentó en la cama, temblando y sudando. Estaba llorando.

Seshep, tan pronto como escuchó la conmoción en el cuarto de su ama, se encontró inmediatamente a su lado. Por la noche, incluso el más mínimo susurro la despertaba. Su vigilancia no disminuía con la edad. Al ver lo que estaba pasando, le secó la frente y la abrazó.

Estaba segura de que las visiones podrían repetirse, incluso cuando, unos días antes, Makeda escuchó la voz de Dios en su sueño. Era una señal de que se debía aumentar la atención, especialmente de noche.

Ella no estaba equivocada.

— ¡Llama a Salomón, de inmediato! —Con voz débil, pero no desagradable, le ordenó Makeda—. Que traiga a Elihoref con él. Es necesario. ¡Él escribirá! —agregó, recostándose sobre las almohadas e inmediatamente durmiéndose—.

Seshep despertó a Warda y la hizo correr personalmente hacia el rey para avisarle que viniera lo antes posible, independientemente de las posibles protestas de sus guardias y de sus sirvientes, porque apenas estaba empezando a amanecer y todo el palacio todavía estaba dormido. Ella también envió a un sirviente para traer a la Suma Sacerdotisa.

Mientras esperaba, oró a la Dama de la Luna.

La Sacerdotisa apareció rápidamente y, viendo lo que estaba pasando, se arrodilló junto a Seshep.

Warda logró convencer a los guardias de Salomón ya que sabían con quién estaban tratando y la dejaron entrar en la cámara del rey, donde estaba su sirviente. Afortunadamente no necesitaba muchos más argumentos para despertar a su amo. Comprendió que había ocurrido algo extraordinario ya que la reina de Saba lo llamaba tan temprano en la mañana. Tal situación nunca había sucedido antes. Convencida de que si no cumplía con su pedido, se arriesgaría a la ira innegable de su propia ama, decidió despertarlo.

Dejó escapar un suspiro de alivio cuando se enteró de lo que estaba pasando, y se puso de inmediato un ligero abrigo de noche, que solo usaba en sus aposentos, ordenando enviar a Elihoref a los aposentos de la reina. Rápidamente, junto con Warda, se dirigió en esa dirección.

Cuando el rey y Elihoref, con su equipo de escritura, estaban en la habitación de Makeda, al sentir su presencia, la reina se despertó.

Sin embargo, ella no se comportó como siempre. Se arrodilló en la cama, cruzó los brazos sobre los hombros y con voz inspirada dijo:

—Tu reino, [57] gran Salomón es poderoso y dichoso, pero debes saber que después de tu muerte se dividirá en dos partes, y sus reyes te desobedecerán, y los últimos dos reyes de Israel serán tomados cautivos, sus ojos les sacarán, y luego, con tu gente, serán llevados de regreso a Babilonia, donde permanecerán hasta la muerte —dijo ella en un suspiro—.

Elihoref miró a Salomón. Y cuando él asintió, inmediatamente desplegó el equipo y comenzó a escribir.

—La terrible ira de Dios caerá sobre tu pueblo por no seguir sus leyes y mandamientos. La tierra santa será poseída por un pueblo extranjero que traerá dioses de otras gentes. Sin embargo, esta gente no creerá ni siquiera en sus propios dioses, y entonces prevalecerá la impiedad absoluta. Vendrán nuevos pueblos que serán crueles con ellos. Hasta que en esta pesada cautividad finalmente se conviertan y luego vuelvan sus oraciones al verdadero Dios. Entonces Dios tendrá misericordia y enviará a la tierra, entre su pueblo escogido, los profetas, quienes con gran voz exigirán la rápida destrucción y el castigo de los malvados, pero continuarán en pecado, por lo que el castigo y la venganza de Dios caerá sobre ellos.

Salomón, quien desde el momento que entró a la cámara, se paró junto a la cama, se sentó y suspiró profundamente, pero con un alivio notable. Finalmente, pensó que entendía el plan de Yahveh, que se dirigió a Makeda para que pudiera escuchar lo que estaba llegando a sus oídos: Dios, a través de la inocente y pura reina, advertía a Israel.

Las palabras de Makeda continuaron fluyendo.

—La familia y los reyes desaparecerán; y el templo, construido en honor de Dios, y tus ciudades, serán enterradas en la tierra. Solo después de muchos años, cuando después de un duro castigo, el pueblo de Israel regrese a Dios, volverán a tomar posesión de la ciudad, pero no será tan poderosa como antes y no durará mucho tiempo, porque pronto caerán bajo el dominio romano, y los paganos reinaran completamente. Esta tierra, alrededor de Jerusalén, es santa, porque en ella nacerá el Mesías, hijo de Dios, que salvará a las personas de la esclavitud del mal. Sacrificara su vida por la gente, enseñándole y recitando la verdadera enseñanza, pero la gente no lo reconocerá, no temerá a sus milagros y lo crucificará, dándole la muerte más vergonzosa. Será conocido como un lugar santo, porque el Mesías será martirizado en ella, fluirá su sangre cordial y dolorosa. Su espíritu se entregará a las manos de Dios. Después de su muerte, se impondrá un terrible castigo a Jerusalén, el estado será destruido, la ciudad será arrasada, no quedara piedra en pie y el pueblo de Israel se dispersará en todas las direcciones por no creer en el Mesías y llevarlo a la muerte. Todas las ofrendas y todas las joyas sagradas irán a Roma y siempre permanecerán allí, ya que Roma se convertirá en la cede de Moisés. A Jerusalén lo poseerá el pueblo pagano, pero Él valorará la tierra más que al pueblo de Israel, porque reconocerá al Mesías como un gran profeta, de modo que su tumba se mantendrá y se defenderá hasta la última gota de sangre.

Makeda concluyó el discurso. Aun así, estaba arrodillada en la cama con los brazos cruzados sobre el pecho. Los presentes guardaban silencio. Estaban aturdidos. No sabían qué pensar de lo que habían presenciado.

Salomón habló primero.

—Estás hablando del Mesías. ¿Cuándo nacerá? —Preguntó, creyendo que Makeda todavía estaba en el mundo al que ninguno de los presentes tenía acceso en ese momento—.

—Lo estarán esperando durante más de 800 años. Hasta su muerte por voluntad de los romanos —respondió, como si esperara la pregunta y sabía que, al responder, la comunión con Dios se interrumpiría, y ella sería capaz de relajarse—.

Y así sucedió. Cuando ella respondió, su cuerpo se estremeció, dejó salir el aire que regreso a su diminuto cuerpo y abrió los ojos. Miró a su alrededor, extendió su mano hacia Solomon, y cuando él la tomó, ella sonrió con impotencia, tocó su mejilla contra su mano y se quedó dormida.

*Segunda profecía

Pasó todo el día siguiente en la cama. Estaba débil, y tan pronto como trató de levantarse, su cabeza daba vueltas, tanto que estaba al borde de la inconsciencia.

Seshep trajo a una hemet medico que, después de la inspección, aconsejó a la reina que no saliera de la habitación. Mandó cocinar una sopa ligera con codornices, a la que se añadió un puñado de hierbas secas de refuerzo. Así que Makeda durmió todo el día, se despertó solo para recibir una comida o un trago de agua con miel, que también fue la recomendación del médico.

Cuando llegó la noche y Makeda aún dormía, la Suma Sacerdotisa se unió a Seshep, quien no se apartó de su señora. Estaba pensando que podría volver a suceder lo mismo que la noche anterior. La experiencia y el conocimiento, acumulados a lo largo de los años, le permitieron creer que los dioses visitaban a las personas con regularidad. Y que si Makeda escuchó la voz divina una vez, es muy probable que la escuche nuevamente. Salomón estuvo de acuerdo con su opinión y le preguntó que si se confirmaban sus suposiciones, debía avisarle de inmediato.

Ella tenía razón.

A medida que amanecía, Makeda comenzó a respirar más fuerte. Seshep, que se acostó justo al lado de su cama, se levantó de inmediato. Vio gotas de sudor en su frente y su cabello mojado. Miró en dirección a la Sacerdotisa. Rezaba fervientemente, arrodillada junto a la ventana. Sin embargo, tan pronto como notó el movimiento, se levantó y se fue a la cama.

—Ve con el rey Salomón —le ordenó a la criada de pie junto a la puerta—. Di que te estoy enviando. Él sabrá lo que está pasando.

Estaba segura de que llegaría el momento en que Makeda volvería a oír la voz.

Makeda estaba arrodillada en la cama con la cabeza en alto y los ojos cerrados. Ella habló cuando Salomón se paró a su lado. Como si Dios, que se comunicaba con ella, lo esperara.

—La fe en la enseñanza del Mesías alcanzará tal poder que marcará a los emperadores y reyes en tronos, nada sucederá sin el conocimiento de los sacerdotes —comenzó con una voz inspirada como la de la noche anterior—. La nación judía será destruida y esparcida por todo el mundo. Todo su poder y autoridad les serán arrebatados y entregados a los creyentes en la fe del Mesías. Sin embargo, cuando lleguen al poder, en lugar de virtud, solo se sembraran pecados. Durante este tiempo, todos los pecados humanos se extenderán, como el saqueo, los asesinatos, las guerras y todo en nombre de las enseñanzas del Mesías. Por sus palabras se justificara la extorsión, el robo, el asesinato y cualquier otra falta. No habrá vergüenza o virtud, ya que la gente va a ver la falta de vergüenza, el mal y el pecado como una virtud.

Las personas se harán daño una entre otros y pedirán venganza al cielo. Hermano contra hermano, padre contra hijo, hijo contra padre, laico contra clérigo en una burla de orgullo pomposo. El más fuerte gobernará sobre los más débiles y los tratará peor que a un perro. Los seguidores del Mesías, en lugar de enseñar a la gente salvaje e iluminarlos, quedarán atrapados en la inmundicia, el pecado y el libertinaje, y reinará la costumbre de los falsos juramentos.

Por lo tanto, catorce siglos después de la muerte del Mesías, aparecerá como una advertencia, una señal en el cielo, vista incluso con el ojo desnudo. Esta señal será una estrella con cola de pavo real. Dios está enojado y envía duros castigos, severos males y aflicciones para alejar a las personas del camino incorrecto. Terribles enfermedades que nunca se han conocido antes, penas que acortarán sus vidas y los enfermarán. Los cuatro elementos, el agua, la tierra, el fuego y el viento, todo esto estará en contra de ellos, se producirán grandes daños por tormentas, enormes incendios sin precedentes, inundaciones y tormentas de granizo. La gente recurrirá a las armas, la guerra vendrá, la tierra se incendiará, nadie apoyará a nadie, habrá hambre y necesidades insatisfechas. El granjero dejará la tierra, el artesano el taller. Todos tomarán las armas y sentirán lujuria por la sangre de sus hermanos. Los esposos dejarán a sus esposas, hijos y hogares. Las esposas enviaran a sus esposos sobre otros, y durante mucho tiempo la humanidad se hundirá en iniquidades.

La violación y la injusticia prevalecerán en todas partes en las almas humanas y se extenderán al más alto grado. Se faltara el respeto al matrimonio, y todos lucharán en terrible libertinaje y lujuria. Será difícil distinguir a las personas entre sí. Todavía habrá quienes traten de hacer que gente entre en razón y vuelvan al camino de la virtud. Las señales seguirán apareciendo en el cielo, pero las personas seguirán hundidos en el pecado, y sus corazones permanecen insensibles a la bondad y la virtud.

Cuando ese periodo haya terminado, Dios revelará la tercera parte de su plan a la humanidad.

— ¿Cuándo y cómo sucederá? —Salomón esperaba que al igual que la noche anterior, Makeda escuchara sus palabras—.

Ella le respondió sin cambiar su tono, y sin siquiera moverse un poco. Como si su pregunta estuviera inscrita en el mundo en que se encontraba ella. El hecho de que escuchara su voz y respondiera a las preguntas era un indicio seguro de que se conectaba al lugar en el que ella estaba, en donde veía las visiones que le daba Dios.

—Cuando el momento del castigo llegue, se mostrarán las señales. Las cuales serán, que la gente se adentrará en las profundidades de la tierra, y desde allí sembrarán alimentos. Cavarán profundamente hasta trescientas brazas, para sembrar carbón, mineral y piedras; con estos materiales construirán varios dispositivos de hierro y los moverán con carbón.

La segunda señal será que el comercio y la industria florecerán como nunca antes, la gente transportará mercancías de una tierra a otra. Todos pensarán solo en eso: vender la mayor cantidad que se pueda de productos económicos al precio más alto posible. Por lo tanto, se crearán nuevas leyes, y una será eliminada de la tierra, controlada por la codicia sin fronteras.

La tercera señal será que el amor y la verdad desaparecerán entre las personas, solo la falsedad, la hipocresía y el engaño anidarán en sus corazones, nadie dirá la verdad, tratarán de engañarse a cada paso.

Entonces la cuarta señal tendrá lugar cuando el dinero prevalece sobre el mundo y llega a ser tan grande como Dios, el hombre solo se preocupará por alcanzar la fortuna. Cuando Dios envíe la quinta señal a los hombres, se levantará un esposo de la familia real en Europa y sucederán cosas extrañas en el mundo. Este marido matará al rey en uno de los países occidentales, ocupará su lugar, se fortalecerá y reinará. Entonces aparecerá la opresión en la tierra, y la sangre se derramará abundantemente, los pueblos se levantarán contra otros pueblos. Algunos desaparecerán de la superficie y el esposo se levantará con gran valor y sabiduría. Por oro, saturado con la fe en el Mesías, se creara la guerra romana, ganará fama y sin límites. El esposo, se encargará de desatar la irá de Dios, y como los profetas predijeron, caerá sobre los pueblos y serán castigados por sus pecados con el derramamiento de sangre.

Pero al final, un orgullo inconmensurable engullirá al rey de tantos países y perderá todo lo que tiene. Durante su reinado, los pueblos se agitarán y esa tendencia aparecerá en todas partes, como nunca lo ha sido desde el principio del mundo. Luego se crearán los idiomas, de los que nadie ha oído hablar ahora y se mezclarán, resonando en todas partes de la tierra. Muchos niños que abandonarán sus hogares aprenderán muchos idiomas, olvidando el suyo propio, y habrá más que niños que desaparecerán y nunca volverán a ver a sus padres. Todas las guerras durarán, y una remplazara a la otra para que no terminen. El ejército marchará en innumerables cantidades de un país a otro, el número será tan grande que no se puede determinar. Pero estos ejércitos serán poderosos, implacables, los caballeros vestidos de hierro lucharán entre sí, y el espíritu humano inventará más y más poderosos instrumentos para asesinar.

Además, este esposo los guiará a todos, porque creará nuevas leyes y nombrará a muchos jueces. Este esposo tendrá un principio en la vida: un Dios en el cielo, un emperador en la tierra. Y, por lo tanto, será exaltado por encima de los demás, su lujuria se apoderará de todas las naciones y todos los países bajo su gobierno. He aquí, oye, gran Salomón, porque Dios degradará su trono, quitará lo que ha obtenido de su mano y le quitará toda su dignidad. El mayor mal será arraigado, porque los romanos brillarán con un mal ejemplo de la gente, deberán ser usureros y oprimirán a los pobres. Si un pueblo ve la injusticia, se apartará de los mandamientos de Dios, equivocadamente siguiendo el ejemplo de los demás. La bendición de Dios caerá como un rayo castigando a la gente.

El límite de la paciencia cambiará. Dios ya no podrá mirar con calma la maldad humana, por lo que va a enviar a un ángel, quien, con un potente sonido de trompeta, declara la ira de Dios sobre las personas, y pronto caerá una poderosa plaga en todo el mundo y se convertirá en la muerte de un tercio de la población. Entonces, las personas se detendrán a hablar, las guerras cesarán, y los que permanezcan vivos sufrirán gran tristeza y desesperación. Ellos comprenderán la ira de Dios, reconocerán su error, rociarán su cabeza con cenizas y todos juntos realizarán penitencias para evitar más pecados y evitar más manifestaciones de la venganza de Dios.

Pero las personas no regresarán completamente al camino de la virtud, no obedecerán los mandamientos y las leyes de Dios; no llenarán sus corazones con el amor a su prójimo y a Dios. La maldad permanecerá antes de que llegue el día del juicio final; Sodoma y Dios reinarán entre los hombres. El anticristo tendrá un gran poder sobre las personas y los convencerá efectivamente para que pequen, por lo que Dios enviará a sus mensajeros entre las personas para proclamar y difundir la fe legítima. Cuando las personas se conviertan, cuando entren en el camino de la virtud y la gloria, entonces vendrá el último día. Este día será terrible para toda la creación. En esencia, se levantará la tierra, el fuego y el agua.

Makeda hizo silencio. Bajó la cabeza y apoyó las manos a ambos lados de su torso. Estaba arrodillada en silencio, saliendo de una visión terrible.

*Tercera profecía

En la tercera noche, la revelación llegó al amanecer. Los primeros pero todavía débiles rayos del sol se asomaban en la habitación, cuando, como en las noches anteriores, Makeda se arrodilló en la cama y se cruzó de brazos.

Ella no dijo nada hasta que el sol cayó directamente sobre su rostro y la iluminó de tal manera que parecía una diosa brillante, entonces comenzó a temblar, y las lágrimas brotaron de sus ojos.

—Tu cara reina, parece que está hecha de oro —a Salomón le encantó como se veía—. Pero, ¿por qué lloras?

—Salomón, oh, estás conmigo ahora. ¿Recuerdas que una vez me dijiste quién era Dios? Recuerdo ese momento muy claramente. Estoy bajo el cuidado de la Dama de la Luna y, con su consentimiento, Dios me visitó. Porque ella y él son uno.

Sus ojos estaban cerrados.

—Ahora lo sé y lo veo todo. Pregunta, te responderé. Te contaré sobre las personas que nacerán cuando ya no nos recuerden, sobre los reyes, príncipes y nobles que gobernarán durante muchos siglos después de nosotros. Tendrás conocimiento sobre el futuro. Debido a que Dios te ha dado tanta sabiduría que como a nadie antes de ti o después de ti. No desperdicies este regalo. Tienes un tesoro frente a ti. Lo que hagas con eso depende enteramente de ti.

Makeda se veía diferente que en visitas anteriores. Estaba alegre, sonriente y radiante, como si su cuerpo estuviera hecho de oro y al mismo tiempo flotara ligeramente.

—Me gustaría saber cómo se desarrollará el mundo. ¿Llegará su fin?

Ella abrió los ojos. Sus ojos eran claros, limpios, sobrenaturales. Sosteniendo los codos en alto, colocó las puntas de los dedos en sus sienes. Levantó la cabeza, era evidente como sus ojos se empañaban lentamente como una niebla, sus pupilas desaparecían, eran totalmente blancos ahora. Su cuerpo comenzó a brillar con un resplandor aún más intenso que antes.

—El mundo seguirá su propio camino. Habrá algo para hacer porque la gente tiene fallas. Cuando están bien, se olvidan de Dios y de sus mandamientos; viven en pecado. Entonces Dios debe castigarlos severamente. Sin embargo, antes de que llegue el castigo final, Dios enviará la represión: hambre, enfermedad, fuego, inundaciones, tormentas. Finalmente: grandes y repentinos enfrentamientos, heladas en el verano, para que las flores se marchiten y las semillas de la tierra se quemen y destruyan. Esto causará un daño enorme, porque el advenimiento no vera luz, solo hambre y precios terriblemente altos. Las personas sufrirán una reducción en sus vidas debido a las enfermedades más diversas, envejecerán temprano y morirán. El sol se enfriará, detendrá el calentamiento de las personas y no podrán trabajar. Con un invierno largo y apenas una primavera corta, hará frío en el mundo, por lo que durante todo el año tendrán que caminar con abrigos y pieles de oveja. Este frío y las heladas constantes afectarán las cosechas, ya que todas las frutas, plantas y granos se congelarán, se marchitarán y destruirán antes de tiempo, lo que resultará en una constante falta de alimentos, un hambre que llevará a la gente a la desesperación.

Sin embargo, antes de que la final venganza divina por los grandes pecados humanos caiga sobre la tierra, se liberarán doce señales enviadas por Dios para que las personas puedan arrepentirse y se encaminen al camino correcto.

La primera señal será esta: las personas que trabajan se verán obligadas a trabajar arduamente toda la semana, vacaciones y los domingos, para no morir de hambre. La segunda señal será: las personas, cuando tengan catorce y quince años se casarán, pero como serán muy jóvenes no habrá paz en el matrimonio, por lo tanto, las disputas, malentendidos y divisiones serán frecuentes. La tercera señal será: la gente se dedicará por completo a los asuntos terrenales, por lo que el arte florecerá como nunca antes, la ciencia y las habilidades avanzarán, el comercio y la industria crecerán a proporciones enormes. La cuarta señal: cuando la habilidad humana, una vez desarrollada, comenzará, desde un pequeño pedazo de tierra, a obtener enormes ingresos, tan grandes que le llamarán magia.

La quinta señal será la falta de incredulidad, las mentiras y la impiedad, por lo que las personas, en lugar de la honestidad, amarán, adorarán, respetarán y velarán por su dios.

La sexta señal será cuando la tierra se valorice tremendamente, la venderán en altos precios, y así se creará el comercio en la tierra.

La séptima será cuando la gente no deje ni un pedazo de tierra sin cultivar, cultivarán el vino, plantarán lúpulos y, sin embargo, el pan será muy costoso.

La octava señal es esta: cuando en cada país acuñen otras monedas, establecerán diferentes costumbres, tributos y leyes para que un país no lleve sus productos a otro.

La novena señal será cuando se postergue el ayuno, tanto que no habrá alguno ese año.

La décima señal tendrá lugar entonces, cuando las personas salgan a cortar el heno, lo pongan a secar al sol del verano y al siguiente día encuentren nieve, porque esa noche habrá nevado, como nunca lo había hecho antes.

La undécima señal será que Dios enviará insectos voraces, como en los tiempos de Faraón y las plagas egipcias. Se apoderarán de plantas y árboles de todo tipo, y los destruirán cortándoles las hojas. La duodécima señal: Dios secará todos los árboles y surgirá una inmensa hambruna en la zona.

Estas son doce señales que Dios enviará a las personas para que se arrepientan y se conviertan a la verdadera virtud. Si la mejora no se produce, entonces Dios los castigará terriblemente, ya que no las ha castigado desde la creación del mundo. Y el mundo entero está sujeto al arrepentimiento por los pecados y la impiedad. A los muchos que no creerán estas palabras, será peor para ellos, porque el castigo de Dios los encontrará desprevenidos y serán castigados, mientras que las verdades de estas palabras serán prueba para las generaciones futuras, que verán con sus propios ojos lo que aquí se predice.

Sin embargo, si todas las personas o, algunas personas, no prestan atención a las señales que Dios enviará, y no creen en un castigo cercano, Dios enfrentará a un rey contra otro y estas personas tendrán que derramar mucha sangre en las grandes guerras. Las guerras se crearán una después de la otra, una sobre la otra, para que no haya tregua, y así las personas exhaustas se verán obligadas a pagar cada vez más tributos e impuestos. Por lo tanto, la gente pobre sufrirá lo peor, porque conseguir dinero será difícil debido a la pérdida de cultivos.

Después de terribles luchas, la gracia de Dios tendrá lugar, cincuenta años de fertilidad y abundancia, porque el pueblo de Dios llevará la vida y por lo tanto merecerá el favor de Dios, y con ella se abrirá la clandestinidad y todos los tesoros saldrán a la superficie. Todas las personas serán ricas, no habrá personas pobres, habrá calor en el mundo, casi no habrá frío, las frutas nacerán abundantemente. Pero durará solamente durante el reinado de un rey. Una riqueza temporal que brinda a las personas la oportunidad de disfrutar del placer terrenal, para distraerlos de sus pensamientos y sentimientos hacia Dios, sus leyes y mandamientos; eso llenara de orgullo y soberbia a las almas humanas. Por lo que la gente volverá a olvidar sus deberes y seguirá el camino de la impiedad y el pecado.

Pero todavía habrá un recuerdo del último día, que llegarán a temer. Un día, como muestra de la ira de Dios, la luna, las estrellas y el sol brillarán de manera diferente, pero las personas de poder ya no podrán entrar en el camino correcto de la virtud. Una vez cometido los pecados, vivirán para ver el terrible el último día. Cuando llegue el día, se lamentarán y arrepentirán, pero será demasiado tarde.

Las lágrimas brotaron de nuevo de los ojos de Makeda.

— ¿Cuándo se llevará a cabo juicio final? ¿Lo ves? ¿Me puedes decir?

—Rey Salomón, nadie puede saber esto excepto el propio Dios, porque Dios ni siquiera le ha dicho a sus ángeles —respondió ella, sin cambiar su posición—. Solo te diré lo que yo sé, y te lo diré, porque eres sabio y justo. Dime ¿Cuál es el pago por las buenas acciones y cuál corresponde por las malas?

—Él paga el bien con el bien, y el mal para el que obra mal —respondió—.

—Dios tratará con la gente de la misma manera. Si hacen el bien y obedecen a Dios, les dará vida, y si lo ofenden y siembran en pecado, acortará su número de años de existencia del mundo. Por lo tanto, la gente no puede saber cuándo llegará el día del juicio final. No sé cuándo llegará, pero conozco las señales que lo precederán. Antes del fin del mundo, se revelarán siete señales a las personas, que proclamarán la voluntad de Dios de que la vida en la tierra debe terminar. Entonces, lo que estaba destinado vendrá.

— ¿Cuáles serán las señales? ¿Me dirás? Las escribiré y las transmitiré a la humanidad, para que ella sea responsable de evitar los pecados y no permita que Dios les revele estas señales, porque su bondad es infinita.

—La primera señal será que todas las criaturas que viven comenzarán a sudar sangre, de modo que las gotas de sangre se derramarán, y con gran sufrimiento se combinarán.

La segunda señal tendrá lugar cuando la luna cambie y comience a aparecer desde el este, evocando el miedo y el temor en los corazones de los hombres, quienes harán penitencia y oraciones.

La tercera señal será cuando el sol, la luna y las estrellas brillen con luz roja como sangre, y la gente se juntará las manos con desesperación y sus ojos comenzarán a elevarse con dolor hacia el cielo, como un gesto de arrepentimiento.

Como cuarta señal, Dios enviará un calor a la tierra tan grande, que los árboles y las plantas se secarán completamente, y una desesperación sin límites engullirá a la gente que se arrepentirá y temerá la penitencia.

La quinta señal será cuando la tierra comience a colapsar en muchos lugares, y en los lugares donde haya inundaciones e incendios, la gente dudará de todo y esperará la muerte.

La sexta señal: cuando las aguas abandonen las orillas, y una llama viva comience a arder; la gente morirá de miedo, incapaz de morir realmente.

La séptima y última señal será esta: cuando la superficie de la tierra se mueva, cuando las montañas y las colinas se derrumben, la gente ni siquiera sabrá dónde están, y, asustadas, comenzarán a girar como ovejas.

Y te digo, rey Salomón, antes del fin del mundo, estas siete señales se revelarán, profetizando el juicio final que se aproxima.

Antes del fin del mundo, el mal y el descendiente del mal, nacerá en la tierra. Caminará en la tierra para enseñar y difundir sus enseñanzas, tentar a las personas y alejarlas de la verdadera fe. Asombrará a la gente con muchos milagros extraordinarios, muchos pensarán que este poder es del cielo, pero es el mal lo que le da fuerza. Los que se nieguen a unirse a él se les perseguirá y atormentará.

De esta manera, muchas personas se entregarán con esperanza al infierno. Dios, para salvar a los buenos y ayudar a la gente en la tierra, enviará dos ministros que mostrarán que sus almas fueron poseídas por ese demonio. Estos dos hombres se llamarán Enoc y Elías, quienes, con la palabra de oro que Dios les ha dado, sacarán a las personas de los caminos equivocados. Ellos señalarán el origen del mal y lo combatirán audazmente. Luego, enfadado y con mucha ira, se ordenará capturarlos, matarlos y dejar los cadáveres en la calle sin enterrarlos durante cuatro días. En el cuarto día se oirá una voz del cielo y los dos maestros se levantarán maravillosamente y se elevaran en una nube radiante. Luego los cielos se abrirán, siete mil personas serán asesinadas, la décima parte de Jerusalén estará dormida y las personas que se quedarán se convertirán al verdadero Dios.

Entonces, el ángel Miguel, de gran poder, bajará del cielo, se levantará contra el mal y lo pondrá a él y a sus ayudantes en las profundidades del infierno. Pedro y el segundo romano, se sentarán en la capital del Mesías. Porque Pedro será el primer pastor del rebaño del Mesías, así como el último.

Entonces los últimos paganos, al ver al ángel Miguel y los dos predicadores haciendo milagros en la tierra, se convertirán, entrarán en el camino de la virtud y comenzarán una vida de piedad. Entonces, el día del juicio vendrá a la gente, el día de la ira de Dios.

En los últimos días, primero se escucharán siete truenos, estos tendrán un poder tan grande que las ciudades, muros, fortalezas y castillos caerán en ruinas. Sin embargo, ninguna persona morirá, eso solo sucederá cuando todo termine.

Las rocas se romperán y la oscuridad envolverá al mundo. Después de esta oscuridad, un gran sol llegará al cielo, compuesto por cinco círculos gigantes, quienquiera que lo mire morirá de repente. Entonces Dios enviará a sus ángeles con cornetas a la tierra, y ellos dirán: «Que los muertos se levanten de sus tumbas y que cada alma llegue al juicio final ante Dios». El Mesías se sentará a la derecha de Dios. Luego se levantarán de las tumbas y acudirán a los tribunales, y cada uno tendrá sus buenas y malas obras escritas en su frente. Primero Adán y Eva, Abel y Caín los seguirán, y así sucesivamente todos después de él. A la derecha de Dios estará Abel, el bueno, y Caín, el malo, a la izquierda.

La revelación a los que se encontrarán a la izquierda: «Vayan a las profundidades del infierno, con el maligno al que has escuchado durante tu vida, habrá llanto y crujirán tus dientes». Y les dirá a los que están a la derecha: «Ustedes que han elegido el espinoso y difícil camino del bien, vayan al paraíso, este es mi reino».

Entonces los justos irán ante el trono del Altísimo y lo alabarán con un himno.

Makeda hizo silencio. Nadie se atrevió a moverse, por la gran impresión que ocasionaron sus palabras.

—Que así sea, porque debe suceder para que nosotros también podamos entrar al cielo y acompañar a Dios en felicidad eterna —terminó y se desmayó agotada—.

***

El tiempo de Makeda en Jerusalén estaba llegando a su fin. Ella quería volver.

No solo porque de Saba venían más y más peticiones para su regreso, a pesar de que en su ausencia la gestión del país iba muy bien. Sin embargo, las cartas que recibió mostraban que el sacerdote Sethon, a pesar de estar enfermo, estaba tratando de convencer a la gente de que se revelara. También parecía que Den, que había encontrado refugio con el Faraón, planeaba volver a Aksum.

Los acuerdos comerciales y las empresas conjuntas se firmaron finalmente y además se conoció la sabiduría de Salomón, el objetivo principal de la visita de Makeda a Israel.

Dios la visitó en sueños y transmitió las inquietantes profecías que Salomón tuvo que escribir y enmarcar de tal manera que durarían siglos y serían una advertencia para la gente. La Suma Sacerdotisa y el profeta Natán estuvieron de acuerdo en que tales visiones tan detalladas, y al mismo tiempo terribles en su mensaje, nunca se habían entregado a nadie que caminara por el mundo. Makeda ya se había ganado la plena confianza de que su visita a Israel tenía que ser el resultado de un plan divino.

Además, y eso era lo más importante para ella, su visión de la infancia se había cumplido: recibió el tesoro, el más grande que se pueda imaginar. Aparte de ella, la Alta Sacerdotisa y Seshep, nadie sabía lo que llevaba bajo su corazón.

Era la razón principal por la que se iba de Jerusalén. Tenía la sensación de que lo que se había escrito en las estrellas se había cumplido. Primeramente, había entregado una advertencia al mundo. Y en segundo lugar, estaba embarazada. Estaba llena de felicidad. Estaba segura de que el poder que recibía sería suficiente para que pusiera fin a su visita.

Pero podría volver.

***

Salomón confirmó que nada cambiaría su decisión, Tamrin estaba preparando la caravana para el viaje, por lo que decidió que los últimos días en Israel lo pasarían juntos.

—Te llevaré al puerto de Ezión-Geber. Verás cómo se construyen nuestros barcos y a dónde van. Y lo más importante, si tu decisión es definitiva, podremos estar juntos un tiempo más.

Ella estuvo de acuerdo.

—También me gustaría que confiaras en los navegantes de Hiram y te embarques en un barco que te ayudará a llegar a Saba más rápido.

— ¿Ir en un barco? —Ella no podía creer que él le ofreciera algo así—. ¡Es para los soldados y mercaderes! ¿Cómo puedo, con mi corte, sobrevivir tanto tiempo en el mar?

—Será agradable. Y sobre todo, breve. Supongo que no le temes al agua. De joven navegaste con tu padre del este al oeste de Saba y de regreso.

—Nuestros viajes siempre han sido seguros y duraban dos o tres días. Nunca nos conseguimos con una tormenta, y sé lo horrible que puede ser estar en el agua, aunque no he visto monstruos marinos o piratas. No puedo imaginarme pasar muchos días allí. No sé cómo lo soportaría en...

Ella quería agregar «en mi condición», pero Salomón no podía saber que ella estaba llevando a su hijo. Ella no le contó sobre esto principalmente por una razón extremadamente importante: temía que él no la dejara partir al arduo camino a Saba, el cual duraba mucho tiempo. Especialmente después de las visiones que tuvo recientemente, ya que se debilitó. También creía que él haría cualquier cosa para que quisiera convertirse en su esposa, aunque no fuera posible ni bueno para ninguno de los dos, por muchas razones.

—Piénsalo. Nuestros barcos están a tu disposición. Ordené preparar uno de ellos especialmente para ti.

—Me sorprendes, rey.

—Tardaremos unos días en llegar a Ezión-Geber. Tienes tiempo para tomar una decisión.

El puerto Ezión-Geber se encontraba en un lugar estratégico para la región. Permitía expediciones a todas partes del mundo. Yacía donde el desierto se detenía en el estrecho mar. Estas eran las puertas a los países de la tierra negra y otras tierras distantes desde donde se comerciaban con las raíces, las especias, la materia y las riquezas que no se encontraban en otros lugares. También se podía   llegar rápidamente a Ofir, la tierra de oro.

La ciudad fue recapturada por el rey David, y desde ese momento, estrechamente custodiada por el ejército, pertenecía a Israel. Allí, estaba la flota permanente de Salomón e Hiram, y recientemente, según el acuerdo, la reina de Saba tenía su parte.

De Jerusalén a Ezión-Geber había muchos días de viaje.

La caravana se despidió entre multitud de residentes. Tamrin la lideraba. El rey y reina cabalgaban casi al final. Detrás de ellos sólo había un pequeño grupo de soldados. Después de todo, estaban en Israel, por lo que se sentían completamente seguros.

El camino estaba lleno de un entorno admirable, cortos paseos a caballo, comidas y conversaciones. No se apresuraron. Cada noche, ordenaban que se instalara el campamento para prolongar los momentos compartidos. No se separaron ni por un momento.

Después de cuatro días, la caravana se dividió en dos partes. Una, comandada por Tamrin, que se dirigió hacia el sur, y otra más pequeña, la real, dirigida por Ashenafi, hacia Ezión-Geber. Tamrin, con cientos de camellos, llevaba los muchos regalos que Makeda recibió del rey y casi todo el equipo de viaje de la corte de Saba. También dirigió la mayor parte del servicio y las personas que estaban en el viaje.

Con la reina quedó la Suma Sacerdotisa, Seshep, Warda, un grupo bastante numeroso de sacerdotisas y sirvientes, así como la mitad del equipo de Ashenafi. La otra mitad estaba con Tamrin.

El plan era que, después de ver los barcos, la reina decidiría si quería viajar por mar, o si prefería unirse a la caravana que se movía con calma y despedirse de Salomón; luego alcanzaría a Tamrin y continuaría su viaje por tierra.

***

La última noche, antes de partir, decidieron pasarla solo los dos, junto al mar.

Montaron, como nunca antes, en dos caballos que fueron traídos del establo de Salomón especialmente para esa noche. Makeda se sentó en una yegua blanca. Lo que la sorprendió, fue que Salomón montara un hermoso caballo blanco, no negro, como siempre. Ella hizo comentario al respecto, pero pensó que ciertamente significaba algo.

Cuando llegaron a su destino, él le pidió que se dejara tapar los ojos. Ella aceptó de buena gana, curiosa por las sorpresas que estaba preparando para ella. Cabalgaron un momento más, luego de lo cual Salomón, quien también sostenía la brida del caballo de Makeda, detuvo ambos caballos.

—Es tu color, Makeda —le quitó la venda de los ojos—.

Sobre la arena blanca, a pocos pasos del lugar donde llegaban las olas, había una carpa blanca. En medio, todo lo demás también era blanco: cortinas, colchones, muebles, alfombras y lámparas de oliva, e incluso las flores que adornaban la inusual construcción. Al final resultó que, los platos y copas en las que se servirían los alimentos y bebidas, también eran blancos.

—Incluso mi caballo es blanco hoy, en tu honor —se alegró de verla encantada—. Mira —apuntó a la luna—, hoy brilla especialmente para ti. ¡Es blanca, y está llena! ¿Qué piensas de pasar la noche aquí?

Se sentaron en sillones suaves y anchos, los sirvientes inmediatamente les dieron cuencos de agua para lavarse las manos y la cara, luego un paño blanco y suave para secarse. También les lavaron los pies y los ungieron.

Tan pronto como el rey dio la señal, trajeron platos de comida y bebidas.

Comieron y bebieron. Se rieron. El tiempo pasó rápidamente. Hablaron, evitando cuidadosamente el tema de la despedida. Ninguno de ellos quería tocarlo.

Estaba oscuro; el cielo estaba cubierto de estrellas.

—No puede acabar con tu viaje. No lo permitiré —Salomón la miró a los ojos—. Sabes lo mucho que significas para mí. ¡No me dejes!

—Ven conmigo, en Saba te convertirás en el esposo de la reina —bromeó ella, sabiendo que tal pensamiento nunca se le habría ocurrido—.

—Soy el rey de Israel, Dios me eligió. No puedo decepcionarlo. Reinar es mi deber.

—Y a mí, los dioses me sentaron en el trono de Saba. Ahí está mi lugar.

—Me quedaré con el corazón roto.

—Estarás escribiendo canciones. Las que has creado hasta ahora son tan hermosas que pasarán siglos y la gente todavía estará encantada con ellas.

— ¿Sabes eso por tus visiones?

—Vi hermosos libros en los cuales estaban tus palabras.

— ¿Mis canciones?

—No solo canciones; también estaban tus pensamientos, los que Elihoref escribió y muchas otras obras de sabiduría que se te atribuyen.

—Y nuestro futuro, ¿qué nos espera? ¿Lo sabes todo?

—No —ella lo calmó—.

Se preguntó cuánto de lo que había visto en sus visiones tenía que suceder, y sino había otra posibilidad, si eran solo una advertencia de lo que podría suceder. ¿Acaso eran algo escrito en las estrellas y revelado en visiones que le advertían lo que iba a suceder?

—Nos encontraremos —aseguró con convicción, cuando notó que permaneció en silencio durante demasiado tiempo—.

—El camino a Saba es de más de mil ochocientas millas [58] ¿Sabes cuánto tiempo lleva cruzarlo?

— ¡Tenemos barcos! Verás que puedes viajar de forma cómoda y segura. Y pronto construiré mis alas para poder volar hacia ti. Por aire será mucho más rápido.

—En Saba, se dice que el amor tiene alas. ¿Veremos si será así también en tu caso? —ella trató de ocultar su tristeza bajo la cortina de una broma—. Incluso antes de conocerte, escuché que tienes una máquina voladora, o al menos una gran cantidad de demonios a tu disposición, que pueden moverte en cualquier momento y a cualquier lugar que quieras. Créeme, mi país es mínimo tan hermoso como el tuyo. Me gustaría que lo vieras. Estás invitado

—Iré, que no te sorprenda —prometió, creyendo lo que estaba diciendo—.

Y entonces ella pensó que tal vez sería así. Que se reunirán un día, porque incluso si no estaba escrito en las estrellas, no significa que no sucederá.

—El hombre tiene libre albedrío —consideró, queriendo creer en los pensamientos que se le ocurrían—. Es nuestro mundo, nosotros creamos nuestro futuro y depende de nosotros cómo será. Si realmente quieres ir, sucederá sin importar cuál sea la voluntad de la luna, Yahveh u otros dioses que me hablan en mis sueños.

Tal vez él adivinó dónde estaban dando vueltas sus pensamientos, porque para detenerlos, se levantó y le dio su mano.

—Mañana, vamos a salir —se quedaron cara a cara—. Me gustaría regalarte algo especial. Es una expresión de mi amor. Lo hice casi solo, el orfebre solo me ayudó un poco. Si alguna vez necesitas algo, te sientes oprimida y no puedes alcanzarme, díselo al mensajero. Escucharé todo lo que le digas, como si me lo dijeras a mí mismo.

Tomó su mano izquierda y le colocó un gran anillo de oro en el dedo índice. Era enorme, tenía sus nombres grabados alrededor y una estrella en la corona.

— ¿Sabes qué es este símbolo?

—Por supuesto, es el símbolo de David y de todo Israel.

—Este es nuestro escudo y sello. Es una combinación simbólica de masculinidad y feminidad, un signo de divinidad equilibrada, cuya fuerza radica en el hecho de que contiene elementos femeninos y masculinos —dirigió su dedo alrededor del anillo—.

—No pude ser de otra manera. El mundo está compuesto de opuestos. El día no puede existir sin la noche, ni la luz sin la sombra y ni bien sin el mal.

—He estado pensando en lo que dijiste sobre las diosas y el elemento femenino del universo. Estaba pensando en Adán y Eva, y sobre Lilit. También sobre tu Señora de la Luna.

— ¿A qué conclusiones llegaste?

—En el mundo humano, uno de los elementos, a menudo, tiene prioridad sobre el otro. Están raramente en equilibrio, hasta que prevalece la paz. Yahveh es Dios del poder masculino, requiere sumisión absoluta. Quien no lo escucha recibe un castigo. Pero al que cree en él le da gran poder. La era de un solo Dios está llegando a todo el mundo. Esto se sabe por lo que me dijiste en tu visión. Los demás serán olvidados. El mundo será gobernado por un solo Dios, y él será hombre.

—La luna no desaparecerá, nunca. Puede tomar varios nombres y formas, pero durará para siempre —le aseguró—. Sabes, admiro a tu Dios. Él le dio a Israel una fuerza increíble. Incluso puedo decir que lo amo. ¿Sabes por qué?

— ¿Porque es un verdadero Dios?

—Porque me trajo a ti.

—Desde que te conozco, todo lo que está sucediendo en mi vida solo tiene sentido si está conectado o al menos relacionado de alguna manera contigo. Ojalá pudiéramos ir juntos con Dios al infinito. Este anillo será nuestra marca. Úsalo, por favor.

—No me lo voy a quitar. Será como un contrato para mí, como del que me hablaste cuando fuimos testigos del ritual de la circuncisión. El Berit es un contrato con Dios. Dijiste entonces que el anillo es un símbolo de amor verdadero. Lo recuerdo bien. Y como tal, acepto este regalo de ti hoy —inclinó la cabeza—. Gracias

Él tomó su mano y besó el anillo. Un momento después, la abrazó y la besó en la frente. Se quedaron quietos. Estaban respirando a un ritmo común. El tiempo pasó.

—Tengo algo más para ti —dijo con voz un poco ronca—. ¿Me permites?

Sacó una venda que se había puesto previamente en el cinturón y volvió a vendarle los ojos. Ella tenía curiosidad de a dónde la llevaría esta vez.

—No te muevas, solo por un momento —le pidió él, acariciando su mejilla—.

Ella escuchó movimiento. Un grupo grande de personas traía algo y lo movía. Alguien arregló algo, entonces, a la señal de Salomón, algo más fue movido una y otra vez.

Finalmente, él le quitó la venda. A unos pasos de ella, se alzaba un trono dorado. Se subió y le fascinó.

Era poderoso, con un respaldo alto con guirnaldas talladas y apoyabrazos con cabezas de león. Cuatro patas sólidas que parecían columnas coronadas con palmeras, y en el asiento de cuero, pintado de dorado, había copas abiertas de flores talladas. El espaldar estaba decorado con la Estrella de David en el fondo de la luna llena, el símbolo de la Madre Plata. La imagen de los barcos se colocó en la parte posterior. Eran tantos que era difícil contarlos.

—Antes de conocerte, escuché la historia de que la reina de Saba tenía una riqueza inconmensurable, y entre las varias cosas preciosas que tenía, estaba el trono más grande del mundo. En esta historia, el rey Salomón envió a uno de sus demonios a Saba para robar el trono. En un instante, el demonio viajó a Marib y movió el trono a Jerusalén. Recientemente, Elihoref me dijo que la gente dice que has venido a Israel para recuperar tu propiedad. Y como sirvo a mi gente lo mejor que puedo, he decidido cumplir con sus expectativas. Aquí está tu trono, reina, ¿sabes? —sonrió con satisfacción, viendo la impresión que causó su regalo— te lo doy ya que dicen que siempre te perteneció.

—Rey, realmente tienes demonios a tus servicios. ¡Es difícil imaginar que una mano humana pueda crear algo tan hermoso! —Estaba conmovida—. ¿Dicen que es el trono que tus demonios me robaron? ¿En serio? ¿Y decidiste devolvérmelo? ¿Entiendo correctamente?

— ¿Qué no haría el rey para satisfacer las expectativas de su pueblo? —bromeó nuevamente—. Este es mi regalo para ti —agregó seriamente—, tómalo, por favor.

— ¿Es esto un regalo?

—Me sentiré honrado si quieres llevarlo contigo a Saba. Me gustaría que pensaras en mí cada vez que te sientes en él.

Una vez más ella caminó alrededor del trono, acariciando sus apoyabrazos y mirando con admiración los detalles. Cada uno, incluso el elemento más pequeño, fue cuidadosamente tallado, todo estaba perfectamente acabado y pulido, no había ni el más mínimo rastro de uso de herramientas, defectos, arañazos o imperfecciones. Era un trabajo magistral.

—Es inimaginablemente hermoso —se deleitó en silencio y se sentó, apoyó las manos en los reposabrazos y apoyó la cabeza en un cómodo respaldo—.

Él se arrodilló delante de ella.

—Tú eres y siempre serás mi reina.

Él miró su cara. Parecía una diosa. Levantó la cabeza. Justo encima del trono, como si estuviera sobre ella, brillaba el poderoso escudo de la luna. La Madre Plata cuidaba a su hija.

—La luna está llena —dijo él—.

—Es una buena señal para nosotros.

—Creo que siempre estaremos juntos.

CAPÍTULO VII

EL CAMINO A CASA

De Jerusalén a Marib

En Ezión-Geber, la reina decidió subirse a un barco preparado y equipado especialmente para ella. Iba en compañía de la Suma Sacerdotisa, Warda, Seshep y sus sirvientes. Le pidió a Salomón que se quedara en el muelle. Ella no quería prolongar la despedida. Tenía miedo de que en el último momento, frente a todos, no pudiera detener sus emociones. Sin embargo, la exhibición pública de emociones no la detuvo.

Tan pronto como subió a bordo, se fue a sus aposentos. Estaba encantada. Todo estaba inundado en esplendor. Los muebles estaban hechos de valiosas maderas, la mayoría de ellas terminadas con láminas doradas, los materiales utilizados para cortinas, mantas, cojines y alfombras eran de la mejor lana, sedas y lino de las tierras extranjeras. Todas las vasijas venían del palacio de Salomón y fueron hechas de oro. La cerveza y productos entregados al barco eran de los viñedos, jardines y prados reales, los mejores de Israel.

El dormitorio de Makeda estaba conectado al baño y al salón de conferencias. Una puerta ancha directamente desde su dormitorio conducía a la terraza ubicada junto a la proa del barco. Junto a ella estaba la cámara de la Suma Sacerdotisa, y más allá las cabañas en las que Warda colocaba a las sirvientas, la protección más cercana de la reina, todas las debían proporcionar seguridad y comodidad durante el viaje. Ella misma, para estar lista para cada llamada de su señora, se ubicó en una habitación pequeña, que también fue hecha para Seshep. Ni ella ni la hemet tenían el menor problema de habitar un espacio pequeño. Especialmente si sabían que el viaje no tomaría mucho tiempo.

Ashenafi y sus soldados viajaron en el segundo barco, justo detrás de ellas. Había lugares para los caballos debajo de la cubierta, que durante el viaje recibieron hierbas calmantes junto con su comida.

Ashenafi mantuvo un contacto constante con Tamrin gracias a las palomas que se enviaban regularmente entre sí. Prometieron tal comunicación, incluso entonces, cuando se tomó la decisión de que la caravana se separaría en dos partes. A Tamrin no le gustaba la posibilidad de separarse de la reina. Él prefería tener una influencia directa en su viaje. Creía que solo entonces podría estar seguro de que estaría a salvo. Sin embargo, cuando el rey le propuso a Makeda un viaje por mar como una alternativa definitivamente, más conveniente y más rápida, no había nada más que discutir. De todos modos, la reina no le pidió su opinión al respecto.

En tierra, tocaban los tambores y cornetas. Era una señal de que los barcos estaban zarpando de la costa. La reina, junto con la corte, salió a cubierta y se paró en la popa. La Suma Sacerdotisa, sus servidores de confianza, y toda la tripulación, honraron a Salomón y a sus hombres. El sonido de las cornetas y los tambores se escuchó en el barco, haciendo un eco que se podía escuchar desde el muelle. Al cabo de un rato, cuando los instrumentos dejaron de sonar y el barco navegaba, se escucharon suaves sonidos de liras, arpas, flautas y, en dirección a Salomón, las palabras cantadas por coristas fluyeron. Era una canción de despedida para un hermoso momento: «La necesidad de separarnos y el anhelo que surge en el corazón».

Salomón se paró en el muelle. Inmediatamente reconoció las palabras. Las había escrito él mismo. Makeda les agregó música.

Él la estaba mirando. Parecía una hermosa estatua de una diosa posada en la popa. El barco se balanceaba en la costa, todavía no apartaban la vista el uno del otro. Incluso cuando era seguro que solo podían ver sus siluetas, no se movieron. Estaban tan encantados. Pensaron en ellos, en sus momentos juntos, en el sentimiento que los conectaba. Estaban seguros de que era más fuerte que el tiempo y que duraría siglos.

***

El primer día en el barco, la reina sintió náuseas. Luego, tenía vómitos tan fuertes que ni siquiera tenía la fuerza suficiente para levantarse de la cama. Estaba empeorando cada día.

La Suma Sacerdotisa, después de una consulta con una experimentada hemet responsable de la salud de la Reina, y con el consentimiento de una casi inconsciente Makeda, ordenó navegar hasta el puerto más cercano. Sin embargo, los mapas mostraban que en ninguna parte del área cercana había un puerto; ni un lugar que cumpliera con las condiciones para que una gran nave real atracara allí. Se decidió acelerar y navegar durante uno o dos días, si llegaban vientos favorables, podrían llegar a las orillas del lado occidental del Mar Rojo y atracar en el principado de Aksum.

La Sacerdotisa ordenó que todo el servicio y la tripulación mantuvieran todo lo relacionado con la dirección de su viaje y la salud de la Reina, estrictamente confidencial.

—Si alguien intentara comunicar de alguna manera la información sobre lo que sucede en el barco, será castigado con la agonía. Su muerte llegará por decapitación —anunció—.

Todos sabían que ni la Reina ni la Suma Sacerdotisa hablarían solo por hablar, así que era seguro que nadie se atrevería a revelar el secreto del viaje y la condición de la reina.

Era cierto que era difícil imaginar que alguien intentara enviar mensajes desde el mar, pero la Sacerdotisa prefería asegurarse, antes de desembarcar, de hacer que las personas estuvieran al tanto de la seriedad de guardar el secreto. De ahí la amenaza del castigo más terrible para cualquiera que incumpliera la orden. Especialmente porque el secreto era doble: se refería no solo a la dirección de su viaje y al hecho de que a la reina no estaba bien de salud, sino también algo mucho más importante. Las sirvientas más perceptivas, ya empezaban a suponer que la Reina estaba en estado.

Sin embargo, a excepción de los que lo adivinaron, la Suma Sacerdotisa, Seshep y Warda, nadie sospechaba que la reina estaba embarazada. Makeda no quería que nadie hablara sobre eso, no hasta que el bebé se desarrollara lo suficiente en su vientre como para que tuviera la certeza de que tendría una buena oportunidad de venir al mundo.

Temía que le cayera algún mal de ojo de una mujer celosa, que un hechicero la maldijera o que una de las esposas de Salomón le pediría a su Dios que no la dejara traer el bebe al mundo. Ella tenía miedo, también, de que se enterara Den, porque no se sabía qué medidas podría tomar al respecto. Después de la muerte de su padre, huyó a Egipto. Pero estaba convencida de que él no había renunciado a los sueños de tener corona de Saba y a ella misma, como su esposa. Así que prefería que la información sobre su condición, al menos por el momento, no saliera de su círculo más cercano. En el barco, los sirvientes, que a veces se atrevían a susurrar al respecto, lo hacían con el mayor misterio y solo entre ellos.

Makeda lamentó haber abordado el barco. Demasiado tarde comprendió que sentarse en un palanquín en un camello no era lo más cómodo, pero sería una opción mucho mejor en comparación a surcar las olas en su condición.

Con cada hora que pasaba, sentía cada vez más que su espíritu comenzaba a abandonar su cuerpo. Ella tenía miedo.

Cuando los barcos llegaron a la costa oeste, estaba tan débil y agotada que no podía sentarse sola, ni siquiera podía hablar. Estaba en el límite de la realidad y el sueño; las mujeres a su alrededor intentaron darle bebidas para devolverle las fuerzas.

No entraron en el puerto, el cual siempre era visitado por barcos que navegaban con el estandarte de Saba. De acuerdo a la orden de la Suma Sacerdotisa, se eligió un lugar aislado, lejos de las rutas conocidas, pero seguro. Un lugar donde nadie sabría que había un barco de la reina en el área.

Los soldados de Ashenafi llegaron primero a tierra. Comprobaron si el área era segura.

La reina bajó de del barco en una cómoda y amplia camilla. Los sirvientes la llevaron a la tienda y la colocaron en la cama, junto con todo el equipo necesario.

Tan pronto como sintió que estaba en tierra firme, abrió los ojos.

—Bien —suspiró aliviada y miró a su alrededor—.

Vio que Seshep, la Suma Sacerdotisa y Warda estaban a su lado y calmada, se durmió por el agotamiento y la debilidad.

Tres mujeres al mismo tiempo o alternativamente, dependiendo del estado de la reina, pasaron los próximos días con ella, cuidándola. En primer lugar, se encargaron de proporcionarle la cantidad adecuada de líquidos; ya que en el barco perdió mucho. Durante los primeros días del viaje, sin importar lo que le dieran para beber o comer, los expulsaba casi de inmediato. En los últimos dos días no podía ni tomar agua. Su estómago irritado lo rechazó todo.

—Salomón, quédate conmigo —gritó por la fiebre—, abrázame…

Más tarde, ella estaba tan debilitada que ni siquiera podía hablar.

Si el viaje durara incluso un día más, la reina, sin duda, se uniría a sus antepasados. Afortunadamente, logramos llegar a tierra y parar los mareos que tanto la afectaban.

La Suma Sacerdotisa envió inmediatamente a Seshep al templo de la Dama de la Luna más cercano, después de llegar a tierra. Según sus cálculos, les tomaría un día en llegar, a lo sumo dos, desde el lugar donde estaban [59]. Seshep, actuando en estricta confidencialidad, debía pedir ayuda y preparar el templo para la llegada de una mujer enferma de especial importancia. Cuatro días después ella estaba de vuelta. Cuatro sacerdotisas llegaron con ella.

En ese momento, Makeda se sintió mejor. La medicina utilizada por la que las cuidaban, el cuidado de la Suma Sacerdotisa, Warda y, sobre todo, estar en tierra firme, hizo su trabajo. La reina empezaba a recuperar su fuerza.

—Señora, mientras   luchaba contra su enfermedad, me pregunté qué deberíamos hacer en un futuro cercano —comenzó la Suma Sacerdotisa, cuando Makeda ya se podía sentar sola y se confirmó que su recuperación sería cuestión de días—.

—Habla —convaleciente, se alegró de que en primer lugar entendiera las palabras que se le dirigían, hace poco no sabía ni en qué lugar estaba, y en segundo lugar, que la Sacerdotisa, como siempre, cuidaba su bienestar—.

—Todavía no está en la mejor condición, señora. Para que pueda recuperar toda su fuerza, necesita tiempo. Es joven, por lo que se regenerará rápidamente. Sin embargo, recuerde que está en una condición especial.

—Exactamente —se dio cuenta con ansiedad de que la enfermedad que la afectaba podía dañar al bebé y puso sus manos sobre su estómago—, ¿Está todo bien?

—Creemos que el viaje por mar te afectó mucho debido a tu condición —la Sacerdotisa sonrió—. Afortunadamente, a pesar de que realmente te has enfermado mucho los últimos días, hemos logrado estabilizar al bebé. Te dimos hierbas que ayudaron. Y la Dama de la Luna también te está cuidando en todo momento, todo está bien.

Las palabras de la sacerdotisa le dieron fuerza.

—Gracias —trató de levantarse, pero estaba tan mareada que se acostó de nuevo—, tengo curiosidad, ¿cuáles son tus planes para nosotros? —preguntó, cuando su respiración, acelerada hace un momento, volvió a la normalidad—.

—La Madre Plata tiene un consejo para nosotras.

—Tengo mucha curiosidad, ¿cuál es?

—Escucha —La sacerdotisa se inclinó hacia delante y susurró—.

***

Tres días después, por la noche, un pequeño grupo de mujeres partió del campamento. Eran sacerdotisas de la Dama de la Luna. Seshep estaba al frente. Llevaban una litera pequeña y estrecha, cubierta de un material denso pero fresco. Cuando estaban lejos del campamento y estaban seguras de que nadie podía verlas ni oírlas, montaron en los caballos que las esperaban. Una gran hamaca estaba unida a dos de ellos; Fue allí donde colocaron a Makeda, que en la oscuridad de la noche se había ido del campamento.

Nadie las vio salir del campamento, así que la Suma Sacerdotisa, que se quedó en la tienda de Makeda, estaba segura de que la primera parte del plan tuvo éxito.

Y así fue. Después de dos días de viaje tranquilo, prestando especial atención a la seguridad y comodidad de la paciente, las sacerdotisas llevaron a Makeda al templo.

Era un lugar del que se decía era viejo como el mundo. Estaba ubicado en el Principado de Aksum, por lo que era parte de Saba. Sin embargo, estaba tan lejos de las rutas de comunicación y de cualquier asentamiento, que casi nunca alguien llegaba ahí por accidente. El templo estaba rodeado por un alto muro de piedra, detrás del cual sólo podían estar las sacerdotisas de La Dama. Habían estado vigilando su cuartel general durante años.

Los conocimientos transmitidos a ellas por quienes les precedieron; lo escribieron en tablillas de arcilla, papiros y pergaminos cuidadosamente elaborados. Pero la mayor parte de esos conocimientos y los mayores secretos, los transmitían verbalmente. Sabían de memoria recetas de medicinas creadas por sacerdotisas desde el principio del mundo. Podían recitar la composición de casi todos los venenos y su antídoto, conocían las recetas de excelentes vinos, cervezas y otras bebidas. Sabían qué hierbas dar para relajarse y ver otros mundos. También sabían luchar, volverse invisibles, leer pensamientos y comunicarse a distancia.

Siempre han sido las guardianas del equilibrio y la armonía del mundo, asegurando que las diferentes energías se mantengan en equilibrio. Exaltaban el poder cósmico de la Dama de la Luna, sacaban sus fuerzas de ella. Han sido guardianas y asesoras de todas las reinas desde hace siglos.

Makeda fue traída a este lugar.

Mientras tanto, en el campamento, la Suma Sacerdotisa anunció la voluntad de la reina.

—En unos pocos días, tan pronto como la Gran Kandake se sienta tan bien como para viajar, volveremos a abordar y el camino más rápido posible será al otro lado de la ciudad. Debido a la inconveniencia de viajar en barco, la reina decidió unirse a la caravana de Tamrin, entendiendo que aunque el viaje por tierra será más largo, será más cómodo y seguro para ella. También decidió visitar lugares donde, bajo el acuerdo con Salomón e Hiram, se crearán nuevos oasis.

— ¿Cómo se siente la reina? —Ashenafi quería saber—.

—Está débil, pero las cosas se están moviendo en la dirección correcta. Debería estar de pie pronto. Lo que más necesita ahora es paz.

— ¿Cuándo volveremos a zarpar? —Warda estaba al tanto del plan de la Sacerdotisa, pero hizo esa pregunta porque la mayoría de las veces tenía preguntas de este tipo en todas las reuniones, trató de actuar como siempre, y no quería despertar las sospechas de nadie—.

—Nos iremos en los próximos días —la Sacerdotisa tenía optimismo en su voz y quería compartirla con los demás—. Oremos constantemente por la salud de la reina para que se recupere todas sus fuerzas. Estemos listos para la partida mañana.

La Reina y la Suma Sacerdotisa le confiaron la primera etapa del plan secreto a Seshep, lo cual era obvio, pero también a Warda; ella era confiable y se le podía encomendar muchas tareas difíciles y urgentes a la vez, porque se sabía que las manejaría perfectamente. También decidieron que, en el momento adecuado, Ashenafi y Tamrin también deberían conocer el secreto. Pero nadie más además de ellos.

De acuerdo con el plan, Makeda debía recuperarse completamente y permanecer en el templo hasta que el bebé viniera al mundo. Porque así podría ser considerado un regalo de la Madre Plata. Los principios eternos de la herencia de Saba, que todos conocían bien, eran que una mujer podía sentarse en el trono, siempre que fuera virgen durante todo el período de gobierno. Si Makeda regresara de un viaje a Israel embarazada, sería sinónimo de que ya no era virgen.

—Estarás a la cabeza de la caravana, declararás a los poderosos y al pueblo lo bien que resultaron los acuerdos y la gran riqueza que esto significa para Saba. Repartirás generosos regalos, todo el mundo estará encantado de que la reina regresó —le dijo la Sacerdotisa a Makeda, explicando su plan—. Mostraré al niño, declarando que es un regalo del Señor y la Señora de la

Luna.   Nadie tendrá dudas al respecto. Y si la Suma Sacerdotisa y el sacerdote de Almaqah lo anuncian, no habrá nadie que se atreva a refutar esta verdad. El niño se convertirá en el legítimo heredero. La voluntad de los dioses se cumplirá.

Hizo un triple gesto de agradecimiento a la Dama de la Luna.

—Fueron la Dama de la Luna y Yahveh quienes te hicieron tener visiones desde tus primeros años. Dirigieron tus pies hacia Israel e hicieron que tu luz se uniera con el poder de Salomón. También te han dado visiones que son una advertencia para el mundo. Finalmente, por voluntad divina, Saba tendrá un heredero.

— ¿Cómo sabes que será un niño? —Makeda se sorprendió—.

—Seshep abrió el velo del tiempo —la Sacerdotisa sabía que sus palabras deberían tranquilizar a la reina y alentarla en el difícil momento de su malestar—, te vio en el trono de Saba. Un hermoso niño se sentaba a tu lado.

Al mismo tiempo, cuando Makeda, en una hamaca, iba al templo, una de las cuatro sacerdotisas, con una figura similar a la de Makeda, se quedó en la tienda de la reina para desempeñar su papel. Warda la puso en su cama y le dijo que colgara cortinas opacas a su alrededor. A partir de ese momento, solo la Suma Sacerdotisa, Warda, el médico iniciado y dos sirvientes de confianza podrían entrar a la tienda.

Después de unos días, de acuerdo con el plan, la camilla de la «reina», fuertemente protegida, fue llevada a bordo del barco. Warda y sus sirvientas entraron detrás de ella. Ashenafi y sus soldados se asentaron en el segundo barco. Ambos zarparon. Fueron bendecidos por la Suma Sacerdotisa, ella anunció que iría al templo de la Dama de la Luna y que iría a Marib cuando la caravana volviera a la capital. Nadie se atrevió a preguntar por qué no pretendía acompañar a la reina. Solo la reina podía cuestionar a la Suma Sacerdotisa.

***

Más de cincuenta días pasaron antes de que la corte con la falsa reina se encontrara con la caravana dirigida por Tamrin.

En ese momento, Ashenafi supo que Makeda estaba en el templo de la Dama de la Luna y comprendió la necesidad de guardar secreto absoluto sobre el asunto. Para él era obvio que, como comandante de seguridad, tenía que hacer todo lo posible para que nadie se enterara de que la reina no estaba en la caravana.

Siguiendo la decisión de la Suma Sacerdotisa de que ella y Seshep acompañarían a la reina en el templo hasta el parto; Ashenafi y Warda, y pronto también Tamrin, se convirtieron en las personas más importantes de la corte y la caravana. Se suponía que seria así hasta que la verdadera reina regresara. Se suponía que Warda representaba a una gobernante que le dijo que no se sentía bien, por lo que estaría en la tienda y no se mostraría en público. Warda fue autorizada por la Suma Sacerdotisa a enviar a Tamrin toda la información necesaria sobre el estado de Makeda y el motivo de su estancia en el templo. La sacerdotisa sabía que lo haría a conciencia y con placer; y, como ella esperaba, Tamrin finalmente le abriría su corazón a Warda.

Con la confianza de la reina, Warda sintió el peso de responsabilidad que descansaba sobre ella. También sabía que era un buen momento para ella. Sabía que para Tamrin probablemente sería el último momento para decidir si quería estar con ella.

Si él no confesaba sus sentimientos antes de llegar de Jerusalén, no tendría más remedio que comprometerse con Elihoref. Le gustaba y lo apreciaba, pero no podía imaginarse como su esposa. Después de todo, solo era un elemento del plan que se suponía que debía provocar celos a Tamrin y acelerar su decisión con respecto a su futuro junto con ella. Ni a Warda ni a

Makeda les gustaba usar a otras personas en sus planes, especialmente si esa persona no sabía lo que estaba sucediendo, pero ambas estaban convencidas de que quien hace algo por amor no peca. Así se sintieron justificadas.

Warda se preparó cuidadosamente para hablar con Tamrin. Cuando se supo que su pequeño grupo, protegido por Ashenafi, se acercaba al lugar de parada de la gran caravana, hizo un sacrificio especial a la Luna. La noche antes de la reunión, ella fue a la cima de una de las altas rocas de arena marrón que estaban a ambos lados del barranco que estaban cruzando.

Oró un largo rato, rogando a la diosa por su apoyo, y luego abrió una canasta, y extrajo una codorniz de ella. Colocó el pájaro sobre la piedra, acariciándolo y hablándole cariñosamente.

—Irás a ver a la Dama de la Luna —le prometió, creyendo que la entendía—, una pequeña chispa de tu existencia se conectará con su brillo eterno. Deja que tu energía entre por las puertas cósmicas, deja que tu sangre fortalezca el espíritu de Tamrin, y que la Madre Plata le de el poder de desechar los miedos que lo ahogan para que se atreva a estar conmigo. Ella inclinó la cabeza frente a la luna.

Diciendo esto, cortó a la codorniz con un cuchillo. El pájaro alzó sus alas y dio un breve grito, mientras su cuerpo temblaba. Sabía que debía mantenerla agarrada, porque incluso sin cabeza, podía levantarse y hacer un último baile mortal. Había visto algo así varias veces y recordando lo terrible que la hacía sentir, quería evitarlo a toda costa. La víctima debía ser tratada con respeto, después de todo, su vida era sacrificada con una intención específica.

La ecuación de energía significaba que había un intercambio: dar y recibir. La Dama de la Luna debía sentir cuánto quiere el devoto alcanzar su objetivo. En un sacrificio, ella tenía que hacer que la sangre de la víctima fuera de la mejor, y por un momento fusionarse con su espíritu y conectar su vida con la de ella.

— ¡Señora, por favor, acepta el sacrificio! —Gritó, levantando la cabeza hacia la luna—.

Cuando sintió que la codorniz ya no se movía, levantó los dedos llenos sangre e hizo el triple signo de la Dama de la Luna en su frente, boca y corazón.

Al día siguiente, partieron al amanecer para llegar al campamento antes del mediodía, antes de que el sol alcanzara su máximo brillo y fuera imposible viajar. Lo lograron.

—Qué los dioses lo guíen, señor —Warda se dejó caer ágilmente de su caballo y se paró frente a Tamrin, inclinando su cabeza a un nivel tal que parecía que tuvieran funciones equivalentes—. Yo represento a la reina —dijo con confianza—. Le doy sus saludos y respeto.

Detrás de ella y Ashenafi, quien montaba su caballo, estaba el poderoso camello blanco de la reina. Todos lo conocían. Llevaba un palanquín bien cubierto. Parecía que la reina estaba dormida, porque ninguna de las cortinas se había inclinado ni medio codo.

Tamrin, por supuesto, saludó al camello y el palanquín, así como también a Ashenafi, inclinando su cabeza a modo de saludo, pero sobre todo, vio a Warda.

Llevaba un vestido largo y ligero que cubría tanto su cuerpo que, aparte de las puntas de sus dedos, no se podía ver ni su mano. Su cabeza estaba cubierta por una bufanda amplia que también protegía su cara, desde la cual solo se podían ver sus ojos con largas pestañas. Incluso sus pies estaban cubiertos. Estaban cubiertos con sandalias forradas desde el interior con un paño suave alrededor de las pantorrillas. Debajo de las mangas largas del vestido sobresalía la punta del listón corto que sostenía en su mano. Llevaba una daga atada al ancho cinturón de cuero alrededor de su cintura, y lo que más le sorprendió fue una espada corta pero afilada. Nunca la había visto antes.

«Ella tiene miedo a alguien —pensó— ¿O es simplemente un símbolo de poder que le da confianza en sí misma?»

Cuando se paró frente a él, se quitó el cubre-cara para respirar más fácilmente, él tragó grueso. No se habían visto en más de dos meses, tiempo durante el cual intentó no pensar en ella, pero no tuvo éxito. Ella regresaba a él en sus sueños, venia a él cuando estaba sentado en un caballo o camello, o en un camino monótono, porque tales rutas aparecían en sus sueños, y se hacían eternas. Recordó lo impotente y perdido que se sintió esa noche, cuando, ella le ofreció nada menos que su corazón. La vio llorar cuando dijo que no podían estar juntos. Durante este tiempo, cuando no estuvo con ella, se dio cuenta de lo mucho que la extrañaba y de cómo estaba tratando con una mujer fuerte e independiente.

—Señora, como siempre estoy al servicio de la reina y a su disposición —él se inclinó y sintió que, desde su punto de vista, el olor que la rodeaba y los recuerdos que inundaban su cabeza, le sacudió el corazón y le ablandó las piernas—.

No sabía qué le hacía reaccionar así ante su presencia. Siempre le gustó, pero después de todo, unos meses antes, se explicó a sí mismo que su posible relación no tendría futuro.

« ¿Mi corazón no entiende de razones? », pensó. « ¿No es mi voluntad más fuerte que las ráfagas de mi corazón? Soy un hombre maduro, experimentado, tranquilo, puedo dirigir mis propios pensamientos y actuar de manera predecible. ¿Qué esta pasando? ¿Tal vez así es como me afecta su actitud tan imperiosa? Ella ha ganado confianza en sí misma últimamente. Nunca le faltó esta característica, pero ahora se comporta como si algo la hubiera fortalecido aún más». Él no encontró una respuesta. Pero sabía una cosa: en las áreas donde entra la magia del amor, no existe el sentido común. Y nadie sabe si (ni cuándo) volverá.

—La reina decidió regresar por tierra —dijo Warda en voz alta y clara para que todos los que estaban incluso un poco más lejos pudieran oírla bien. Al mismo tiempo, señaló con la mano al camello y el palanquín que llevaba—. La Gran Kandake probó personalmente la velocidad y la eficiencia de los nuevos barcos.

Ahora está segura de que la flota mercante combinada de Salomón, Hiram y de su alteza será la más poderosa del mundo. Ella personalmente comprobó las capacidades de los barcos, navegando en uno de ellos; está satisfecha. Ahora, debido a la preocupación por la segunda parte del acuerdo con el Rey de Israel y el futuro financiero del reino, decidió visitar las áreas donde, según el acuerdo, se construirán los oasis que serán parte de la ruta comercial. Ahora está debilitada y cansada por los viajes, por lo que reposará. No debe ser molestada.

—Gracias por tus palabras. Me siento honrado de poder darle la bienvenida a la reina, en nuestra parada —se inclinó ceremonialmente, inclinando la cabeza mucho más abajo de lo que había hecho antes—. ¿Me permitirás honrar a la reina y darle la bienvenida tan pronto como sea posible?

Notó con preocupación que las noticias sobre la enfermedad de la reina no eran exageradas. El camello había dejado de balancearla y permanecía quieto, ella debió despertarse, pero ni siquiera apartó la cortina para saludarlo mostrando su mano. Concluyó que estaba más gravemente enferma de lo que le dijeron.

—La reina se debilitó por los viajes por mar y un largo viaje por las montañas. El médico recomienda mucho sueño y descanso. Por un tiempo, nadie debería de visitarla, ni siquiera un hombre apreciado y de confianza como usted, señor. Todo para proporcionarle la mayor paz.

La observó de cerca, queriendo adivinar lo que había cambiado en ella, cada vez lo sentía con más claridad. Ella era muy seria con sus gestos y palabras, trató de ser comedida y fingía indiferencia, pero sus ojos la traicionaron, mostraron que los sentimientos que hace tanto tiempo tenía hacia él aun seguían vivos.

«Ella no ama a Elihoref», pensó, «es imposible». «¿Tal vez ella quería que él la liberara de sus sentimientos por mí? No es de extrañar, ya que los rechacé. La herí. Fui un tonto y un cobarde ¿A qué le temía? ¿Además de la diferencia de edad o la pérdida de la libertad?»

—Déjeme decirle que nos instalaremos, el camino fue agotador. Necesitamos descansar —ella interrumpió sus pensamientos—. La reina lo recibirá pronto, sea paciente.

— ¿Debo preocuparme por la Gran Kandake? —Preguntó de nuevo, mirando hacia el palanquín—.

—Como dije, la reina está cansada —ella respondió con firmeza—.

Tamrin se dio cuenta de que ya no podía hacer una sola pregunta más.

En ese momento, la cortina del palanquín se echó hacia atrás y apareció la mano de la reina. Aunque nadie le vio la cara, todos reconocieron su mano. Había un gran anillo en su dedo índice, que le había dado Salomón. Todos en la corte sabían que Makeda nunca se lo quitaba.

—Reina —Tamrin respiró tranquilo, inclinándose hacia adelante contra el palanquín de donde sobresalía su mano. Se sintió claramente aliviado—.

A última hora de la tarde, cuando casi todo el campamento se iba a dormir, Warda estaba frente a la tienda de Tamrin.

—Dile que quiero hablar con él —le oyó instruir al sirviente—.

Sin esperar que él le diera el mensaje, salió.

—Señora, estoy a tu disposición.

—Por favor, deme un momento, por favor. —Ella no le dijo nada, pero se alegró de ver la alegría por su visita—.

Ella juzgó correctamente que Tamrin podría pensar que ella había ido, a última hora de la noche, a contarle otra vez acerca de sus sentimientos. ¡Qué equivocado estaba!

—Traigo noticias de la reina —dijo con frialdad—.

— ¿Te gustaría entrar? —le ofreció él, sorprendido por su tono. Se había dado cuenta de que los últimos dos meses la habían cambiado mucho, pero todavía no se acostumbraba—.

—Es cierto que en las conversaciones con usted represento a la reina, pero todavía no tengo un esposo, como sabe, según la costumbre, no puedo entrar, aunque tengo que darle un mensaje que solo deben llegar a sus oídos.

— ¿Entonces?

—Le pido que de un corto paseo conmigo. —Ella le indicó la dirección, y cuando él se unió a ella, agregó— No tenga miedo, no hay confusión emocional de mi parte. Recientemente, he madurado.

— ¿Debería estar preocupado? —Quería hacer una broma, pero había decepción en su voz—.

Caminaron hasta el borde del campamento en silencio, saludando a los guardias en sus puestos.

—Quiero darle información estrictamente confidencial —anunció cuando estaban en un lugar donde podían estar seguros de que nadie los escucharía—.

—Noté que algo extraño estaba sucediendo —a pesar de que había un espacio vacío alrededor de ellos, bajó la voz—. Me gustaría saber qué es.

—Todo lo que diré es un secreto real. ¿Sabe lo que eso significa?

—Muerte a aquel que revele el secreto —él conocía las reglas—.

—Entonces escuche: la Reina con la Suma Sacerdotisa y Seshep están en el templo de la Dama de la Luna en Aksum.

— ¿Está en peligro? —Estaba preocupado—. ¿Sabes algo que no sé? ¿Que esta pasando?

—Ya se lo estoy diciendo —lo tranquilizó en un susurro—.

Se pararon frente a frente. La distancia entre ellos era muy poca. Ambos fingieron que esta cercanía estaba justificada por el secreto real.

—La reina está embarazada —dijo lentamente para reforzar el efecto—.

Él sostuvo el aliento, sin saber qué decir.

—¿Y nadie lo sabe? —más que una pregunta fue una afirmación—.

—Probablemente algunos, especialmente los sirvientes, supongo —admitió ella—. La versión oficial es que ella ha estado enferma por el viaje por mar. Muchas personas la han visto en muy mal estado. Honestamente, ella apenas sobrevivió al viaje. Teníamos mucho miedo por ella y el niño. Vomitó en el barco, lo que la debilitó tanto que no tuvo fuerzas para levantarse, ni para hablar. En la última etapa del viaje se estaba muriendo.

—Suena a que estaba muy mal. Sin embargo, está bien ahora, ¿no?

—Cuando la vi por última vez, rodeada de sacerdotisas, en una hamaca suspendida entre dos caballos, iba al templo. Ya estaba lo suficientemente fuerte, por la medicación, como para que ella y el bebé que lleva en su vientre, sobrevivieran al viaje si no ocurría nada inesperado. Más tarde recibí una paloma con la noticia de que todo estaba bien. Estas aves que trajo de Israel hace unos años realmente nos sirvieron bien.

Tamrin no comentó sobre las palomas, hizo como si hubiera escuchado ese comentario, ya que otra cosa era lo más importante para él en ese momento.

—¿Quién sabe sobre la condición de la reina?

—La Suma Sacerdotisa y Seshep, por supuesto, supongo que también solo algunas de las sacerdotisas del templo en el que se encuentra ahora, Ashenafi, algunos sirvientes, y de ahora en adelante también usted.

—¿Y la tienda de la reina? ¿Quién interpreta el papel de Makeda?

—A petición de la Suma Sacerdotisa, una muchacha fue enviada desde el templo, quien es tan alta y delgada como nuestra gobernante. Estaba en el palanquín y se esconde en la tienda de la reina.

—Ella tenía un anillo. ¿La reina se lo quitó?

—El anillo de Salomón nunca se lo quita. El que lleva es una copia. Fue hecho, a toda prisa, a petición de la Suma Sacerdotisa. No se puede ver la diferencia desde lejos.

—Ella es una mujer extremadamente prevenida.

—A veces sospecho que ella sabe el futuro de cada uno de nosotros. Pero no nos lo cuenta...

— ¿Cómo se va a solucionar esto? —Tamrin no comentó sus palabras sobre el conocimiento de la Sacerdotisa, pero pensó que era posible—.

—La reina, por consejo de la Suma Sacerdotisa, decidió que entraría triunfalmente en Marib al frente de la caravana cuando el niño viniera al mundo. Como sabe, la reina de Saba debe ser virgen. También sabe que nuestra señora no aceptó la propuesta de Salomón de ser su esposa y sentarse en el trono de Israel. Ella regresará al país y anunciará que el niño es un regalo que recibió de la Madre Plata. Esto será cierto. La Dama de la Luna se lo prometió a Makeda hace mucho tiempo.

—Este niño es un regalo de la diosa, pero también de Dios —Tamrin levantó la cabeza y señaló con el dedo al cielo—. Me pregunto si Salomón sabe de él.

Ella se quedó en silencio.

—No lo sabe —se contestó él mismo—. ¡Si lo supiera, él no la dejaría salir de Israel!

—Le estoy dando las órdenes de la reina ahora —ella quería terminar la reunión—. Dirija la caravana lo más lentamente posible a los lugares donde sabe que se deben crear nuevos oasis. La reina necesita tiempo. Las personas la verán en su tienda en esos lugares.

Él asintió.

—Recibirá información de la reina y Ashenafi de mi parte. Debe hacer todo lo posible para mantener este secreto, obviamente. Nadie puede saber lo que está pasando, excepto las personas de las que te hablé. Jure que se guardará todo.

—Lo juro.

—Júrelo por su Dios, al que le ore más a menudo.

En lugar de decir lo que quería, se calló. Habló sólo después de una larga pausa.

—Warda, quiero que sepas que desde hace algunos años he sido un seguidor de Yahveh.

— ¡¿Qué?! —Su voz dejó de ser un susurro—.

—Sucedió durante mi segunda visita a Jerusalén. Cuando estuve allí por primera vez y conocí a Salomón, él me habló de Dios. Estudié los libros, conocí la historia y la tradición de Israel y decidí que este es el Dios en quien creo.

— ¿Qué pasa con Almaqah y la Dama de la Luna?

—Siempre he sido escéptico. Pero Dios le habló a mi corazón. Creo en Él con todo mi ser.

— ¿Qué está diciendo?

Ella dio dos pasos lejos de él.

—Pensé que sería así —asintió con tristeza—. Sabía que no lo aceptarías. Esa fue una de las razones por las que no pude responder positivamente a los hermosos sentimientos que me expresaste. No sólo eso, estoy entrado en años ¡y creo en un solo Dios! Decidí que era demasiado peso para una muchacha tan joven y maravillosa. No quería lanzarte ese peso.

Con todas sus palabras, su fachada se cayó. Ella debía a ser fría, formal y juró que apagaría sus emociones. Sin embargo, después de lo que él dijo, ella sabía que no sería capaz de cumplir su promesa.

— ¿Qué estás diciendo? —Abandonó el tono oficial—. ¿Cómo pudiste siquiera pensarlo?

—Eres demasiado joven para entender eso.

—Si no soy demasiado joven para ser la mujer de confianza de la reina y darte secretos reales, quiere decir que no soy demasiado joven para nada.

Ella tenía razón.   No era ni muy joven ni inexperta. Ella manejaba la corte, la reina le confiaba los secretos más importantes, así que ¿tal vez su padre no vería nada malo en el hecho de que le gustaba la persona más rica de Saba, después de la reina? Recientemente tuvo mucho tiempo para pensar. Llegó a la conclusión de que el problema no era ella, sino sus preocupaciones por la inevitabilidad de los grandes cambios, si decidía vivir junto con ella. Desde el momento en que se separaron, él estaba seguro de que si ella quería repetir las palabras de amor de hace unos meses, no dudaría.

Ella esperó lo que él diría. Ella soñó que le pediría que compartiera su vida con él. Sentía que finalmente estaba lista para eso. Su corazón latía con todas sus fuerzas. Ya estaba disfrutando de las palabras que pensó que él debería decir en un momento. Sin embargo, algo salió mal. Quería confesar que la amaba, que quería estar con ella, que se haría cargo de sus pensamientos, pero no podía. Él no pudo. Sostuvieron el aliento. En lugar de lo que él quería decir y lo que a ella le gustaría escuchar, sus labios, desobedientes al corazón, dijeron:

—Eres la indicada para ser la persona de mayor confianza de Makeda. Estoy feliz de que trabajemos juntos. Estoy a tus servicios, puedes contar conmigo con lo que sea. Y, por supuesto, guardaré el secreto. Lo juro por mi Dios.

Comprendió que, a pesar de sus esfuerzos y presentimientos, esta vez ella no tendría éxito. Él no pudo abrirle su corazón, por lo que el sacrificio ofrecido a la Dama de la Luna no funcionó. Sudo frío. Dio un paso atrás y pensó en alejarse de él y correr lo más lejos posible. De repente, recordó lo fuerte que era. Apretó los dientes y los puños. Había vuelto al tono oficial anterior y lamentó haber tenido un momento de debilidad. Al mismo tiempo, estaba orgullosa de sí misma; esta vez ella no le dijo mucho, no cometió el error de contarle sobre su amor por él. Lo dejó hablar, lo miró a los ojos y se prometió a sí misma que nunca más intentaría despertar sus sentimientos.

«Aparentemente, no fuimos creados el uno para el otro, su corazón está muerto y no pude resucitarlo» —pensó con tristeza, y agregó en voz alta— Gracias en nombre de la reina. Estaba segura de que, como siempre, ella podría contar con usted.

***

— ¡Es un niño, señora! —Gritó la Suma Sacerdotisa alegremente—. Es hermoso y saludable —anunció emocionada, viendo al médico poner al recién nacido en el regazo de Makeda—.

Su cuerpo estaba cubierto de moco, sangre y restos de fluidos amnióticos.   Aun así, era evidente que tenía un cabello oscuro exuberante y una piel oscura. Era grande y lloraba ruidosamente.

— ¿Eres tú, mi amor? —preguntó ella, agotada, pero feliz— ¡Por fin llegaste! —lo abrazó con ternura—.

El dolor que había desgarrado su cuerpo un momento antes, había pasado. Estaba adolorida, mojada de sudor, agotada, pero tan encantada de ver finalmente al hijo con el que había hablado durante los últimos meses, que las lágrimas corrieron por sus mejillas.

—Maravilloso, te he estado esperando durante tanto tiempo —ella lo besó—.

Cuando escuchó su voz, el niño se calmó.

—Es bueno que ya estés de este lado, mi pequeño. ¡Eres lo que más quiero en el mundo!

El príncipe Menelik, más tarde también llamado Bayna Lehkem [60] que significa "hijo de un sabio", nació en el templo de la Dama de la Luna, a orillas del Mar Rojo, a muchos kilómetros de Jerusalén y de Marib, en áreas que pertenecen al reino de Saba. Muchos años después de su nacimiento, cuando ya era un adulto, se dijo que no era una coincidencia que Dios dirigiera el barco en el que navegaba su madre a este lugar, porque en el futuro gobernaría las tierra que lo vio nacer.

***

La caravana acampó en un oasis durante dos días.

Estaba oscureciendo cuando Tamrin se acercó a Warda, que estaba sola sentada junto al agua. Se sentó a su lado sin decir una palabra. Ella no dijo nada.

Estaba tranquilo. La gente se instaló en sus carpas y alrededor de fogatas. Todos se preparaban para descansar.

Cuando los sonidos del campamento se apagaron por completo y la luna brillaba, Tamrin abrió la bolsa de viaje que traía consigo, sacó de ella una bolsa grande, bellamente decorada, de un material rojo brillante.

—Hazme el honor y acepta este regalo —se lo dio a Warda—.

— ¿A qué debo esta sorpresa? —Ella desabotonó la atadura y metió la mano dentro—. ¡Oh, qué hermosas! —Sacó un par de sandalias de cuero marrón—.

Estaban hechas de un cuero muy delicado, decoradas con detalles dorados. Su suela era tan sólida que si no fuera por la hermosa decoración y la delicadeza de la piel, se verían como sandalias de viaje típicas.

—Un regalo inusual... —por primera vez en toda la noche, ella miró a los ojos de Tamrin—.

—Es una proposición —se movió a su lado—.

— ¿Iremos a caminar? —temiendo otra decepción, se negó a sacar conclusiones obvias—.

—Me encantaría.

— ¿Por qué me diste las sandalias?

—Si fueras de viaje conmigo, yo sería el hombre más feliz de la tierra —dijo finalmente—.

Ella suspiró aliviada. Sucedió lo que había estado esperando durante tanto tiempo.

— ¿Qué viaje sugieres, Tamrin? —Aunque sabía lo que quería decir, prefería que llamara las cosas por sus nombres. Dejar que las palabras que ella esperaba, llegaran. No solo por ella, sino sobre todo para que él mismo las escuchara al decirlas.

Se arrodilló frente a ella y humildemente inclinó la cabeza.

— ¿Serías mi esposa?

***

Cuando Menelik llegó al mundo, un pergamino llegó a Makeda. Había pasado por varias manos antes de llegar a su destinatario. Primero llegó a la caravana liderada por Tamrin y luego la tienda de la reina.   Y de ahí a las manos del mensajero, enviado por Aksum, donde lo tomó una sacerdotisa de la Dama de la Luna. Entonces llegó al templo y finalmente a las manos de Makeda.

Estaba en una caja de oro finamente elaborada, profusamente decorada con piedras preciosas.

«Este es nuestro trabajo conjunto. Aunque aún no está terminado, me gustaría que estas palabras estuvieran contigo. Eres y serás la dama de mi corazón. Esta canción es una expresión de mi amor y, al igual que el sentimiento que nos ha unido, nos pertenece a ambos.

En mi cama, en la noche, busqué a mi alma amada,
La estaba buscando, pero no la encontré.
Me levantaré, caminaré por la ciudad, entre calles y plazas,
Buscaré mi alma amada. La estaba buscando, pero no la encontré».

***

« ¡Levántate, mi hermosa, y ven a mí!
Porque ya es invierno, la lluvia ha cesado y pasado.

Hay flores en el suelo,
Es hora de podar los viñedos,
y la voz de una tórtola ya se puede escuchar en nuestra tierra.
La higuera produce brotes frutales.
Y la vid que florece ya huele.
¡Levántate, mi hermosa, y ven a mí! »

***

« *¡Ponme como un sello en tu pecho, como un sello en tu*
hombro! El amor es como una muerte poderosa. Su calor es
como el calor del fuego, o como las llamas violentas. Las aguas
más poderosas no pueden extinguir el amor ni cubrir las olas
del río. Si alguien diera todas las riquezas de su hogar por
amor, solo ganaría desprecio ».

***

— ¡Viva la reina!
— ¡Makeda!
— ¡Dios bendiga a la reina!
— ¡Gran Kandake!
— ¡Mukarrib!

Gritaba la gente parada en la ruta de entrada de la reina a
Marib, disfrutando de su regreso.

La noticia del tremendo éxito de la expedición llegó antes
que la caravana a la ciudad. Esto debido a las personas enviadas a
la capital por Tamrin y la Suma Sacerdotisa para avisar que la
reina había llegado a acuerdos con Salomón que garantizarían la
riqueza, no solo a los Sabinos que viven actualmente, sino
también a sus hijos y los hijos de sus hijos. Todos dijeron que
gracias a la Reina, Saba tiene una enorme flota mercante que

distribuirá bienes valiosos en todo el mundo, y eso significa nuevos ingresos para la tesorería y, por lo tanto, una buena vida para todos.

También se dijo que la construcción de nuevos oasis comenzó y, lo más importante, justo ante sus propios ojos Makeda llevaba generosos regalos del Rey de Israel. Y que los repartiría entre templos, nobles, y la gente se beneficiará mucho.

Los residentes de la ciudad fueron invitados a una gran fiesta, que duraría tres días y comenzaría inmediatamente después de la ceremonia de bienvenida.

Así que, cuando la caravana tan esperada finalmente cruzó las puertas, no hubo fin para los gritos de alegría.

Como era de esperarse, a la cabeza, Ashenafi cabalgaba sobre un gran corcel, todavía designado como general en Jerusalén por la reina, y la mitad de sus soldados montaban a caballo detrás de él. La otra mitad cerró la procesión que se extendía a muchos kilómetros de la ciudad. Todos llevaban trajes relucientes y festivos.

Detrás de ellos, estaban las sacerdotisas de la Dama de la Luna. Tocaban instrumentos y cantaban. También lucían vestidos ricamente decorados. Ellas, los soldados, los sirvientes y otros participaron en la entrada triunfal a la ciudad, usaban la misma ropa con la que entraron en Jerusalén.

Hace más de un año y medio antes, cuando la reina dejó el país, los habitantes de Saba no vieron los trajes preparados para impresionar al rey Salomón y a su reino. Se suponía que debían usarse por primera vez allí, en una tierra lejana y extranjera. Fueron usados nuevamente cuando la caravana salió de Jerusalén. Ahora, eran usados por tercera vez, relucientes, ricamente decoradas con oro. Todos estaban encantados.

Detrás de las sacerdotisas cantoras, en un camello blanco, en el palanquín dorado, con las cortinas abiertas, estaba sentada la reina.

Aquellos que escucharon rumores sobre su enfermedad y debilidad, podían no solo ver con sus propios ojos que no estaba enferma, sino que también se veía más hermosa que nunca.

En ambos lados, caminaban sirvientes vestidos con trajes dorados que lanzaban pétalos de flores en la carretera y hacían vítores.

Ante las puertas de la ciudad, estaban los que manejaban el país en su ausencia, el eunuco Hendake, el sacerdote Sethon y el general Tesfa. Hicieron una reverencia, y cuando ella asintió desde la altura de su palanquín, se sentaron en sillas ricamente decoradas.

El sacerdote Sethon tenía sus años contados, y cuando la reina estaba viajando, trató de construir una oposición. Pero no tuvo mucho éxito. No encontró el apoyo de los poderosos, también estuvo enfermo casi todo ese tiempo y estaba muy débil, no podía concentrarse adecuadamente.

Tres encargados fueron asignados especialmente para él. Si no fuera por su enfermedad, los tres irían por la reina al templo, y la traerían simbólicamente a la ciudad. Sin embargo, la condición del sacerdote no lo permitió. El camino desde las puertas de la ciudad no era largo y pronto los participantes de la caravana entraron al templo. Todos los que venían a saludar a la reina los esperaban allí. El santuario estaba casi desbordado.

Cuando la reina entró en el templo y las personas más importantes de su corte la siguieron, Warda saludó a su padre. Lo hizo con moderación, ya que nadie podía mostrar emociones en lo absoluto; sabía que tan pronto estuvieran solos, se abrazarían amorosamente. Ella hizo una reverencia. Tamrin estaba de pie detrás de ella.

Tesfa se dio cuenta inmediatamente de que su hija y su viejo amigo compartían algo más que su devoción a la reina. Él la miró interrogativamente y luego a Tamrin. Ella asintió, confirmando sus suposiciones.

—Padre, hemos vuelto —dijo ella—, y estoy feliz.

El general sonrió con evidente alivio. Parecía que en su largo viaje, su hija descubrió algo mucho más que tierras nuevas.

—Te lo contaremos todo más tarde. —Ella Miró a Tamrin, confirmando nuevamente sus suposiciones acerca de ambos—.

Al ver la satisfacción ante los ojos del general, el comerciante suspiró con alivio. El padre de Warda era un bastión que si podía tener su aprobación, sin pelea, significaría que Dios aprobaba su relación.

Todas las personas importantes en el reino se habían reunido en el templo de la Dama de la Luna. Había sacerdotes y sacerdotisas de dioses adorados durante siglos, príncipes de tierras subordinadas, generales, nobles, los comerciantes más ricos y funcionarios. Todos vinieron a saludar a la reina.

En este día, las sacerdotisas de todos los templos de la Madre Plata de todo el vasto territorio de Saba a ambos lados del mar fueron llevadas a Marib. Cantaron, bailaron y tocaron sus instrumentos ante la imagen de su santa patrona. Alrededor de ellas había humos de incienso y una delicada fragancia de mirra, que lentamente flotaba en torno a una delicada neblina.

El sacerdote, Sethon, entró primero en el templo, seguido por el eunuco Hendake y el general Tesfa. Las sacerdotisas que bailaban frente al templo y en su centro se arrodillaron a lo largo del camino, creando un pasaje. Los hombres se detuvieron justo debajo de la estatua de la Dama de la Luna.

Detrás de ellos, la Gran Sacerdotisa entró en el edificio. En un largo vestido negro, ella se deslizó en el medio, como si estuviera flotando. El sello de la luna, colocado sobre su cabeza, brilló con esplendor sobrenatural, proclamando que con ella la energía divina, amplificada, entró en el santuario. En su mano derecha sostenía un bastón, coronado con un cetro de plata que simbolizaba a la Dama de la Luna. Cuando llegó a la estatua de la diosa, tocaron tambores y cornetas. Después de un momento, ante los ojos de la audiencia apareció lo que todos esperaban más.

— ¡Gran Kandake, gobernante de Saba, mukarrib de los principados subordinados, reina Makeda! —Anunció solemnemente el sacerdote Sethon—.

La reina pasó el camino formado por sacerdotisas arrodilladas y se paró en medio de la elevación, junto a la Gran Sacerdotisa.

El sacerdote Almaqah inclinó la cabeza ante la reina. Aquellos que tuvieron el honor de estar en la plataforma hicieron lo mismo.

Los presentes en el templo se arrodillaron y bajaron la frente. Con el permiso de la reina, se levantaron, lo tambores y la cornetas sonaron, y cuando los sonidos se apagaron, ocho poderosos sirvientes entraron en el templo. Llevaron el regalo de Salomón en una litera, el regalo con el que se despidió de Makeda. La reina decidió que el día de su regreso al país, el trono se iría primero al templo, y luego sería trasladado al palacio para ser el mueble principal en la sala del trono.

El trono era una copia similar a la que Salomón había ordenado hacer para él mismo. Estaba hecho de marfil y cubierto con oro refinado. En la parte posterior tenía un dosel. Solo en una cosa el trono de Makeda era diferente del trono de Salomón en Jerusalén: el trono de Salomón tenía seis niveles que tenían doce leones que representaban a las doce tribus de Israel. En el trono de Marib, había dos leones. Debían simbolizar las dos partes de Saba separadas por el Mar Rojo.

Los sirvientes instalaron eficientemente el impresionante mueble.

Makeda se acercó y se sentó. Puso sus manos en los apoyabrazos anchos y sus pies en el reposapiés.

— ¡Dioses, bendice a Saba y a todos sus habitantes! —Saludó a los súbditos—.

Nuevamente se arrodillaron e inclinaron sus cabezas ante ella. Todavía no habían conseguido recuperarse de la impresión que había hecho su trono cuando escucharon la voz de la Sacerdotisa.

—Traemos preciosos regalos de tierras lejanas. Todos los reunidos aquí hoy recibirán regalos en honor al feliz regreso de la gobernante su tierra y por un viaje exitoso. Los acuerdos que, gracias a la sabiduría de la Gran Kandake, se ha hecho con el Rey de Israel, les permitirá a ustedes, a sus hijos y los hijos de sus hijos, vivir en paz y prosperidad, y harán que la fama de Saba perdure por siempre. ¡Gracias a Dios y a nuestra reina!

En ese momento, las sacerdotisas de la Dama de la Luna entraron en vestidos largos y ligeros. Cada una sostenía una cesta pequeña pero pesada frente a ella, llena de gruesos platos dorados, decorados con la imagen de Makeda.

—Acepten este obsequio como un anticipo de los regalos que traemos.

— ¡Makeda, Makeda, Makeda! —Se alzaron voces alegres, porque después de estas palabras, la gente ya estaba segura de que las historias sobre los grandes beneficios del viaje que había estado circulando por el país durante tanto tiempo, no eran exageradas. Se habló de una nueva flota, oasis, acuerdos que aseguraban un futuro próspero. Circularon leyendas sobre los regalos que Salomón le dio a Makeda, incluido el extraordinario trono, ¡y allí estaba el trono! También recibieron sus primeros regalos—.

Mientras los comentarios pasaban de boca en boca sobre los tesoros y acuerdos, la gente hablaba en voz alta, esperando lo siguiente, todo Saba susurraba. Nadie quería ofender a la reina y exponerse al castigo tan severo que los guardias reales aplicaban a quienes mancillaban el buen nombre la Gran Kandake.

Cuando la gente recibió los platos de oro, los tambores y las cornetas volvieron a sonar. Cuatro sacerdotisas que llevaban una litera de oro entraron en el templo. Había una cesta oblonga, la cual estaba cubierta de oro. Se la llevaron a la Gran Sacerdotisa y dejaron la litera a sus pies.

—Aquí está el regalo divino de la Señora de la Luna para todos nosotros —anunció, levantando la canasta hasta sus pechos—.

Al igual que otros dignatarios, ella estaba en la plataforma, para que pudieran ver lo que tenían en sus manos.

—La Madre Plata ha sido generosa con el reino de Saba. De acuerdo con las profecías eternas registradas en las estrellas y proclamadas en las visiones de nuestras sacerdotisas, los dioses nos dieron la reina más sabia del mundo, las riquezas más grandes, la fama y la gloria de Saba, que durarán hasta el fin de los siglos. La Dama de la Luna y el Dios Jehová nos ofrecen a este heredero, santificado por su poder cósmico. Por su voluntad, él es el hijo de la Madre Plata, y también de la Reina Makeda, y cuando llegue el momento, también se sentará en el trono con voluntad de reinar en paz, por la gloria de los dioses, y por el bien de Saba y de todos sus habitantes.

Se sintió la importancia del momento. La Gran Sacerdotisa, sosteniendo la cesta con el bebé, subió los escalones que conducían al trono, lo puso a los pies de la reina y se inclinó con respeto.

Los súbditos hicieron lo mismo. Hubo un silencio casi absoluto. Solo se escuchaba el canto de los pájaros que disfrutaban del sol de la tarde.

La reina se puso de pie.

—Te acepto como un regalo de dioses, anunciado en profecías, para mí y para la gente de Saba —dijo con voz fuerte—. ¡Sé mi hijo y heredero del reino! ¡Qué se cumpla la voluntad de la Señora de la Luna y de Yahveh!

Se arrodilló frente al bebé y se inclinó ante él. Se levantó, recogió la cesta y mostró a su hijo.

— ¡Aquí está el heredero de Saba! Menelik, Bayna-Lehkem, [61] Hijo de dioses —anunció la Gran Sacerdotisa—. ¡Adorémosle!

Como al principio, sosteniendo una cesta con un bebé ante la reina, Hendake se arrodilló. El general Tesfa lo hizo después de él.

Luego, muy lentamente, debido a su edad y enfermedad, avanzó hacia la reina, apoyándose con un bastón, el sacerdote Sethon. Estaba a solo cinco pasos de ella. Cuando puso el pie en el primer escalón que conducía al trono, se quedó sin aire. Miró su rostro radiante. Estaba a punto de hacer una reverencia, cuando perdió el equilibrio y aunque trató de apoyarse en su bastón, tropezó, agarró su corazón y cayó.

Hubo muchos gritos de horror.

Los dignatarios que estaban más cerca del sacerdote inmediatamente corrieron hacia él. Sin pensarlo, la reina dejó la cesta con la Sacerdotisa, bajó los escalones y se arrodilló ante el anciano.

—¿Sacerdote? —se las arregló para preguntar, mirando sus ojos, que se estaban nublando—.

—Es nuevo —susurró—, este es el nuevo orden del mundo. Las escaleras a este trono no son para mí, se me han hecho demasiado largas.

—Sacerdote —susurró ella—, no te vayas…

—Te bendigo —dijo con la última de sus fuerzas—.

Se le ocurrió que las visiones que sus sacerdotes tuvieron hace mucho tiempo se estaban cumpliendo. Dijeron que la expedición de la reina a un país lejano significaría el fin del mundo. Almaqah no podía estar equivocado. Las visiones indicaron claramente que la reina, que es una seguidora de la Dama de la Luna, traería al país un nuevo dios que desplazaría a Almaqah de su pedestal. Los sacerdotes creyentes también hablaron de un rey que nacería de una virgen y gobernaría el mundo. Así que cuando Sethon vio al hijo de Makeda y escuchó a la Gran Sacerdotisa, comprendió que las visiones se estaban haciendo realidad.

Su corazón no pudo soportarlo. Se partió en pedazos. La energía luminosa que recibió Sethon cuando vino al mundo lo llevaba de regreso a la fuente.

El sacerdote sabía que su muerte también significaba el fin de su dios. Con su partida, comenzaba una nueva era para Saba.

La Gran Sacerdotisa, observando a la reina arrodillada y anticipando la reacción de los reunidos, se paró ante el trono, levantó sus manos y anunció con voz poderosa:

— ¡El sumo sacerdote Sethon se va con Almaqah, bendiciendo a la reina y al heredero del trono!

Ella asintió con la cabeza a las sacerdotisas. Estaba segura de que la muerte de Sethon debería presentarse inmediatamente de la manera correcta antes de que alguien lo considerara como una mala señal. Tamrin, Tesfa y Hendake se acercaron a ella al mismo tiempo que las sacerdotisas la rodeaban.

—Que los sirvientes lo pongan en una litera de oro —ordenó la Suma Sacerdotisa—. Escoltaremos el cuerpo al templo de Almaqah. General, deje que los soldados creen una línea entre los templos para que podamos llegar libremente.

—Sí, Suma Sacerdotisa —asintió Tesfa admirando su compostura—.

Nadie, además de la reina, le daba órdenes, pero siempre sintió respeto por la Sacerdotisa de la Dama de la Luna, y ese día no tenía dudas de que en esta situación de crisis tan inusual, debería ser escuchada ya que siempre sabía lo que hacía. ¿Y quién mejor que ella, que conocía a los dioses, para saber qué hacer cuando uno de ellos llamaba al más importante de sus sacerdotes?

—Tamrin, deja que tu gente les diga a las personas que se han reunido frente al templo, y a los que esperan la fiesta en la ciudad, que se avecinan grandes tiempos y que Yahveh, el dios de la sabiduría, la justicia y la riqueza, se une a los antiguos dioses de Saba, además de las siguientes palabras: El sacerdote Sethon, como todos saben, ha estado enfermo durante mucho tiempo, pero esperaba el regreso de la reina para bendecirla e irse en paz.

Cuando lo hizo, murió feliz de que Almaqah le permitiera cumplir su último deseo.

Miró a los rostros de los presentes, buscando confirmación de que entendían la seriedad del momento y la necesidad de una acción rápida.

—Hendake, cuando salgan, se les darán regalos a la gente. No esperemos el banquete. La muerte del sumo sacerdote conmoverá los corazones. Esto lo puede calmar de alguna manera y redirigir los pensamientos de las personas.

Ellos asintieron, en señal de que estaban de acuerdo con sus órdenes y sabían qué hacer. Se prepararon para sus tareas.

Cuando el cuerpo de Sethon descansaba en la litera, la Suma Sacerdotisa estaba debajo de la estatua de la Dama de la Luna, al lado de la reina, que estaba nuevamente sentada en el trono y habló en voz alta:

—Han llegado nuevos tiempos. Serán incluso mejores que antes —gritó ella, levantando su bastón con un cetro de plata—. Seamos felices, alegrémonos. Se acerca la edad de oro. Tenemos un heredero enviado por los dioses. ¡Se cumple una antigua profecía!

***

El príncipe Den conquistó Aksum y se proclamó rey. Lo consiguió en una noche. Lo hizo cuando la ceremonia de bienvenida se continuó en Marib, luego tomó el cuerpo del sacerdote Sethon y lo puso en el templo de Almaqah, e hizo una fiesta para la gente.

Desde el momento de su huida de Aksum, vivió en las tierras del Faraón. Observó desde la distancia lo que estaba sucediendo en Marib y Aksum. Esperaba que, en ausencia de la reina, pudiera regresar a la ciudad y conquistarla, pero el general Tesfa la llenó con un ejército tan grande y se quedaba tan a menudo allí, que sabía que no tendría oportunidad. Así que esperó el momento adecuado, creyendo que vendría pronto.

A menudo enviaba espías a Aksum. Se reunieron con dignatarios en los que su padre confiaba. Interceptaron mensajes y le aseguraron a la gente que Den volvería algún día, él era el legítimo heredero del trono.

—Solo espero el momento correcto —dijo Den—. El faraón me dará soldados, porque cree que le conviene. Prefiere tenerme en Aksum que a la poderosa Makeda, porque cree que estoy subordinado a él, y ella solo vela los intereses de Saba y no permitirá que Egipto interfiera con ellos. Gracias a mí, el Faraón tendrá un camino abierto a las riquezas de la tierra negra. —Den no tenía dudas de que Egipto, con tal de no lidiar con Saba, lo apoyaría con el ejército—.

Meses y años pasaron. En ese momento, el faraón Siamón, quien recibió a Den en su país, se fue con los dioses, y Psusenes II se sentó en el trono. Sin embargo, y afortunadamente para Den, la política de Egipto no había cambiado.

Finalmente, el momento que había esperado durante tanto tiempo llegó. Den recibió información sobre el regreso de Makeda de Jerusalén, su entrada triunfal a la ciudad, y la ceremonia.

— ¿Qué mejor momento para mi regreso a Aksum que este? —lo consideró, emocionado—. Después de todo, como el príncipe de Aksum, el imbécil de Caleb, los nobles más importantes y la mayoría de los comandantes que guardan la paz en la ciudad, definitivamente irán a Marib. El ejército se reducirá. Tan pronto como llegue a Aksum, me proclamaran como príncipe real.

Tenía derecho a pensar así, especialmente porque el nuevo faraón estaba más determinado que su predecesor, y el comandante de sus tropas, Sheshonq, tenía enormes ambiciones de expandir la autoridad de Egipto al sur del país.

Los mensajeros secretos enviados por el Faraón trajeron buenas noticias. El gobernante de Egipto le dio dos mil soldados nubios, armas, caballos y camellos. Había una objeción: Den, o cualquiera a su alrededor, nunca podría decir de dónde venían las tropas. El Faraón no quería entrar en conflicto con la poderosa reina. Pero al mismo tiempo sabía que si Den, apoyado por él, se uniera a Egipto, significaría grandes ganancias y un camino abierto a la tierra negra. Decidió apoyarlo, pero sin que la reina de Saba no tuviera evidencia de que lo hizo.

Den tenía a su disposición militares perfectamente entrenados, pagados por el Faraón, que vestían con sus propios uniformes.

El camino a Aksum era difícil, los soldados tardaron cuarenta días. Sin embargo, el orgullo del Príncipe era muy diferente del que tenía cuando mataron a su padre y huyó en desgracia de su reino. Ahora, cabalgando a la cabeza de un gran ejército de nubios, ¡se sentía casi como un rey!

En Aksum todo sucedió como se esperaba. No hubo resistencia. El príncipe Caleb, el general Tesfa, los más importantes comandantes y nobles, fueron a Marib a ver a la reina. Las pocas tropas que custodiaban la ciudad no esperaban un ataque. Los que resistieron fueron asesinados. Además, cuando la ciudad, casi sin pelear, se dio por vencida, Den ordenó matar uno de cada diez soldados, para que los sobrevivientes supieran lo que les esperaba si desobedecían al nuevo gobernante.

Con un eficiente ejército nubio a su disposición, el día después de que la ciudad estuviera ocupada, obligó al ejército y al pueblo de Aksum a jurarle lealtad. Y no se proclamó príncipe, como su padre, sino Rey de Aksum. Así es como comenzó su reinado.

***

Dos días después, las noticias sobre la ocupación de Aksum llegaron a Makeda. Habían sido enviadas con un ave desde Aksum a Marib.

—Se estaba preparando para hacer esto cuando los espías le informaron sobre la ceremonia que estaba preparando para su regreso, señora —la agitada Seshep se arrodilló junto a la cama de la reina—.

Estaba amaneciendo. La reina acaba de despertarse.

—Se decidió porque los príncipes de las tierras y los comandantes de las tropas de Aksum fueron a darle la bienvenida en la capital —continuó—.

—Tenía razón. —Saltó de la cama y empujó a la doncella para que desistiera del lavado y unción—. No hay tiempo para los tratamientos de la mañana —gritó—. ¡Parece que tendremos una guerra!

—Conquistó Aksum casi sin pelear —continuó Seshep, siguiéndola—.

Makeda se sentó en un taburete ancho frente al espejo plateado y dejó que la criada le cepillara el cabello.

—Trajo a su gente a la ciudad, la que le dio el faraón. Egipto siempre ha sido inteligente. No quieren exponerse ante usted, así que le dio un ejército, en secreto. Si Den perdiera, negaría que lo apoyó. Si Den ganaba, el faraón no se habría acreditado a sí mismo el mérito, pero se habría beneficiado de los resultados. ¡Den se vendió a sí mismo y a Aksum al Faraón!

—Como si no tuviera ya otros problemas. —Makeda sacudió la cabeza con incredulidad por el hecho de que le quitaran Aksum tan fácilmente—. Acabo de tener un bebé, apenas regresé de un largo viaje, estoy débil, Sethon está muerto y Aksum ya no me pertenece —comenzó a enumerar sus problemas, mientras le hacía señas a la criada que la peinaba para que se apurara— Hay una guerra en curso, porque después de todo, debería irme al extranjero y recuperar lo que me quitó. Me pregunto qué planean los dioses para mí después.

Seshep entendió su agitación, ella también estaba molesta. Sin embargo, durante años supo que en situaciones difíciles uno no debería actuar apresuradamente. Antes de hacer cualquier cosa, necesitaba calmarse y tratar de ver las cosas con la mente fría. Tomó aire, lo sostuvo en sus pulmones y lo dejó ir. Lo hizo siete veces. Makeda levantó la mano para que la sirvienta se apurara. Ella sabía que la hemet se estaba concentrando. Makeda prefería apresurar al caballo en momentos difíciles, sin pensar en dónde la llevaba, sentir el viento en su cabello y la fuerza del universo en el cuerpo. Seshep prefería ahondar en sí misma. Ella podía controlar rápidamente sus emociones, así fue esta vez. Cuando abrió los ojos, dijo:

—El hecho de que algo haya salido mal hoy, no significa que sea el fin del mundo. Como todo gobernante sabio, aceptas el desafío solo cuando estás lista y segura de la victoria. Toma tu tiempo, Makeda, date tiempo.

Hizo a un lado la mano de la criada, que sostenía un caparazón de tortuga con una mezcla sobre su cabeza, y se levantó. Se dirigió a la ventana por la que se veían los jardines de Marib. Miró la amplia avenida de los sicómoros. La vista, como siempre, tuvo un efecto calmante en ella.

—Debería dar órdenes y concentrarme en lo que tengo disponible —se dijo a sí misma, pero lo suficientemente fuerte como para que ambas mujeres la escucharan—. Me daré tiempo. Me prepararé.

Ella se apartó de la ventana.

—Tienes razón, Seshep —la hemet la miró a la cara—. Ahora, después de regresar de Israel, cuando estuve fuera tanto tiempo, cuando tengo un niño pequeño, cuando tenemos grandes éxitos con la flota comercial, no debemos ir a la guerra, ni siquiera una pequeña.

—Permita que Den establezca su gobierno en Aksum, que los hombres poderosos recuerden cómo es vivir bajo su gobierno —agregó Seshep, como toda una estratega política—. Les hará bien, porque descuidaron la defensa, bajaron la guardia, porque probablemente dejaron de apreciar lo cómodos que estaban. Cuando llegue el momento adecuado, ¡nos moveremos! Hoy no es el día, tiene razón. Además, lo cosa más importante ahora, es que acaba de dar a luz; necesita descanso.

—Salomón dijo que todo tiene su momento y su lugar. —Makeda se sentó en el taburete de nuevo, y le dijo a la criada que la podía seguir peinando—.

CAPÍTULO VIII

SOLUCIONES FINALES

Dos años después

Makeda miraba a su hijo que estaba jugando. Se sentó con la Gran Sacerdotisa en un banco del jardín, al que conducía su corredor de sicómoros favorito. Su vista no solo la calmaba, sino que también la conmovía casi cada vez que recordaba que su tatarabuelo lo había plantado. El corredor creció al estatus de símbolo y dinastía ante sus ojos. Estaba pensando en el pasado, y con afecto miraba a la persona que, cuando llegara el momento, se sentaría en el trono para reemplazarla.

—Mis antepasados construyeron una presa y una ciudad, erigieron un palacio, plantaron árboles —dijo ella—. Garanticé que te quedaras, prosperidad y riqueza a la gente. ¿Qué hará mi hijo?

Desde el momento en que Menelik apareció en su vida, ordenó renovar su lugar favorito. En el lado derecho de los bancos, se sembró delicado pasto del mar Mediterráneo, que era como una alfombra suave y permitía al príncipe jugar de manera segura cuando ella estuviera con los invitados. Una pequeña piscina y poco profunda fue construida cerca, donde el niño chapoteaba feliz. El lugar era soleado, pero con la sombra apropiada. Era un lugar placentero tanto en los días más fríos, como en los calurosos.

—No pensé que se pudiera amar tanto a alguien —confesó mientras miraba al chico—. Estoy encantada con todo lo que hace. Lo amo como nadie en el mundo. Evoca una tormenta de sentimientos que nunca había sentido. Lo amo inmensamente. Veo cómo se desarrolla, cuánto le interesa todo a su alrededor, con qué facilidad conoce a nuevas personas. No hay cosa de él que no examine a fondo. Cuando recoge una flor, arranca la hierba o mantiene la fruta en sus manos, siempre trata de descubrir cómo se formaron, qué hay dentro, a qué huele y cómo sabe.

—Los niños generalmente sienten mucha curiosidad por el mundo —agregó la Gran Sacerdotisa, sin un rastro de emoción—.

— ¡Pero él es extraordinario, admítelo! —Se quejó Makeda—.

—Por supuesto —le afirmó, disculpándose, sabiendo bien que para cada madre, su hijo era el más especial del mundo—. Él tiene padres realmente especiales, e incluso los dioses, a través de los cuales apareció en el mundo, ejercen una guardia especial sobre él, desde el momento en que solo una chispa de su existencia brillaba entre las estrellas.

—Es similar a Salomón ahora, ¿lo ves?

—Está destinado para grandes obras. Está escrito en las alturas.

—Con él, el tiempo fluye muy rápido. Me parece como si acabara de llegar al mundo, recuerdo el momento en que lo tomé en mis brazos por primera vez. Incluso entonces era hermoso.

—Y ahora se ve como él hijo de los dioses.

Makeda miró a su hijo con ternura. Observó a los dos monos que jugaban frente a él, sujetos con correas por los sirvientes. Junto a él estaba un joven leopardo traído por la Gran Sacerdotisa. Fue domesticado, era obediente, y no era primera vez que el príncipe lo veía. Menelik, el mono y el leopardo parecían estar felices y se entendían muy bien.

A pocos pasos del príncipe, dos cuidadoras estaban arrodilladas, listas para responder al gesto más mínimo que indicara una solicitud de sus servicios. Sin embargo, la recomendación de la reina fue que de ninguna manera deberían limitar la independencia del niño, por lo que le permitían ser relativamente libre, dentro de lo razonable, de explorar el mundo.

Menelik estaba protegido por guardias reales. Cerca de él, durante el día, siempre había al menos cuatro guardias, y por la noche, aparte de la cuidadora que dormía en su habitación, dos soldados lo vigilaban.

La reina pasaba cada momento libre con su hijo. Lo llevaba a paseos cortos, a supervisar el funcionamiento de la presa, a verificar que los huertos y jardines más cercanos al palacio estuvieran bien cuidados y protegidos. Estos eran, además del comercio, una de las principales fuentes de riqueza de su país.

En ese momento ella estaba sentada en el caballo con su padre y lo abrazaba con fuerza, explicándole el mundo. Cuando era pequeño, se acurrucaba contra ella, tratando de rodearla con sus brazos y abrazando sus piernas en sus caderas. Parecía que estaba pegado a ella. Cuando creció un poco, se inclinaba adelante y se mostraba encantado de ver las casas y las personas que los adoraban.

Al menos cuatro soldados a caballo los acompañaban durante esos paseos. Aunque el país estaba tranquilo y no se esperaba ningún ataque desde ninguna parte, Ashenafi sentía que la seguridad de la reina era de vital importancia para el estado y se aseguró de que tanto ella como Menelik estuvieran vigilados por los soldados más experimentados, día y noche.

—Cuando lo miro, a veces pienso en cuánto perdí al no tener una madre. —Makeda hablaba con la Suma Sacerdotisa, pero no apartaba la vista de su hijo—. No solo no pude conocerla, sino que no conocí las caricias y el amor que experimentan los niños cuando sus madres están con ellos.

—La reina te dio amor, dejándote bajo mi corazón. Recuerdo lo mucho que deseó tenerte. Ella te hablaba, lo presencié muchas veces. Ella te dio todo lo que tenía —la Sacerdotisa se emocionaba con muchas de esas palabras, tanto como era posible en su caso—.

Luego tuviste niñeras, hasta que un día Seshep comenzó a cuidar de ti. Ella te dio todo su amor. Tú eras para ella, especialmente en la infancia, como una hija.

—Yo la amo. Es una mujer maravillosa. Tú y ella me enseñaron mucho. Gracias a ti, sé lo que significa la feminidad. Soy fuerte, valoro la independencia, se que me manejaré bien en cada situación. Me has hecho darme cuenta de que la feminidad es la divinidad, y la divinidad es la sabiduría. Me dijiste que la diosa está en mí, me has enseñado a escuchar mi voz interior, a creer en el poder de la sabiduría en mi corazón. Hoy en día, entiendo que todo en la vida es una unidad y los opuestos se complementan perfectamente. La única constante en la vida es el cambio, y la armonía viene del conocimiento. Si no estuvieras, ¿quién sería yo hoy?

—Eres muy similar a tu madre. Créeme, ella está orgullosa de ti...

—Cuando era pequeña, solo tenía a mi padre, a ti, a Seshep y a mi nodriza. Por supuesto que todos me querían, pero ahora veo de lo que me había perdido. Cuando tomo a Menelik en mis brazos, cuando lo abrazo, cuando escucho su corazón o cuando lo veo dormir, pienso en mí cuando era un bebé. Sobre lo mucho que extraño a mi madre. Aunque no recuerdo el toque de su mano, la extraño de una manera que ni siquiera me atrevería a describir.

—Tú la conociste.   Ten la seguridad de que todo el amor que ella te dio, se lo puedes dar a los demás, sin perder nada.

—Sentía un hueco en mi corazón. Nunca lo entendí, pero hoy sé que la extrañé toda mi vida.

—Ella ve tu brillo y, al mismo tiempo, vive en cada parte de ti.

—Gracias por lo que dices —Makeda acarició la mano de la Sacerdotisa—. Gracias por estar en mi vida. No sé que sería mi vida sin ti y Seshep.

—Tendrías otra sacerdotisa y otra hemet. Pero la diosa nos envió a nosotras, porque claramente somos las elegidas en el camino que te ha designado.

—Me pregunto a dónde nos llevará este camino.

—Hay mucho camino por delante —respondió enigmáticamente y dio unas palmaditas en su muslo—.

Makeda recordó el gesto similar de su padre. Lo hacía a menudo cuando consideraba que el asunto había terminado. Ella hacía lo mismo. Sin embargo, la Sacerdotisa le dio una palmadita en el muslo por una razón diferente a la de Makeda y su padre.

A su señal, el joven leopardo levantó la cabeza. Cuando la Sacerdotisa repitió el gesto, él se levantó y se tendió a sus pies.

—Obediente —dijo Makeda admirada—. Desde que puedo recordar, todos tus leopardos y demás felinos te obedecen.

—Los felinos fueron enviados por la luna. Están a nuestros servicios. Siempre han sido, son y serán subordinados a las sacerdotisas. Depende de nosotras qué tan obedientes serán. Si subyugamos a un felino, no importa de qué especie, ya que son una familia grande, podemos estar seguras de que el resto del mundo estará a nuestros pies.

—¿Un felino obediente? —Makeda no estaba convencida—. Siempre caminan a su propio ritmo.

Déjalos caminar, pero que te obedezcan.

—Es difícil.

—Ser sacerdotisa no es fácil… —ella se puso de pie lentamente—. ¿Puedo retirarme?

Makeda asintió.

Cuando la Gran Sacerdotisa se levantó, el leopardo hizo lo mismo. Y mientras caminaba por el ancho corredor, él caminaba a su lado, al mismo paso.

«La Gran Sacerdotisa tiene al mundo a sus pies» pensó la reina, observando con admiración a la mujer mientras se retiraba.

La Sacerdotisa volvió la cabeza hacia ella y se inclinó hacia delante con refinamiento y elegancia, como si hubiera escuchado sus pensamientos.

***

Saba bajo el gobierno de la Gran Kandake floreció. Ambas rutas comerciales, marítimas y terrestres, gracias a los acuerdos firmados con Salomón, funcionaron perfectamente. Fueron llamadas «Nuevas rutas de fragancia» e incluso el niño más pequeño sabía que la creciente riqueza que fluía hacia Saba, era el resultado de las sabias acciones de la reina.

Todos los días se cuidaba el gran tesoro de Saba y su presa. Se mantenía de forma regular, recordando lo valiosa que era. Nadie tenía ninguna duda al respecto, pero desde la visita de la reina a Salomón, se hicieron muchas canciones para alabar el agua. Antes, en Saba nadie hablaba o cantaba sobre el agua con tanta frecuencia.

La gente contó la historia de la noche que la reina había pasado en la cámara del rey y cuánto dinero tenía que pagar por permitirle beber agua. También gracias a esta historia, que con cada mes que pasaba, se volvió más y más una leyenda, era obvio para todos que el agua era lo más valioso del mundo.

Saba siempre ha sido un país rico, pero gracias a la riqueza que ha estado fluyendo en los últimos tiempos, se ha convertido en mito entre nuestros los vecinos.

Junto con las riquezas provenientes de tierras lejanas e historias sobre la reunión de la reina y Salomón, también llegaron historias sobre Yahveh. En las tabernas hablaron sobre cómo Dios creó el mundo en siete días. También escucharon que tomó un descanso obligatorio después de seis días de trabajo (no les pareció una mala idea), y que el primer hombre sobre la tierra, Adán, tenía una sola mujer, y que el Señor requiere que sus fieles hagan lo mismo. Aunque en Saba siempre se ha tenido el hábito de tener una sola esposa, no era un deber. Bromearon sobre la elección que Dios les dio a Adán y Eva. En tabernas, oasis y chimeneas en rutas comerciales, con risas, se contaba la historia sobre cómo Dios creó a las dos únicas personas en el mundo y les dijo:

— ¡Ahora elijan a sus parejas!

En muchos lugares, también se decía que la reina era una fiel seguidora de la Dama de la Luna, al igual que su sacerdotisa, pero desde que fue a Jerusalén, también se había convertido en una creyente de Dios. Por supuesto, a nadie le importó, porque en Saba, durante siglos, existía la libertad de elegir a los dioses a quienes se les rezaba. Además, desde el momento en que el sacerdote Sethon se fue con Almaqah, parecía que el nuevo Dios estaba ganando más y más seguidores.

***

El gobierno de Den en Aksum duró dos años. Comenzó con sangre, cuando mató a uno de cada diez soldados al servicio de Saba. Aunque nadie se atrevió a hablar de ello en la ciudad, los habitantes recordaron el hecho cruel. Den, tan pronto como se proclamó rey, introdujo nuevos impuestos para pagarle al faraón. Eso no agradó ni a la gente ni a los nobles. Todos recordaron los tiempos estables con el príncipe Caleb y Makeda. Sobre todo, estaban molestos porque los ingresos del comercio que tenían hasta hace poco, bajo el gobierno de Den, estaban destinados casi exclusivamente al pago de las deudas contraídas con Egipto.

Después de dos años de gobierno, los susurros en Aksum se convirtieron en voces cada vez más audaces. Se dijo que el poder ganado con el apoyo del ejército nubio se mantenía solo gracias a su presencia constante allí. Había temor en la ciudad y la creencia de que un día los gobiernos antiguos volverían, y con ellos, la prosperidad y la paz.

El faraón, además del pago de las deudas, exigió más y más tributos, y el mantenimiento de los nubios era muy costoso. Eso puso a Den de mal humor. Además, los espías que envió a Marib trajeron noticias sobre la riqueza de Saba, sobre las próximas grandes caravanas que viajaban por el mundo, quienes, temiendo a Den y no queriendo molestar a Makeda, evitaban Aksum. También le dijeron sobre la cooperación con Israel, los nuevos oasis, una poderosa flota mercante, y finalmente sobre el hijo de Makeda, que ya tenía dos años y estaba preparado para ser el sucesor.

« ¿Cómo enfrentar la alianza con Makeda?   —se preguntó Den—, ¿Cómo convencerla? ¿Y cómo hacer que el Faraón detenga sus exigencias? » —pensó—.

No tenía asesores en los que pudiera confiar. Todos los que le gustaría tener de su lado huyeron a Marib. Estaba solo y lo sabía.

« Makeda es el amor de mi vida —se afirmó a sí mismo—. Juntos, crearíamos un imperio invencible. ¿Por qué ella no entiende esto? ¿Piensa que sería tan estúpido como para traicionar su secreto? Tuve que hacerlo por el bien de Aksum. Tal vez algún día ella entenderá cuán gloriosa habría sido su vida si estuviera conmigo. ¡Seríamos la pareja más fuertes en esta parte del mundo! Ella nunca me dio la oportunidad de probárselo. »

Creía incluso que si Makeda recibía la información de que sus hermanos Sirah y Tomás eran los culpables de la muerte de su padre, ella no lo asociaría con el asunto. Él conocía su corazón puro. Estaba convencido de que si podía encontrarse con ella y tener la oportunidad de hablarle frente a frente, sería como en los viejos tiempos, lo amaría como antes y finalmente estarían juntos. Y él podría realizar su plan de vida.

—Ya has demostrado tu fidelidad a mi familia y al reino de Aksum muchas veces. —Miró al hombre con la cicatriz, a quien había llamado a su habitación—. Ya eres viejo, pero todavía estás en forma y confío en ti tanto como mi padre en su momento.

—A sus servicios, señor. —El asesino se inclinó en una reverencia torpe, esperando instrucciones—.

—Te encomiendo la misión que determinará el destino de nuestro reino. —Den se levantó de su silla y se paró frente al hombre que aún estaba inclinado—.

—Irás a Marib, entrarás al palacio y... —vaciló, pero solo por un momento— secuestrarás al hijo de la reina.

El hombre con la cicatriz se enderezó y miró a los ojos del gobernante.

— ¿No me expliqué con claridad? —A Den no le gustó su reacción. La consideraba insolente y descarada. Se prometió a sí mismo que no usaría sus servicios tan pronto como completara la tarea—.

—Tengo que secuestrar al heredero del trono de Saba, entiendo —dijo el hombre entre dientes—.

— ¡Sí! —Den le dio unas palmaditas en el hombro, fingiendo no ver su insatisfacción—. Tal vez entonces la reina venga hacia mí, en busca de ayuda. Y se la daré, diciendo que lo he alejado de las manos de los secuestradores. ¿Entiendes?

—Entonces se lo regresará a ella, mi señor, diciendo que lo salvó —repitió el asesino, casi exactamente y al mismo tiempo, pero sin ninguna emoción—.

—Mereceré su gratitud de esta manera, es obvio. ¡Y entonces ella tendrá que empezar a hablarme por fin!

—Claro —dijo el hombre, Den no sintió la burla oculta en su voz—.

—Es una misión delicada, así que solo te la puedo confiar a ti.

«Porque no tienes a nadie más» —pensó el asesino, pero no dijo una palabra—.

Se prometió a sí mismo que este era el último trabajo que haría para Den. El pago que esperaba, sumado a un gran montón de oro acumulado a lo largo de los años, le proporcionaría una vejez tranquila en un lugar que había visto y reservado hacía mucho tiempo.

Tomó la bolsa y asintió, lo que era una señal para asegurarle que no fallaría, como de costumbre.

Llegar a Marib no era un problema para él. Muchas veces, en los tiempos del Príncipe Set y el Rey Nikal, fue secretamente a la ciudad y llegó al palacio. La red de espías, una vez bajo ordenes de Set, y ahora a la orden de Den, lo ayudó a esconderse en la ciudad, y también a llegar al palacio. El Asesino sabía dónde estaban las cámaras reales y cómo estaban colocados los guardias, y lo más importante para él, quienes vigilaban la puerta del pequeño príncipe.

La ciudad estaba en calma. El palacio no esperaba enemigos. La tarea le parecía simple: bastaba con entrar en las cámaras reales sin despertar sospechas y llevarse al príncipe sin que nadie se diera cuenta.

«Por supuesto, tendré que matar a los guardias», consideró fríamente. «Tal vez también a la cuidadora, para que no grite. Los hombres en tales situaciones intentan pelear, las mujeres gritan», muchos años de observaciones lo llevaron a esa creencia.

Recordó que años antes, en el mismo palacio, envenenó al príncipe Sirah. Sonó en sus oídos los gritos femeninos que "avisaron" a los demás mientras huía. También recordó cómo había arrojado las serpientes en la cámara del Príncipe Tomás. Se imaginó cómo gritaron las sirvientas que la encontraron.

«La Hemet, esa gata salvaje que cuida a la reina, no gritó en lo absoluto», recordó, pensando en Seshep. «Makeda, tampoco», admitió, preguntándose si alguna vez había escuchado a la reina de Saba elevar su voz.

«Ambas son raras», dijo en tono de broma. « ¡No son mujeres normales! »

El plan del secuestro le parecía seguro. Saba, a pesar de sus dolorosas experiencias, todavía apostaba por la paz. Nadie pensaba que alguien se atrevería a poner un dedo sobre el descendiente real. Obviamente, eso le daba una gran ventaja.

Paso por la entrada del palacio, disfrazado como un proveedor de fruta, por lo tanto la gran canasta que llevaba no levantó sospechas. Todos los días, decenas, si no cientos de personas traían fruta, pescado, vino, materiales e incluso armas raras o joyas. Se necesitaba más astucia y habilidad para meterse en la puerta custodiada del príncipe.

No tuvo que esconderse de nadie en los pasillos. Y cuando estaba cerca del objetivo, tuvo que disimular para que los guardias estuvieran convencidos, al menos de momento, de que llegó allí por accidente. Tuvo éxito. Años de trabajo le dieron grandes habilidades.

Todo fue rápido.

Mató a los guardias e irrumpió en la habitación. La cuidadora, antes de que lograra dar el más mínimo grito, cayó muerta. Fue asesinada por embates rápidos, en su cara se veía su expresión de sorpresa. Fue suficiente para cargar al niño, aturdirlo ligeramente, de modo que mientras lo llevara en la canasta de fruta estuviera tranquilo. Lo sacó del palacio, donde una carreta lo esperaba para sacarlos de la ciudad.

Todo iba según lo planeado. Con el niño en la canasta, se dirigió al estrecho corredor que llevaba del palacio real al pueblo. Ya había visto una gran sala en la que los sirvientes recibían proveedores y distribuían bienes y alimentos comprados. Entonces vio a una mujer que había entrado en un estrecho corredor. Se congeló. Era la Hemet. ¡La mujer más peligrosa que conocía!

No pudo devolverse. Volvió la cara hacia la pared, se inclinó hacia ella y se puso de lado para que ella pudiera pasar junto a él en el estrecho corredor. Le estaba dando las gracias cuando lo miró a la cara. Ella se congeló, como él un momento antes. Sus ojos se incendiaron. ¡Lo reconoció!

Se lanzó hacia él, gritándoles a los guardias.

No tuvo otra opción: tiró la cesta y sacó su espada de debajo de la túnica. Casi al mismo tiempo, aparecieron cuatro guardias armados, seguidos por otros. El estrecho corredor no le dio oportunidad. Estaba rodeado por todos lados, no tenía vía de escape. Sabía que había perdido.

Sintió el filo de una espada que punzo su costado, y luego otro. El siguiente hizo que sus ojos se nublaran y sus manos cayeron sin fuerzas, soltando la espada. La oscuridad lo abrumó y su cuerpo inconsciente cayó sobre el suelo de piedra.

En el mismo momento, se podía escuchar un llanto desde la cesta de frutas abandonada. Seshep saltó allí. No tuvo que esparcir la fruta, porque Menelik, quien después de un ligero golpe sordo comenzó a levantarse, salió de debajo de ellas.

***

— ¿Cómo pudo? —La agitada Makeda abrazó a su hijo contra su pecho—. ¡Nunca lo perdonaré!

Cuando escuchó la historia de Seshep quedó estupefacta. Inmediatamente intuyó que fue obra de Den.

—Y lo culpo por lo sucedido en el pasado —gritó ella—. ¡Qué estúpida fui!

Seshep escuchó en silencio. Los criados se agacharon bajo las paredes. Rara vez veían a su señora en un estado de tal agitación. Si el hombre con la cicatriz la viera, probablemente se sorprendería, porque a pesar de lo que creía, ella no solo podía gritar, sino también vociferar horribles maldiciones.

—Es como un demonio, un monstruo sin corazón, pero lo dejé ser. Me humilló ante todo el reino, divulgó mi secreto, me ridiculizó y, sin embargo, ¡lo perdoné! —volvió a alzar la voz para que se escuchara en las cámaras más alejadas del palacio—. Esperaba que cambiara. Ahora estoy segura de que no solo su padre, sino también él, fueron responsables de la muerte de mis hermanos. ¡Cómo no pude sospecharlo desde el principio! ¡Un monstruo asqueroso, hambriento de poder!

Seshep entendió su ira. Den no sabía en lo que se había metido. Makeda podía perdonar todo. Ella tenía un buen corazón. Sin embargo, lo que estaba relacionado con su hijo era un mundo separado para ella. Por Menelik, ella daría su vida sin dudarlo. Ella también destruiría a cualquiera que lo lastimara.

Ella sabía que Den había cometido el mayor error de su vida. Lo que hizo antes, en mayor o menor medida, tenía una explicación ante los ojos de Makeda. Ella creía en su inocencia y que, sin darse cuenta, se encontraba en circunstancias que lo hacían ser cómplice de acciones infames. Como el hecho de que conquistó Aksum con el ejército del faraón, para ella, era porque él seguro no encontró otra opción de recuperar el trono que su padre le había heredado.

Seshep se alegró de que, ante lo ocurrido, Makeda había comprendido que los intentos anteriores de justificarlo parecían infundados e incluso patéticos.

«No lo conocía» —pensó—. «Seshep tenía razón desde el principio. Nunca le agradó» —recordaba la sospecha que Hemet tuvo de él desde que era un niño—.

—Dama de la Luna, gracias por cuidar a mi hijo —alzando los ojos al cielo, dijo en voz alta, haciendo el triple signo de la diosa—. Señor, gracias por cuidar al hijo de Salomón. —Juntó las manos sobre sus pechos e inclinó la cabeza—.

Más tarde, ese mismo día, la reina llamó a los generales Tesfa y Ashenafi. Estaban entrenando con los soldados fuera de la ciudad, pero a su orden, sabiendo lo que había sucedido, aparecieron rápidamente.

—Ayer pasó algo, que no puedo perdonar como madre o reina.

Estaban sorprendidos por la calma con la que ella pronunciaba estas palabras.

Sin embargo, vieron que estaba actuando. Estaba agitada: tenía las mandíbulas apretadas y, por lo tanto, trataba de hablar más despacio que de costumbre, para no mostrar lo enojada que estaba por lo que había sucedido.

—Lo saben mejor que nadie, cómo traté de entender y explicar las acciones de Den —dijo—. No escuché cuando los más experimentados que yo dijeron que él era como su padre. Incluso cuando conquistó a Aksum, usando el ejército del Faraón, traté de justificarlo.

—Señora, tiene un buen corazón —dijo Tesfa—.

—Una reina debería poder controlar este tipo de cosas —ella lo reprendió a él y a ella misma, pero estaba agradecida por la atención, porque creía que escuchar al corazón y, por lo tanto, la voz de la diosa, ayudaba a gobernar—.

—Un hombre sabio dijo una vez que así como el agua es un espejo para la cara, el corazón es el reflejo de un hombre. Ashenafi mencionó las palabras de Salomón.

Ella hizo silencio y cerró los ojos. Recordó la imagen de su amado. Vio una luz hermosa y brillante de sabiduría. Él le estaba sonriendo. Una pregunta cruzó por su mente, ¿cómo sería si él estuviera con ella? ¿Podrían gobernar juntos? Ella apartó estos pensamientos.

Sus hombres esperaban sus órdenes. El silencio se prolongó. Finalmente, cuando Salomón desapareció de sus pensamientos, habló, todavía sin abrir los ojos.

—Todo a su tiempo. Hay un momento para venir al mundo y un momento para morir, un momento para sembrar y un momento para cosechar. Hay un momento de enfermedad y recuperación, momento de destruir y momento de construcción. Hay un momento de lágrimas y un momento de risa, un momento de luto y un momento de baile. Hay un momento para tirar piedras y un momento para recogerlas, momento de besar y abstenerse. Hay un momento de búsqueda y un momento de perderse, momento de aceptar y momento de rechazo. Hay un momento para rasgar y unir, un momento de silencio y de hablar. Hay un momento de amar y de odiar, momento de guerra y momento de paz.

Ella se quedó en silencio. Abrió los ojos y miró a los generales.

—Tesfa, dirigiste tu primera expedición a Aksum durante el reinado de mi padre. Le has pedido al príncipe Caleb que traiga la paz a Aksum después de la muerte de Set. —El hombre asintió y ella miró a Ashenafi—. Y tú me has servido fielmente durante años. Confío en que ustedes y yo sabemos que son los mejores. Quiero que el castigo de Den sea una advertencia para los que alguna vez piensen en amenazar al heredero de Saba.

—Señora, será de acuerdo a su voluntad —dijeron casi simultáneamente, inclinando sus cabezas ante ella—.

Makeda se puso de pie.

—El momento ha llegado —anunció—. Ha llegado el momento de la guerra. ¡Preparémonos!

***

—Reina, tenemos un plan de cómo conquistar a Aksum. Sin embargo, el éxito depende del mantener un secreto total —anunció Tesfa dos días después—.

—Nadie debe saber de nuestras intenciones —respondió Ashenafi—.

—¿Entiendo que esto no se aplica a Seshep? —La reina se echó a reír, observando a la hemet a su lado con la intención de ponerse de pie y con dignidad abandonar la habitación—.

—Es obvio, reina —Tesfa se dio cuenta de su falta de tacto—.

—¿No se aplica a la Suma Sacerdotisa, supongo? —Seshep regresó a su lugar mirando al general—. ¿Puedo decirle lo que oigo aquí? Por supuesto, en total secreto —dijo susurrando—.

—La Hemet adivina mis pensamientos antes de que lleguen a mi mente —dijo en broma el general, aliviado al ver que Seshep se tomo en pequeño incidente con humor—.

—Gracias —ella sabía que el general nunca la excluiría intencionalmente, y mucho menos a la Gran Sacerdotisa—.

Para ambos hombres, el hecho de que la Suma Sacerdotisa y la Hemet Seshep supieran todo lo que la reina sabe, ya era una cuestión obvia.

—Anunciemos que la expedición será dirigida por el general Ashenafi. —Tesfa se inclinó hacia delante y bajó la voz, como para hacer el secreto aún más secreto—. Siete mil soldados participarán en ella. Cruzarán el mar y llegarán a Adulis. A partir de ahí, solo son setenta y cinco millas [63] a Aksum.

—Por supuesto, Den lo sabrá muy rápidamente gracias a sus espías —agregó Ashenafi—, y eso es lo que nos importa. Queremos que mueva a todo su ejército.

—En ese barranco murió el príncipe Tomás... —Makeda recordó a su hermano—.

—Que los dioses le den un descanso pacífico en los jardines eternos. —Tesfa, quien todavía recordaba el trágico evento, inclinó la cabeza. Todavía se sentía un poco culpable por lo que pasó entonces—.

Los demás hicieron lo mismo. Después de ese momento dedicado a la memoria de Tomás, Ashenafi miró a la reina. Era obvio que la memoria de su hermano todavía estaba viva en ella. Cuando ella hizo un gesto que honraba a la Dama de la Luna, él supo que podría continuar.

—Si Den llega al barranco, nos permitirá implementar la segunda parte del plan secreto.

Los generales se inclinaron aún más. Makeda y Seshep hicieron lo mismo.

—Cuando todos los ojos estén puestos en el ejército preparado para la guerra, iré en secreto a Mocha, sacaré a mil soldados del campamento y navegaremos por mar de noche —dijo

Tesfa—. Navegaremos por la noche. Nadie nos vera. Luego, no iremos por la costa, sino hacia el interior y, desde el sur, llegaremos a Aksum. Este es un viaje difícil, de más de cuatrocientas millas por delante [64], pero llevaremos caballos y camellos, se puede lograr. Lo más importante es que nadie nos esperará de ese lado.

—Den, con los nubios y el resto de su ejército ocupará el barranco, porque querrá defender el acceso a la ciudad —continuó Tesfa—. Ashenafi provocará una gran y fuerte revelación directamente de Marib dos semanas después de que salgamos nosotros. Haremos un asalto y comenzaremos a hacerlo cuando creamos que nuestro plan marcha bien. Les haremos saber a todos los espías que el ejército de Saba, liderado por el general Ashenafi, busca reconquistar Aksum, y dejaremos que ellos envíen informes a Den. Mientras tanto, en las rutas del sur, deberíamos llegar a Aksum al mismo tiempo que Ashenafi llegue al barranco.

La reina miró a Seshep.

— ¿Y cómo se explicará que el general Tesfa no comande al ejército?

—Nadie espera que la guerra dure mucho. Tesfa no tiene que involucrarse en eso —explicó Ashenafi—.

—Además, tengo mis años —el general sonrió, satisfecho con el plan y su papel en él—. Mi hija espera un hijo, yo seré abuelo, para mí no es el momento de luchar. Me quedaré en casa, sobre todo porque siento que ya mi edad me pesa —se divirtió con la pequeña mentira que inventó con el propósito de implementar un plan secreto—.

— ¿Fingirás estar enfermo? —Preguntó la hemet—.

— ¿Qué no haría yo por el bien del reino?

Seshep asintió, considerando que su respuesta era confiable.

—Generales, este es un buen plan —la reina sintió que tendría éxito—. Que los dioses estén con nosotros. ¡Manos a la obra!

Se puso de pie, lo que significaba que la reunión había terminado.

—Una cosa más —añadió ella—. Quiero que traigan al príncipe Den aquí, ¡vivo!

—Señora, se hará de acuerdo a sus órdenes. —Tesfa con respeto, se golpeó el pecho, como solían hacer los soldados frente a su comandante—.

—Lo castigaré yo misma —insistió ella, como si necesitara explicárselo a alguien—.

El hecho de que la reina anunciara los preparativos para la guerra, se dijo no solo en el palacio, sino en toda Saba, causando entusiasmo entre los hombres y ansiedad entre las mujeres. Todos querían creer que la guerra sería corta y que sería victoriosa. Y que ella era justa, nadie del lado de Saba debía morir, o eso creían. Sobre todo porque Saba estaba doblemente protegida. A través de la Dama de la Luna y el poderoso Yahveh.

***

Unos días más tarde, por la noche, Tesfa con un pequeño grupo de soldados de confianza, partió hacia Mocha.

En ese momento, Ashenafi formó el ejército en Marib. Incluso se sacaron soldados de guarniciones distantes, se les dieron nuevas armas y los comandantes realizaron ejercicios desde la mañana hasta la noche. El campamento crecía día a día. No se hizo ningún secreto ni del número de soldados ni de las armas, ni tampoco del hecho de que los militares pretendían ir a Aksum en la antigua ruta que pasaba por Adulis, a través del barranco, y directamente hasta Aksum.

Sucedió exactamente como lo habían planeado los generales. Cuatro semanas después de que comenzaran los preparativos, el ejército de Ashenafi estaba en el barranco. Al mismo tiempo, Tesfa y sus soldados llegaron a las puertas de Aksum. Sabía por sus oficiales de inteligencia que (exactamente como lo habían predicho), el barranco estaba ocupado por los soldados de Den. Eran casi dos mil de ellos.

Por la noche, después de llegar al lugar, el general Ashenafi ordenó que los soldados se establecieran en tiendas y se prepararan. Las hogueras ardían. No se escondieron del enemigo, todo lo contrario. Después de todo Den estaba seguro de que todo el ejército de Saba estaba tan concentrado el otro lado del barranco, que no se percató del general Tesfa en su retaguardia.

La noche estuvo fresca. Los soldados estaban en las hogueras. Es cierto que el uniforme los calentaban un poco, y la carne asada llenaba sus estómagos, pero las túnicas de pieles les protegían más de las flechas que del frío.

Un fuerte frío despertó al amanecer. A pesar de las hogueras ardientes, el aire frío era difícil de soportar. Pero los gritos de los comandantes los pusieron rápidamente en pie. Un último control de armas y el ejército estaba listo para atacar.

El general Ashenafi retrasó la orden. Sabía perfectamente bien algo que sus soldados ignoraban: los caminos laterales, desde el sur, bajo el mando de Tesfa, las tropas llegarían a Aksum y conquistarían la ciudad de manera imperceptible.

Su tarea, en el barranco, era detener las fuerzas de Den el mayor tiempo posible.

Ashenafi ordenó el primer ataque. La garganta del barranco era estrecha. No podía ser atravesado por todo el ejército. A pesar de la significativa ventaja numérica de las tropas de Saba, parecía que el terreno, y por lo tanto la naturaleza, estaba del lado de Den. Tal y como lo planearon los viejos generales de Den, cuando conquistaron Aksum.

Por orden de Ashenafi, arqueros y honderos comenzaron su lucha. Inundaron a los enemigos con una nube de flechas y piedras. Esto no hizo mucho daño a los nubios, quienes estaban protegidos por las rocas, eludiendo los proyectiles. Luego, los lanceros comenzaron a atacar. Sin embargo, fueron inundados con una lluvia de flechas de las fuerzas de Den. Varios soldados cayeron, el resto comenzó a retirarse. Sus escudos se asemejaban a erizos, muchas flechas les fueron disparadas. Aunque estaban hechas de pieles gruesas, especialmente curtidas, duraderas para que las flechas no las perforaran, no siempre los soldados conseguían bloquear todas las flechas.

En un momento dado, Ashenafi ordenó la interrupción del ataque. Hubo silencio por ambos lados.

En la noche, el general reunió a los comandantes para una conferencia. No les dijo sobre el ejército que venía del otro lado de Aksum. Él sabía que la señal de que Tesfa había tomado la ciudad sería un disturbio entre los defensores del acantilado. Este lugar creaba las condiciones ideales para Den, pero si se cerraba de ambos lados, sería una trampa mortal para sus hombres.

—Hoy, nuestras tropas se enfrentan con el enemigo —comenzó el general—. Sabemos que el enemigo tiene casi dos mil nubios, y se cree que hay dos mil soldados locales. Los nubios están bien pagados. Por otro lado, los soldados locales, así como los habitantes comunes, están bajo su poder y lo tratan como a un opresor. Debemos alcanzarlos y convencerlos de que se pasen a nuestro lado y ataquen a los nubios.

A los comandantes les gustaron sus palabras.

—Mañana —continuó—, atacaremos el barranco con fuerzas mayores. Primero, caerán los arqueros y honderos bajo una lluvia de flechas y piedras. Luego, lanceros y hachas irán al ataque. Esta vez, sin embargo, los arqueros y los honderos deben protegerlos, sin lastimar a los suyos.

Al final, la infantería con espadas se moverá. Los caballos y los camellos se quedan.

Los comandantes se miraron unos a otros. El plan del general era razonable. La conquista del barranco daba acceso gratuito a la capital, a la cual se llegaba en un día de viaje.

Terminó la reunión. Los comandantes volvieron a las unidades. Los soldados se sentaron en las fogatas y hablaron sobre el día. Sabían que esta noche, tal vez para muchos de ellos, sería la última en sus vidas. Pero no hablaron de eso, no querían decir algo que los dioses pudieran escuchar. Porque, como ellos sabían, las palabras se transforman fácilmente en realidad. Al final, cansados, se acomodaron alrededor de las fogatas y se quedaron dormidos.

La mañana volvió a saludarlos con frío. Los comandantes rápidamente formaron tropas y se trasladaron a sus posiciones designadas. En la elevación, con varios comandantes, el general Ashenafi se puso de pie y miró el acantilado y el campo donde estaba a punto de comenzar la batalla.

Los honderos y arqueros se movieron. Prepararon los arcos. Una lluvia de flechas y piedras se esparció por la garganta del acantilado. Los honderos y arqueros se separaron en dos lados, creando un pasaje. Una columna de lanceros y hachas entró en el pasillo. Las flechas de los enemigos estaban calmadas, pero los arqueros de Saba también les respondieron esta vez.

Los nubios, ocupados disparando, no podían protegerse de las rocas. Había muchas de ellas, pero fueron reemplazados. Una columna de hachas y lanceros llegó a la desembocadura del barranco. Los nubios los esperaban. El hierro y los soldados chocaron. De vez en cuando alguien caía de un lado o del otro, pero todavía nadie tenía una ventaja. Los atacantes presionaron cada vez más, pero las filas de los nubios no se rompieron.

Finalmente, Ashenafi ordenó con las cornetas que se retiraran. El ejército comenzó a retirarse. Incluso los arqueros lanzaron el último disparo, pero en ese momento, la lucha había terminado.

Ashenafi reunió nuevamente a los comandantes.

—Setenta y tres de los nuestros murieron hoy —comenzó—. Mañana, solo los arqueros y honderos van a atacar a la infantería. Sin embargo, esta vez solo simularemos el ataque. Después de llegar a las primeras filas de los nubios, nos retiramos. Esa es mi orden. ¡Háganlo!

El general sabía perfectamente qué esperar. En ese momento Tesfa debería apoderarse de la ciudad y atacar la garganta desde el oeste al día siguiente. Era una pena, por lo tanto, lanzar a los soldados contra los nubios. Pensó que sería mucha la pérdida si realmente quisiera conquistar el desfiladero desde el lado en el que estaban.

De hecho, en ese momento, los soldados dirigidos por el general Tesfa entraron en Aksum. El plan que Tesfa y Ashenafi presentaron a la reina se estaba cumpliendo.

Nadie le reportó a Den que un grupo de soldados rondaba la ciudad por los caminos más difícil de circulas. Los soldados se dirigían al sur del pueblo. La entrada estaba protegida solo por unos pocos defensores que, al ver el ejército de Saba, dejaron las armas y recibieron a Tesfa como un salvador.

El general rápidamente tomó toda la ciudad. Solo unas pequeñas escaramuzas tuvieron lugar durante la captura del palacio del príncipe, donde varios soldados fieles a Den montaban guardia.

Cuando, como antes, los estandartes de Saba empezaron a aparecer en la torre de vigilancia más alta de la ciudad, Tesfa avanzó hacia el barranco. Le tomó poco más de medio día a su ejército de caballos y camellos llegar a la retaguardia del defensor del barranco.

Den no esperaba un enemigo de este lado. Dos días de escaramuzas confirmaron que incluso si los números fueran superiores, las tropas de Saba no ganarían. Se sintió confiado. Sin embargo, no suponía que el enemigo lo sorprendería así.

Un momento después apareció el mensajero del general Tesfa. Exigió que se rindiera de manera inmediata e incondicional.

Sabía que rendirse sería una sentencia de muerte para él. ¿Lo matarían allí?, ¿Y si lo llevaban a Marib y lo ponían frente a la reina?, se preguntó. Ninguna de las opciones le resultaba alentadora.

Sin embargo, los mercenarios, aunque estaban listos para defender el barranco, no querían morir en él. Sabían lo que era una carta ganadora, el barranco en el que podían defenderse durante mucho tiempo, ahora se convirtió en una trampa. Sabían que en pocos días se quedarían sin agua y sin alimentos. No tenían mucha comida, porque era traída diariamente desde Aksum. Entonces, cuando el comandante nubio escuchó las palabras del mensajero de Tesfa y comprendió qué tipo de respuesta quería dar Den, protestó bruscamente.

—Estamos hablando de una situación crítica. El enemigo cortó el camino de regreso. Están en la parte delantera del barranco y también nos cerraron la retaguardia. No recibiremos comida ni agua de Aksum. No dejaré que mis soldados mueran de hambre o sed. Si quieres, pelea tú solo. Nosotros, volvemos a Nubia.

Un momento después, el comandante nubio, sin considerar a Den, fue hacia Tesfa. El general les dijo que entregaran sus armas y juraran por sus dioses que nunca volverían a atacar el reino de Saba. Les perdonó la vida y les dejó volver a Nubia.

Cuando los otros soldados de Den se enteraron de que a los nubios se les prometió que no serían amenazados por las armas, también fueron con Tesfa. Abogaron por la posibilidad de estar bajo la orden de la reina Makeda y unirse a las filas de su ejército. Como prueba de lealtad, prometieron entregar al príncipe Den ante el general Tesfa.

Tesfa aceptó su oferta.

Un momento después, Den, con sus manos atadas, escoltado por sus soldados, fue presentado ante el general.

La guerra había sido ganada. Aksum se convirtió de nuevo en parte del reino de Saba.

***

—Por orden de la Reina, debo acompañar personalmente al Príncipe Den a Marib —anunció Seshep—.

—Si la reina así lo desea, el prisionero es suyo. —El general Tesfa no tenía intención de discutir con ella—. ¿Cuántos soldados necesitas para escoltarlo?

—Ninguno.

Ella llevaba un traje de viaje. Parecía un hombre. Tenía el pelo corto, una falda que no le cubría las rodillas, los pies y las pantorrillas envueltos en lienzo, y sandalias muy bien atadas. Su torso estaba cubierto con una camisa suelta, sobre la cual se puso un chaleco de cuero sencillo con broches de metal sujetados a los lados. Debajo llevaba un cinturón ancho pero ligero, detrás del cual había diferentes tipos de armas.

—Hemet, aprecio tus habilidades, pero después de todo, eres una mujer —él sinceramente no quería ofenderla—. Perdona la honestidad, eres alta y estás en forma, pero Den pesa el doble que tú. Si sucede algo inesperado, lo que obviamente no deseo, no podrás afrontarlo tú sola.

—La diosa está conmigo —le aseguró—. Todo será como debe ser.

Él no respondió, así que para calmarlo, ella añadió:

—Créeme, soy muy fuerte, puedo luchar y ganar; durante años me he estado atando las sandalias yo sola.

— ¡Como lo desees!

El general sabía que hablar con ella era como tratar con el más eficiente de sus soldados. Sin embargo, él ya tenía sus años, y el hecho de que tuviera una hija embarazada significaba que miraba a las mujeres cada vez más con un ojo paterno.

Ella lo miró con ternura. Casi nadie se preocupaba por ella. Sus palabras la conmovieron.

—General, todo estará bien —le aseguró con fraternidad—.

— ¡Que la luna te guíe! —Terminó, ya tranquilizado—.

Viajaron en dos caballos. La yegua que Seshep había asignado para Den estaba atada con una cuerda a su silla. Así que ella lo tenía todo el tiempo controlado. Ella conocía sus opciones y estaba segura de que intentaría escapar. También sabía que no lo dejaría. Ella sentía una fuerza y un poder excepcionales dentro de sí misma. Creía que la diosa estaba con ella.

Casi a última hora de la noche, pararon para pasar la noche. Hacía frío, así que Seshep encendió fuego. Todavía atado, Den se acomodó en la colchoneta que ella le había extendido.

— ¿Comerá algo? —Den preguntó—.

—Sí. —Ella no tenía la intención de charlar con él—.

— ¿Y yo?

—No.

Sacó unos panes y carne seca de la bolsa. Ella comenzó a comer. Él, con disgusto, le dio la espalda.

—Siempre dije que eras una perra —se quejó—. Siempre te odié.

Ella lo escuchó, pero no le pareció necesario reaccionar. Creía que con alguien tan mentiroso, tramposo y desagradable, no valía la pena discutir, sería un desperdicio de energía.

Amaneció y ella lo despertó con una ligera patada.

— ¡Levántate, bastardo!

Él no se movió. Seshep inclinó, como si su instinto le hubiera fallado.

Den estaba esperando eso, su reacción fue instantánea, giró la cabeza con toda su fuerza y la golpeó con la frente entre los ojos. Ella se cayó y por un momento perdió el conocimiento.   A pesar de tener las piernas y los brazos atados, se lanzó sobre ella y la aplastó con su cuerpo, mientras le golpeaba la cabeza contra su frente.

— ¡Te mataré, perra, te mataré! —gritó—.

Ella pensó que era su fin, solo veía oscuridad. Sin embargo, después de un momento, se sorprendió al escuchar que él se quedó en silencio y cayó sobre ella de repente.

Estaba sorprendida. No sabía lo que había pasado. Cuando la oscuridad de su cabeza se calmó, entendió. Alguien le salvó la vida.

Un hombre de negro estaba de pie sobre ella. El mismo que había conocido en la habitación de Seta varios años antes. Lo reconoció de inmediato.

Esa vez llegó al palacio en Aksum, con el mismo propósito que ella. Tuvieron que llegar a un acuerdo.

Era un sacerdote de Almaqah.

Cuando dejó a Den inconsciente, él se acercó a ella. Seshep se puso de pie.

Al igual que cuando se encontraron por primera vez, hizo un gesto de agradecimiento a Dios. Ella hizo lo mismo, luego se inclinó ante él, agradeciéndole por su ayuda. Él también se inclinó. No hubo palabras. Luego se dio la vuelta y se fue.

Se inclinó sobre Den para evaluar su estado. Ella comprobó si las ataduras de los brazos y piernas eran firmes. Lo eran. Se inclinó para ver si estaba respirando.

Den hizo exactamente lo mismo que antes: movió la cabeza con todas sus fuerzas, tratando de golpearla. Sin embargo, esta vez, ella fue más rápida.

—Algún día morirás, bruja. ¡Más pronto de lo que piensas! Tú y tu dulce niña. —siseó—. Y créeme, los mataré a cada uno de ustedes con mis propias manos. ¡Los desollaré primero!

Ella le dio una patada en el estómago. Él se acurrucó por el dolor. Seshep ató la cuerda a sus manos, con la intención de guiarlo detrás del caballo. Él no tenía la intención de levantarse.

Ella se alejó y se paró a pocos pasos de él. Quería saltar sobre un caballo. Pero algo la tocó. Se volvió, se inclinó sobre él otra vez y sacó un cuchillo de su cinturón.

Él abrió los ojos con miedo. Esperaba un golpe mortal. Sin embargo, ella, sonriendo, cortó las cuerdas que restringían sus piernas y manos.

— ¡Levántate!

—No es suficiente que seas una perra y una bruja, además eres estúpida —se rió con desprecio, entendiendo que había decidido pelear con él—. ¡Estás muerta!

Con todas sus fuerzas, ella lo golpeó en la cara con el puño. Él se tambaleó, pero no se cayó. Se lanzó hacia ella. Ella cayó bajo su peso. Se golpearon y golpearon, por un momento, él tenía la ventaja. Y sabía que tenía una ventaja. Pero la perdió. En un momento dado, con una mano trató de buscar el cuchillo en la correa, y con la otra la sujetaba por el cuello. Ella se balanceó con todas sus fuerzas y le golpeó en la garganta. Casi simultáneamente, con la rodilla, le golpeó en la ingle. Cuando él se retorcía de dolor, ella aprovechó el momento y se lanzó sobre su cuello.

— ¿Al fin me darás paz? —ella le urgió a través de sus dientes—.

— ¡Nunca! —se tiró de nuevo hacia ella—.

Se engancharon de tal forma que era imposible ver cuál de ellos tenía una ventaja. Finalmente, Den se detuvo.

Ella se levantó y escupió la sangre que se había acumulado en su boca. Lo miró. Él estaba en el suelo. Estaba segura de que todavía estaba vivo. Ella tenía razón, se echó hacia atrás. Un cuchillo voló cerca de su oreja. Uno de las que llevaba detrás del cinturón. Den pudo sacárselo durante la pelea.

Sin pensarlo mucho, ella saltó hacia él como un leopardo salvaje. Ella no pensó, actuó, buscaba sangre. Estaba libre de cualquier inhibición. Sabía que si él estaba vivo, ni Makeda ni ella estarían a salvo. Se inclinó hacia él y con venganza clavo su cuchillo directamente en su corazón. Fue un reflejo.

Él la miró con asombro.

— ¿Cómo pudiste...? —Susurró con voz apagada—. Prometiste que la reina decidiría lo que me pasaría a mí. Dijiste que no me matarías...

—Cambié de opinión —dijo mostrando sus dientes afilados—.

No le gustaba el lado oscuro de su poder, pero ya era lo suficientemente madura como para no solo poder aceptarlo, sino manejarlo perfectamente.

—Las mujeres hacemos eso —dijo, empujando el cuchillo más profundo en el corazón de Dan—. Así nos creó la diosa.

CAPÍTULO IX

EL ARCA DE LA ALIANZA

Veinte años después

*El Reino de Saba
*Marib

—Quiero ir a encontrarme con mi padre —anunció solemnemente Menelik de pie frente a su madre—.

Tenía veintidós años. Su rostro estaba cubierto de una sombra de barba, sus músculos y figura, gracias a los ejercicios cotidianos y vida militar, estaban bien formados. Era guapo; su cuerpo, sus ojos, sus hombros y su andar, se parecían a los del rey Salomón.

Era alto y delgado como él, pero definitivamente más musculoso y ancho. Algunos pensaron que tal vez se parecía a su famoso abuelo, el valiente rey israelí, David, pero como nadie en Saba lo había visto, solo eran especulaciones. La versión oficial de palacio era que heredó la belleza de su madre y la fortaleza de su abuelo, el rey Nikal. De todos modos, ya que era un niño ofrecido a Saba por la Dama de la Luna, solo la diosa sabía a imagen de quién lo creó.

— ¿Has pensado en ello? —La reina no apreciaba su idea, pero sabía desde hacía mucho tiempo que el encuentro de padre e hijo debía suceder algún día—.

Recordó a Menelik planteando el tema por primera vez. Tenía doce años.

—¿Por qué lo preguntas? Soy tu padre y tu madre —ella estaba indignada en ese momento—.

—Quiero saber —respondió con calma, inesperadamente, como si fuera el joven que era en ese momento—.

Su comportamiento era una combinación de la naturaleza reflexiva de Salomón y la ira de su abuelo. Ella también estaba feliz de ver muchos de sus rasgos en él. Tenía curiosidad por el mundo, tenía confianza en sí mismo, no dejaba ninguna pregunta sin respuesta. Cuando le preguntó por su padre, supo que él no se rendiría hasta que recibiera una respuesta satisfactoria. No le bastó escuchar lo que había oído de sus maestros, colegas y soldados que, en las hogueras de la noche durante las expediciones militares, no le contaban esa historia.

—Su país está muy lejos —dijo—. El camino que lleva allí es muy duro.

—¿Es mi padre el gobernante más poderoso del mundo moderno?

—Sí, es Salomón.

Él hizo una pausa como digiriendo el sonido que salía de la boca de su madre. Nunca la había oído pronunciarlo antes. Se incorporó, recto como una cuerda de cítara, inmóvil como un león al asecho, y trató de no mostrar emoción. Sin embargo, sentía demasiadas emociones: por primera vez en su vida, ella le habló sobre su padre.

—Quiero ir con él —anunció—.

—Cuando llegues a la edad adecuada, no te detendré —aseguró ella, levantándose—. Tienes mi palabra.

Luego lo besó en la frente como un sello de lo que dijo. Sabía que cuando llegara el momento, mantendría su palabra. Ella nunca rompía una promesa.

Ahora, él decidió que tenía edad suficiente para ir a Israel, que era el momento adecuado.

—¿No prefieres quedarte aquí? [66] —Ella trató de detenerlo, sabiendo que nada cambiaría su decisión—.

—Iré allá a verle la cara a mi padre —prometió—. Y luego volveré a Saba —agregó suavemente, mirando a los ojos de su madre, ya con lágrimas—.

—Aquí está el anillo. —Ella se quitó el anillo que le regaló Salomón, del cual nunca se separó—. Dáselo al rey.

— ¿Él te lo dio?

—Sí.

—Todavía lo amas, ¿verdad?

—Es un amor escrito por Dios. Durará hasta el fin del mundo.

***

La reina llamó a Tamrin. Él tenía el cabello completamente gris, pero todavía tenía un caminar enérgico. Vivir con Warda, con quien tuvo cuatro hijos, lo hacía sentir joven, a pesar de que hace mucho que había cumplido setenta años. Estaba sano, satisfecho y feliz.

—Sé que rara vez vas a otro lugar, mi amigo —comenzó mientras se sentaban uno al lado del otro en el banco del jardín del palacio—. No me ofenderé si te niegas.

—Señora, vivo para servirle —adivinó lo que pediría—.

—Prepárate para un viaje a Israel y lleva a un joven que me atormenta, diciendo que debe ir allí. —Ya estaba en paz con la partida de su hijo—.

Ella sabía que Tamrin no se negaría.

—Llévalo ante el rey y tráelo sano y salvo.

—Dios te favorece, reina —Tamrin se alegró por el viaje—. Te llevó hasta Salomón para que te diera un hijo. Ninguno de nosotros conoce las intenciones del Supremo, pero estoy seguro de que como tuvo un plan para ti, también lo tiene para Menelik.

—Eh, nuestros dioses —suspiró ella—. ¡Hacen lo que quieren con nosotros!

—... y no nos queda nada más que someternos a su voluntad —dijo él riéndose—.

— ¿Recuerdas cuando rechazaste tu relación con Warda?

— ¡Era joven y estúpido!

—El hecho es que ni siquiera tenías cincuenta años en ese momento —el ánimo de Tamrin la contagió de buen humor—. Como hombre joven, podrías haberte perdido de mucho.

—He madurado, pero solo un poco, afortunadamente. —Agitó una mano con desdén, enfatizando que todavía no se sentía completamente adulto—.

Su sentido del humor y alegría por la vida estaban intactos. Se multiplicaron, cuando se estableció y se centró casi por completo a su familia.

—Dios quiso que la esperaras por mucho tiempo, ¿no crees?

—Aparentemente se suponía que debía ser así. Ambos tuvimos que madurar para poder vivir juntos. Valió la pena, ¡oh, valió la pena! —ronroneó él—.

—Qué duro tuvimos que trabajar para que abrieras los ojos —ella asintió con la cabeza ante el recuerdo de los planes pasado—.

—Reina, ¿entonces participaste en una conspiración contra mí? —bromeó, sabiendo perfectamente que fue así—.

— ¡Por supuesto!

— ¡Lo presentí todo el tiempo!

—Más bien, ¿no vas a admitir que estabas seguro?

Él asintió, tratando de hacer una cara inocente.

—Por favor, dime, ¿puedo rechazar alguna de tus peticiones? Después de todo, gracias a ti, soy el hombre más feliz de la tierra.

—Todas estábamos seguras de que estaba escrito. ¡Y tantas mujeres no pueden estar equivocadas! Además, en un momento en que aún no sabías que amabas a Warda, Seshep lo vio cuando abrió las cortinas del tiempo. Warda estaba embarazada en esta visión.

Tamrin, quien parecía saber mucho sobre el comienzo de su relación hace mucho tiempo en Jerusalén, sospechaba que su esposa, que no lo era en ese momento, trataba de mostrarle cuánto lo amaba, con el apoyo de la Reina. Sin embargo, no esperaba que la sacerdotisa participara en el plan. Él sonrió y fue su único comentario sobre lo que había oído. Se conocían desde hacía tanto tiempo que a menudo no necesitaban palabras para entenderse.

—En esta visión, pregunto, porque tengo curiosidad, ¿estaba embarazada de cuál de nuestros hijos?

— ¿Te gustaría tener más?

—Si Dios lo permite, me gustaría, porque los niños hacen que la vida tenga sentido, pero sé que estoy demasiado viejo para eso.

— ¿Qué estás diciendo? ¡No conozco a un hombre más joven que tú!

—Deben haber unos pocos —respondió con su tono característico—.

Makeda no quería entrar seriamente en el tema, porque sabía que hablarían del viaje, de criar a sus hijos, responsabilidades y sabiduría. Ella se rió muy fuerte:

— ¡Tu espíritu no está envejeciendo!

—Los niños no me dejan crecer —se alegró de que ella volviera a dirigir la conversación a un tema alegre—. Son absorbentes, pero admito que Warda también da batalla.

Ella se dio una palmada en el muslo y Tamrin pensó con nostalgia que con este gesto, ella terminaba cierta etapa de la conversación, exactamente como su padre lo hacía. Esta observación le hizo darse cuenta de que debía estar muy viejo, ya que recordó al rey, que había estado muerto durante tantos años, sin ninguna razón.

«Tal vez Nikal me está llamando», pensó con miedo.

—Llévala a Jerusalén —la reina se puso de pie—.

— ¿Crees que quiera? —dijo, regresando de su ensueño—.

—Tú la conoces. Estoy segura de que cuando se lo propongas, ¡no dudará ni un momento!

***

Salomón,
Rey de Israel,

Han pasado muchos años desde que tuve la oportunidad, la alegría y el honor de extraer del tesoro de tu corazón y de tu mente. Han pasado muchos años desde mi estancia en la hermosa Jerusalén, y todavía siento como si hubiera estado mirando tus ojos de sabiduría divina. El tiempo que pasé a tu lado fue invaluable para mí. No hay un día que no lo recuerde con gran ternura. Me entregaste y abriste tu corazón. En tu generosidad, has ofrecido muchos regalos a la reina de un país lejano, incluido uno de valor incalculable y especial. Cumpliste la profecía.

El que aparecerá ante ti, dándote mi carta, es un regalo enviado por la Dama de la Luna y tu Dios, que se ha sido mío también desde hace mucho tiempo. Este joven es el fruto del amor perfecto. ¿Recuerdas mi visión? Como sabes, me llegaron mucho antes de ir a Jerusalén. No solo fueron profecías sobre el futuro de las personas que viven por nosotros. También se referían a otra cosa de la que no te hablé.

Desde la niñez, supe que debía ir a un rey maravilloso de un país lejano, sentado en un trono llevado por doce leones [68]. Toda mi vida, los dioses me han llevado a ti. Las visiones decían que me darías el tesoro más precioso del mundo. No sabía qué. Lo sé ahora. Aquí está, el regalo más grande que he recibido en mi vida, a través de ti. Míralo a los ojos; será como verse al espejo. Las visiones se han hecho realidad.

Dios, que es sabiduría, decidirá su futuro.

Gran rey Salomón, tengo una petición, lo más probable es que sea la última que te diré en esta vida. Puede que te sorprenda, e incluso te sientas indignado. Sin embargo, te aseguro que no es la audacia lo que me impulsa, sino la voluntad de someterme humildemente a la voluntad de Dios. En nombre del amor que rodea al mundo, en nombre de nuestro hermoso pasado y el futuro de nuestro hijo, por favor danos un fragmento de algo que no tiene precio para ti y tu nación. Danos un trozo, aunque sea un pedazo, un fragmento pequeño de Sion celestial, el Arca de la Ley Divina, que podemos abrazar con nuestros pensamientos y oraciones.

Uno de los regalos más preciosos que Dios me ha prometido, ya lo he recibido de ti. El corazón me dice que el segundo vendrá de la misma fuente. Queremos adorar al Arca, adorando a Dios. Deja que la visión se haga realidad, en la cual los descendientes de David y Salomón se sientan en los tronos de los reinos más grandes y profesan a su pueblo la fe en el Supremo.

Humildemente te pido este gesto tan significativo para nosotros. Cumple mi solicitud y me harás la persona más feliz en la tierra. ¡Que sea eterna y se llene con la canción más hermosa del Cantar de Cantares! Que el Arca sea siempre un símbolo de amor. Que los años que vienen sean la continuación y el seguimiento del pacto. ¡Que la canción triunfe para siempre!

Mientras tanto, cuida al que lleva tu anillo y dale de tu sabiduría.

Tuya por siempre
La Reina de Saba
Makeda

***

*Jerusalén
Palacio real
Tres meses después

—Señor, el joven a la cabeza de la caravana me recuerda mucho a usted —los exploradores habían traído noticias interesantes de las fronteras del sur de Israel—. Sus ojos están llenos de alegría, como un hombre que bebe vino, sus piernas son delgadas y gráciles. Dicen que tiene la silueta de su majestad, su padre David —aseguró el explorador—. ¡Es similar a usted en todos los aspectos!

— ¿De dónde viene? —Salomón estaba intrigado por el informe—.

—Su majestad, tal similitud nos desconcertó. Hicimos preguntas a su gente. «Venimos de la tierra de la Gran Kandake, la reina de Saba, y nos dirigimos a Israel, la tierra del rey Salomón», respondieron. No querían revelar nada más. Y cuando se les preguntó por aquel que se parece a usted, se quedan callados como si estuvieran en trance. Era obvio que tenían prohibido hablar de eso.

Salomón estaba sentado en una silla real en la sala de conferencias. Los asesores más importantes lo rodeaban. Cuando se pronunciaron las primeras palabras sobre la semejanza del visitante con el rey, y cuando se dijo que el joven venía de Saba, algo extraño le sucedió a Salomón.

Cerró los ojos y apoyó la cabeza en el respaldo de la silla. Con cada frase que pasaba, su cuerpo se estremecía. Cuando el explorador terminó, el rey se quedó quieto por un momento. No dijo nada. Estaba pensando en Makeda. Su corazón tembló. Recordó los tiempos juntos y su promesa de visitarla en una máquina voladora. Recordó que quería construir alas para volar hacia ella. Sin embargo, no se pudo. Finalmente, abrió los ojos, suspiró profundamente y miró a todos los presentes.

—Dios le dio un mensaje a mi padre, David, y le aseguró que una vez se sentará en el trono de Israel, su descendencia nacería de una virgen —anunció—. Y aquí la promesa divina se ha cumplido.

Muchos de los dignatarios asintieron. Ellos sabían de la profecía.

—Durante años, me han proporcionado información sobre el hijo de la reina de Saba —continuó—. Sin embargo, la Gran Kandake nunca me ha dado ninguna esperanza en todos estos años, desde que fue mi invitada, de que el niño que crió es mío. Ahora que escucho que el que viene hacia nosotros es como mi reflejo en el espejo, lo espero con ansias. ¿Es extraño que quiera verlo tan pronto como sea posible?

No se escuchaba ninguna negación porque todos sentían curiosidad la misma curiosidad que él.

—Mi corazón siente que viene un momento importante para nosotros —terminó—.

El mismo día, Salomón envió a Benaía, que había envejecido tanto como él, con regalos, a conocer a Menelik.

Cuando el general con el equipo llegó al oasis, encontró una caravana descansando allí. El joven lo recibió en una tienda de campaña. Benaía se inclinó, le dio los regalos y dijo:

—Ven conmigo, porque el corazón de nuestro gobernante está lleno de amor por ti. Él quiere saber si eres su hijo. Tienen la misma apariencia, comportamiento y habla, lo veo. Vinimos porque mi rey dijo: «Date prisa y tráelo con todos los honores y las comodidades adecuadas».

—Le agradezco al Dios de Israel que obtuve la aprobación del rey antes de ver su rostro. Sus palabras me alegran. Confío que el Altísimo me permitirá reunirme con el rey y luego me guiará a salvo a mi madre, a la reina Makeda, en mi país.

Benaía estaba seguro de que estaba frente al hijo de Salomón y Makeda. Entonces, lo que decían los exploradores resultó ser cierto. Y durante todos los años, la reina de Saba logró engañar a los mejores espías israelíes. Durante más de veinte años, afirmó que su hijo era un regalo de la Dama de la Luna y nunca respondió directamente las preguntas que Salomón había escrito en las cartas. El Rey de Israel, sabiendo que Dios por alguna razón no le daba hijos, sospechó que Makeda dio a luz a un hijo para proporcionarle a Saba el sucesor del trono, y él no era padre, sino probablemente un sacerdote o un soldado.

Si ella escogiera a un príncipe, complicaría los asuntos dinásticos porque el padre de su hijo seguramente exigiría una parte en el ejercicio del poder. Y estaba convencido de una cosa: Makeda, teniendo un hijo que (como ella misma decía) le dieron los dioses, sin involucrarse con un hombre, se mantendría como una reina virgen, como lo exigen las profecías. Y seguro tenía planeado, en el momento oportuno, entregar el trono a su hijo.

Benaía pensaba igual que el rey. Sin embargo, cuando vio a Menelik, estuvo seguro de que todos estos años estuvieron equivocados. Menelik tenía muchas características de su abuelo David y, sobre todo, de Salomón.

—Señor, encontrará mucha alegría al quedarse con mi rey —afirmó, mientras se cuidaba de no ofender a quien creía que pronto sería el heredero de Israel—. Dijo hace un momento: «mi madre» y «mi país». Sepa que nuestro país es más poderoso que el suyo. He oído que en las tierras de Saba se puede encontrar luz y calor, pero también frío y nubes, e incluso nieve y hielo.

—Saba es enorme —respondió Menelik con calma, como corresponde a un heredero—. Se extiende a dos lados del mar. Usted puede encontrar con nosotros todo lo que una persona necesita. Mar y montaña, sol caliente y picos helados. Es hermosa.

—Israel es la tierra prometida que Dios nos dio de acuerdo con la promesa hecha a nuestros ancestros. Es una tierra de leche y miel, donde nadie lucha por comer. Es una tierra que produce el fruto de cada especie. Mi corazón siente que todo puede ser suyo si vive con nosotros, porque, como mis ojos lo ven, usted es sin dudas el descendiente de aquellos que se sientan en el trono de Israel.

En ese momento un hombre entró en la tienda. Tenía el cabello gris y arrugas en la cara, pero todavía se mantenía erguido como antes. Benaía inmediatamente reconoció a Tamrin.

— ¡Benaía! —Gritó el comerciante inmediatamente después de que se inclinara ante Menelik—. ¡Que la paz sea contigo!

Caminó enérgicamente hacia el general.

— ¡Y contigo también, Tamrin!

Se abrazaron con fraternidad. Era evidente lo complacido que estaban de su encuentro. Menelik los miró con aprobación, luego señaló dos sillas invitándolos a sentarse. Junto con la llegada de Tamrin, después de una alegre bienvenida, el ambiente se relajó.

—El general Benaía afirma que Israel es mejor para vivir que Saba. —Menelik introdujo sucintamente a Tamrin a la conversación anterior—. También cree que soy descendiente de los reyes de Israel y debería considerar la posibilidad de quedarme en Jerusalén. ¿No es así? ¿Le entendí bien, general?

—Israel es la tierra prometida —confirmó Benaía con convicción—. El mejor lugar del mundo. ¡Usted me entendió perfectamente, señor!

—Benaía, con el debido respeto por el rey Salomón y sin menospreciar a Israel, créame que nuestro país es mejor —dijo el comerciante—. El clima es favorable, no hay un sol demasiado caliente, el agua es dulce y fluye continuamente en los ríos e incluso en las cimas de las montañas. Donde las corrientes son temporales, nuestros antepasados erigieron represas fuertes, gracias a las cuales tenemos suficiente agua y podemos administrarla bien. No cavamos pozos profundos en busca de fuentes y no morimos bajo el sol como ustedes. Tenemos un clima tan bueno que cazamos animales, búfalos salvajes, gacelas y aves hasta al mediodía. No morimos de hambre en ningún momento del año. En nuestros árboles crecen frutos, en los campos el trigo y la cebada, pastamos ganado, lo que nos proporciona carne durante todo el año. ¡Saba es un país hermoso y próspero!

—No lo niego, pero fue la reina de Saba quien fue a Salomón, y no Salomón quien visitó a Saba. ¿O no? —Benaía miró a Menelik, y a Tamrin—.

—Sabe muy bien que la reina emprendió un viaje para extraer el tesoro de la sabiduría de tu rey —el tono de Tamrin indicó que había decidido interrumpir el audaz inicio de la exclamación de Benaía, porque no sabía a dónde podría llevarlo—.

—Tiene razón, no discutamos. ¿Qué es mejor que la sabiduría? —El general Tamrin tenía razón—. Gracias a ella, la tierra y el cielo fueron creados. Fue ella quien ató las olas al mar para que no pudieran penetrar en la tierra firme. La sabiduría es dada por Dios y es su característica inherente.

—En cuanto a esto, no hay duda —resumió Menelik, queriendo terminar la reunión y dejar en paz a los viejos amigos para que pudieran ponerse al día—.

Tomó la posición de un amistoso heredero al trono, exigiendo, sin embargo, una respuesta rápida y concreta.

— ¿Qué espera de nosotros, general?

—Déjeme llevarlo al rey. —Benaía se mostró complacido por la pregunta que formuló—. Su corazón está lleno de amor por usted, mi señor. ¡Me pidió que te llevara lo antes posible!

***

Durante los días siguientes, Menelik, vestido con batas, cabalgó a la cabeza de cincuenta hombres que lo acompañaban. Por un lado, el general Benaía estaba sentado en un hermoso corcel, y en el otro Tamrin. Cuando pasaron pueblos y ciudades, la gente se inclinó ante ellos.

— ¡Rey, que Dios esté contigo! —gritaron—.

—Salomón, la paz sea contigo —saludaron—.

— ¡David, el rey David está con nosotros! —gritaban los más ancianos con incredulidad—.

Antes de cruzar las puertas de Jerusalén, Menelik ya sabía cuán parecido era a su padre y a su abuelo.

Lo sintió aún más cuando se encontró en el palacio y se presentó ante Salomón en la sala del trono.

Al verlo, el rey se levantó de un salto y exclamó:

— ¡Miren, mi padre David a recuperado su juventud!

Los que recordaban a David (y no quedaban demasiados en la corte), eran tan viejos que expresaron su alegría solo con un ligero asentimiento. De hecho, el visitante se parecía mucho al rey anterior.

Hubo un revuelo. Intercambiaron susurros y comentarios entre ellos.

Sin desanimarse, Menelik cruzó el centro de la habitación y se arrodilló frente a Salomón. Le dio la carta. Vio cómo cambiaba el color de sus mejillas mientras leía las palabras de Makeda. Podía ver claramente las lágrimas en sus ojos.

«Fue a él a quien mi madre extrañó toda su vida» pensó. «Ella suspiraba por él en las noches de luna. Él le dio su corazón. Soy el hijo de este hombre amable, bueno y sensible, del que dicen que es el hombre más sabio del mundo. He esperado tanto por esta reunión, lo he imaginado no sé cuántas veces ya. ¿Por qué mi corazón no retumba ni las lágrimas fluyen de mí? Mi madre tenía razón: ella era mi madre y mi padre. Ella me crió, me llevó al lugar donde estoy. Él ni siquiera sabía de mi existencia. Y sin embargo, su sangre fluye por mis venas. Y realmente me parezco a él».

Los recuerdos revivieron en Salomón. Los momentos que pasó con Makeda volvieron. Mencionó la primera reunión, conversaciones, viajes y adivinanzas que ella le presentó. Estaba delante de él, joven, hermosa, sabia en cada palabra y gesto, una mujer delicada, tierna y sensible. Recordó las noches compartidas y las estrofas más hermosas del Cantar de Cantares. Leyó las palabras de la carta de nuevo y se conmovía más y más.

—Dios, ¿por qué quieres que lo conozca ahora? —Alzó los ojos al cielo—. ¿Con qué intención lo mantuviste tan lejos de mí? ¿No debería un hijo crecer con su padre? ¿Cuáles son tus planes para él?

Cuando dejó el pergamino, suspiró tan profundamente que incluso los que estaban en las partes más alejadas de la habitación lo oyeron.

—Aquí está mi hijo —dijo con orgullo—. ¡Sangre de sangre, hueso de huesos!

Se acercó a Menelik y le extendió las manos. Abrió los brazos y lo abrazó. Se abrazaron por primera vez en sus vidas. Y ambos sintieron de repente, casi en el mismo instante, un vínculo extraordinario. Se detuvieron por un momento, sin decir nada, padre e hijo, completamente ajenos (hasta hace poco), pero cercanos, porque estaban conectados por un hilo divino.

—Aquí está la corona de Israel. —Salomón removió el símbolo de poder de su cabeza—. ¡Te pertenecerá porque eres mi hijo mayor! ¡Y miren —le dijo a la audiencia—, aquí está el fruto de mi cuerpo que Dios me dio inesperadamente!

Entonces el profeta Natán se levantó.

—Bendita sea la madre que crió a este joven y bendito sea el día en que la conoció, rey —dijo con una gran voz resonante—.

Giró los ojos, como si quisiera hablar con cada uno de ellos por separado, y luego enfatizó incluso más que antes.

—Nadie debería hacerle preguntas a su padre ni dudar de dónde viene. Es un hecho, es un israelita, descendiente de David y Salomón, con la forma de su padre. Somos sus sirvientes, porque él será nuestro rey.

Si alguien no sabía aún lo que acababa de suceder, ahora estaban seguros. Resulta que Salomón tuvo un primogénito, el cual no había conocido. Era aún más importante porque el que tenía cientos de esposas y concubinas, solo tenía dos hijos. Y el rey, y el profeta después de él, anunciaron que el joven, llevado milagrosamente por Dios a su país, probablemente se sentaría en el trono de Israel.

«Dios debe tener algún plan que aún no entendemos, ya que ha mantenido a su hijo alejado de su padre durante tanto tiempo —fue el pensamiento general entre los presentes—. ¿Qué traerá su presencia a Jerusalén?»

Menelik, a pesar de que no le importaba fortalecer aún más su posición, extendió su mano derecha y le mostró a su padre el anillo que llevaba en su dedo meñique.

—Rey, mi madre, la reina de Saba, la gran Kandake Makeda, me pide que se lo dé.

Se quitó el anillo y se lo entregó con la mano abierta. Salomón lo tomó con dedos temblorosos.

—Se lo entregué a tu madre cuando se fue de Israel —su voz se quebró de emoción—. Esta prueba no es necesaria, eres tan parecido a mí que no tengo la menor duda. Eres mi hijo. Creo que todos lo que se encuentran aquí piensan igual, ¿verdad? —Miró a su alrededor—.

— ¡Sí, rey!

—Es su hijo.

Muchas de las voces más importantes de Israel compartieron la opinión del rey.

—Mi madre me aseguró que cuando viera el anillo, cumpliría con nuestra petición. —Menelik quiso exponer el motivo oficial de su visita—.

— ¿Qué deseas pedir?

—He venido aquí para conocer el poder del Dios de Israel, ruego por un trozo del Arca de la Alianza.

Un murmullo de confusión, mezclado con indignación, atravesó la habitación. Nadie se ha atrevido a expresar peticiones tan audaces. ¡Todos sabían a quién había nombrado Yahveh como elegidos y les confió el Arca! Ahora, apareció un hombre joven, que no solo resultó ser el hijo de Salomón (lo que era obvio para todos, porque vieron su similitud con sus propios ojos), ¡sino que expresó una petición tan extraordinaria! ¡Cuántas sorpresas les ha enviado Dios en un solo día!

—No tienes que pedir un trozo de nuestro mayor tesoro —respondió Salomón después de pensarlo—. Como mi hijo, te convertirás en el rey de Israel. Tendrás el Arca a tu alcance. Te protegerá y te fortalecerá, al igual que protege y da fuerza a nuestra nación desde siempre.

—Señor, vine aquí porque desde que me enteré de su existencia, quería verle. Dios ha guiado mis pasos aquí y confío en que Él también decidirá cuándo volveré con mi madre querida que me está esperando. Quiero volver a Saba con un corazón lleno de amor después de conocerlo.

—Aparte del dolor durante el parto y la lactancia, ¿qué más hace la mujer por su hijo? —Salomón estaba indignado, notando la inflexibilidad de Menelik—. ¿No sabes que la hija pertenece a la madre y el hijo al padre? No sabes que Dios maldijo a Eva diciendo: «Te cargaré con la gran dificultad del embarazo, darás a luz con dolor, dirigirás tus deseos a tu esposo y él gobernará sobre ti». Según esta maldición, no te devolveré a Makeda, sino que te haré rey de Israel. Tú eres mi primogénito, el último de los elegidos de Dios.

Menelik no respondió. No quería expresar cuánto estaba en desacuerdo con lo que acababa escuchar. No quería causar un escándalo al decir lo importante que pensaba que era el papel de una mujer en la crianza de un niño para que sea un hombre. Fue criado por la mujer más maravillosa del mundo. Y no hay palabras que lo hicieran cambiar de opinión, ni siquiera un hombre considerado el más sabio entre los vivos.

Salomón enviaba exquisitas comidas cada mañana y tarde, le regalaba espléndidas túnicas, oro y plata. Se comportó como en los momentos en que visitaba a Makeda en su palacio, donde también le bañó con generosos regalos. Los sirvientes de Menelik estaban asombrados del nivel de generosidad de Salomón. Estaban estableciendo qué decisión tomaría su señor en cuanto a quedarse o no en Jerusalén. Sus dudas, si realmente la había, se disiparon rápidamente.

Después del día siguiente, en que los siervos de Salomón le dieron nuevamente regalos, Menelik le escribió al rey.

Ni el oro ni la plata ni las prendas más exquisitas son objeto de deseo en mi país. He venido aquí para escuchar su sabiduría, ver su rostro, saludarlo, rendir homenaje a su reino y a usted, y luego regresar con mi madre. Todo el mundo ama a su tierra natal. Aunque su país se regocija con mi visita, mi corazón no está completamente feliz porque estoy lejos del lugar que amo. Adoraré el Arca del Dios de Israel en todas partes, creo que ella me dará gloria. Deme al menos un trozo de su cubierta; lo adoraré y adoraré con mi madre y todos mis súbditos.

Cuando Salomón recibió la carta, se dio cuenta con dolor que Menelik no iba a tomar el trono de Israel. Decidió hablar con él.

—¿Por qué me vas a dejar? ¿Qué tienes en tu país, qué no tengas aquí?

—Quiero volver con mi madre. La amo más que nada en el mundo —él enfatizó con tanta fuerza, como si quisiera compensar el momento en que no protestó cuando Salomón dijo que el único mérito de una mujer al criar a un hijo es que ella le da a luz y lo amamanta—. Tiene un hijo, Roboam. Será un buen sucesor. Además, tiene una conyugue legitima; mi madre, a la luz de tu ley, no lo es.

—Si fueras como dices, también significaría que, de acuerdo con nuestra ley, no soy el hijo de David. Después de todo, se casó con la mujer de otro hombre que murió en una pelea y me engendró con ella. Pero Dios es misericordioso y perdonó este acto. ¿Quién es más sabio que Él? Me creó a imagen de mi padre, y a ti a la mía. No te enojes, solo acepta lo que te propongo, porque en el futuro no volverás a verme, ni a ti ni a tus descendientes. Hablas de Roboam, tiene seis años. Es cierto que se crió en Israel y podría ser mi sucesor, pero tú eres el primogénito. Debes gobernar el país. He gobernado durante mucho tiempo. Sin embargo, no todo lo que pretendía, lo logre hacer. Por eso sigo pidiéndole a Dios que me permita permanecer en el poder el mayor tiempo posible.

—¡Le deseo lo mejor, con todo mi corazón! —Menelik entendió sus preocupaciones—.

—Gracias. Me gustaría, y mucho, que te sentaras en el trono cuando me vaya con mis antepasados. Gobernarás, los ancianos y los jóvenes te amarán. Juzgarás naciones enteras e innumerables familias. Acepta, estaré organizando tu boda, te daré tantas esposas y concubinas como quieras. Porque tú y tus descendientes serán el Arca de la Alianza. Dios escuchará cada una de tus palabras, él te protegerá y te favorecerá.

—Rey, padre, no puedo y no quiero dejar mi país, ni a mi madre. Me hizo jurar que no me quedaría en Jerusalén y volvería lo antes posible. También prometí que no me casaría con ninguna mujer aquí. Le entregué la carta y creo firmemente que el Arca me protegerá a donde quiera que vaya. Además, su oración me llegará a todas partes. Dios me escuchará desde cualquier lugar de la tierra.

Salomón no tuvo elección, asintió ante esa verdad.

—Quería ver su cara, escuchar su voz y recibir su bendición —continuó Menelik—.Ahora voy a regresar a salvo y rápidamente a Saba.

Salomón conocía la vieja verdad de que de un águila orgullosa no nacen palomas dóciles. Concluyó entonces que nada iba a persuadir a Menelik para que se quedara en Jerusalén.

Se preguntó cuáles eran los planes de Dios para su hijo.

Dios no le ha hablado en mucho tiempo. Durante años, se sintió abandonado, solo con sus problemas, gobernando el estado, esposas, ceremonias y numerosos días festivos. Y ahora, que estaba avanzado en años, fue cuando supo de Menelik, esperaba que Dios mismo se lo enviara. Y esta es una señal que le dio, que aquí está el final de su viaje terrenal, porque llega un sucesor digno. Dios en su sabiduría hizo que, lejos de Jerusalén, fuera criado por la mujer más sabia de la tierra, que no solo le enseñó todo, sino que le dio un amor ilimitado que solo su madre le puede dar. Por supuesto, no creía que su único mérito fuera dar a luz y amamantarlo. Lo dijo por despecho. Y tal vez por resentimiento o por celos, cuando se dio cuenta de lo importante que Menelik era para Makeda. Tal vez incluso entonces su voz interior le dijo que el hijo que encontró no se quedaría con él.

Llamó a las personas más importantes del estado.

—No puedo convencer a este joven de que se quede aquí —dijo—. Mis súplicas y persuasiones no logran nada, los regalos y las promesas no le afectan. Entonces escuchen lo que tengo que decir.

Observaron y escucharon atentamente. Al igual que el rey, habían estado preocupados por la situación en el estado. Sus preocupaciones fueron confirmadas por los informes de los encargados de las regiones y todos los demás para quienes el bien del estado era importante. Con la llegada de Menelik, la esperanza creció en ellos.

—Dios prometió que nuestros descendientes se sentarían en los tronos del mundo. Estoy seguro, y sé que ustedes también lo creen, que él ha dirigido los pasos de Menelik hacia Israel. Y esto no es otra cosa que la forma en que habla a través de él, cuando se niega obstinadamente a aceptar nuestro trono. No hay que contradecir los planes de Dios, somos solo servidores de quien lo sabe todo.

Funcionarios, soldados, ancianos y otros hombres de confianza lo miraron sin decir una palabra, asintiendo con la cabeza en anticipación a lo que iba a decir. Sintieron que algo estaba sucediendo y que no podían influir en ello. Durante mucho tiempo en Israel las cosas parecían estar a la deriva. Como si sobre Jerusalén caería la niebla que pronto traería consigo lo inevitable.

—Menelik será rey —dijo Salomón en voz alta y enfáticamente—. Tomará el trono. Él regresará a Saba y, con la voluntad de Dios, gobernará este mundo con nuestra bendición, llevando nuestra fe allí.

—Esta es la voluntad de Dios —dijeron unas pocas voces—.

Los más reservados guardaban silencio, sospechando que Salomón no había dicho todo todavía. Tenían razón.

—Junto con mi hijo, enviaremos a sus primogénitos a Saba. Que gobiernen con él, que lo apoyen, que propaguen la fe y los principios que nos ha dado el Altísimo. De esta manera se cumplirá su voluntad.

Las caras de los hombres, en su mayoría, no mostraban emoción. Los últimos años del gobierno de Salomón hicieron que los oyentes se abstuvieran cada vez más de votar, sin querer revelar sus puntos de vista. No estaban de acuerdo con él en todo. Muchas decisiones levantaban sus objeciones. Sin embargo, sabían que el rey, como ungido de Dios, no podía ser contradicho, porque sería un pecado.

—Dios le prometió a mi padre David que los descendientes de Salomón se convertirían en los gobernantes de los tres reinos terrenales, que nuestros sacerdotes promoverían la verdadera fe, que las naciones que adoraban a los ídolos nos convertirían en sus reyes y alabarían a Dios. Dejen que mi hijo se convierta en rey en el país de Makeda, y sus hijos que lo sigan lo ayudarán a gobernar, a alcanzar los más altos cargos y privilegios. De esta manera, prevaleceremos sobre uno de los grandes reinos terrenales.

—¿Quién de nosotros se atreverá a desafiar los mandamientos de Dios? —Preguntó el sacerdote Zadok—. ¡Que otros aprendan de nosotros, que acepten nuestros derechos como de ellos, que se haga realidad la voluntad del Supremo!

—Nosotros y nuestros hijos somos sus sirvientes —dijo uno de los nobles, poniéndose de pie—. Respetamos la voluntad de

Dios. ¡Nuestros hijos se embarcarán en un viaje y se convertirán en compañeros de su primogénito!

El bullicio se levantó cuando habló el padre de otro de los primogénitos.

—Sus descendientes gobernarán los tres reinos. Uno de ellos es Israel, el otro es, entiendo, el reino de Saba. Estos países han engendrado herederos del rey. ¿Y el tercero? ¿Quién lo gobernará?

—Los caminos de Dios no son para ser estudiados —dijo Salomón—. ¿Tal vez algo suceda mañana que cambie nuestra forma de pensar y abra nuestros ojos? Nadie sabe el futuro después de todo. ¿Quién de nosotros pensaría que yo tenía un hijo con la reina de Saba? Y aquí estaba él delante de mí. Y nadie tiene dudas de que él es mi descendencia. Tengamos confianza y estemos abiertos a los juicios de Dios.

Al día siguiente, Menelik fue bendecido y ungido en el templo. Recibió el nombre de su abuelo David.

—A partir de hoy, tu único guía será el Dios de Israel, y los ojos de tu espíritu caerán sobre el Arca de la Alianza, de la cual obtendrás poder. —El sacerdote Zadok exclamó tan fuerte que se escuchó no solo en el templo, sino en la gran plaza frente a él, donde las multitudes se reunieron ese día, e incluso en las estrechas calles de la ciudad—. ¡Y que así sea por siempre!

—Que así sea —repitió Menelik después del sacerdote—.

—Amén —dijo Salomón—.

—Ahora escucha mis palabras, David —el sacerdote usó el nuevo nombre del hijo del rey—. Si no vives en armonía con Dios, te castigará, serás derrotado por sus enemigos. Él apartará su rostro de ti, sentirás gran ansiedad y tristeza en tu corazón, no te curará en tu sueño. Escucha la palabra y síguela. No seas sirviente de ningún otro dios, porque caerán sobre ti, tus ciudades, tus campos y tu gente, todas las plagas posibles. Dios te enviará hambre, enfermedad y destruirá todo lo que toques. Sin embargo, si sigues su voluntad, su bendición caerá sobre ti desde todos lados. Recibirás la gloria eterna. Serás bendecido en la ciudad, el campo, en casa y fuera de ella, el fruto de tu cuerpo será bendecido. Dios te acompañará durante tus obras y cumplirá tu voluntad en todo. Si lo amas, él te amará. Si cumples sus mandamientos, cumplirá la voluntad de tu corazón. Él es bueno con el bueno, y misericordioso con el misericordioso. Ama la justicia, y él hará que tu vida florezca. Aleja a los pecadores, deja a un lado la crueldad, en caso de desgracia, utiliza la fuerza contra tu vecino. Ponte del lado de los pobres y huérfanos. No condenes, no temas a nadie, juzga con rectitud. Como el hijo de Salomón y la sangre de la sangre de David, sé un gran rey en tu país.

—Que así sea —Menelik-David inclinó la cabeza ante el sacerdote—.

—Dios te bendiga ahora y por siempre —dijo el sacerdote, recitando la antigua oración—.

—Amén. —Salomón, y todos reunidos, respondieron al unísono—.

De esta manera, en Jerusalén, Menelik fue bendecido y ungido como rey de Saba. La alegría reinaba en la ciudad, porque ahí las profecías decían que la tribu de David se sentaría en los tronos del mundo.

***

—La reina pide noticias, ¿qué debo escribir? —Warda abrazó a su marido—.

Su cama era ancha. Como los miembros más importantes de la corte de Menelik, fueron reconocidos como invitados especiales del rey y recibieron una gran cámara en el palacio.

—Escribe la verdad —respondió él, acariciándole la espalda—. Describe exactamente lo que pasó. Puede pasar mucho tiempo antes de poder contarlo en persona.

— ¿Menciono también que es cierto lo que decían nuestros espías?

— ¿En cuánto a qué?

—Sobre los templos de dioses extranjeros que todavía se erigen aquí, sobre la idolatría, sobre cuánto ha cambiado Salomón desde que ella estuvo aquí.

—La reina lo sabe, pero no le hará daño si escribes sobre eso. Ya debe tener una imagen completa.

Él pensó que Makeda no estaría encantada con los cambios que tuvieron lugar en Israel. Sí, Jerusalén era más bella que antes. Vio la opulencia, la riqueza de los edificios, pero el espíritu de la ciudad era diferente, estaba ensimismado, perdido en algún lugar en las hermosas calles adoquinadas. Los ojos de Salomón no brillaban como antes. Rara vez iba a los tribunales, tan conocidos en el mundo. Desde el final de la construcción del templo, y luego del palacio, el rey se fue cerrando cada vez más en su cámara para escribir canciones, o se perdía en el jolgorio y los juegos de sus esposas, lo que le gustaba. Parecía que perdió la alegría de la vida. ¿Quizás estaba esperando algo que lo motivara a establecer nuevos caminos y llevar a la nación más lejos? ¿O tal vez disfrutaba de lo que se había construido?

—Conociéndola, a ella le gustará saber todo hasta el detalle más pequeño. Lo haré con la mayor precisión posible.

— ¿Sabes por qué te traje en este viaje? —No sabiendo lo lejos que habían ido sus pensamientos, bromeó con ella—. Ningún hombre describiría los gestos, los colores, los sabores, la calidad de los platos, tampoco la apariencia de las esposas y la actitud de Salomón hacia ellas; y lo más importante, las emociones que acompañan todo lo que estamos presenciando aquí. Lo harás magistralmente.

—Sí —admitió ella—. La reina estará bien informada.

—Ninguno de nosotros, no importa cuánto lo intentemos, podremos igualarte.

—Le agradezco a mis padres por enseñarme a escribir.

—En general, esta habilidad rara vez es útil, pero es valiosa —admitió—. No puedo imaginar que alguien que no conoce la escritura pueda pensar en una carrera ni en avanzar en la vida.

—Seshep dice que llegará el momento en que todas las personas podrán leer y escribir.

— ¡Oh, qué visionaria! —Él se rió—. No es posible que una mente simple domine tantos caracteres para comunicarse por escrito.

—Sin embargo, dijo que lo vio detrás del velo del tiempo.

— ¿Qué vio exactamente?

—Que las personas descifrarán fácilmente los códigos. Todo el mundo. Se escribirán en tarjetas rígidas, blancas, cortadas uniformemente, mucho más delgadas que los pergaminos y en tablas planas brillantes que se asemejan a espejos negros.

—Fantasía. En este momento un hombre entre mil puede leer, a nivel básico.

— ¡Seshep lo vio con sus propios ojos!

—Las personas no cambian, así que no importa cuántos años o incluso siglos pasen, aquellos que vendrán después de nosotros no serán más inteligentes que nosotros.

— ¡No lo sé!

—Solo las herramientas cambian con el tiempo.

—Pero la gente las crea —protestó ella—.

—Sí, ¿pero cuántos son creadores e inventores?

—Todos vienen a la tierra por alguna razón —ella se mantuvo firme—.

—Por supuesto, no significa que todos deben tener una mente extraordinaria. Para aprender miles de símbolos, tienes que ser realmente inteligente.

—Creo en las visiones de Seshep —ella no cedió—.

—Yo también las aprecio. Pero, como sabes, sus visiones son solo una realidad potencial. Pueden hacerse realidad, pero no están escritas en las estrellas.

— ¿Recuerdas que Seshep nos vio juntos incluso antes de que tú mismo lo creyeras?

—Siempre lo supe —aseguró—.

— ¡Claro! —ella se levantó bruscamente, mirándolo a los ojos—. ¿Quién sabe, tal vez realmente lo sabías? Porque yo realmente lo sabía.

Ella le acarició el torso desnudo.

—Eres un hombre, y por eso eres sabio. Después de muchos siglos, todavía hablarán de ti. El mayor viajero, el comerciante más rico, el genio que lleva las caravanas más grandes, el que ayudó a Makeda a encontrarse con Salomón. Nadie dirá una palabra sobre mí.

—Si alguien me recuerda alguna vez, seguramente también te recordará a ti. ¡Yo no existo sin ti!

— ¿De verdad lo crees? —ella le acarició de nuevo—.

—Estoy seguro. Nuestro amor durará para siempre. Alguien escribirá sobre cuánto nos amamos. Describirá lo sabia, bella y luchadora que eres. Cuánto confió la reina en ti, cómo actuaste por el bien de Saba y cuánto te comprometiste a ella. Y todos lo leerán en cuadros blancos, cortados de manera uniforme, más delgados que los pergaminos y en tablas planas brillantes que parecen espejos negros.

—Eres insoportable —le dio un codazo con suavidad, complacida con lo que dijo, pero no le gusto su sarcasmo en cuanto las visiones—. ¿No crees que todas las personas leerán?

—Incluso si hubiera un sistema de símbolos tan simple que lo hiciera posible, ¿cuántos de ellos realmente entenderán el contenido?

—La lectura y la comprensión son dos cosas diferentes. Desde hace siglos hasta hoy, solía ser diferente.

—Exactamente —reflexionó—.

—Oye, ¿estás ahí? —dijo ella cuando él no habló por un buen rato—.

—Pienso en lo que dijiste.

— ¿Y?

—Es imposible que todas las personas puedan leer y escribir. Es simplemente imposible, cariño...

—Sin embargo, creo que llegará ese momento...

***

A pesar de la atmósfera de entusiasmo porque se estaba cumpliendo la voluntad de Dios, Jerusalén no estaba satisfecha con lo que estaba sucediendo. Los primogénitos de los residentes más importantes de la ciudad, iban a irse con Menelik para apoyarlo en su gobierno en su tierra natal. Y cada uno de estos jóvenes estaba preparado para reemplazar a sus padres en un futuro cercano o lejano. Estaba preparado para ello desde la infancia. El país regalaba una élite, ¡los más grandes jóvenes! Sus padres no estaban entusiasmados con eso, algunos incluso cayeron en desesperación y enojo, pero no lo dijeron en voz alta, sabiendo que era la voluntad de Dios que sus hijos sirvieran a Israel en un lugar diferente.

—Su sabiduría es grande —dijeron muchos de ellos—. Gracias a ustedes, los límites de nuestro gobierno se extenderán a la tierra de Saba. Dios unirá a todos los demás reinos bajo su gobierno, porque su mente se dirige hacia él y quiere que la gente sirva a un solo Dios y destruya a todos los demás dioses falsos de una vez por todas.

Otros agregaron:

—No hay duda de lo que Dios le dijo a Abraham: «A través de tus descendientes, todas las naciones terrenales serán bendecidas».

En secreto, sin embargo, rechazaban al rey porque los privó del primogénito y lo maldijeron. Lo hicieron sabiendo que él había sido ungido por Dios, por lo que no podrían maldecirlo en voz alta.

No solo el comportamiento de los dignatarios, sino muchos otros signos mostraban que el reino de Israel no estaba bien. Por la noche, la gente no dormía tranquilamente, se miraban con desconfianza durante el día, no se hablaban abiertamente y no se miraban a los ojos. A pesar de la alegría expresada públicamente, casi todos sentían que era una alegría aparentada, porque en realidad, algo malo estaba sucediendo en el alma de la ciudad. Nubes negras colgaban sobre Jerusalén, y el aire se volvió gris.

***

Una noche, Azarías, el primogénito del sacerdote de Zadok, cuyas cosas ya estaban empacadas para el viaje a Saba, tuvo un sueño. Un enviado de Dios estaba ante él rodeado de un brillo inusual.

—Toma cuatro ciervos jóvenes, cuatro becerros puros y un buey que nunca ha llevado un yugo —dijo—. Deja que tu nuevo señor, David, anteriormente conocido como Menelik , le pida a Salomón que le ofrezca un trozo del Arca de Israel. El rey estará de acuerdo —aseguró—. Cuando esto suceda, te visitaré nuevamente y te diré qué hacer a continuación. Mi voz es la voz de Dios —terminó—. La paz sea contigo —agregó y desapareció—.

Azarías no tenía dudas de si debía obedecerlo. Menelik no tuvo problema en creerle. El joven príncipe confiaba en Azarías, como si escuchara la voz del enviado de Dios.

Salomón accedió a hacer un sacrificio. Además, como lo pidió Menelik, agregó cien toros, cien bueyes, diez mil ovejas y diez mil cabras. También le dio veinte sahali de buena harina blanca [71], y cuarenta cestas con pan. Todos los sacrificios fueron hechos de acuerdo con el mandato del ángel.

Entonces el divino enviado lo visitó de nuevo.

—Construirás un cofre de madera con dimensiones idénticas al Arca de la Alianza. Por la noche, con los primogénitos elegidos, con quienes harás un juramento, e irán al templo. Todas las puertas se abrirán delante de ti. Toma el Arca y coloca un cofre de madera en su lugar. Lo cubrirás con materiales sagrados para que nadie note el cambio. Dios está enojado con Israel por sus pecados y, por lo tanto, le da espalda y le quita el símbolo del pacto. Saca el Arca de Israel, porque esa es la voluntad del Señor —él terminó y desapareció—.

Esta vez Azarías hizo todo lo que el Ángel le ordenó. Primeramente, en la noche, se reunió con los otros primogénitos que, como él, se preparaban para viajar y vivir en la lejana Saba.

—No queremos salir de Israel —dijo uno de ellos, cuando estaba seguro de que nadie los escuchaba—. ¿Pero qué podemos hacer? No tenemos otra opción.

—Si nos oponemos a la voluntad del rey, él puede matarnos —otro hizo un gesto de aprobación—.

—No podemos actuar contra la voluntad de nuestros padres y la orden del gobernante —agregó otro—.

Azarías los escuchó y luego dijo:

—Les diré qué hacer. Pero primero, quiero que hagamos un pacto y que todos nosotros lo cumplamos hasta el final de nuestros días. —Miró alrededor a los rostros concentrados y tensos—. Prometan que no repetirán ni una palabra de lo que escucharán, ya sea que estén muriendo, en cautiverio, bajo coacción o completamente libres.

Lo miraron intrigados, y luego, viendo el poder en sus ojos y escuchando la poderosa fuerza en su voz, hicieron la promesa. Solo cuando el último de ellos inclinó la cabeza después de pronunciar el juramento, Azarías contó lo que le había dicho el ángel que lo había visitado mientras dormía.

—Bueno, como saben, actuamos de acuerdo con el plan de Dios —concluyó—.

Se preguntaron cómo Dios los ayudaría a llevarse el Arca sin que nadie se diera cuenta. Confiando en la grandeza e infalibilidad de Yahveh, juraron obediencia a Azarías.

—Cada uno tomará diez didracmas [72], y se las entregaré a un carpintero que construirá un cofre para nosotros —ordenó—. Cuando el Arca esté en nuestras manos, el Ángel nos dirá qué hacer a continuación.

El cofre fue elaborado rápidamente. Cuando los jóvenes, al amparo de la noche, fueron al templo, todas sus puertas estaban abiertas para ellos. Hicieron todo lo que el Ángel les ordenó, y luego, sin que nadie se diera cuenta, retiraron el Arca y la colocaron en un hoyo cavado anteriormente. En su lugar, en el templo, pusieron el cofre.

Al día de la partida de Jerusalén todos los residentes de la ciudad fueron a la gran plaza del templo.

Menelik se inclinó ante Salomón.

—Bendíceme, padre —le pidió—.

El rey abrazó su cabeza.

—Grande es Dios, quien bendijo a mi padre David y a nuestro padre Abraham —comenzó solemnemente—. Hijo, sé obediente a todos los animales y aves azules, a todos los animales salvajes y peces de mar. Sé pleno, deja que esta abundancia nunca te abandone. Sé perfecto, deja que esta perfección nunca te abandone. Sé amable, no seas terco. Mantente en buen estado de salud, no dejes que el sufrimiento te alcance. Sé generoso, no seas vengativo. Sé puro, no te contamines. Sé virtuoso, no seas pecador. Sé misericordioso, no seas opresivo. Se honesto, no seas perverso. Sé paciente, no dejes que la ira te abrume. Deja que tus contrarios y enemigos te teman, y aplástalos con tu pie.

—Que así sea —dijo Menelik—.

El sacerdote Zadok se acercó. Caminó con la cabeza solemnemente levantada y una expresión de felicidad. Llevaba una tela gruesa en sus brazos erectos, la cual estaba generosamente bordada con hilos de oro.

—He aquí el arca del arca de la alianza. —Salomón tomó el tesoro del sacerdote y se lo entregó a su hijo—. La Reina de Saba pidió un trozo del Arca, lo transmito a través de ti, no solo un trozo, sino toda la cubierta de nuestro santo tesoro, como un símbolo de mi amor, devoción, respeto y reverencia que siempre he tenido por ella. Que el poder del Arca esté contigo por siempre.

Menelik se inclinó, apreciando el valor de lo que recibió.

Nadie prestó atención a las miradas preocupadas de los primogénitos, mirando hacia el sacerdote. Al parecer, Zadok no descubrió la ausencia del Arca, por lo que soltaron un suspiro de alivio y confirmaron que Dios los estaba protegiendo. Se sentían más confiados. Aunque su acción era un sacrilegio, y si se sabía, serían condenados a muerte, actuaban en nombre de la voluntad del Supremo. Sus vidas estaban en sus manos.

Antes de partir, Azarías le escribió una carta a su padre. La entregó al sirviente de mayor confianza y le pidió que la entregara diez días después de abandonar la ciudad. En la carta explicaba lo que pasó y por qué. Y describió al ángel que lo visitó. Mirando a su padre, pensó por un momento que tal vez ya lo sabía todo. Respiró aliviado. Zadok no estaba al tanto de lo que hizo su hijo.

Salomón y Menelik se abrazaron por última vez, después de lo cual el joven saltó sobre su caballo y levantó su mano. Se movieron.

Cuando las cornetas sonaron, la plaza frente al templo se llenó de gritos fuertes. Las personas mayores gritaban, los niños chillaban, las viudas lloraron, las vírgenes se lamentaron, porque los hijos de los nobles, los hombres más poderosos de Israel, se iban para siempre. Su majestad también se lamentó, y así los despidieron.

Nadie sabía que junto con Menelik y los hijos de los nobles, el Arca de la Alianza también abandonaba Jerusalén. Sin embargo, la gente sentía que algo estaba mal, algo iba a cambiar el destino del reino durante siglos.

El rey también estaba lleno de ansiedad.

« ¡Ay de mí! —Pensó, de pie por la tarde en la terraza del palacio, cuando cesó la agitación del día—. ¡La gloria me abandona, la corona de mi gloria está cayendo, mi tiempo ha terminado! Mi hijo se va, junto con los hijos de las familias más distinguidas. Me estremezco al pensar en lo que le espera a Israel —juntó las manos y luego, un momento después, las elevó al cielo en un gesto de súplica—. Señor, temo tu ira. ¿Qué estás preparando para nosotros? »

***

Reina de Saba,
Señora de mi vida,
¡Makeda!

Estuviste conmigo hace años, pero el recuerdo de los momentos que pasamos juntos sigue fresco.

Tengo tu hermosa figura frente a mí, puedo escuchar tus palabras, puedo olerte. No hay día en que no recuerde el toque de tus manos y labios. Recuerdo nuestras conversaciones, risas y nuestros sueños. ¡Cómo te extraño! Mi corazón aún te extraña. Creo que llegará el momento en que nuestras almas se fusionarán y estaremos juntos para siempre. De nuevo, llévame como un collar en tu pecho, ¡como una marca en tu hombro! Porque el amor es tan fuerte como la muerte, creo que incluso más.

Amada, cuando esta carta te llegue, sabrás que el tesoro más precioso de Israel está ahora en manos de nuestro hijo: El Arca de la Alianza. Por la voluntad de Dios, abandonó nuestro país. Fue un gran golpe para mí, pero sé que no sucedería sin la voluntad de Dios. No sé cuál es el plan, pero no tengo más remedio que aceptar su voluntad. Nadie se atreve a oponerse a sus decisiones.

Lo sé, y sabes que nuestro hijo, a quien realmente amaba y que en Jerusalén obtuvo el nombre de mi padre, David, no sabía que uno de los primogénitos, quien salió de la ciudad con él, secuestró el Arca. Así que no siento pena por él. Sin embargo, tampoco me atrevo a culparlos. Estaban cumpliendo la voluntad de Dios.

Debes saber que al hijo del sacerdote Zadok se le apareció en un sueño, un mensajero divino, y le indicó qué debía hacer para sacar a salvo el Arca de Israel. Dios, entonces, decidió que el Arca ahora estuviera en tu país. Deja que sirva a nuestro hijo y a ti según la voluntad del Altísimo. No me queda nada más que aceptar el juicio de Dios.

Cuando estuviste aquí hace años, tuve un sueño. En ese momento no entendí su significado. Ahora, cuando el brillo del Arca Santa nos dejó, entendí lo que Dios me había dado. Cuando le conté a Zadok sobre este sueño, él estaba horrorizado. «Mi señor, ¿por qué no me lo dijo antes? Si nuestros hijos tomaron el Arca, ¡ay de nosotros!»

Entonces pensé que este sueño era una visión.

Ahora, soñé que estaba de pie en mi cámara, y el gran sol del cielo ilumina nuestro país con su esplendor. Sabía que el sol es una bendición divina. Entonces, se alejó de Israel e iluminó las áreas que están en su posesión. No me gustó, pero estaba indefenso.

Cuando le dije a Zadok, corrió al templo, y cuando regresó, no pudo decirme con calma lo que había sucedido. En lugar del Arca, encontró una caja de madera ordinaria en el lugar sagrado.

Como sabes, te regalé la cubierta del Arca. No la pieza que pediste, sino toda la materia sagrada. El arca la cubren tres materiales. Zadok, preparando un regalo para ti, tomó solo uno de ellos, y debido a que lo hizo con la debida reverencia, no pudo ver que el Arca había sido robada.

La carta que su hijo le escribió, el sirviente se la dio el día después del trágico descubrimiento. Entonces todo se aclaró.

Ahora que nuestro hijo lo ha logrado, quiero asegurarte que la voluntad de Dios me duele y que es difícil para mí aceptarlo, pero también sé que no tengo oportunidad de cambiarla. Solo puedo orar fervientemente y pedir perdón por mis pecados y que la nación que amo no pague por ellos. Hemos descuidado los mandamientos divinos. Preferimos mirar los rostros de las mujeres a escuchar las palabras de los sacerdotes. ¡Ay de nosotros! Hemos deshonrado nuestras vidas voluntariamente. ¡Ay de nosotros! No mostramos arrepentimiento ni misericordia. Dios nos hizo sabios, y voluntariamente nos hicimos más estúpidos que los animales. Amamos las cosas fugaces. Elegimos el placer de comer comidas deliciosas que, después de todo, se convierten en estiércol, sobre las comidas de la vida eterna. Nos pusimos ropas que no se ajustaban al alma y nos quitamos la ropa de la gloria eterna. Nuestros administradores y personas hicieron lo que Dios odia, y rechazaron lo que ama: amor al prójimo, humildad, misericordia, compasión hacia los pobres, perseverancia, paciencia, amor a la casa de Dios.

Dios odia la adivinación, la idolatría, la magia, los cadáveres de los animales, el robo, la opresión, el adulterio, los celos, el engaño, la embriaguez, los juramentos y los testimonios falsos. Hemos hecho todas estas cosas que Dios odia. Por eso nos quitó el Arca y se la dio a aquellos que actúan de acuerdo con su voluntad y su ley. Apartó su rostro de nosotros y se volvió hacia nosotros con un rostro puro. Él nos odió y te amó porque eres pura y vives de acuerdo con sus leyes.

Amada, todo en esta tierra sucede con la voluntad de Dios. Nuestros actos pueden hacer que ganemos su favor, o que lo perdamos. Nos unimos con su voluntad, concebimos a un hijo y él decidió que el Arca ya no esté en Israel.

Mis días van hacia el oeste. Mi crepúsculo comenzó. Recordando mi vida, me estoy preparando para un largo viaje. Gracias al Altísimo, por haberme permitido conocerte, a quien he amado y que está más cerca de mi corazón. Le estoy agradecido por el hijo que nos dio en su sabiduría.

Aunque sufro una pérdida irreparable, confío en sus planes e ideas divinas.

Llevo muchos años caminando por la tierra. Vanidad de vanidades, ¡todo es vanidad! [74] ¿De qué le sirve a un hombre todas sus posesiones, por las que él tanto bajo el sol? Una generación se va, la otra viene, y la tierra dura para siempre. El sol sale y se pone y se apresura hacia el lugar de donde sale nuevamente. Y también sabemos que todos los ríos desembocan en el mar, el mar no se llena. Ahora vivimos, Makeda, pero como ambos sabemos, todos los hombres lo saben, venimos a este mundo para irnos un día. Hemos venido aquí satisfechos y nos iremos insaciables. Viviendo, a menudo nos olvidamos de los que estaban aquí antes que nosotros. Porque todo se va. También la memoria humana. ¿Quién nos recordará siglos después?

Cuando recuerdo tu mirada amorosa, sé que todo tiene su momento. Porque todo lo que sucede bajo el sol tiene un tiempo designado. Hay un momento para venir al mundo y un momento para morir, de siembra y de cosecha. Lo sabes tan bien como yo, lo hemos hablado más de una vez.

Ahora, cuando siento el paso del tiempo, también sé que para las personas no hay felicidad como disfrutar y vivir la vida al máximo mientras puedas. También estoy seguro, que aunque no hay nada más certero que la muerte en este mundo, todo lo que Dios hace es eterno. Entonces, el hecho de que el Arca esté ahora en manos de nuestro hijo es el giro de la historia. No hay ofensas porque sé que fue hecho por la voluntad de Dios, y Él sabe qué y cómo hacer para que el mundo siga su voluntad.

Makeda, reina de mi vida, sabes que siempre te he amado y te amaré. Porque hemos hecho un pacto el uno con el otro y estos son eternos y más fuertes que la muerte. Que Dios esté contigo, amada. ¡Y que esté con nuestro hijo también!

Tuyo por siempre
Salomón

CAPÍTULO X

CREPÚSCULO

Makeda tiene cincuenta años

*El Reino de Saba
*Marib

—Que sea de acuerdo a tu voluntad —Makeda estaba mirando a su hijo con orgullo—.

—Serán los obeliscos más altos del mundo —estaba entusiasmado con la visión del edificio que pretendía erigir—. Estarán hechos de un bloque de granito, tendrán casi cien codos de altura [75]. ¿Sabes que serán incluso más altos que los obeliscos egipcios que tu antigua favorita, la reina-faraón Hatshepsut, ordenó construir? Estos tendrán un aspecto más ligero, porque serán más delgados y largos. Quiero que señalen claramente el camino a Dios.

—En el futuro se llamarán estelas de Aksum. —Cerró los ojos y pronunció palabras que de repente aparecieron en su cabeza—. Serán reconocidos como los monumentos monolíticos más grandes del mundo.

—Madre, ¿estás bien? —se dio cuenta de lo que le estaba pasando—.

Las visiones que Makeda tuvo en su infancia, y más tarde cuando estaba embarazada, desaparecieron cuando su hijo nació. Recientemente volvieron. No aparecían en forma de imágenes en sueños, sino como destellos inesperados. Ocurrían durante el día, por las tardes y por la noche. Muy a menudo, e inesperadamente.

Así fue esta vez. Sintió un sofoco, palpitaciones en sus sienes, y luego su cabeza se llenó de luz brillante. El brillo la segó. Sus sentidos se fusionaron en uno solo. Estaba segura de que Dios la contactaría. Él le envió visiones, tal como solía hacerlo en los sueños. Yahveh le mostró imágenes del futuro, señalado posibles caminos, le dio soluciones. No impuso nada, no dictó, no ordenó. Le mostró el futuro probable. Y esperaba que su voz la escuchara un corazón sensible.

La Suma Sacerdotisa creía que estos estados eran una bendición que Makeda recibió en relación con otro cambio en su vida. De niña tuvo visiones que se desvanecieron cuando la Dama de la Luna le dio la sangre mensual. Volvieron cuando estaba embarazada. Las perdió de nuevo cuando nació Menelik. Ahora ella estaba entrando en la siguiente etapa de su vida. Se convirtió en una mujer madura. La diosa le estaba quitando lentamente su don de sangre, a cambio le llenaba el corazón con calma y equilibrio, y el cuerpo con la dulzura y sabiduría eterna. La Sacerdotisa estaba segura de que las visiones estaban relacionadas con el próximo solsticio de su vida.

—Aksum se convertirá en la cuna de la dinastía de los hijos de David —susurró ella, con los ojos medio cerrados—. El nombre de Menelik brillará por años. Las profecías de la reina Saba se cumplirán. Con el tiempo, cantarán sobre ella, Salomón, su amor, el pacto de Dios con la gente y el Arca, que es eterna como el «Cantar de Cantares».

Menelik se arrodilló frente a su madre.

—Dios habla a través de ti, ¿verdad?

Aunque levantó los párpados, seguía con la mirada perdida.

Él le tocó la mano con cautela. Estaba completamente fría. Él la besó. Entonces ella se despertó.

—Mi amor, qué bueno que eres...

Él puso sus manos alrededor de las de ella para calentarlas. Lentamente, la sangre que se le había ido a la cabeza durante el punto crítico de la visión, regresó al resto de su cuerpo.

—¿Has tenido una visión, madre? —Repitió, cuando se dio cuenta de que estaba con él de nuevo—.

—Vi el futuro —Su voz aún era débil, pero ya estaba completamente consciente—. En ella hiciste de Aksum la nueva capital de Saba. Levantaste los obeliscos más altos del mundo, construiste caminos, templos y un nuevo palacio. También vi cómo administrabas a Marib, y Aksum. Después te convertiste en el gobernante de todo el reino. Vi a tus descendientes en el trono. Y nuestra tierra cubierta por el amor de Dios.

***

Aksum, administrado por Menelik y los hijos primogénitos de las mejores familias de Israel, se fortaleció cada año. Azarías, el hijo del sacerdote de Zadok, se convirtió en el sumo sacerdote de Yahveh para todo el reino de Saba. Otros que vinieron con él, a lo largo de los años, tomaron todas las posiciones más importantes del estado. La vieja generación caía en la sombra.

El general Tesfa y el Hendake partieron para un eterno descanso, y el general Ashenafi estaba tan enfermo que aparecía en el palacio solo en las grandes ceremonias.

Para gran dolor de la reina, Tamrin murió. No en una monta o a la cabeza de una caravana, como cabría esperar, sino en una cama, al lado de su esposa, cuando ambos dormían. Warda, ni siquiera supo cuando ocurrió. Cuando estaba de luto, recordó cada momento anterior al evento; recordó que probablemente había escuchado su profundo suspiro en la noche. Luego me dijo que sonaba como si estuviera aliviado y satisfecho. ¿Quizás se alegró de estar entrando en nuevos espacios y territorios desconocidos? ¿El comienzo de una expedición, en la que no sabía qué esperar? Le gustaba viajar, por lo que esto último podría haberle parecido fascinante.

Warda lamentó la pérdida de su marido y se hizo cargo del negocio familiar. Ella lo estaba haciendo muy bien. Incluso durante algún tiempo, junto con su hijo mayor, se fue con su caravana a tierras lejanas. Le gustaba ver todo en persona. Sin embargo, había llegado el momento de que, aunque su espíritu aún era joven, su cuerpo comenzó a negarse a obedecer. Luego decidió tratar con facturas y correspondencia con compradores de otros países y no se mudaría de Marib sin una necesidad.

El comercio estaba floreciendo. Al igual que a lo largo de los siglos, el marfil, las conchas de tortuga, los cuernos de rinoceronte, el hipopótamo y la piel de otros animales, el oro y la mirra, emergían desde Saba en lomos de camellos o navegando en barcos. Los contratos que una vez firmaron Makeda y Salomón seguían dando ganancias. La presa, limpia y mejorada, proporcionaba un suministro constante de agua a los campos y huertos, donde las frutas, las hierbas y, lo más importante, los árboles de incienso, eran los más apreciados en el mundo. Gracias a la sabiduría de la reina, sucesivas generaciones vivieron en prosperidad.

A la Gran Sacerdotisa también se le notaban los años. Su cabello se volvió blanco y su piel era delgada como pergamino. Era delgada, pero muy fuerte. No solo físicamente. Seguía estando muy dispuesta a caminar, viajar a caballo y bañarse en agua fría. Comía principalmente verduras y frutas cocidas. Rara vez añadía a su dieta huevos, pescado o carne. Más a menudo que en los viejos tiempos, se sentaba frente a la estatua de la Dama de la Luna en el templo. También, más a menudo de lo requerido por el rito, le rendía homenaje, arrodillándose o apoyando la frente contra el suelo. A veces duraba horas. Las sacerdotisas sabían que ella estaba con la Madre Plata. Bastaba con mirar su cara. Estaba radiante y feliz. Nadie se atrevía a interrumpir su meditación, especialmente porque Saba había estado en paz durante muchos años y había pocas cosas que requirieran decisiones o acciones inmediatas en las que debiera participar.

El estado iba bien.

Según la visión de Makeda, Menelik manejó la parte occidental del reino y pasó la mayor parte de su tiempo en Aksum, y ella, todavía la reina de todo el estado, estuvo casi permanentemente en Marib y se ocupó principalmente de los asuntos de la parte oriental del reino.

***

Tenía un deseo oculto. Quería ver a un hombre, al menos una vez en mi vida, porque me intrigaba como nadie más. Lo conocí solo dos veces y, sin embargo, dejó una marca tan fuerte en mi alma que a menudo me encontraba pensando en él, inesperadamente.

No sabía mucho sobre él.

Lo conocí por primera vez en la habitación de Set. Ambos hacíamos nuestro trabajo. Estábamos allí, cada uno por separado, para eliminar al príncipe para siempre, porque esa era la orden de nuestros señores. Los dos éramos profesionales. Nos entendimos sin palabras.

Más tarde, un hombre de negro, así fue como lo nombré en mi mente, apareció de nuevo en mi vida. Y nuevamente tenía que ver con Aksum.

Vino cuando yo estaba transportando a Den a Marib después de la guerra victoriosa. El general Tesfa me lo entregó con renuencia, sin saber si podría lidiar con él, quien era mucho más grande y más fuerte que yo. Él tenía razón. Si no fuera por el Hombre de Negro que me salvó, mi emocionante vida, que tanto me gusta, hubiera terminado en ese momento.

Así que solo lo vi dos veces, pero a menudo volvía a mis pensamientos.

Entonces, cuando un día Makeda anunció que le gustaría visitar Aksum y el templo de la Dama de la Luna (en el que Menelik vino al mundo) sentí una emoción extraordinaria, combinada con la inexplicable convicción de que volvería a verlo allí.

Fuimos las tres: Makeda, la Gran Sacerdotisa y yo. Fuimos acompañadas solo por un pequeño puñado de los más esenciales para el viaje. Unos sirvientes y algunas sacerdotisas estaban con nosotras, y a petición de Menelik, un grupo de hombres armados. Nos movíamos a caballo, en barcos y en camellos.

Nuestro primer objetivo era el templo de la Dama de la Luna. Desde que el hijo de la reina nació allí, no habíamos visitado este lugar.

Las sacerdotisas vivían allí a su ritmo: orando, ofreciendo sacrificios, curando personas, preparando medicamentos, venenos, explorando el cielo y las constelaciones de las estrellas, memorizando las enseñanzas. Cultivaban plantas, criaban animales. Y lo más importante, habían sido eficientes e imperceptibles en cuanto a la seguridad del estado. Fueron como un regalo de la luna. Y desde hace siglos nadie las había molestado. Nadie se atrevió. Los gobernantes y la gente común las respetaban, sentían admiración por ellas y temían su poder. Nadie intentó meterse con ellas. Se dijo que una vez hubo un hombre lo suficientemente valiente o más bien loco. Murió sufriendo, castigado por la Dama de la Luna. La maldición a su familia y descendientes continuó hasta la séptima generación, y nadie pudo revertirla.

Las sacerdotisas vivían en un mundo separado y hermético, lejos de la realidad, pero tenían una influencia significativa sobre ella. Aconsejaron a reyes, príncipes y nobles como intermediarias al ofrecer sacrificios a la Dama de la Luna. Oraban y pedían a la diosa por su apoyo y bendición. Sabían cuándo empezar a sembrar, y cuándo cosechar. Sabían de todo lo que se refería a la vida humana cotidiana. Veían el futuro, conocían las buenas y malas acciones de todos. Nada se les podía ocultar a ellas.

Yo era una de ellas. Y además, llevaba el honorable nombre de hemet. Significaba que tenía una especialización. Era un doble. No solo podía revelar el velo del tiempo, sino también tenía la capacidad de luchar. Era un oficial de inteligencia, guardia de seguridad, guardián, guerrero, asesino y, al mismo tiempo, del personal mayor confianza de la reina. Similar a mí, no había muchas en toda Saba. Una vez la Gran Sacerdotisa dijo que las hemets tan buenas como yo, las mejores, se podían contar con los dedos. Le creí, aunque nunca conocí a ninguna de los otras. Aunque conocí mi equivalente masculino.

Cuando llegamos al templo, la reina desapareció detrás de las puertas de la parte más importante del santuario la primera noche. Se prepararon ceremonias para su llegada: oraciones, bailes y cantos.

Sabía que era seguro, como ningún otro lugar de este lado del mar.

—Señora, me gustaría ir a otro lugar —anuncié, cuando alrededor del mediodía se despertó después de una noche llena de bailes en honor a la Dama de la Luna—.

—Toma unos sirvientes y ve —se volvió hacia el otro lado—.

—No me llevaré a nadie. Quiero estar sola.

Ella se sentó. Me miró de cerca. Ella sabía que solo hacía viajes solitarios cuando abordaba cuestiones de peso estatal, cuando era necesario arreglar algo sin testigos: restablecer el orden y el balance correcto del mundo.

— ¿Algo de lo que debería saber?

—Siento que quizás pueda conocer a un hombre que una vez me salvó la vida.

— ¿Quién es él? —preguntó ella—.

—Me parece que lo he estado esperando durante mucho tiempo, tal vez incluso por siempre. —No quería entrar en detalles—.

Ella se dio cuenta de que no quería hablar de eso. Al mismo tiempo, su sensibilidad le dijo que era algo más importante que solo conocer a alguien a quien le debía mucho.

—Cada una de nosotras tiene su propio Salomón —suspiró ella—. Deseo que el tuyo te dé lo que necesitas.

Ella asintió para que me acercara. Y cuando lo hice, me besó la frente. Me sentí como su hija. Y tal vez en cierto sentido, lo era.

—Te bendigo, Seshep. ¡Te deseo lo mejor!

Me fui el mismo día. Solo me llevé un caballo, un arma y algunas provisiones.

Me movía sin pensar en nada. El área cerca del templo era verde, pero ya a medio día de distancia, llegue hacia las áreas donde no había plantas casi en lo absoluto. Las rocas arenosas, altas y crudas emergieron suavemente del suelo. Aquí y allá había árboles solitarios. No me gustaban esos espacios. Era difícil pasar desapercibido. Afortunadamente, en la zona de peligro, llegué a un pequeño lago rodeado de exuberante vegetación. Allí decidí descansar.

Encendí un pequeño fuego. Hice una comida. Me tendí en una manta cerca del fuego y miré las estrellas.   Hacía frío. Me envolví en una bufanda de lana, la cual era un regalo de Makeda.

Ya estaba muy oscuro cuando escuché que no estaba sola. Al principio pensé que un animal se arrastraba en mi dirección. Tomé un cuchillo afilado, me senté muy lentamente para no asustarlo y fijé mis ojos en la oscuridad. Esperé.

Después de un momento ya lo sabía.

— ¿Eres tú? —Me aseguré—. Tuviste que esperar mucho tiempo solo.

Se paró a la luz del fuego. Era el Hombre de negro.

Extendió su mano hacia mí. Fui hacia él. Nos quedamos frente a frente sin decir una palabra. Yo estaba temblando, no solo por el frío. Miré sus ojos oscuros. Como las dos veces anteriores que lo vi, tenía la cara bien cubierta. Con mi dedo índice, toqué la tela que cubría su boca. Él sabía lo que estaba haciendo. Él descubrió su rostro.

Tenía una piel casi tan negra como la mía. Su nariz era ancha, y al mismo tiempo larga y recta. Sus mejillas y frente estaban llenas de arrugas y cicatrices. Había un símbolo de Almaqah en su barbilla.

Ni esa noche, ni la siguiente que pasamos juntos, dijimos una sola palabra. No se necesitaban.

Yo misma hablé muy poco, y en los últimos días antes de separarnos, me quedé en silencio como él. La proximidad que nos conectaba no requería una voz. Él habló sin palabras.

Sabía que los hombres hablaban poco. Yo misma, a pesar de ser mujer, soy de pocas palabras. Sin embargo, después de los primeros días de su silencio, llegó un momento en el que empecé a sospechar que mi compañero era mudo.

Al amanecer me bañé en el lago. Él todavía estaba durmiendo. Estaba nadando, disfrutando de los primeros rayos del sol. En algún momento, cuando fui a tierra, escuché el silbido de un cuchillo volando a mi lado. Retrocedí instintivamente. Pero no tenía que hacerlo. El cuchillo no estaba dirigido hacia mí. Se quedó en el corazón de la pantera, que, sentada en las ramas del árbol, se estaba preparando para saltar sobre mí.

— ¡¿Qué hiciste?! Yo lo hubiera hecho. —Me enojé—.

La había visto. Pensé que no se atrevería a atacar. Y si eso sucedía, incluso mientras me bañaba tenía un cuchillo detrás de mi cinturón, que más de una vez me ayudó a salir de un apuro.

—Ella no me atacaría. La mataste innecesariamente —grité, de pie sobre el cuerpo del felino muerto—.

No habló. Entonces pensé que no hablaba mi idioma o que era mudo. Pronto descubrí que estaba equivocada.

El tiempo que pasamos juntos fue uno de los más bellos de mi vida. Sin embargo, sentí que estaba llegando a su fin.

Una noche, cuando estábamos acostados uno junto al otro, mirando las estrellas, se apartó del fuego. Se quedó mirándome por un momento. Extendió la mano. Fui hacia él. Sabía que era una despedida.

—Tú estás y siempre estarás en mi corazón —dijo—.

Me estremecí, no del frío.

Se cubrió la cara con un pañuelo negro. Fue la última vez que lo miré a los ojos. Después de un momento, se fue.

Durante el tiempo que pasé con el hombre de negro, la reina había recorrido un largo camino. Con esfuerzo, en solo diez días, llegué al templo de la Señora de la Luna en Aksum, donde su hijo nació. La gran Cascada Azul en las fuentes del Nilo estaba a veinte días. Ella estaba en el cañón donde murió su hermano. Me reuní con ella después de muchas semanas, cuando llegó al puerto desde el que navegaría hacia Marib.

—Seshep —me saludó alegremente—. ¿Lo encontraste?

Yo asentí.

—Cada una de nosotras tiene su lugar lejos de su Salomón...

***

Después de regresar del viaje, Makeda pasó cada vez más tiempo en el templo de la Dama de la Luna. Meditaba, escribía, hablaba con la Gran Sacerdotisa.

—Han pasado muchos años desde que estuvimos en Jerusalén, y él todavía está en mi corazón —a ella le gustaba recordar a Salomón—.

—Las historias de las personas son diferentes —todavía tenía la voz fuerte y clara de una joven—. Algunos de nosotros tenemos un compañero en la vida, muchos otros viven solos. Las razones son diferentes. Sucede que es nuestra decisión, o la voluntad de los dioses, lo que la gente suele llamar coincidencia, pero también sucede que no tenemos otra opción.

—Una vez, cuando era joven, estaba segura de que siempre había una opción.

— ¿Has cambiado de opinión? —La sacerdotisa arqueó las cejas, sorprendida—.

Cuanto mayor era ella, más emociones podía expresar en su rostro.

—La elección es siempre estar con alguien, pero si somos personas decentes, o simplemente responsables, hay momentos en que solo se puede estar con uno mismo.

—Pones tus deberes con la gente, el estado y la dinastía sobre el amor a un hombre. De entre muchos caminos, elegiste el que te fue escrito. Pero, en apariencia, solo seguiste tu corazón.

— ¿Eso crees?

—Estoy segura. Nuestra voz interior no es más que divinidad. Al escucharla, somos parte del curso del universo. Cuando elegimos según la voz del corazón, sentimos paz y armonía. Si nos escuchamos a nosotras mismas, es como si el Absoluto nos hablara.

Hicieron silencio. Para cada una de ellas, la divinidad significaba feminidad y masculinidad inseparablemente entrelazadas y mutuamente complementarias. Igual que Amón y Hathor para los egipcios o el ying y el yang de tierras lejanas, como el signo de David, en el que los dos símbolos se han fusionado en uno. Al mismo tiempo, ambas vieron el poder del nuevo Dios, su fuerza y potencial.

—Yahveh cambiará el mundo —la Sacerdotisa asintió, admirando sus pensamientos—.

— ¡Y cómo! —Makeda mencionó viejas visiones—. Sé que debe ser así, pero de alguna manera es difícil para mí imaginar que el tiempo de la diosa terminará pronto.

— ¿Será privada del trono?

—No lo perderá, pero su reino disminuirá. Llegarán los tiempos en que el Absoluto querrá mostrar principalmente la cara masculina. La diosa se retirará, se calmará, pero, por supuesto, ¡no se quedará en silencio para siempre! Vivirá en mujeres, sus sacerdotisas, a través de los siglos. Hablará a través del agua, el aire, el fuego y el viento, aparecerá en manantiales y cascadas, tomará diferentes formas. No se perderá, solo se ocultará en la sombra. No protestará, es una diosa, conoce y entiende la volatilidad de la historia, porque es un elemento constante e inmutable. —Makeda hizo un triple gesto de agradecimiento—. Pero cuando finalmente renazca, será más fuerte que nunca.

—Sé que no debería preocuparme, porque este es el curso de la historia, pero siento tristeza. —La Sacerdotisa se puso las manos en los muslos, una al lado de la otra—. Lo siento por el mundo que se va. Es tan hermoso.

—Algo desaparece para que se pueda crear algo nuevo —le aseguró, repitiendo las palabras que había escuchado de ella más de una vez—.

—Es inevitable, lo sé. Pero lo siento por él…

—Sacerdotisa, serás eterna. Siempre habrá quienes llevarán un fuego sagrado, y vivirás en él como una diosa. También estarás en cada mujer portando una llama. Lo sé, porque me han enseñado que el fuego en el altar nunca puede extinguirse [76]. Y así será. Siempre arderá.

—Lo sé y realmente me alegra, de verdad. Sin embargo, me gusta estar aquí y ahora, estoy apegada a mi cuerpo. Me gusta tocar, ver, oler, saborear, escuchar. Cuanto más vieja soy, más aprecio que todavía tenga esas oportunidades.

Makeda se rió despreocupada y alegremente, como cuando ella era una niña.

— ¡Podrías decir lo mismo de mí!

—Soy mucho mayor que tú —dijo ella—. Soy incluso mayor que Salomón.

—Exactamente —se alegró de que volvieran a su tema favorito—. ¿Qué pasa con él? ¿Tienes alguna noticia nueva? ¿Qué dice tu hemet?

—No quieres saber.

— ¿Es tan malo?

—Han habido mejores.

— ¡Habla!

—Salomón tiene muchos enemigos.

— ¿Quién mas además de Hadad?

—Las personas como él siempre tienen muchos enemigos y están dispuestos a aliviarlos en el desagradable peso de su poder —bromeó la Sacerdotisa—. Nuestras hemets dan cifras exactas. Cada año, 666 talentos de oro fluyen en su tesorería, además, tiene impuestos de comerciantes locales y ambulantes, gobernantes árabes y administradores de todo el país. Tiene 1.400 carros y 12.000 guerreros a caballo, que distribuye en varias ciudades. Para sus soldados, tuvo que forjar recientemente 200 discos ceremoniales de oro, utilizando para cada uno de ellos 600 séquels de oro y 300 más pequeños, por los que fue a tres minas de oro. Todas las copas y otros utensilios utilizados en el palacio están hechos de oro.

—Siempre le ha gustado este mineral. ¿Qué hay de malo con eso? El trono que me dio nos impresiona a todos hasta el día de hoy.

—Nada malo, excepto que cuanto más grandes son las riquezas, más envidia despiertan.

—Bueno… ¿Quién, además de Hadad, vela por sus copas de oro?

—De lo que estoy hablando es más serio de lo que piensas.

—Estoy concentrada escuchándote.

—Entre los más temidos está Rezón, el enemigo mortal de Salomón y todos los israelitas.

— ¿El de Damasco? ¿Un antiguo sirviente que reunía a personas insatisfechas a su alrededor?

—Ese.

— ¿Es realmente peligroso?

—De gente como él, es mejor deshacerse antes de que tengan suficiente fuerza para golpear. Porque si se hacen fuertes, no conocerán la compasión.

— ¿Es vengativo?

—Extremadamente. Piensa que no está haciendo mucho con su vida, está amargado e insatisfecho. Culpa al mundo entero de sus supuestas derrotas. ¡Y piensa que tiene fundamentos para disfrutar de esa vida!

—Entonces Salomón debería tener cuidado con él. Probablemente lo sepa, pero le escribiré de todos modos.

—Según nuestra información también está Jeroboam, que puede ser incluso más peligroso.

—Alguien con ese nombre era, creo, el supervisor de las obras de construcción, ¿recuerdo bien?

—Perfectamente.

—Salomón lo valoró y le agradaba mucho. ¿Qué sucedió?

—Bueno, un día, este Jeroboam, se encontró con el profeta Ajías, que llevaba un hermoso abrigo nuevo. Ajías se lo quitó, lo dividió en doce partes y dijo, alegando que Dios hablaba con su boca: «Salomón me dejó. Comenzó a adorar a Astoret, la diosa de los sidonios, Kemós, el dios moabita, y Milcom, el dios de los amonitas. Dejó mis caminos, dejó de hacer lo que era correcto ante mis ojos e ignoró mis órdenes. Como me agradaba su padre David, no tomaré doce tribus, sino solo diez. Uno que se vaya, y uno pase a su hijo, David, que la luz siempre arda ante mí en Jerusalén, ciudad que yo he elegido como lugar de residencia para mi nombre. Jeroboam, diez tribus obtendrás. Y si obedeces todas mis palabras, si caminas por mis caminos, si solo haces lo correcto ante mis ojos y obedeces mis preceptos, siempre estaré contigo y pronto te entregaré a toda la nación de Israel».

—Eso no suena bien.

—Eso dije.

— ¿Dónde está Jeroboam ahora?

—Salomón quiso matarlo, pero logró escapar a Egipto. Encontró refugio en Sheshonq.

—El faraón ha repetido pruebas de previsión y pensamiento de perspectiva.

—Los gobernantes de Egipto a menudo aceptan a aquellos que pueden convertirse en reyes en el futuro.

—Ambas recordamos dónde encontró refugio de Den. Y quien le dio soldados. Entiendo al faraón, aunque no actuaría como él. Valoro las acciones transparentes.

—Si otros también las profesaran, el mundo sería hermoso.

—Y sino, también lo será. —Makeda hizo un gesto amplio para mostrar la belleza del entorno—. Salomón gobierna sabia y justamente —agregó—.

—Te amo, Makeda. Los años en la tierra y las experiencias subsiguientes no han cambiado tu corazón.

—Yo también te amo. Pero cuando se trata de Salomón, veo que aparentemente no compartes mi opinión con respecto a su gobierno, ¿no es así?

—Él cambió. No es como lo conociste.

—Cada uno de nosotros está cambiando.

— ¿No es suficiente con contarte una historia sobre Jeroboam?

—La gente tiende a hablar falsamente si es lo suficientemente maliciosa. ¡Las historias de la gente a menudo no tienen base en la realidad!

—Sí. Pero lo que está sucediendo con Salomón es más que las historias de personas ansiosas por mejorar su bienestar contando tonterías sobre aquellos que son más poderosos que ellos.

Makeda trató de perforarla con una mirada. La Sacerdotisa resistió fácilmente sus ojos.

—Está bien, dime. —Makeda se rindió, a pesar de que no quería escuchar que su amado dejó los caminos que Dios había trazado para él. Prefería que él viviera en su memoria como lo conocía: impecable, abierto, sabio y que cumplía la voluntad de Yahveh.

—Perdió su precaución. —La Sacerdotisa procedió a la historia—. La perdió cuando te fuiste. Escribía canciones, se encerraba en su recamara, sufría. Sin embargo, con el tiempo, logró hacer frente a la desesperación y volvió a los asuntos cotidianos. Pero es cierto que cada año se desvíaba cada vez más de los derechos de los mandamientos. Abandonó a Dios, rindió homenaje a ídolos extranjeros, quebrantó los mandamientos. Realmente comenzó a suceder cuando sus esperanzas en Menelik no se habían cumplido. Creía que Dios se lo envió para que Israel pudiera perdurar en la gloria eterna. Decidió que te hizo criar al niño para que se mantuviera alejado de sus debilidades y cosas que no le agradarían a Jehová. Cuando vio a Menelik, quiso creer que Dios lo perdonó por sus faltas.

Makeda escuchaba cuidadosamente. No solo no dijo nada, sino que ni siquiera un músculo de su cara se movió.

—Sin embargo, cuando más tarde, junto con Menelik y los primogénitos, el Arca de la Alianza dejó sus tierras, comenzó su caída final. Se perdió completamente. En la colina, a las afueras de la ciudad, ordenó construir un templo. Sus esposas adoran a Kemós, el dios moabita y Milcom, el dios amonita. También se crearon otros templos más grandes y más pequeños. Lo que es peor y lo más ofensivo para Dios, no solo ellas están allí, sino también el mismo Salomón. Las mujeres lo hicieron aferrarse a dioses extranjeros.

—Se apartó de Dios —murmuró Makeda con horror—.

—Y Dios, desafortunadamente, se apartó de él.

***

— ¡Seshep! —en medio de la noche oí gritar a Makeda—.

Me levanté de un salto. Por un momento, me pareció que ella era una niña de cinco años, y yo todavía una joven y eficiente hemet. Pero ella acaba de cumplir cincuenta años recientemente, y yo había pasado los setenta. No estaba tan en forma como solía estarlo, mis huesos habían estado crujiendo desde hace mucho tiempo, y algunas de las viejas heridas, al cambiar el clima, me estaban molestando cada vez más.

Desde la infancia de Makeda, el palacio de Marib no había cambiado mucho. Yo todavía ocupaba una pequeña habitación al lado de la suya, la misma que el Rey Nikal me había dado. En ambas habitaciones estaban los mismos muebles, incluida una cama grande en la que, cuando era niña, pasábamos muchas noches juntas. Todavía recordaba con cariño sus pequeñas manos que cubrían mi cuello y su pequeño cuerpo abrazándome.

Aún allí, entre la puerta y la pared, había una pequeña grieta, que una vez llamamos la ventana de seguridad. Solo fue útil una vez cuando Den probó su fuerza sobre Makeda. Nunca más, afortunadamente, la necesitamos.

— ¡Seshep! —Gritó de nuevo—.

—Aquí estoy, pajarita. —Me senté a su lado—.

Vi lo que estaba pasando. Las visiones de nuevo. Le aparté el cabello mojado de la frente.

—Todo está bien. —Le quité el camisón mojado y le ayudé ponerse uno nuevo—.

Después de un momento, estuvo lo suficientemente despierta como para sentarse sin mi apoyo.

—Salomón… —ella comenzó, y su voz se quebró—.

Sabía que nada debía ser acelerado. Le acariciaba la espalda, todavía estaba sentada, con la garganta apretada. Finalmente habló.

—Me despedí de él —dijo ella con voz temblorosa—. Se fue. Ya está en el otro lado.

—Oh, mi pequeña —la abracé tan tiernamente como pude—.

—Me mira…

— ¿Quieres contármelo?

Ella asintió.

Nos quedamos en silencio. Esperando, a que se decidiera, le acaricié las manos. Finalmente ella se enderezó.

—Estaba acostado en la gran cama del palacio —comenzó—. Sabía que se iba. Había mucha gente a su alrededor. Llenaban toda la habitación. Esperaban su partida. Ellos oraban en voz baja. Una abubilla se sentó en la ventana. Al igual que Salomón, la vi claramente. «Vuela a ella», dijo mi amado, lo que el pájaro entendió perfectamente. «Quiero que escuche lo que ya sabe muy bien, una vez más». « ¿Qué es eso? » Se preguntó la abubilla. «Que ella es la mujer de mi vida». «Ella lo sabe», contestó el pájaro. «Las palabras de amor nunca sobran. Dile que siempre la he amado, que la amo y que la amaré. Y que la estaré esperando en un lugar donde estaremos juntos para siempre.   Una vez que escuchó estas palabras de mí, pero dáselas a ella: "Esperaré, y cuando vengas un día, te esconderé en mis brazos y no te devolveré, ni cuando todo el mundo suplique por ti». La abubilla repitió el discurso del rey palabra por palabra, asintió y voló para cumplir su última voluntad.

Makeda se calló.

Aunque no dijo nada más, sentí que no era el final de la historia.

—Cuando alzó vuelo, Salomón cerró los ojos. Las puertas del Seol comenzaban a abrirse ante él. No sé cómo sucedió, pero me encontré a su lado. Me paré junto a su cama y observé. Afortunadamente, allá, no vi a nadie más. Yo era la energía. No tenía cuerpo, pero mis sentidos funcionaban. El oído, la vista, el olfato, hasta el gusto y el tacto. No solo funcionaban plenamente, sino que definitivamente eran más agudos de lo habitual.

Lo observé con ternura cuando comenzó a liberarse de su caparazón terrenal. Su alma buscó mis manos. «Ven a mí», dijo, en un momento en que estábamos cerca uno del otro. «Te necesito». Con las manos extendidas me tocó. El calor de sus manos creció en mi alma. Me incliné y le bañé la cara con besos. «Estoy contigo. Y siempre lo estaré», dije. Él besó mis labios. Tomé aliento. Mi cabeza brilló y giró alrededor del mundo. Dos almas reencontradas, que al sentir plenamente la proximidad, se fusionaron. Fuimos uno de nuevo. Bailamos. Nos arremolinamos en las nubes, nos reímos y vimos la sonrisa de Dios. Y entonces el tiempo se detuvo. Algo se rompió. Nos separamos de nuevo. Todavía nos tomábamos de las manos. Miró hacia el brillo. Lo atrajo con tanta fuerza que, aunque apreté mis manos con todas mis fuerzas, sentí que se estaba alejando de mí. Él se iba. Pero todavía me miraba. «Te estaré esperando. Me encontraras detrás de una canción», oí. «Siempre la cantaré por ti».

Ella terminó la historia. Se sentó inmóvil. Y yo, una experimentada y dura hemet, lloré como una niña.

***

Han pasado varios meses desde la muerte de Salomón. A pesar de que no se veían desde hace casi treinta años, Makeda lloró mucho. Ella lo amaba. Él era el único hombre en su vida. Lo extrañaba y lo recordaba constantemente. No solo nunca se involucró con alguien más, sino que ni siquiera pensó en alguien que pudiera complacer a su cuerpo.

Ella era una reina virgen. Aparte de Salomón, no tuvo la intención de conocer a ningún otro hombre.

—Los dioses nos unieron —dijo—. Fue la Dama de la Luna y Yahveh quienes cruzaron nuestros caminos. Menelik nació gracias a eso. Él es un regalo divino para el mundo.

Después de regresar de Jerusalén, ni a la Suma Sacerdotisa ni a Seshep, quienes estaban más cerca de ella, les sorprendió que ella renunciara a los placeres terrenales. Dio a luz a un niño, gobernaba el estado, emprendió la guerra, pero sobre todo sabía que todavía amaba a Salomón. Y como ninguna estaba en una relación con nadie, era normal para ellas que Makeda no necesitara a nadie que acariciara su cuerpo y calentara su cama en las noches más frías. Muchos pensarían que quizás con el tiempo, como una mujer que alguna vez probó la felicidad en los brazos de un hombre, buscaría nuevamente a alguien que estuviera cerca de ella.

Sin embargo, cuando pasaron los años, y no miraba a ningún hombre con ojos de amor, a pesar de que había muchos en su círculo, ellas decidieron que así sería para siempre. El tiempo había confirmado esa afirmación. La Gran Sacerdotisa a veces la asociaba con algún prospecto, incluso Seshep a veces le presentaba algún guerrero, pero Makeda nunca cedió.

Cuando Menelik pudo ser un gobernante completamente independiente, Makeda, sabiendo que pronto le daría todo el poder, dejo atrás casi por completo las necesidades del cuerpo y comenzó a profundizar en la espiritualidad. No solo evitó a los hombres, sino que incluso abandonó los masajes diarios y los tratamientos de belleza, faciales y corporales. Durante años, no se la ha visto montar a caballo para calmar sus emociones, ya que habían estado silenciadas durante mucho tiempo. Vivió en armonía y paz. Oraba, le gustaba hablar de Dios y la Dama de la Luna. Dejó de usar joyas. Su único adorno era el anillo que recibió de Salomón. Solo se lo quitó una vez cuando Menelik fue a Israel. Desde su regreso, el anillo nunca había dejado su dedo, incluso cuando ella se bañaba o dormía por la noche.

No comía mucho, y podía saborear una copa de vino por horas, principalmente disfrutaba de su aroma, raramente mojaba sus labios o sumergía la lengua en el líquido. Daba la impresión de que los asuntos humanos se estaban volviendo cada vez más distantes para ella.

Un día, fue hacia Seshep.

—Se está acercando la noche de luna llena. Los sacerdotes dicen que será especial porque la Dama de la Luna cubrirá su escudo. La oscuridad prevalecerá y, por un momento, más allá de lo habitual, se abrirán las puertas del conocimiento. Quiero que hagas algo por mí entonces.

—Como siempre, estoy a sus servicios —dijo la Hemet—.

Makeda no le había dado órdenes desde hace tiempo, ni le había pedido nada, pero nunca dejó de esperar una petición de ella. Las palabras de la reina la complacieron mucho.

—Me gustaría saber cómo será el destino de Menelik. —Makeda daba la impresión de disculparse por una petición inusual—.

—¿No lo sabe? ¿En serio? —La Hemet no ocultó su sorpresa—. Estaba convencida de que había visto el futuro y sabe exactamente lo que sucederá.

—Hubo un periodo de profecía y visión. He tenido sueños. Vi hacia el futuro —admitió ella—. Pero solo veía lo que me querían mostrar. No pude echar un vistazo a lo que más me interesaba. Yo soy un instrumento en manos de Dios. Él decide qué imágenes me da. Nunca controlé lo que vi. Lo lamento, pero no puedo orientar mi visión.

—… y no sabe qué le está esperando al príncipe…

—Exactamente.

—Quiere que mire a través del velo del tiempo, ¿verdad? —Confirmó la Hemet—.

—Me estoy haciendo vieja. No sé si será más fácil o más difícil para mí sabiendo cómo se desarrollará su destino. Sin embargo, voy a aprovechar la oportunidad. Sí, me gustaría que hicieras esto por mí. Te estoy pidiendo esto.

***

«Esa noche la luna llena era inusual. La luna no solo brillaría con todo su esplendor, sino que se suponía que estaría oculta. Las sacerdotisas de la Madre Plata dijeron que esto ocurre muy raramente y que es un momento especial, porque entonces el sol y la luna se alinean y se combinan para formar una unidad. Cuando la luna desaparece, oscurecida por la sombra del sol, podemos escuchar claramente lo que los dioses nos dicen. Si hacemos las preguntas correctas, es posible que quieran revelarnos sus secretos, mostrar el pasado o el futuro, mostrar el camino correcto o ayudan a tomar decisiones», consideraron las sacerdotisas.

Cuando comenzó el crepúsculo, Makeda y Seshep entraron en el templo. Anteriormente, la reina había pedido que solo la Suma Sacerdotisa y Seshep estuvieran con ella esa noche. Su petición fue cumplida. Incluso las sacerdotisas cuyo deber era vigilar constantemente el fuego eterno, abandonaron el templo tan pronto como la reina cruzó su umbral.

El Templo de la Dama de la Luna era un lugar que a Makeda le gustaba desde la infancia. Los escalones ya ligeramente redondeados que conducían al interior le parecían siempre amigables y atractivos. Las cinco columnas delgadas marcaban el círculo que forma el espacio sagrado central. No estaba techado. La diosa odiaba las restricciones. Era un elemento eterno de la creación, por lo que no quería estar separada de él por paredes o techos. Los lugares de su culto podrían estar prácticamente en todas partes. Bastaba con separar el círculo, rodearlo con cinco elementos relacionados con los elementos, entrar y rendirse completamente a la autoridad de la Madre Plata. A su sacerdotisa le gustaba tener contacto con la tierra y el cielo al mismo tiempo. Incluso en las cámaras que cada una de ellas tenía a su disposición, siempre debía haber un pequeño espacio en el techo que permitiera ver el cielo.

En el complejo del templo en Marib, el techo estaba cubierto solo en aquellas partes donde vivían las sacerdotisas y los lugares donde se debían preservar elementos importantes, independientemente de si llovía desde el cielo o el sol brillaba.

Estaba oscureciendo afuera.

Las mujeres se pararon frente a una amplia mesa de granito. Sólo se colocaron tres copas de plata llenas de vino especialmente sazonado y un cuchillo ritual con un mango blanco. Esa noche la reina Makeda ofrecería personalmente el sacrificio, ya que le pidió a la Dama de la Luna que le mostrara el futuro. Quería saber qué le esperaban a su hijo y a su reino. Dependía más de ella, invocó el círculo, así que debía hacer el ritual.

Para completarlo, ella llevó pájaros en jaulas. Eran cinco de ellos. Venían del jardín de su palacio y fueron criados para ocasiones especiales, como esta. Nacieron en el oeste de Saba. Eran muy coloridos y tan hermosos que nadie podría haber dudado de que la diosa los creara. Los llevaron para sacrificarlos. La Dama de la Luna debería recibir un regalo que la complaciera. Lo que compensaría el hecho de que, a cambio, revelara la información que poseía.

Cada sacerdotisa sabía que la diosa revela sus secretos solo a los elegidos, solo a los que le agradan, en quienes puede confiar, a los que sabe que cumplirán su voluntad sin dudar. Ella es volátil en cuanto a simpatías, a veces cambiaba de opinión y lo que una vez parecía ser verdadero e inevitable, después de un tiempo, no era así. Ella es inteligente. El objetivo de sus acciones es siempre el equilibrio y la armonía. Ella ama, acepta, abraza con deleite, se enamora de la belleza de la creación. Da y recibe, ensucia y repele, busca justicia, pero también es injusta, distribuye bienes con generosidad, y al mismo tiempo es codiciosa y puede quitar sin misericordia. Sin embargo, cuando alguien realmente ama, cuando le abres tu corazón por completo, siempre te guiará por los caminos de la vida. Porque ella es la madre de todos y de todo. Ella ama un tierno corazón.

Seshep puso la jaula en el altar. Las tres levantaron sus manos y cantaron una canción a la Dama de la Luna. Le agradecieron las bendiciones y le rogaron que aceptara el regalo. Sus voces resonaron como un sonido claro y fluyeron directamente hacia el cielo oscuro. Cuando terminaron, la Gran Sacerdotisa les regaló copas de plata. Primero, las levantaron, las sostuvieron por un momento mirando al cielo, y vertieron un poco del líquido en el suelo, honrando así a la Dama de la Luna.

—Madre Plata, por favor acepta este regalo —Makeda tomó de Seshep el pájaro sacado de la jaula—. ¡Que esta ofrenda honre tu presencia en el palacio celestial!

La Sacerdotisa y la hemet ayudaron a Makeda a mantener al pájaro en la mesa. Aunque se le dio un grano especialmente preparado para frenar sus movimientos, agitó sus alas y gritó con fuerza. La Sacerdotisa sostuvo sus piernas, y Seshep apretó sus dedos en su cuello e inmovilizó su cabeza.

—Ve con nuestra señora, por favor, deleita su corazón. —Makeda tomó el cuchillo con ambas manos y le cortó la cabeza con un solo movimiento—.

Se estaba separando cuando la Gran Sacerdotisa lo sostuvo sobre las copas a las que fluía su sangre. Cuando dejó de temblar, ella dejó su cuerpo en el suelo.

—Ya estás con la Dama de la Luna —le acarició—.

Cuando se enderezó, Seshep le dio a Makeda el siguiente pájaro. El ritual se repitió.

—Ve con nuestra señora, por favor, deleita su corazón. —Makeda cortó las cabezas de las siguientes aves. Todas estaban llorando, la Sacerdotisa y Seshep sostenían a cada uno y la sangre de cada uno de ellos fluía hacia las copas. Con el último, las copas se llenaron de modo que la sangre se derramó sobre la mesa. Sin embargo, ranuras especiales fueron talladas en sus alrededores, de modo que caía por una canaleta especial a un recipiente que estaba debajo de la mesa.

Cuando se hicieron los sacrificios, la Sacerdotisa tomó una pequeña botella en sus manos. La cual estaba envuelta en una correa de cuero y colgaba alrededor de su cuello, toda la noche estuvo entre sus pechos. Ella le quitó la tapa.

—Este es el regalo de la Dama de la Luna —dijo vertiendo tres gotas de líquido verde en la copa de Makeda y la de ella—. Ella les da a sus hijas siempre todo lo que necesitan. Estamos agradecidos con ella por eso.

Seshep vertió siete gotas en la taza.

—Gracias por los dones especiales que me das, Madre Plata —después de ver caer el líquido en su taza, supo que poco después de que la bebiera, comenzaría el momento en que podría abrir las cortinas del futuro—.

Ellas, como antes, las levantaron, y vertieron un poco en el suelo. Bebieron hasta el fondo. Se secaron los labios y se inclinaron ante la Madre Plata.

Salieron del altar y se dirigieron al centro del templo, donde Seshep había colocado previamente cinco lámparas de olivo. Ella las encendió. Se creó un área mágica en la que entraron. Estaban en un cerrado círculo triple. Uno era las columnas del templo, el segundo tenía un piso colorido con los símbolos de la Dama de la Luna y el tercero estaba hecho de lámparas encendidas. Sabían que ninguna de ellas podía abandonar este lugar hasta el final del ritual. Fue consagrado tres veces.

En el centro, en el círculo de fuego, había un cuenco de plata lleno de agua de manantial. Seshep debía mirarlo para ver el futuro.

Se pararon alrededor del plato y tomaron sus manos. Cerraron los ojos. Cada una de ellas en su mente se dirigió a la Dama de la Luna pidiendo apoyo y permiso a Seshep para mirar detrás del velo del tiempo.

Cuando estuvieron listas, la Gran Sacerdotisa levantó las manos.

—Las palabras que decimos crean las sombras de lo que puede surgir de ellas. Cuando salen de nuestra boca, les ayudamos a hacerse realidad.

— ¡Señora, te estamos pidiendo ayuda! —Dijeron Makeda y Seshep simultáneamente, luego inclinaron sus cabezas—.

— ¡Madre Plata, quédate con nosotras! —La Gran Sacerdotisa repitió su gesto—.

Miraron al cielo. Vieron la luna, que al igual que con el toque de la mano invisible de la diosa, mostraba su rostro completo. Esta vez fue más intenso.

Se arrodillaron sobre el cuenco de plata. El líquido de las copas había estado circulando en sus cuerpos. Se sentían en contacto con la Dama de la Luna. En Seshep, la mezcla surtió efecto con una fuerza multiplicada. Ella se inclinó sobre el agua. La miró fijamente. Quería ver lo que la diosa le mostraría. Se quedó mirando intensamente, forzando los ojos. Cerró los ojos, y cuando los abrió de nuevo, pudo ver la niebla flotando sobre el agua. Cuando estaba tan denso que era completamente imposible ver el agua debajo, ella levantó las manos.

—Señora de la Luna, déjame abrir la cortina del tiempo —suplicó, haciendo un triple gesto de adoración a la diosa—.

Dobló las manos a la altura de sus pechos y luego, con movimientos lentos y suaves, comenzó a fluir la niebla de un lado a otro. Cuando se rindió casi por completo, entró en ella.

— ¿Qué quieres saber, reina? —Le preguntó a Makeda cuando la niebla desapareció por completo—. ¡Pregunta! La Dama de la Luna te mostrará la respuesta.

— ¿Cómo se desarrollará el destino de Menelik? ¿Qué pasará con Saba? ¿Qué pasará con la Dama de la Luna cuando Dios se apodere del mundo?

Seshep no dijo nada durante mucho tiempo. Ella se quedó mirando el agua. Finalmente sus ojos se nublaron.

—Veo a Menelik. Se sienta en el trono —dijo con voz incorpórea—. Hay leones dorados en ambos lados. El trono es sólido. Nada lo sacudirá. Unos niños están a su alrededor. Uno, dos, tres, cuatro, cinco… —comenzó a contar—. Oh, hay una niña. Solo una. Es preciosa. Se parece a la pequeña Makeda. Veo un total de nueve niños.

Ella se inclinó más cerca.

—Están en Aksum. Los veo en Aksum. El trono está en el palacio de allí.

— ¿Qué más? —Makeda estaba impaciente—.

—Veo… El trono sigue en pie en el mismo lugar, los reyes están cambiando. Son los hijos y nietos de Menelik. El tiempo fluye, veo nubes. Saba se divide en dos partes separadas por el mar. La Dama de la Luna ya no tiene templos. Dios gobierna el mundo. Se repliega la energía femenina. Está escondida. Se esconde de las guerras y la impureza. Pero la diosa sigue viva, no puede ser escuchada claramente, porque susurra. Está en silencio, pero sabe que su momento vendrá de nuevo.

Seshep suspiró, mirando las imágenes que se movían rápidamente delante de sus ojos.

—Vuelve a la vida. ¡Oh, qué alivio! sus adoradores están bailando en círculos, son felices, son felices. Los oigo cantar. La alaban. Sienten su poder interior.

La Hemet se quedó en silencio, luego asintió, como si no entendiera qué significaban las imágenes que veía.

— ¿Qué está pasando? —Makeda estaba preocupada—.

—Es el mar.

— ¿El nuestro?

—Es probablemente el mar en Israel —inclinó la cabeza aún más baja, mirando a la imagen—. Una mujer camina por el borde. Es una hemet. Reconocería a cada una de nosotras, independientemente del lugar y tiempo. Se parece un poco a un guerrero. Es conmovedor. Se mueve. Todavía no sé por qué la Señora de la Luna me la muestra. Tiene el pelo claro y ojos azules. Las mangas de su camisa blanca están enrolladas. Lleva unos pantalones que soportan un cinturón de cuero negro. Está descalza. Lleva sandalias en su mano. Está meditando sobre algo…

—Escucha sus pensamientos.

Seshep se frotó la frente.

—Ella piensa en ti, reina.

— ¿Quién es?

—Una sacerdotisa, una hemet. Ella es la guardiana de la memoria de las reinas. Ella se las muestra al mundo. Está buscando la verdad. Es difícil porque vive en tiempos en que la diosa recupera su voz. Es una realidad en la que la memoria de las mujeres como nosotras comienza a emerger de los escombros. Sus esfuerzos son tan grandes que rompen el velo del tiempo. Siento sus pensamientos, son muy fuertes. Me queman. Trata de comunicarse.

— ¿Qué quiere?

—Escucharte, conocerte, describirte, mostrarte al mundo, relatar sobre tu fuerza.

Makeda miró el agua involuntariamente. Ella también quería ver a una hemet del futuro. El agua, sin embargo, estaba clara y quieta.

—Dile que nos encontraremos en sueños —dijo Makeda—. La visitaré. Que me busque allí, en la frontera de los mundos, entre la realidad y el sueño, donde el tiempo no importa. Vamos a estar ahí. Dile eso.

—Ella entendió. Está agradecida, gracias.

Seshep observaba el agua con atención, escuchando lo que la mujer del futuro le estaba diciendo. Finalmente, se rió.

— ¿Qué pasó?, ¡dime! —Makeda quería saber—.

—Pregunta si soy real. Me pregunta si puedo viajar en el tiempo. Le dije que usted, la reina, yo, y algunas hemet, tenemos un don muy especial, el don de mirar detrás del velo del tiempo, es decir, viajar entre lo que es y lo que será. Ella preguntó si esto se puede aprender.

—Dile que los dones con los que venimos al mundo los decide la Dama de la Luna —dijo la Gran Sacerdotisa—.

Seshep transmitió sus palabras al futuro y sonrió de nuevo.

— ¿Qué dijo? —Preguntaba la reina—.

—Preguntó cómo se llamaba la Gran Sacerdotisa. Dije que La Gran Sacerdotisa es un nombre. Se transmite a cada sucesora elegida por la Luna para representarla en la tierra.

— ¿Qué está haciendo ella? —Quiso saber la Sacerdotisa—.

—Ella dice que si quisieras, revelarías tu propio nombre, porque ciertamente tienes uno.

—No puedo hacerlo porque el mundo sabría entonces todos los secretos. Yo, mis predecesoras y sucesoras, y la verdad que conocemos, debe perdurar para siempre. Si alguien aprende el nombre de cualquiera de nosotras, se nos robará el conocimiento que hemos acumulado desde el principio del mundo. Será ensuciado, luego ridiculizado y destruido. Será considerado peligroso, digno de desprecio y condena. Cada una de nosotras hará todo para evitarlo. Nunca revelaré mi nombre a nadie. Si alguna Gran Sacerdotisa lo hace, significará un gran problema para el mundo de las mujeres.

Seshep inclinó la cabeza como si se inclinara ante la Dama de la Luna.

—Se lo dije. Y cayó de rodillas. Está ahora en la arena, llorando.

— ¿Se desmayó? —Preguntó la reina con preocupación—.

—No. Llora porque sabe lo que sucedió en el tiempo y el espacio entre nosotras y su mundo, tres mil años.

El número que dio Seshep afectó la imaginación de cada una de ellas. Sin embargo, ninguna hizo comentarios al respecto.

—Está llorando, pero es fuerte —dijo Makeda—. Lloré cuando Dios me dio las profecías que tenía que anunciar a la gente para advertirles. Si ella es hemet, sabe cómo era el mundo antes de ella. Si pasó como lo vi en las imágenes que Dios me mostró, no me sorprende que esté llorando. Sufre. Pero las mujeres lloramos por diversas razones. Las lágrimas no tienen por qué significar debilidad. Los ojos húmedos a menudo dan testimonio de nuestra sensibilidad, pero también de nuestra fuerza.

—Pasaron tres mil años y no hemos cambiando —concluyó la Gran Sacerdotisa con optimismo—. Cada hemet conoce su deber. Si la que Seshep ve, puede comunicarse con nosotros, quiere contarnos que la Dama de la Luna ha sobrevivido, y sus sacerdotisas aún siguen el camino que se ha marcado hace siglos.

—Guardamos el principio femenino de la divinidad... —aseguró Seshep—.

—La diosa habla a través de cada una de nosotras —agregó Makeda—.

Se inclinaron sobre el cuenco de plata. Y entonces sucedió algo extraordinario. No les creyeron a sus propios ojos, pero vieron lo mismo que Seshep.

La diosa les mostró a una mujer arrodillada junto al mar. Ella llevaba una camisa blanca, con mangas enrolladas y pantalones oscuros.

Y todas ellas, inclinadas sobre un cuenco de agua de manantial y ella que estaba arrodillada en una orilla al mismo tiempo, vieron la figura. Les parecía que estaba en un vestido ligero, largo y suelto. Sin embargo, no pudieron determinar su color, porque era todo luz. Ella nadó hacia ellas. Parecía que sostenía algo en sus manos. Algo que ellas conocían bien, algo cercano y precioso para ellas, algo que debe ser protegido y nutrido en el corazón. «Que sus voces sean escuchadas». La señora luna les dijo.

—Esta es la llama eterna. Arde y nunca se apaga. Está en mí y en sus corazones. Enciende los sentidos, da fuerza, se calienta por acciones. Está en todas y cada una que camina por el mundo. Está en la tierra, en el cielo, en el sol y en el viento, y en toda la creación, porque proviene de la Fuente. Abarca todo. Dura toda la eternidad y es la eternidad. Se las doy cuando entran al mundo, la regresan cuando vuelven a mí. Llévenla como aquellas que lo hicieron antes de ustedes y aquellas que vendrían después de ustedes. La llama en sus manos será constante y fuerte.

EPÍLOGO

Estaba amaneciendo. El sol se elevaba sobre las elevadas columnas del Templo de la Madre Plata. Sus débiles rayos todavía le hacían cosquillas en la cara.

Ella estaba de pie junto a la ventana de su habitación. Se quedó mirando la avenida de los poderosos sicómoros. Miraba hacia la presa y los jardines que rodeaban a Marib.

—Que hermoso es aquí —las lágrimas corrían por su rostro—. Es una pena dejarlo todo…

Pensó en Menelik. Estaba orgullosa de él. Gobernó de forma independiente durante casi veinte años. Fue un rey sabio. Tenía una esposa inteligente, nueve hijos y una hija. Todos los días alababa a Dios y vivía de acuerdo con sus mandamientos. La visión de Seshep de hace años se había cumplido.

En el momento en que Saba se convirtió en el hogar del Arca de la Alianza, Yahveh no solo se convirtió en su Dios, y el de su hijo, sino de todo el país. La gente lo amaba y lo adoraba. Sin embargo, muchos le rendían homenaje a la Dama de la Luna, que siempre había sido la guardiana de Makeda. Dios, a pesar de que era conocido por su mandamiento de exclusividad, no le demostró ni a Makeda ni a la gente de Saba, que sintiera rechazo por la Madre Plata.

Los primogénitos, que vinieron con Menelik, se establecieron en Saba, hasta el punto de que Israel se convirtió en un recuerdo nostálgico para ellos: un país de infancia y juventud temprana, al que no tenían intención de regresar. Tenían familias, junto con Menelik gobernaban el estado y estaban bien.

El país floreció. Makeda estaba tranquila sobre su futuro.

Miró a la avenida, casas, templos, huertos y jardines. Estaba orgullosa, feliz y satisfecha. Se sentía calma. Extrañaba a la Gran Sacerdotisa que se había ido junto a la Dama de la Luna a la edad de noventa y cinco años. Seshep, sabía que todavía estaba la protegiendo, pero durante más de cuatro años, solo desde las alturas de los jardines celestiales. Recordó a Tamrin, cuyo recuerdo fue cuidado por Warda, pensó en el general Tesfa y en Ashenafi, vio la figura del encargado Hendake y el sacerdote Sethon. Incluso vio a Den y sintió que ya no le tenía resentimiento. Luego vio a su padre, el rey Nikal, sentado en el trono, acompañado por sus hermanos. En la distancia, también vio una figura femenina borrosa. Sabía que era su madre.

—Sí, es muy hermoso aquí —repitió y limpió las lágrimas que fluían tan profusamente que parecía que su fuente era inagotable—.

De repente sintió un nudo en la garganta. Era tan fuerte que se quedó sin aire. Todos los demás estaban durmiendo en el palacio. Era muy temprano. La Hemet, que ocupaba la sala de Seshep, aún no se había despertado. Makeda quiso gritar, pero no pudo. Intentó alcanzar la campana, pero no lo logró. Su cuerpo estaba débil. Calló al suelo.

Sintió un brillo poderoso en su cabeza. Lentamente llenó su cuerpo, calmándola. Ya no sentía el nudo en su garganta, no le faltaba el aire. Se rió para sí misma. Sabía que estaba a salvo, que no necesitaba la ayuda de nadie, porque estaba en las mejores manos.

—Soy quien soy —escuchó ella—.

Reconoció de quién era la voz porque Él le habló toda la vida. El que en su infancia era desconocido para ella, la preocupaba y formaba un rompecabezas que le daba instrucciones y le transmitía profecías, ahora Él traía alivio, plenitud y esperanza.

—Esta es la llama eterna. Arde y nunca se apaga. —Eran palabras que ella conocía bien, era la Dama de la Luna—.

Sabía que se reuniría con ellos: Dios y la Dama de la Luna. La estaban esperando. Y cuando estuvo segura de que se iba a casa, y que el camino no sería largo, apareció alguien más. Se quedó en la distancia, al final del camino luminoso, como la luz del sol. Alguien a quien no le podía ver el rostro, pero sabía que estaba sonriendo.

—Ven a mí, iremos juntos al infinito… —escuchó—.

Él extendió sus manos hacia ella.

Makeda caminó por el ancho y brillante arco de luz, y esperó para abrazarla. Ella flotó hacia él, sobre el suelo, llena de amor y esperando la plenitud. Se estaba acercando. Finalmente, sus palmas se encontraron. Ella sintió su calor. Él la abrazó con todas sus fuerzas. Tanto así que una vez más se convirtieron en uno.

Sonó una canción. La cantaba un coro inmenso. Se podía escuchar en todas partes. Flotaba sobre el mundo. Estaba compuesto por almas. Llegó a los rincones más lejanos de la tierra para mover corazones y mentes. Ella se llenó de alegría, bondad y belleza. Fue un consuelo.

¡Ponme como un collar en tu pecho, como una marca en tu hombro! El amor es como una muerte poderosa. Su calor es como el calor del fuego, o como las llamas violentas. Las aguas más poderosas no pueden extinguir el amor ni cambiar el curso de un río. Si alguien diera todas las riquezas de su hogar por amor, solo conseguirías desprecio.

Sus almas se fusionaron.

—Ahora te esconderé en mis brazos y no te devolveré, ni cuando todo el mundo suplique por ti —escuchó—.

—Te extrañé mucho…

FIN

... No , este no es el final. Porque la historia de amor de la reina de Saba y el rey Salomón, al igual que la «El Cantar de Cantares», durará por siempre...

Del libro de los proverbios de Salomón:

El sabio percibe el mal y se protege contra él, el tonto lo vadea y luego se arrepiente.

El hierro con hierro se afila, y un hombre aguza a otro.

Como el agua fría para el sediento, así son las buenas noticias de tierras lejanas.

No es bueno comer demasiada miel o escuchar demasiadas palabras de adulación, nos empalaga.

No te jactes del mañana, porque no sabes qué traerá.

Que te alabe otro y no tu propia boca; que lo haga un desconocido, no tus propios labios.

Quien cave el agujero caerá en él; el que ruede la piedra, ésta volverá a él.

¡Hombre perezoso, mira la hormiga, mira cómo trabaja y sé sabio! Después de todo, ella no tiene un amo, o ningún supervisor, pero durante el verano recolecta alimentos, guarda lo que cosecha. ¿Entonces, perezoso, seguirás acostado? ¿Hasta cuándo seguirás durmiendo? Después de dormir un poco más, después desperdiciar un poco más de tiempo, que tus manos sigan ociosas, descanses; la miseria caerá sobre ti como a un mendigo y las privaciones como a un indigente.

El padre justo se regocija en voz alta, porque tiene un hijo sabio: la verdadera felicidad.

Hijo mío, cuando tu corazón es sabio, entonces mi propio corazón se regocija.

Quien busca justicia y bondad encuentra vida y fama.

Ewa Kassala

*Parte posterior de la cubierta:

La poderosa gobernante de la antigua Saba, ha estado en nuestra imaginación durante siglos.

¿Quién era ella? ¿Qué la conecta con Salomón, considerado el gobernante más sabio del mundo antiguo? ¿Fue ella coautora del Cantar de los Cantares? ¿Quién fue el padre de su único hijo? ¿Quién robó el Arca de la Alianza de Jerusalén?

Un amor que dura más tiempo que el tiempo, el legendario templo de Salomón, la diosa sacerdotisa, los rituales mágicos, las guerras, las conspiraciones, la inmensa riqueza, caravanas que se desplazan por el desierto, la mirra y el incienso, los poderosos dioses y sus seguidores que luchan en el mundo que conocemos como el Antiguo Testamento. Finalmente... predicciones de la reina de Saba: ¿cuántos de ellos ya han comenzado y cómo supo la reina lo que nos espera en el futuro?

La autora, después de la trilogía sobre las grandes reinas del antiguo Egipto, te invita al mundo de mujeres extraordinarias que dieron forma al destino de la civilización del Antiguo Testamento.

«La Reina de Saba» es la primera novela de esta serie.

NOTA SOBRE EL AUTOR:

Ewa Kassala: escritora, formadora, creadora de campañas sociales, especialista en presentación personal y creación de imagen. Guionista y líder en conferencias, convenciones y sesiones, principalmente para mujeres.

Autora, entre otros, de «Cleopatra» y "Portrait of a Woman of the Age of Perdition", "Mandragora" y también de guías: "Public appearances and creating the image", "How to be a modern lady", "Savoir-vivre at the table", "Guide of the modern witch", "In a dress for success". Es la autora de la única serie del mundo sobre reinas egipcias: «La Pasiones de Cleopatra», «Divina Nefertiti», «Hatshepsut» (todas publicadas en polaco, inglés y español).

[1] Fr. Profesor J. Klinkowski: Arka Przymnierza (El Arca de la Alianza). De Sinaí a Aksum, Wroclaw 2010: escribe sobre Marib, la capital del reino de Saba, así como sobre los dioses adorados allí.

[2] El título de los gobernantes del reino de Saba que significa «príncipe-sacerdote» o «Rey».

[3] Traducción propia de jeroglíficos egipcios, prof. Andrzej Ćwiek de la Universidad Adam Mickiewicz en Poznań

[4] Antiguo Testamento, Segundo Libro de Samuel, David y Betsabé 11:1-27, pág. 730.

[5] Antiguo Testamento; El segundo libro de Samuel, el castigo de Dios enviado a David.

[6] Todo el párrafo viene del Primer Libro de los Reyes; La historia de Salomón 1:1-27.

[7] Estas palabras provienen casi exactamente del Antiguo Testamento, Primer Libro de los Reyes.

[8] Antiguo Testamento, Primer Libro de los Reyes; Las otras palabras del rey también son una cita de esta parte de la Biblia.

[9] Proverbios 5:16; 10:3 y 16:10.

[10] Todos los deseos de David provienen del Primer Libro de los Reyes; El último mandato y muerte de David: 2. 1:12.

[11] Oración de Israel: un fragmento de una de las dos oraciones más importantes en el judaísmo; La forma actualmente conocida fue adoptada en II / III AD.

[12] Shiva significa siete en hebreo; shloshim: treinta; avelut: doce.

[13] Primer Libro de los Reyes, cita literal; El fin de los oponentes de Salomón 2.

[14] Kebra Nagast, XXVII.

[15] Antiguo Testamento, Proverbios 16:3.

[16] La deidad de Saba, Almaqah. H Selassie, El establecimiento de la Iglesia etíope, en: La Iglesia de Etiopía, Adís Abeba, 1997.

[17] Tella: cerveza ligera. Tej: vino de miel.

[18] El codo en el Antiguo Egipto y Sumeria mide unos 52 cm. El codo inglés de hoy mide 114,3cm. La represa en Marib tenía unos 680 metros de largo, el oasis norte en Marib tenía 4.300ha, y el área sur tenía 5.300ha.

[19] Toda la información sobre el templo de Salomón proviene del Antiguo Testamento; Primer Libro de los Reyes. Construcción del templo 6. 1:37.

[20] Antiguo Testamento. Libro de los Proverbios. Reglas de vida 24:6

[21] Los Diez Mandamientos (en la tradición judía «las diez palabras», «los diez dichos» o «los diez asuntos») son un

conjunto de los preceptos más importantes de los seguidores del judaísmo, y luego los cristianos, dictados por Dios a Moisés en el Monte Sinaí.

[22] Antiguo Testamento, Libro de Proverbios 14, p305.

[23] Antiguo Testamento, Libro de Proverbios 7, p306.

[24] Toda la declaración de la reina proviene de «Kebra Nagast. Libro de la Gloria de los reyes»; «Kebra Nagast» es un libro escrito originalmente en el lenguaje etíope.

[25] «Kebra Nagast» como arriba XXIV, 30: Preparando a la reina para el viaje.

[26] 20 millas son alrededor de 32 kilómetros.

[27] Basado en: Antiguo Testamento, Primer Libro de los Reyes 5:20.

[28] Los que estaban sentados en su mesa eran la corte, los invitados del rey, el harén, ejército, guardaespaldas, funcionarios, sirvientes y esclavos que trabajaban en la capital y muy probablemente en los campos del país; Podría ser un total de 11-14 mil personas.

[29] Kor: en medida sumeria-acadia, equivale a unos 384-393 litros. Algunos autores que la usan en la Biblia y en otros textos, también ofrecen otros volúmenes: por ejemplo, 220 litros (Albright) o incluso 450 litros (cf. A. Barrois, La Métologie dans la Bible).

[30] PLR 9. 16:18

[31] PLR 5. 22:24

[32] Antiguo Testamento, Levítico 19:36

[33] 120 talentos son alrededor de 4140kg, más de 4 toneladas.

[34] Kebra Nagast XXVI, p33

[35] Kebra Nagast, p34

[36] kebra Nagast, XXV, p32

[37] Antiguo Testamento, Primer Libro de los Reyes 11:1

[38] Antiguo Testamento, 11:3

[39] Las preguntas que Makeda le está haciendo a Salomón están adaptadas a las necesidades de la novela, usando el Tárgum

Sheni, el Midrash Mischle y el Midrash Hachefez.

[40] Las producciones de seda eran conocidas por los chinos antes del 3.000 AD.

[41] A partir de ese momento y el siguiente párrafo, es decir, la respuesta del Rey, es una cita del Kebra Nagast XXVI. Conversación del Rey y La Reina.

[42] Kebra Nagast XXIX, p38.

[43] Esta oración y la respuesta de la Reina provienen del «Cantar de Cantares»

[44] Del «Cantar de Cantares».

[45] Kebra Nagast, XXVII, p34-35.

[46] Antiguo Testamento. Primer Libro de los Reyes, Instalaciones del templo 7:23; la descripción del tanque de agua de lluvia, que sirve a los sacerdotes para el lavado ritual, proviene completamente de este pasaje.

[47] El cálculo proviene de Artefactos del Templo 7:48

[48] Grandes pasteles se ofrecían como un sacrificio incruento, todos los sábados; eran un símbolo de la gratitud de Israel a Dios por el pan de cada día.

[49] Como el anterior. Promesas sobre el templo 9:1.

[50] Longitud: 76km. Ancho: 4,5-16km.

[51] Asfalto natural; según la revista The Biblical World, en 1834, un bulto que pesaba 2700kg apareció en las orillas del Mar Muerto.

[52] Traducido del hebreo al inglés: prof. Miri Beck, de inglés a polaco: Mikołaj Woźniak.

[53] El rito de la circuncisión.

[54] Antiguo Testamento, Génesis 17:9-14.

[55] Una persona que realiza el ritual de la circuncisión.

[56] Liebre Romana - www.Stacja7.Pl - Vida abundante y potencial desperdiciado del Rey Salomón.

[57] Las profecías modificadas por el bien de la novela provienen de: La profecía de la reina de Saba del año 875 AC hasta la actualidad. Tres libros Agencja Wydawnicza Technopol,

Częstochowa 1994; Elaboración: Tadeusz Rogula.

[58] 3.000km

[59] El Templo de la Dama de la Luna estaba en el área donde hoy se encuentra la ciudad de Kassala.

[60] Kebra Nagast, XXXII, p42.

[61] Kebra Nagast, XXXII, p42.

[62] Antiguo Testamento. Libro de Kohelet 3, 1:8.

[63] 120km

[64] 700km

[65] Kebra Nagast XXXII p42.

[66] Kebra Nagast, XXXII, p43.

[67] La conversación entre la Reina y Tamrin proviene del Kebra Nagast, XXXIII, p43.

[68] Prof. Andrzej Ćwiek (y yo lo apoyo) propone mirar la pintura de Edward Poynter que representa a la reina de Saba, Salomón y su extraordinario trono.

[69] Las declaraciones del rey Salomón, los exploradores y otras personas que asistieron a la reunión de padre e hijo se modificaron ligeramente según las necesidades del texto actual de Kebra Nagast en los capítulos XXXIV-XLIXXV.

[70] Estas palabras de Salomón y de abajo están basadas en el Kebra Nagast, p49.

[71] Medida de peso en hebreo antiguo: alrededor de 12kg.

[72] El doble de un dracma.

[73] Kebra Nagast, XLIX. La bendición del padre, p66.

[74] Esta oración y la siguiente provienen del Libro del Kohelet: Vanidad, duración y aprobación de 1:2-11 y 3:3-3:8.

[75] 60 metros.

[76] Antiguo Testamento. Libro del sacerdocio. Víctimas de la ofrenda quemada 6. 1:7.

[77] Primer Libro de los Reyes, La Riqueza de Salomón 10:14-29.

[78] Antiguo Testamento, Primer Libro de los Reyes. Los opositores de Salomón 11:14-40.

[79] Antiguo Testamento, Primer Libro de los Reyes, Salomón

rompe el pacto, 11:1-8.

www.ingramcontent.com/pod-product-compliance
Lightning Source LLC
Chambersburg PA
CBHW030850030726
47495CB00005B/1461